山海情絮

阎受鹏 著

華文出版社
SINO-CULTURE PRESS

图书在版编目（CIP）数据

山海情絮 / 阎受鹏著. -- 北京 : 华文出版社,
2025. 3. -- ISBN 978-7-5075-6102-9

Ⅰ. I267

中国国家版本馆 CIP 数据核字第 2025RA9205 号

山海情絮

著　　者：阎受鹏
责任编辑：刘超平
出版发行：华文出版社
地　　址：北京市西城区广外大街 305 号 8 区 2 号楼
邮政编码：100055
网　　址：http://www.hwcbs.cn
电　　话：总编室 010-58336239　责任编辑 010-58336222
　　　　　发行部 010-58336267
经　　销：新华书店
印　　刷：三河市人民印务有限公司
开　　本：880mm × 1230mm　1/32
印　　张：15
字　　数：280 千字
版　　次：2025 年 3 月第 1 版
印　　次：2025 年 3 月第 1 次印刷
标准书号：ISBN 978-7-5075-6102-9
定　　价：98.00 元

序一

美，就是性格和表现

——阎受鹏散文集《山海情絮》读后

红 孩

舟山是我熟悉而又梦幻的地方。这些年，因为我所负责的中国散文学会与舟山市岱山县县政府连续举办了“岱山杯”全国海洋题材散文诗歌大赛，使我有机会几次到岱山出席颁奖活动。在颁奖之余，我也少不了到舟山进行采风旅游。舟山是个千岛之地，海阔天空，历史悠久，宗教文化资源丰茂，是文人多愿徜徉向往之地。

农历丁酉年秋月，舟山普陀区老作家阎受鹏先生打来电话，希望我在去岱山颁奖时能顺便到普陀山给当地作者讲一课。我说讲课谈不上，跟文友见见面我倒是很愿意的。这几年，因了“岱山杯”，我越来越对海洋文学情有独钟。五年前，我在给岱山县县委副书记、人大常委会主任、素有“群岛作家”之称的复达的散文集写序言时曾说：海洋文学的秋天到了。我之所以用秋天而不用春天，其意义在于我们对海洋文学不再仅仅是播种了，我们必须要进行收获，而且是大面积的收获。

我对大海的记忆从20世纪90年代开始。我当时二十出头，在北京郊区的农场工作，业余时间从事文学创作。因为经常给报刊投稿，一个偶然的机会，黑龙江农垦局的《农垦工人》杂志要在北戴河举办骨干作者培训班，农场领导推荐我去。那是一个夏季，我是第一次见到大海。黄昏在海边，我们几个作者围着北大荒的老作家、《农垦工人》杂志的老主编费加老师聊天。费加老师那时已经快70岁了，身体壮硕，说话声音宛若洪钟，文人气十足。那天，他给我们讲了他如何与十万官兵一起转业到北大荒，如何被打成右派，如何自己掏钱资助创办《农垦工人》，如何在两个孩子结婚时没有分文，可以说，他把整个人生都献给了北大荒。其实，费加老师的人生，是他个人的，也是他们那一代人的。他们的胸怀像大海一样宽广，他们的人生起伏也像大海一样波澜壮阔。

后来，我陆续读到了海明威的《老人与海》、冰心的《在海上》、邓刚的《迷人的海》和霍达的《海魂》，不论写的是近海还是远海，都使我对海开始有了无限的憧憬。1991年，我到厦门开会，本来会议结束后应该直接回北京，可我竟突发奇想，执意坐轮船经过台湾海峡到上海。那晚，赶上八九级大风，轮船摇摆得厉害，使我眩晕、呕吐不止，即使喝了半斤白酒也没有抑制住。当时，我就发誓再也不乘坐轮船了。

话是这么说，心也可以这样想，可一旦真的有到海上的机会,我还是欣然愿往的。这些年,因为工作原因,我到过十几个海边城市,也到过舟山、台湾等岛屿。尤其是在三年前,我有机会登上了我国自行生产设计的中华神盾导弹驱逐舰,看着那庞大的巨舰,真的从心底里为祖国自豪。我曾经在各种文学会议上多次呼吁我们的作家要关注海洋题材创作。这几年,我有几位作家朋友分别写出了亚丁湾护航和中华苍龙海底测量方面的报告文学,在文学界引起很大的反响。这样的题材不是好写的,也不是什么人都能经历的。从文学这个层面来说,我们也正在向海洋进行大胆的航行与探索,这无疑是国家强大的一种重要体现。

在舟山市普陀区与文学爱好者座谈后,在吃饭休息闲谈时,阎受鹏老先生将一部散文书稿递给我,他希望我能写一个序言。阎老的书名为《山海情絮》,总计约30万字,是他一生散文创作的精选。全书分四个部分:第一部分写故乡浙江奉化老家的,第二部分写他视为第二故乡舟山的,第三部分是对舟山的即兴小品式描写,第四部分是到各地采风旅游的。像阎受鹏老先生这种经历的作家有很多,即出生地和工作地是分开的。最近几年,关于故乡的话题很多,不同的人对故乡有着不同的理解。如有人说故乡是让人魂牵梦绕的地方,也有人说故乡是童年记忆的地方,还有人说故乡是埋葬我们亲人的地方,我觉得说得都不错。在我看来,人只有与故乡有了时空上的距离,才能真正体会到什么叫故乡。

阎受鹏老先生从20世纪50年代中期，就远离奉化那个叫马站的山村，只身来到陌生的舟山普陀，长期从事教育工作。几十年来，他立足舟山，眼望奉化，将血与火、泪与水融化在这两个生他养他的地方。在《故乡风韵》一辑中，给我留下印象深刻的有《故乡马站的风韵》、《等我回家过年》、《家乡的竹林》和《走进巴人的故居》等。这些作品不论是对乡情还是亲情的描写，都让人回味无穷，有喜悦也有心酸。而在《千岛情思》一辑中，阎老开篇则直抒胸臆地写出了《舟山，我的第二故乡》——“我清楚地记得1955年1月在故乡奉师毕业，被分配来舟山工作前夕，心呵，变成了小鸟，飞呀飞呀，飞向蔚蓝……”由此，阎老开始了长达60余年的舟山岛民生活。在这里，他沐浴《沈家门港的灯火》，沿着《海上天路》，行走在《彩色的街市》上，倾听着《白山清晨的鸟声》，《在水一方的舵屿》去《朝觐普陀山》，这些或许是《在蚂蚁岛的日子》，最终汇成《舟山跨海大桥赋》。第三辑《风物散鉴》，是作家对舟山即景式的见闻，既有对《海鸥悲歌》的吟唱，也有对《舟山的雪》的挚爱。第四辑《钟声悠悠》，应该是作者更自由率性的写作，不论是写《钟声悠悠》《山海关情思》，还是《千岛湖之谜》《亲近印度洋》，都给人留下很深的印记。这些作品，不仅是描写得细腻，更让人深思的是作者思想的力量。

说实话，对阎受鹏老先生过去的散文创作我不是很熟悉，对于这种局限于地方性的写作我总觉得会有许多的窠臼在左右着作者，一般不十分看好。但看了阎受鹏老先生的散文，我不得不说：姜还是老的辣！我所说的辣，是指作家创作的成熟老辣，语言、细节、结构、抒情、描写、哲思等，所有这些几乎都可以处处感到。比如《水赋》写道："水的胸襟是开阔的"，"水是大地母亲胸怀里流出来的乳汁，哺育着万物。"这些思悟，我们曾读到过不少，但文中所写："水涵养人的英气，升华人的品格"，"水的灵魂是纯洁的，它将透明返还人间，洗去了大地上多少污垢！"还是少见的，有新意。显然，作者有感于当下的道德滑坡，寄情于水，使得全文的描述顿时有了新的活力。那表露作者思想意境的"画龙点睛"之笔，表明作者已经自觉地掌握了创作中"实"与"虚"的辩证关系。

我没想到已然八十的老先生，在和我见面的那天，上身穿着海魂衫般的T恤，下身是藏蓝色牛仔裤，宛如一个年轻的小伙子。他不仅穿着时尚，还会使用电脑、发微信。我在看罢他写的《回梦忆斯人》后随即发微信给他，让他尽快把文章电子版和照片给我，我原以为他会找人代发，孰料，几分钟后他就分别在电脑和手机微信上发过来了，让我不由得感到惊讶与赞叹。纵览阎老的所有散文，我想说，他如果早些往外联系，多给国内的大报大刊投稿，肯定会成为名声在外的散文名家。阎老《千岛情思》中曾引用雕塑家罗丹的名言——"美，就是性格和表现。"如果把这话放在阎受鹏老先生身上，我觉得是再合适不过了。

阎受鹏老先生写散文，也写报告文学，并且取得了不俗的成绩，先后出版了反映舟山与镇海历史的长篇报告文学《断柱》《铁关镇海》等，其中《断柱》《海天英魂》先后获浙江省优秀文学作品奖；2016年，追叙二战期间舟山东极渔民冒死营救日本“里斯本丸”号上384名英军战俘的《东极之光》（与孙和军合作），被列入浙江省委宣传部文化精品扶持项目。

最后，我想说几句，阎受鹏老先生在舟山不但教书育人，桃李满天下，他还在文学新人的培养上，具有伯乐和园丁精神。在普陀区虽然只匆匆待了一天，但从那些上到五六十岁下到十七八岁的众多业余作者对阎老的尊崇上，就足以看出他素日的为人与为文。如此，我便愈加爱戴他了。衷心祝愿阎受鹏老先生身笔两健!

2017年10月15日 于北京西坝河

（红孩，中国散文学会常务副会长，作家、评论家）

序二

赤子的珍宝

乔 叶

前些时候读到有媒体采访毕飞宇，谈到散文，他说：“散文离作者特别近，你是什么样的一个人，它会将你全部暴露出来。我比较害怕这个，所以散文在我眼里是比较可怕的东西。”

畏怯之意来自暴露，暴露就意味着高质量的诚实，且往往是针对自我的高质量的诚实。因此，是否能克服畏怯将自我裸裎，便成为优秀散文的要义。由此想到自己近日接受采访时被问到写作资源问题，我说，对我而言，在某种意义上讲，写作就是照镜子，深度地照镜子，所以认识自我肯定是必要的。自我还是第一个他人。这话有些绕。我的意思是：如果一个写作者不想只写自己，还想写写别人，那首先就要认识自己，面对自己，只有在面对自我之后，推己及人，才可以体察他人。没有别的渠道，这是认识他人的唯一的也是最重要的渠道。综上所述，在我看来，自我就是首选的写作资源，甚至也是最终的写作资源。这个资源，虽然因毕飞宇所指，因为切近自我而比较可怕，但也因危险而蕴含着无穷无尽的珍宝。

——回归正题。几年前我到舟山开笔会，认识了阎受鹏老先生，知道他做过多年教师，又曾任职校长。会议匆匆，虽不曾多谈，但凭行事言谈便觉得他中规中矩，温和忠厚，颇有教师暨校长之风。待到《山海情絮》的书稿在手，却又有些担心读到的散文类似于教案或者训谕。读过之后便明白：他曾是孩子，且还铭记着自己曾是孩子。于是我得以在这本书稿里，读到了他那颗赤子之心。

此散文集共分四辑：《故乡风韵》《千岛情思》《风物散鉴》和《钟声悠悠》，从中清晰可见他这么多年的行路历程。他有两个故乡，一是少年故乡奉化，二是成年故乡舟山。这两个故乡的篇章各成一辑，排在前面，称出在他心里的分量。谓之“故乡风韵”的奉化篇章排在首辑，《阿姑》《我的抗日大叔》《风雪小山村》《煤炉》《老家的野菜》等梓里记忆帧帧鲜明。而在舟山篇章里，普陀山禅院、蚂蚁岛、朱家尖岛、沈家门、渔港夜市、海岛灯会、乌石塘……在他笔下一一呈现。因舟山我曾去过，便觉得格外亲切。

经验和技术是写作的两大要义，中国的散文写作尤其倚重经验，阎受鹏先生的写作也是如此。两个故乡交相辉映，呈现出了一幅用经验描绘的地理人文画卷。画卷里有山有海，有风有雨，有人物故事，亦有细节温度，徐徐铺展，可读可赏。相比于奉化篇章，舟山篇章要多一些，但是二者相较，我印象更深刻也更心仪的却是奉化篇章。有些段落会反复品读，比如《家乡的竹林》：“……故乡竹多，笋也多，一年到头餐桌上都有笋。吃了毛笋吃龙须笋，接着是乌笋、黄壳笋，然后是鳗笋，连续不断。待到地面笋过，地下笋——鞭笋又上市了。鞭笋其实是竹子地下竹鞭的嫩芽，用来炒肉丝，或炖碗咸菜鞭笋汤……”

还有《风雪小山村》，陌生的大妈大伯在风雪之夜留他过夜：“……他眉开眼笑地说：‘夜里岭路难走，怕怕嗬，小囡，屯一夜好啦。’大妈抚摸着我冻红的额角说：‘冷冷哦，冻煞哦，夜里山路怕怕嗬。小囡，一定要屯。乡里乡亲，宿个夜怕啥……翌日清晨，大妈微笑着像待新女婿那样端来了酒冲蛋和汤圆，轻轻地抚着我的肩膀：‘小囡，快吃，早点到家，阿爹阿娘见了，欢喜煞嗬！’”

醇厚温暖的人情通过独特简白的方言，韵味跃然纸上。

忽然想，阎受鹏先生写到这些的时候，恐怕是想不到遣词造句的，他只是自然而然地去写，让手写己心，就足矣。也正因如此，这些篇章的字里行间都闪烁着不可抑止的欢悦和自由，鲜活动人，情趣盎然。

不过，似乎很难免的，他也有许多正直正确的总结或者升华，让我忍不住要正襟危坐，端肃起来。比如《草鞋》，这文章让我知道了奉化的草鞋有布草鞋、箬叶草鞋、麻草鞋、葛藤草鞋……正津津有味地长着见识呢，突然这样的句子就蹦了进来：“穿草鞋，最能感知大地的冷暖……草鞋，可贵之处还在于它把一切都奉献给人们……”

恕我直言，总觉得这些话很像出自老师或者校长，而作为读者，我更愿意去读《家乡的竹林》和《风雪小山村》，因这些篇章里，更充溢着他作为阎受鹏的个人话语。这些个人话语里，没有老师之心，没有校长之心，就是一颗自然纯良的赤子之心以及这颗赤子之心所照耀出来的珍宝：那些独属于阎受鹏的、融会在血脉里的、不可复制的本能表达和心灵经验。

因这赤子之心，我便觉得，这些篇章是奉化篇章的核心之美，甚至也是整本书的核心之美。也因这赤子之心，我便借此来提醒自己：想要挖掘出越来越多的文学珍宝，首先要做的，便是把这颗赤子之心融在文字中。

谨以此短文向阎受鹏先生致意，与阎受鹏先生共勉，并祝贺大作出版。

惭愧为序。

（乔叶，河南省作家协会副主席、鲁迅文学奖得主）

目录 Contents

第一辑 故乡风韵

第二辑 千岛情思

第三辑 风物散鉴

第四辑 钟声悠悠

第一辑 故乡风韵

故乡马站的风韵

离别故乡的时间越长，思乡的裸根也越来越长，奉化那个美丽的古山村——马站，在我心中生长得枝繁叶茂。稍一平静，我便情不自禁想起那怀抱故乡的绵延不绝的青山、那穿村而过的澄碧的登溪水。

故乡马站，坐落在天台山余脉的大雷山南麓，隶属奉化大堰镇。相传，这里是古代过路马帮的歇脚点。

记得少年时，距我家数百米的徐家的那段路的溪畔，有一座雕龙绘凤、金碧辉煌的门楼。门楣悬挂着一方赭黑色的长约二米、宽约一米的书写着“恩赐世家”四个金色大字的木匾，匾上记叙着一个故事：金兵大举南下，李纲、宗泽统领兵马抗金，小康王赵构避难于明州，为躲避金兵追杀，廿里横山九渡水，顺着那条碎石路逃难到马站。兵荒马乱的岁月，大人们都忙着出差，照料马站的是一个小孩子。他接待客人口齿伶俐，铺排宿舍井井有条。小康王心中暗暗惊奇,便问孩子几岁,孩子答道:“臣年七岁。”小康王十分喜爱那孩子,应景吟了上联:“七岁孩童当马站。”谁知那孩子慧性过人,随口应道:“万年天子坐龙床。”这一下,逗得小康王心花怒放,竟想封孩子一个官儿。那时,宋朝已丢了大片河山,小康王随身带着整整一麻袋的印信。他翻转袋口,“哗”一下,将印信倒在八仙桌上,让孩子自个儿挑,挑到什么就封什么官。孩子挑来挑去,选了颗不大不小的“进士”印章。小康王后来到杭州登基当皇帝后,真的给孩子封了个世代相袭的“进士”,还敕赐造了那门楼,当地百姓叫“皇殿闾门”。将小康王拴马的那块石头也留下来,上镌:文官下轿,武官下马。

据徐氏宗谱记载,与小康王对课的七岁孩童,即马站徐家的先祖徐琰。徐琰,出生于北宋宣和五年,即1123年。“建炎三年(1129年),宋高宗避金兀术来明州……上奇其(徐琰)颖,乃问曰:‘孩童年岁何矣?’对曰:‘臣年七岁。’……上令属对云:‘七岁孩童当马站。’公即对曰:‘万年天子坐龙床。’上大悦,诏赐官帑建宅一品,作养读书,遂家登岱(马站别称)。”

这个故事在老家世代相传,家喻户晓。这也就是故乡缘何名为马站之来历。

“文革”时,“皇殿闾门”被当作“四旧”荡平了。甲申年春天,有心人重建门楼,恢复了它熠熠生辉的原貌。只是新挂上去的那张匾额上的文字与我儿时印象中有点不一样了,没提到李纲、宗泽等抗金名将,也没涉及“廿里横山九渡水”的艰辛,不管怎样,这个给古村马站增添几分传奇色彩的门楼，终究又让后人见到了。

从门楼南侧，沿溪边碎石路走200米左右，横卧着一横一竖、一大一小的两座石拱桥。徐家村后的后坑溪自西向东穿过小石桥，与从北向南穿过永安桥的登溪，汇聚一起，然后静静地流向远方。两座桥呈直角状排列，一横一竖，犹如一把旧时铜钥匙。两桥相距不到1米，一步就可从此桥迈入彼桥。双桥的石拱倒影犹如两轮圆月在碧水中微微摇曳。相传双桥是徐琰封官后在马站建宅的同时筑就的，这不禁令人对它的每一块石头都刮目相看，它们紧紧凝聚在一起已800多年了。

永安桥全长约10米，宽约4米，半圆形的拱长约6米，桥面由鹅卵石和长形条石铺成。它穿过了多少风霜雨雪，走过了多少顶吹吹打打坐着新娘子的花轿，见证了多少世事沧桑啊！如今出村虽另有公路，但走上芳草萋萋、绿萝帘儿垂溪的永安桥，依然会唤起人们对一个久远时代的回忆：当初，一代代村民怎样走过这出村的唯一通道——双桥，去闯荡天下。

目睹马站古双桥，会使你想起陈逸飞写生的周庄双桥。同是构思精巧的双桥，命运却不一，一个蜚声世界，一个隐没山野。不过，历史总会记住一些东西，即使冷落山野，它的底蕴也不会被时光所磨灭。故乡马站古双桥给我的启示是：每个人都要有气定神闲、淡泊名利的情操。

双桥下的登溪清莹澄澈，闪着光，从长满辣蓼、艾青、花椒的五色交辉的山崖上跳下来，溅起一蓬一蓬亮晶晶的水花，千转百回，不时在岩穴中汇成一泓泓碧潭，水中的游鱼倏忽往来。顺着嶙峋的岩石，潭里水汩汩向下流淌，岩上披覆着长长的青苔，像鲜绿的丝线，又像姑娘的秀发。清代贡生孙声华《马站九题·登溪》诗云:“润下溪流性，如何亦诞登？日升驱鸭桁，宵陟捕鱼灯。水越梯千级，岩支栈几层。龙门疑即是，不必畏崚嶒。”溪畔，有山妹子洗菜、捣衣，阵阵欢声笑语与杵声相应和。还有鸭子与白鹅“嘎嘎”“吭吭”的鸣叫声和“沙拉沙拉”的拍翅声。马站在册人口2015人，可常住人口仅350人左右，大多去奉化大桥一带搞企业或打工。登溪两岸的竹林、黛瓦粉墙的村舍、五彩缤纷的草木与一道道小桥倒映在溪水里，石凳上坐着聊天的老人，那和谐、淡雅的意境，只有从唐诗宋词中或水墨画中才寻得见。

登溪本来与箭岭、万竹、大堰的溪水相汇合，直奔奉化江。如今，向南流2000米左右，便注入寺坑水库，灌溉千顷农田。水库的碧波下映照着一座古寺——灵隐寺。记得儿时听老人说，灵隐寺与雪窦寺、岳林寺、青莲寺齐名，“雪岳青灵”曾是奉化四大名寺。此寺占地广阔，有雄伟的大殿和钟楼。至今，那高大的风调雨顺四大金刚与大肚弥勒还清晰地留在我的脑海里。水库下还有一座尚书坟，这是大堰镇的明代嘉靖年间工部尚书王钫的墓。叶落归根，在这片绿水萦绕、青山相拥之地栖息灵魂，谁不羡慕？相传嘉靖问王尚书，你家乡有什么好？他说，嫩笋茶芽石斑鱼，干柴白米岩骨水。嘉靖听了，赞叹不已。儿时我常常与牧童们爬到尚书坟前那一排石人石马上，摸着光溜溜的石人头和石马脊梁，聊天、唱山歌，还傻傻地听那丛林深处传来的忽断忽续、忽高忽低、忽紧忽缓的鸟儿鸣啭，仿佛泉水般在心中流淌……

寺坑水库是20世纪50年代末造的，淹没了马站村百余亩农田，阻断了出村的直道，拆迁了祖辈的坟墓，而故乡马站村民没有一句怨言。那时粮食紧缺，村民勒紧裤带天天上工地，不向国家索要一分酬劳。出村的直路断了，去半山上另辟弯路；田淹了，另外去造。村子在上游，水库在下游，库中水故乡的村民一滴都享受不到，可故乡的村民造水库是那么欢欣鼓舞，那么热火朝天，压根儿没想过水库对自己有什么好处，这淳朴大度的民风实在令人感动。回乡一见到寺坑水库的粼粼碧波，我就流泪了。

故乡马站哟，装点你美丽的不仅是青山绿水，更是那方土地上淳朴敦厚的人们。

家乡的竹林

站在家门口抬头四望，远山近山山环山，山上常年一片绿，从山麓至山巅一支支翠竹犹如鸡毛掸子，拂拭着蓝莹莹的天空。

故乡的竹子是一个庞大的家族，据我所知有七八十种。毛竹是竹类里的“老大哥”。每一座山头，几乎都有毛竹挺拔的身影。小的可握，长约二丈；大的胸围竟达60厘米，身高五六丈，仰视令人落帽，英姿飒爽地耸立于天地之间。春天，毛竹最早献给人们味感极美的是毛笋。冬日，朔风凛然，草木枯槁，山野萧索，而青枝翠叶的毛竹却在皑皑白雪覆盖下的泥土里，悄悄地孕育着似羊角大小的笋芽，这便是誉满江南的冬笋。

采掘冬笋，要丰富的经验，也要讲究技术。冬笋不似扬着长长金须的春天毛笋会拱破泥土。冬笋深深地躲在泥底，要找到它很不容易。小时候，一辈子伺候竹山的父亲去掏笋时也会带上我。他选择到笋芽早发的向阳的暖坡去找，两眼就像扫雷的仪器，仔细地扫描着地面。他顺着略为隆起的周围有几条丝带状裂纹的泥土——故乡竹民叫“爆”，小心翼翼地用锄头刨，一层层挖下去，便引来我的一阵惊呼：“哇，笋！笋！”只见嫩黄色的冬笋像娃娃似的睡在泥土里呢！待到笋芽全裸，父亲便从背上的小竹筐里摸出钢凿子，按在笋芽根部，用锄背轻轻敲几下，一枝黄黄的光滑的可爱的笋芽儿就毫发无损地被掏出来了。父亲说：“冬笋娇嫩，如果刨土时不小心，锄头碰到了会皮破肉绽的，这样一棵好端端的嫩笋就弄坏了。”父亲找冬笋还有望竹觅笋的能耐。一次，他带我走进竹山，瞧瞧一棵竹子的皮色，再瞅瞅竹枝、竹叶长势，笑指前方一片土说，那里有笋了。他估摸着找去，果真见到“爆”，挖到了笋。“爆”是冬笋的信号，可也有骗人的“空爆”，童年时，初上竹山见到拱起的地面裂纹便叫喊起来：“爆，爆！”父亲走过来一瞧，便骂：“笨蛋，那是牛或人闹出来的！”是呀，我用力踩了一下松软的地面，果然旁边挤压出一个“爆”。父亲告诉我，找“笋爆”要细细地看周围泥土。尔后，我也慢慢学会了找“笋爆”的方法，但总是比不过父亲，他讥笑：“小囝眼睛雪亮，找‘爆’远不及我老花眼……”

冬笋过后是春笋。童年时，那一夜春雷骤雨后，清晨在竹山里见到的轰轰烈烈的景象令人终生难忘。那块巨石从坎上掉下来了，一棵硕大的春笋，尖上扬着一簇金色的流苏（山民叫它“苏头”），意气风发地顶翻了它；那片被柴荆之根盘结、硬得锄头也难扎进去的泥土，也冒出了几棵新笋。新翻的竹山沃土里一棵棵春笋犹如一座座宝塔，生气勃勃地矗立在地面上，还有数不清的刚露“爆”的春笋，有的黄苏在春风里初展，有的角尖含着晶莹的露珠，有的昂首沐浴着暖暖的阳光……

比毛竹稍晚一个节气出笋的是龙须竹。宋代王十朋栖剡中时诗云：“问讯东墙竹，佳名始得知。龙孙初迸处，燕子正来时。”那龙孙竹就是故乡的龙须竹。龙须竹身材窈窕，犹如美女，可它把自己的子女，打扮得强壮威武——龙须笋金色的长袍上绣着一条条浅黑色的竹叶纹，肖似虎皮的斑纹，笋尖上飘着乳黄色流苏。相传旧时故乡的一位塾师以“龙须笋壳虎皮斑”作上联叫学生对，一个孩子对以“凤尾草叶麒麟角”，塾师连声叫绝。凤尾草学名蕨菜，其叶片似凤尾又似麟角。龙须竹身材比毛竹小，但各有用处，毛竹可以削扁担、架桥、引水、搭高架、编筏子……而晾衣服的竿、锄头钉耙的柄等就非它莫属了。

与龙须竹先后长笋的还有乌竹、黄壳竹、鳗竹等，乌竹的笋，赭色的壳长满黑斑，味极鲜美。黄壳竹的笋，壳与须均嫩绿；鳗竹的笋，壳浅灰，真的如圆鼓鼓的河鳗……

近些年，故乡培育了一种新的竹子——雷竹。它比毛竹小一点，可比龙须竹、乌竹、鳗竹等都大。雷笋非常漂亮，艳丽的浅橘色笋皮上，散布着大大小小疏密相间、浓淡有致的咖啡色斑点，笋尖的假叶由出土时的乳黄而渐渐变为浅绿色，给人以江南女孩飘洒秀美的感觉。

雷竹的优点在于经竹农精心护育后，农历十月间便可长出与冬笋媲美的雷笋。雷笋上市的价格比猪肉贵得多哩！

故乡竹多，笋也多，一年到头餐桌上都有笋。吃了毛笋吃龙须笋，接着是乌笋、黄壳笋，然后是鳗笋，连续不断。待到地面笋过，地下笋——鞭笋又上市了。鞭笋其实是竹子地下竹鞭的嫩芽，用来炒肉丝，或炖碗咸菜鞭笋汤，其味感会久久地留在你的舌尖上。秋分过后，竹山还会出“无寄笋”，其实应该叫无娘笋，竹子被砍了，竹鞭的养分还在，就长出小笋来，笋虽瘦小，但味道挺好的。多少次，我家来了客人，没好菜，母亲就叫我上山找笋，片刻我就挖了一土箕笋归来。故乡的山民就用四时不同的笋羹热忱地招待宾客。

故乡人的生活，一刻也离不开竹子。大到豆棚瓜架，小至扫帚畚斗、光棍扁担，哪一样不是竹做的。一日三餐更是与竹子相连，量米的“升子”，淘米的淘箩，盛饭的筲箕，擦盘刷锅的洗帚，扒饭夹菜的筷子，乃至灶膛里火焰熊熊的竹根、竹枝等燃料，件件样样都有竹子呢！因此故乡的人，即使再穷也要苦心经营一片小小竹林，自春至秋翻土除草，施肥浇水，营养竹子；冬日又盖糠铺草，细心地为竹子保暖。终年辛勤劳作，把自己的命运与竹子连在一起。

一点也不夸张，故乡的每一个人，从出生那天起就与竹子打成了一个解不开的情结。小毛头时的“箩窠”——竹箩里塞满稻草铺成的睡窝是竹做的；大到周岁的“坐车”——方形的椅子，中间铺一坐板，仿佛古代的战车，坐进去前后都有横的竹棒护住身子，万无一失，不用说，它又是竹制成的。

当孩子长到会奔会跑了，就用竹子做竹蜻蜓，搓着它满晒场飞翔；斩一节比笔杆管稍粗一点的碧绿的箭竹，做成“水枪”，水枪往溪里吸满水猛一推活塞，水柱子直蹿三四丈外；做一支“机关枪”扭把，摇起来嘎嘎响，还有打苍蝇的拍子，粘知了的网兜，春天放的纸鹞和元宵提的大大小小的灯笼。再大一点的编鱼笼、鳝笼，扎竹梢丝诱捕虾、鳖……

长成大人了，更是竹不离肩释手。一年到头与扁担、垛柱、箩筐、土箕、锄柄朝夕相伴。故乡人就这般与竹子相连，直到心脏停止跳动……

晚 秋

“泠泠七弦上，静听松风寒。”时序已过了寒露，屋后山坡上银杏飘下了一片片金色的折扇似的叶子，落地发出“丁丁”之声，一声声拨动我的心弦。

淅沥淅沥的秋雨敲打着窗户，秋风轻轻颤动老伴头上如霜的白发，每一丝都萦回我的心房，紧紧地揪扯着。秋色，一天比一天老了。

秋呀！总是不厌其烦地一遍又一遍摘走我家门前的梧桐树叶。渐渐的，我俩从青丝到白头，双双进入了古稀之年。人老了，可那一颗相爱之心不老，仿佛随着年龄增大，那颗爱心也在不断地生长似的，我的老伴更爱我了。

从饮食起居，到晨练和外出旅行，老伴总是无微不至地照顾着我。

隔几日，老伴便嗅嗅我的头发说：“有异味了。”便给我洗澡。沐浴后，她让我舒坦地躺在床上或沙发里，自己则戴上老花镜，细心地为我修剪脚趾甲、手指甲。

每次，出游的同伴都会看到这样一种情景：我只拎着一个轻轻的袋，而老伴却拖着重重的箱。这是羞愧，还是荣幸？一个大男人拈轻怕重，让女人家搬大箱子不羞愧吗？我很想帮忙，可老伴总是制止我的举动，说："你患痛风，能跟着我出来走走，够好了！"老伴的话，让我感到庆幸。人生道路上有这样的爱人风雨相伴走过了大半世纪，心满意足了！

白发夫妻，相濡以沫，不知道赢得多少人的艳羡。

多少次，我俩牵着手在车水马龙的闹市过斑马线，白发沐浴着夕晖，引来人们一缕缕羡慕的视线。

记得有一次去云南旅游，同行的小陈是外贸企业家，家境富裕，逛"七彩云南"买一个镯子就五万元，可从她情绪和言谈中透露着对家庭的隐约心结，她发自肺腑说："白头到老，才是人生最大的幸福，我多么向往二老的生活啊！"

晚秋时节，寒虫泣露，良用凄切。北雁南飞，草木萧索，一排排水杉由翠绿而趋向苍黄，一丛丛爬山虎由虎虎生气而渐渐枯槁，漫步在深深的秋径里，似觉一层层森森的寒意紧紧地包裹着身体。

又逢一年秋，落叶萧萧下，深感人世无常。人是终将被时光抛弃的。不管你怎么乐观，夫妻间多么和谐，有时总有一股难以名状的怅然蔓延血脉，渗透到每一个细胞。夜半醒来，听着窗外秋风落叶声，胸口便涌起无限酸楚。相互看到头上的白发增多，想到小学同学所剩无几，亲朋好友一个又一个相继去世，凄然间两句诗便涌上心头:“人生悲凉何处凝,最是霜色浓重时。”

人生苦短,年纪大了,就更感到时光的珍贵。我与老伴不懂禅学,只知道留恋草木芳菲的红尘,贪生怕死,没有三毛那样舍命突破红尘的勇气;不过,我们也没有生命终极的恐慌。晚秋,使我们领悟生命的轨迹。生命从开始萌生,到稳健成熟,经历了种种苦恼、挣扎、失望、焦虑、怨愤和哀伤;也融合了喜悦、得意、胜利、收获和赞扬。生命的过程注定是由怒放到安详,由绚丽到素淡。落红丢青会有时,古木苍藤无不老。叶落归根,一切终要返回土地,融合于那片邈远而深沉的黑土地。

不过,人老了,心还未老去。老夫老妻的心灵和谐更是给生命增添了一份生机,对人生的追求还不轻言放弃。瞧,晚秋的蜻蜓虽然活不长了,不是还一刻不停地飞翔着、盘旋着,为人间辛勤地捕捉害虫,来显示它生命的价值吗?

我俩呀,是萤儿,到了晚秋,有一分力,还要提一盏光明的灯哟;

我俩呀,是蝉儿,到了晚秋,有一口气,还要唱一支生命的歌哟!

秋风里,我俩相顾而笑,相互理一理散乱的白发,安详地踽踽前行……

小寒与大寒

大寒是一年二十四节气中的最后一个节气，过了大寒，由“冬藏”转至“春生”，便是新一年的立春了。

小寒大寒是表征天气寒冷变化程度的节气。数九歌：“三九四九，冰开捣臼。”所谓“三九”与“四九”正是大寒前后的这段时间。实际上大寒并不是一年中最冷的节气，小寒往往比大寒还要冷，故又有“小寒胜大寒，常见不稀罕”的说法。

小寒时节，滴水成冰。20世纪50年代中期，我在舟山的一个小岛教书，天寒地冻的小寒真不好受，那是我身心最冷的时节。校舍是座古庙，戏台和廊房虽然涂上了红漆，横梁上也画着《三国演义》与《水浒传》的人物故事，蛮漂亮。然而用木板隔成的教室与寝室，四壁有一道道缝子，朔风从窗缝壁缝“鼓鼓”灌进来，分外尖削。白天上课，学生与教师挤在小房子里，人多气暖，日子还好过。到了晚上，独个儿窝在小板房就惨了。脚跟的被子用围巾紧紧绑住，做成个“睡袋”，整个身子像条蚕蛹缩在茧里一般，夜半醒来还是像掉进冰窟窿里一样，四旁的寒气直往里钻，冻得人瑟瑟发抖。第二天清晨起床，一摸头天晚上晾在绳子上的湿毛巾，仿佛是一瓣硬邦邦的冰“鱼鲞”，手脚都生了冻瘃。此时，我情不自禁想起在家的好处，老家虽穷，但还有那么几只陶质或铜质的火囱篮。冰冻天，老母亲会塞给我一只火囱篮暖身。可此刻身处天涯海角的小岛，只能蹦几下身子，搓几下手掌，“咝咝”地吹几口气……

过了小寒是大寒。“五九四十五，穷汉街头舞。”大寒的后半段已是五九，江南从杀猪过年、鞭炮声中渐渐转向春天。此时，我的身心也渐渐转暖，嗨，再过几天，学期结束，我可以回到魂牵梦萦的故乡了。

故乡的大寒时节，山头积雪，小溪冰封，可溪边已是热气腾腾。不怕冷的孩子们用铜火囱的盖子去溪面烙下一块圆圆的冰，用线串起来，拎着一路小跑，“当当当”地当铜锣敲着满村疯。虽说三九天里冷冽的溪水是尖利的獠牙，手伸进去，会深深地咬进骨节缝子里。可庄户人家勤快的媳妇、姑娘不管这些，她们涌至溪边，敲碎冰块，淘米洗菜、濯衣提水、汰被刷鞋，干得热火朝天！那些早已买来猪头和鸡鸭准备过年的人家，更是在溪水中拔毛洗肉，清清的水面亮起一片片油花，仿佛一匹印着绚烂多彩图案的锦缎。那细润嫩滑的一双双手伸在冰水里的时间一长，冻得通红通红的，也不觉得冷了，不知是麻木了，还是被过年的欢乐暖透身子了。溪边，小伙子们更是身手矫健地用网兜撩起预先放在溪中诱鱼虾的一束束竹叶丝，"哇噻"，石斑鱼、白鱼、老虾公活蹦乱跳。还有用一支尖尖的鱼叉往溪底沙泥堆里戳，叉起了懵懵懂懂地冬眠的老鳖老龟，赢得人们一片喝彩声。

大寒时节，太阳从纤云无染的幽蓝高空照射下来，舐着屋檐与枝头的积雪，过不久，便滴滴答答化起水来了。几只鸦鹊衔着细枝在树杈间修筑旧巢，它们的聒噪更使人觉得故乡冬日的安静。白昼一天比一天更长更亮了，农田里活儿已扫尾，晒场上堆起了一个个草垛，这是农家一年里难得清闲的日子，庄稼汉们端个小板凳，来到向阳的草垛跟，聚坐在村头吸袋老烟扯淡；婆婆妈妈们也说说笑笑地聚在一道，拾掇家里的冷暖事，织衣做鞋。阳光镀亮了他们黑黝黝的脸，老头子们从关云长说到孙猴子，从哪家养了一窝猪崽，聊到谁在溪边捡了个双黄鸭蛋……说到高兴时，有人会吊起嗓子哼几句："一马离了西凉界……"

多少年了，犹记得在小岛教书时，每近年关，便默默地伫立在古庙的一角思念故乡，幽邈地遥想着老家小寒与大寒的景致，心底便涌起了三分萧瑟、七分悠逸的诗趣，恍觉乡亲们都洒脱地活在《冬日农村况味图》的长卷里……

风雪小山村

那年，我早早写信告诉爹娘，农历十二月二十七日可回家。

学校一放寒假，归心似箭，匆匆地踏上了返乡之路。那时的舟山不像今天与宁波大桥相连，早上出发能赶上奉化老家的午饭。记得当时我背上一个小包兴冲冲地走出校门，在小岛的埠头搭上去宁波的小火轮，遇上了七级大风，整整在浪涛里翻滚了六七个小时，才晕头转向地靠拢宁波江北岸码头。

第二天，我从客栈醒来，感觉室内分外白亮，推窗一望，街市间布起了雪幔。周围的房子，像冰山一样，在灰黑色的天空底版边上，划刻成锯齿形，厚厚白雪铺满了路面。要赶紧走呀，趁雪还没结冰还有车子可乘，不然，雪水冻结就没法回家了。

我憋足劲，背起小包，冲出客栈，踩着没脚深的雪层，急吼吼地从江北岸奔到南站。过年车少人多，好不容易挤上了木炭车，摇摇摆摆地到了奉化大桥镇，已是下午三时多了，离我老家还有五十里坎坷的山路哟！下了车，我便心急火燎地冒着风雪赶路。

雪还在风里旋着，风还在雪里拌着，冻得蔓延在山谷上的树林不住地呜咽着，可我的脸上竟冒出了汗珠，鼻子里喷出来的气融化了粘在嘴毛和眉毛上的雪花，我的脑瓜仿佛一把冒热气的开水壶。穿过了一个个小村子，绕过了一道道山梁，离我家只有十五里路了。可这十五里路啊，是陡峭曲折的岭道，当地人叫塔竹岭。时间已是下午六时多，岁末天日短，暮色已浓浓笼罩着山川田野，起初借着雪光还隐隐约约瞧得见路面，摸索着前进，后来一片黑乎乎，怎么办？抬眼望见前方山坡上有一点火光，我的心骤然一亮，那点火光是我的救星啊！山乡人家见到孤单的夜行人，总会送一支照路的火把呀。

一脚深，一脚浅，我跌跌撞撞地向那点火光摸去。那是塔竹岭一户农家，我在窗边轻轻地敲了几下，“吱呀”一声，一位瘦小的头发花白的大妈便打开了木门，她见我身上满是雪花，一边忙着拉我进屋，一边亲热地说：“小囡，小囡，快进来，快进来。”随手掸去了我一身雪沫子。我本来是想向那家讨一束竹片烧火把，凭着年轻血气方刚，连夜赶回家。可迎我进屋的大妈和闻声而来的大伯，听了我从舟山来，赶往老家马站村的话，执意把素不相识的我留下来，大伯的热手掌捏着我冰冷的指头，一股暖流淌进我的心田。他眉开眼笑地说：“夜里岭路难走，怕怕喃，小囡，屯一夜好啦！”大妈抚摸着我冻红的额角说：“冷冷哦，冻煞哦,夜里山路怕怕嘀。小囡,一定要屯。乡里乡亲,宿个夜怕啥,马站有阿拉好多亲家哩!"

大伯乐滋滋地颤动着灰白胡须,满脸的皱纹笑成了一朵花,从灶塘里小心翼翼地拨出几根香喷喷的煨番薯,坐到我睡的床沿。他细细地剥去了烤焦的薯皮,黄里带红的薯肉便散发出一股诱人的香气:"饿了,小囡趁热快吃!快吃!"噢,这几根火热的煨番薯滋味在我舌头上生了根,至今,我还想不出世界上还有什么东西比它更好吃了。

我俩边吃边聊,他说这个小村十几户人家都姓顾,他有个阿妹叫"香莲",嫁到马站。我一听跳起来,那不就是我家隔壁的婶子吗?真是乡里乡亲一拉呱,山村处处有亲家啊!聊着聊着,直到睡意袭来,我和大伯才抵足而眠。身下是柔软而又厚实的稻草,身上盖着新絮的蓝花棉被,别提多暖和了。

翌日清晨,大妈微笑着像待新女婿那样端来了酒冲蛋和汤圆,轻轻地抚着我的肩膀:"小囡,快吃,早点到家,阿爹阿娘见了,欢喜煞嘀!"

酒冲蛋和汤圆热透了我的身心,揖别两位老人上了路。爬上山冈,我回头一望,小山村散落在盆状的谷底,大妈大伯与邻舍隔壁的大叔、阿婶还在村口招手,微风吹动着他俩灰白的头发,泪水不禁悄然流过我的脸颊……

多么令人留恋的小山村,多么纯朴善良的乡亲啊!

天放晴了,泥地冒出一排排笔尖的惨白的冰牙齿,踩上去"吱吱"响。岭头仍是厚厚的银装素裹,山风颤动着玉树琼枝，碎珠玉屑簌簌地落下来，惊起了缩在窝里的山雀子，“叽叽喳喳”地高飞。阳光下，岭道上的积雪冒出了一丝丝蒸汽。此时，我似乎觉得身上每一个细胞都暖融融的，踩着没膝深的雪地，飞快地翻过了十五里岭道，扑向我日思夜想的马站村，远远地便见到了在村头翘望多日的白发父母亲。

后来因道路变迁，回老家另有车路，不过塔竹岭了。又每次来去匆匆，未能再去小山村探望那两位雪夜给我浓浓的爱的老人，恩难忘，情未了，一直愧疚呀！20世纪50年代，塔竹岭一带山深林密，豺狼虎豹出没，如果那晚不在老人家里宿夜，硬着头皮冒着风雪跌打滚爬回家，那坑坑洼洼的十五里岭道上不知会遭遇什么凶险。大前年回家，我问起弟弟，他说塔竹岭没几户人家了，那里的农家大多搬到奉化市的郊区了，心底不禁涌起一股惆怅。明年清明，我想去老家上祖坟，无论如何要去趟塔竹岭，若找不到大妈大伯，再去奉化市郊区转一转，祈求明眼仁厚的上苍了我心愿。

过了大寒又一年，这几天，我看到一些在舟山打工的小伙子们又张罗着匆匆回家过年了，不由又想起了那半个世纪以前我回家在塔竹岭村雪天夜宿的情景：大妈大伯那亲切的目光、慈祥的笑容，那又香又甜的煨番薯，那热腾腾的酒冲蛋和汤圆……大妈大伯还健在吗？

等我回家过年

18岁那年,我离别故里负笈舟山教书。此前,我从未出过远门,到离家五十里的奉化县城或大桥镇沿街叫卖竹笋和淘米箩、篮子之类的竹具,算是最远的了。尽管我已经师范毕业,要走上讲台当教师,但在父母眼中我还是小孩子,从穿衣吃食到行路,桩桩件件不知叮嘱我多少遍。我提早一天去尚田畈母校——浙江省奉化初级师范学校集中。母校给我们安排了一辆车子,送我们至宁波,然后,在甬江北岸坐船来舟山。出家门时,父亲帮我挑着一头箱子一头被铺的担儿,那被子的红色绢面,是父母结婚时留作纪念的箱底之物呀。一路上父亲说着自己年轻时到舟山做毛竹生意的经历,不知不觉地爬上了一条十里高的大岭,他把担子交给我时说:“鹏,放假早点回来,等你回家过年。”

等我回家过年,这一等就是一百八十天呀!

熬时间难,然而跨空间更难呀!

我的老爹和老妈呀，你知道儿子是怎么到舟山，又是如何到普陀县六横岛上一所古庙里教书的吗？那时不像今天，跨海大桥将舟、甬两地连接在了一起，早上从奉化动身，能赶上舟山午餐。奉化至宁波就要半天多，赶不上班船，在南门濠河边“宁一中”宿了一夜。第二天早上，从甬江北岸搭上老掉牙的“浙经”轮，出镇海口过虎蹲，摇摇摆摆驶上横水洋，一线来的海涛，叠雪成堆，一望无垠，折腾了六七个小时，把我这个从未乘过船的“旱地鸭”弄得晕头转向。船员见我脸色苍白，赶紧挈来一只小木桶，给我呕吐。到了定海，地区教育局安排我们从奉化来的三十名支援舟山教育工作的新教师，去停办的舟山简师的小阁楼上的地板铺宿夜。黎明，来普陀执教的十二名同窗，在定海城东门小站乘坐车尾挂个大鸭蛋似的蒸汽锅炉烧木炭的汽车来沈家门。那依山而筑、蚯蚓似蜿蜒的泥石公路，是民国时代留下来的，不仅灰土飞扬，而且坎坷不平，车子发疯似的起伏抖动，七拐八弯来到宫墩小车站（今普陀区医院门口）停下后，我受不住颠簸，再加上昨日乘船的劳累，跳下车，便伏在泥坎边的一棵榆树上剧烈呕吐，吐完了刚下肚一大摊饭菜，又吐酸乎乎、黄兮兮的胆汁。

一路踉踉跄跄地跟着普陀县文教科的一位干部，来到沈家门三小的天主堂，我们打开铺盖卷又宿了一晚。第二天，去沈一小参加县中小学校长会议，宣布了我们即将上任的岗位。

翌日，我和四位同学一起在沈家门泰莱道头乘木帆船去六横岛，上午八点半乘船，至下午四点左右才靠拢六横石柱头埠头。小木船犹如一片秋叶，在这种船里仿佛身子在水面上飘荡，驶出沈家门港，我的头就晕了。木船随着风向不停地调帆拐弯，盘来又盘去。我坐不住，无奈地躺在船板上，身子像一段木头似的不由自主地随着木船滚来滚去，折腾得五脏六腑都挪了位。不知绕了多少圈，我头疼得像是有人用钻子扎太阳穴，吐完了早餐的大饼、油条，再吐黄水，最后连带血丝的胆浆都吐出来了。

那次来六横乘木帆船的艰难经历，给我留下深深的后怕。我问同船而来的龙山小学校长丁方意："一年要乘几次船？"他说："普通教师半年一次到沈家门集体备课，校长差不多一个月一次到县里开会。"我的妈呀！当个普通老师呗，少受点罪呀！

在六横嵩山的一所古庙里与孩子相伴，白天教书，晚上点起煤油灯备课。校长邬德范、教导胡文兴待我如兄弟。记得头天报到，他俩跑出校门远远地到一个池塘边迎接我，争挑行李担。时间就这样在上课下课中悄悄地一天天过去了。然而，毕竟身在异乡，待到朔风萧瑟，黄叶落尽，燕子返家，我对家的思念便越来越浓了。

落霜了，慈母寄来了一双棉鞋，密密的线结蕴含了多少爱呀，她是怕儿子迟迟归家冻伤脚呀！

星期日，我爬上山巅，默默地向西南方的老家远眺。只见海面烟波茫茫，一片浩瀚，一只木帆船时隐时现地飘逝在碧空。我望着那心酸的无边无垠，轻轻一声念叨:“故乡哟!”满脸便是思乡的泪水。

游子怀归日,爷娘断肠时。终于挨到放寒假了,亲人等我过年已望穿两眼了,再苦再累也要在年关前赶回家呀!半月前,我已写信给父母亲告知自己返乡的日程。那些年的寒假短,仅半个月,而且放得晚,差不多到了腊月底。那天,我早早地在六横涨起港埠头等候着从象山经六横去宁波的小火轮。在风浪里扑腾了大半天,傍晚才到宁波,我不舍得住两块钱一晚的旅店,便找个一块钱的小客栈过夜。天一亮,我就在小吃摊吞了两只面包,匆匆上路,省两毛钱不坐三轮车。走四五里路算什么,在母校,舟山的同学常常说起为了省三元钱车费,回乡时情愿磨穿脚底,从奉化步行七八十里至宁波的故事哩!到了南站,年底车少人多,在候车室坐了大半晌,我才搭上去奉化的汽车。

至奉化下车,已是下午两点多了。那时,老家还没有通车,五十多里的山路要靠双脚走呀,得赶紧动身呀。腊月天短,走着,走着,到离我家二十里的小山村时,农家的窗户已亮出蛋黄似的灯光。我鼓足劲头疾走,庆幸自己不喜欢穿皮鞋,那软软的橡胶鞋踩着高高低低的卵石路不感到别扭,如果是皮鞋不蹩脚吗?凛冽的寒风最初还能刺到我的脊梁,但很快脚底升温,热到全身,头上冒汗了。爬大岭时,天已黑了,空中无声无息地飘落一朵朵雪花,雪光映出了模模糊糊的山路。只恨身无双飞翼,我始终快速地走着,我的两脚明白,爹娘和兄弟大半年的渴望能否尽快成为现实,全取决于我的步子呀。

走呀,走呀,听见狗叫声了;走呀,走呀,望见故乡的竹桥了;走呀,走呀,急促的脚步竟将那一汪乡愁漾出了眼眶;走呀,走呀,披着一身皑皑的白雪,望见老家的屋角了……

我听到有人在竹桥边大声喊我的小名:"鹏回来了!"是老父亲的声音。"鹏回来了!"倚门而望的老娘也连忙欢笑着迎上来。

"哥哥!哥哥!"弟弟鹏义兴奋地叫喊着跑过来,紧紧地抱住了我,我也紧紧地搂住了他,感到他的身子一阵阵颤抖着……

无法弥补的憾事

有些事一时忘记做或做错了，想到了可以再弥补。可这件事一辈子都无法弥补，想起来只能流泪，哀伤又悔恨的泪水流过我的脸，流过我的心……

那年夏天，学校放假了，我和妻子、女儿匆匆地踏上了返乡探亲之路。

那年快放暑假时，我收到二弟写来的信，说母亲病重，骨瘦如柴……读着信，我的心脏不禁阵阵绞痛。可怜的老母亲啊，你一辈子过上了几天舒心的日子？

记得我的童年世界是一个疼痛的世界。因为母亲年轻时便患有严重的胃病，家里弥漫着一股淡淡的小苏打粉咸味。胃病发作时母亲若无其事地用羹匙从方方的纸盒里舀起苏打粉，吞咽到肚子里，片刻又忙家务了。这情景让我觉得胃病是挺轻松的。

有次，偶然看到母亲捂着胃吞咽苏打粉，使我以后见到母亲犯胃病，心头也阵阵绞痛。那天，我从姑姑家回来，在窗外见母亲捂着肚子，痛苦地皱着眉头，颤颤抖抖地把一羹匙苏打粉倒进口里。哦，母亲，你在儿子面前吞苏打粉的轻松是为了不使儿子的心痛啊！

胃病，是情绪化的病。母亲所处时代给她的都是煎熬。20世纪50年代中期，父亲被莫名其妙地戴上了“反革命”帽子，受尽折磨。我也受父亲连累，被开除团籍，撤掉大蒲岙小学校长的职务。至60年代，又逢国家命途纷乱，我的大弟也被打成“反革命”，受不住折磨而自杀了。这些痛苦的事，一件又一件像锋利的刀子在她心上划出一道又一道深深的伤口，她的心怎能不天天流血啊？但不善于言谈的她，默默地承受着这些灾祸，郁积于胸，胃痛能不一天天加重吗？

水一程，山一程，当我从舟山风尘仆仆地来到老家村口，父老乡亲们一个个带着惋惜的口气对我说：“鹏鹏，侬娘病重嘀！”“鹏鹏，侬来了，侬娘皮包骨头了……”一句句带着哀伤的关切、同情、叹惜的乡音，令我感动，也紧紧地揪着我的心啊！

我和妻儿走到家门前，父亲带着悲戚的笑容迎上来：“鹏，侬来啦！”他领我们去看母亲。只见母亲躺在竹制的卧椅上，穿着一套旧的蓝衫蓝裤，枯槁得犹如一束干柴。母亲拉着我的手，看着我和妻儿露出了微笑，那笑容多么灿烂啊，分明是冬日暮霭苍茫中最美丽的景致。可我的心缩得更紧更紧，阵阵酸楚直往鼻子涌，泪珠儿在眼眶里打转。去年寒假我曾回来过，母亲熬着胃痛吞咽了苏打粉后还能烧饭，过了三个月母亲躺倒了，不知这次能否再站起来？

母亲没多少文化，但却具备中华民族女性优良的品质。她善良、柔和、忍让，一生没有和左邻右舍有过一句语言冲突，也没有一根指头敲落到亲人和儿女身上。她默默承受着人祸顽疾袭来的种种苦痛，从不大声叫嚷，实在熬不住了，也只是轻轻地哼几下。

母亲对子孙充满爱，在儿子孙女的亲昵下，有时会挤眉弄眼，装个可笑的模样，透露出她一逝多年的娇媚，犹如童稚般真纯。

母亲病倒了，还是那样爱亲人、爱生活。每当我坐到竹椅边，她就轻轻地拉着我的手幽幽然叹息："吃的有，用的有，老天为啥要我这么早离开人间呢？"

听母亲这么一说，我的泪水就情不自禁地流下来，母亲一见，就缄默了。

至今，我最后悔的就是在家那些天为啥不多陪陪母亲呢？

在回舟山的前夕，母亲拉住我女儿英华、英群的手，轻轻抚摸着，又久久地看着她们稚嫩的脸蛋。英华10个月摘奶，由母亲含辛茹苦抚养到4岁才由妻子领回舟山，英群在奉化的老家日子更长，从出生到11岁才来舟山。我的两个女儿都是母亲含辛茹苦养大的。

那时孩子还小，对人生的悲剧虽然难以深刻理解，但她俩本着血脉亲情懂事地依偎着祖母絮语。而我已是不惑之年，应该知道母亲的心思——多想与子女说说话，多待一分钟也好。可是当母亲怕我们第二天乘车、乘船累，催着我们去睡时，我竟点点头与妻子女儿一起去休息了。

翌日，向母亲告别，母亲知道这一别难以相见了，又紧紧地拉住了孙女英华、英群的手，默默地注视着，泪水无声无息地淌满了脸颊。此时，我和妻子、女儿都不忍离开。可母亲忍住了泪水，露出了笑容说："鹏呀，娘还会活，等放假再来看我吧！"她放开了孙女们的手，又催着我们走。

不想走，也得走啊！当时，我是一所中学的负责人，开学的许多事等着呀，我贤惠的慈母理解儿子的难处，她挥挥手说："鹏，走吧！"

到了舟山，过了一星期，我收到二弟鹏飞寄来的家信。母亲怎么样了？那时，小山村还没有电话，更不要说用手机发短信通话了。未拆信，心就不安地跳腾起来。一看，被泪水濡湿的笺上赫然写着："母亲在1979年8月23日清晨离世。弥留之际，还低低呼唤：鹏呀，鹏呀……"

慈母生前没留下一张照片，就这样无声无息地走了，再也见不到她的音容笑貌了，我只觉得天旋地转，两眼发黑，无限的悔恨涌上心头。暑假在家为何不多陪陪母亲呢？她拉住女儿手的几个晚上，我为何不在她身边多坐一会儿呢？多让她看几眼，多说几句话呢？即使坐个通宵也应该呀！可世上没有"后悔药"，一切都迟了！

失去了，才知道"孝"稍纵即逝。"孝"是人类传承生命的血脉之根，一旦断裂，生命便如一束苍白的枯草。

母亲走了，带着对我深深的挂念走了；母亲走了，遗留给我永远无法偿清的“孝债”；母亲走了，我的心哟仿佛是只纸壳儿，空荡荡地漂荡在大海上！

“梦里依稀慈母泪”，多少次醒来，泪水湿透枕头……

难忘乌柏树

走在沈家门港畔青龙山，忽见一棵乌柏摇曳，我心灵一震，犹如他乡遇见久违的乡亲，怔怔地看了半天。山野萧索寂寞，而那棵乌柏枝头心形的树叶却那么红艳，如一面面旗帜飒飒飘舞，啄食柏籽的鸟雀在夕阳映照的树冠中飞进飞出。

“日暮伯劳飞，风吹乌柏树。”我不禁想起了南朝乐府民歌《西洲曲》里句子，想起了故乡在初冬碧青的天幕映衬下，一棵棵乌柏树灰褐色的枝条上挂着一串串黑珍珠似的果子，俨然贴在苍穹中的一幅美妙的剪纸，是那么素净、那么肃清、那么空灵。

乌柏，植物书上说是因乌鸦啄食其果实而得名。在我的印象中，乌鸦有时是会盘旋柏枝，但更多的是其他鸟类，墨衫白兜肚的喜鹊、皂衣黑纹的斑鸠、红喙绿羽的山雀、一身彩装的山雉等都是乌柏树的常客，不时来打牙祭。尤其是雨点般洒向乌柏林的麻雀，几乎天天鼓着个圆肚子叽叽喳喳地飞舞在柏树枝头。

“乌桕平生老染工，错将铁皂作猩红。小枫一夜偷天酒，却倩孤松掩醉容。”诗人杨万里怀着一颗纯真的童心，笑容可掬地以俏皮、幽默的笔调将江南的秋山之美描绘得无比生动绚丽。

在我的记忆中，乌桕的叶红远胜于枫叶。

故乡是浙东的一个小山村，四周山野上的乌桕、枫树与说不尽名目的杂树一起生长。由于江南气候不够凛冽，冷空气不能长驱直入，枫树的叶子没法子红透，刚刚转红却又被雨水涂抹，渐渐变暗，随着朔风零落于地，不久，枝头便稀稀落落了。而乌桕叶片，质地比枫叶厚实一点，油光可鉴，触摸柔滑似绸，红起来缓慢而循序渐进，富有层次感。那散落在山野上的一棵棵上百岁的乌桕树，经霜的红叶装点着高插云霄的青峰，温柔之情与阳刚之美是那么和谐。啊，一树树红叶在阳光下似身披袈裟的高僧般静默，其绮丽华艳令人心颤。

家乡山野众多的树木之中，我最爱的是乌桕。乌桕，在我的老家叫桕子树。它繁殖力极强，自生自灭，长势蓬勃。田头地角间那些多年的桕子树，尽管老态龙钟，枝叶却总是那么茂盛，一如既往地油亮。那些新生的小苗，田坎、荒坡、岩崖见缝插针，一簇簇涌动，一蓬蓬蔓延，生命力多么顽强啊！

儿时，故乡的田野和山坡上满是桕子树。立冬时节，小山村桕叶红了，仿佛燃起了千百支火炬，烧红了天、烧红了地。啊，那无际的红叶随风起舞，似红海掀起涟漪；又似村姑飘展美丽的裙裾，舞蹈着歌唱着小山村的美。

小山村广泛种植柏子树是因为它的果核可以榨油，果核外面包裹着的那一层白蜡，可以制肥皂、油漆或做蜡烛。那时，山乡不要说电灯，连一盏点煤油的、有鸭蛋形玻璃罩的“美孚灯”也难见到，家家点的是青油灯。这青油，就是柏子树的果核榨出来的油，不能炒菜吃，只能当燃料。

冷寂的夜晚，母亲戴上一副老花镜，在浅浅的铁灯盏里灌一勺青油，点亮了一根灯芯，在幽幽的灯光里将碎布片用糨糊一层又一层粘起来，粘成半寸厚一叠，戴上戒指似的铜顶针，又将搓好的藤丝似的麻线的头捻得细细的尖尖的，颤颤抖抖地穿过针孔，把针在花白的头发上划擦一下，以滑润针尖，抿嘴咬牙，用顶针顶着穿过那叠碎布，然后，用檀木针夹将针用力拉出，来来回回，千绕百扎，怀着一腔对亲人深深的爱，把那叠碎布一线线、一针针缝成结实的鞋底之情景，至今犹悠悠然进入我梦中。

那时，老爹栽在地边的几棵柏子树，是我家的“摇钱树”，靠它买日常生活用品。到了小雪时节，树叶落光了，柏子树的枝头挂着的一簇簇黑珍珠似的果实，有的外壳爆裂脱落，露出雪白的蜡，仿佛“爆玉米花”。摘下乌柏树籽，送到镇里供销社卖掉，换几块钱买油、盐、酱、醋、针线或扯点布。

采柏果是个苦活儿，先将一把锋利的弯刀安装在竹竿顶头，然后，将生果的细枝条割下来。高大的柏树够不着梢头，还得爬上去。爹爬树的技能差，双脚掌要缠个绳套，叫“脚绷”。爬树时，脚掌与脚绷紧紧缠住树干，艰难地一寸一寸往上挪，摇摇晃晃地站上高枝，一刀一刀割，树枝不住地颤抖，一不留神便会摔下来，实在令人心惊胆战。割下的细柏枝叠在一起，捆好挑回家。晚上，一家人吃过烤红薯，围着一盏青油灯，把堆得比饭桌还高的乌柏枝上的籽一粒粒扒下来。片刻，手指就火辣辣的疼，磨起了血泡。西北风从门缝窗隙“簌簌”地灌进来，冻得人直打哆嗦，手背的皴裂犹如龟板模样，渗出了一缕缕血丝，顺着皮肤渐渐地洇开，最后连成一片。还记得，柏籽落到烘脚的瓦火囱篮里，烧出“哔剥”的爆裂声和一缕喷香的淡淡的青烟。

到了20世纪90年代初，故乡农民的生活条件好转了，不再依赖乌柏籽换钱买日用品了，人们嫌田头地角的柏子树抢占了稻麦的肥料、水分、阳光，于是老家的一棵棵柏子树都“哗哗”然倒于斧斤之下了。没几年工夫，故乡的乌柏树就难觅踪影，只依稀留给人们一片枝叶婆娑的记忆了。而今，乌柏树又被视为一种园林观赏树。其形，虬枝盘曲；其势，探空若龙；其叶，春夏碧绿青翠，秋冬红艳粲然；其果，宛若铁黑的珠串，壳绽裂后呈现雪白的蜡肉，一切是那么赏心悦目。

近些年，每到深秋初冬，城镇的驴友和摄影师，一批又一批赶往小山村寻觅红叶，可惜故乡乌柏树那种漫山遍野血色燃烧的风景不见了，山野田头和道旁仅三三两两几蓬红色。倘若故乡乌柏如昨，那无俦的奇丽定会让人瞠目结舌。

思念着故园既有黑珍珠般的果子又有红叶的乌柏树，只觉万物俱寂，心如古井。

老家的野菜

老家马站，远山近山叠上天，一层层梯田铺展到云雾深处。江南山乡气候暖和，冬至时节，梯田里还蓬蓬勃勃地长着花莲菜、马兰头、白头娘、蒲葱、孟菜、水芹等色泽深浅不一、枝茎长短不齐的野菜。

孩提时代，日本鬼子蹂躏中国的大地，小山村老百姓的日子惨呀！一年到头难得吃一顿白米饭，大多数的日子都是糠皮野草塞肚子，能饱饱地吃一顿烤番薯算是享福了！有件事至今想起来还心酸。一次，家里来了一位客人，爹打了一壶酒，烤了一盆虾招待他。客人将虾作下酒菜时，把虾壳和虾尾剥了放在桌边。客人走了，我悄悄地溜到桌边，将桌上的虾壳、虾尾一股脑儿美滋滋地吃了。爹娘见了，不禁哭了……

八月新稻谷登场，才尝几餐照得见面影的纯米粥，尔后，便喝掺上少许米粒的番薯粥。至十一月，番薯也吃光了，断粮了，咋办？到小溪里摸螺蛳、抓鱼虾，上山头剜野菜。什么白头娘、花莲菜、马兰草、茅节节、大叶狼箕草根、葛藤株头，凡是能填肚子的都像宝贝似的统统弄到家里来。开春了，气暖草芽萌，融雪的地表把枯枝败叶间的巴掌大的荠菜衬得格外紫绿娇嫩。见到它我就欢乐得蹦跳起来，蹲下身子，小心翼翼地用镰刀将荠菜从泥地里一朵朵挑出来。春分过后，马兰头、荠菜、野葱、野蒜、野芹等五光十色的野菜攒足了劲道疯长，小山村的田间阡陌上全是提着小篮子剜野菜的孩子。

母亲和姑姑手把手教我仔细分辨野菜，告诉我马兰头分红梗和青梗两种，茎直立，上部有细毛，分枝；荠菜贴地生长，叶片浅绿色，叶缘羽状浅裂，叶面平滑，稍具绒毛；蒲葱呈淡绿色，外形像葱，叶似芦苇叶；野蒜管状叶片，碧绿青翠，泥下的根有球形蒜头；等等。野菜的生命力非常顽强，到了冬至时节，霜打雪压，梯地里还有短小的碧绿青翠的野菜，水灵鲜嫩，半天能挖到一竹篮，足有二三公斤，面对这丰硕的收获，一家人总是喜笑颜开。

春雨过后，柴榛与杂竹相掺的山野就会冒出大片大片的野笋，黄壳笋、龙须笋、乌笋、鳗笋，大的似臂，小的似指，笋尖上淡绿的流苏含着晶莹的露珠。小满时节，我系着个蓝布兜，与弟弟一起去拗笋。拗笋，要往榛刺蓬里钻，外面的早被人拗去了，躲在榛刺蓬里的笋多呀。我弯着腰、瞪大眼珠搜索，发现了笋，就拼命钻进去，不怕柴刺划破手臂。当拗来的野笋装满了布兜，取得成就的喜悦感也充满了心头。

母亲灵巧的手能将野菜煮得可口味美。她将马兰头在开水中泡一下，然后，弄成凉拌马兰头；把马兰头切成细末，再选一株嫩笋，一块豆腐干，切成细末，整成马兰头香干春笋末冷盆。母亲还将剩余的马兰头煮熟后晒成干，藏起来秋冬时蒸来吃。新鲜的荠菜，母亲时而做荠菜豆腐汤，时而炒笋丝。有了面粉，还做荠菜包子、春卷、饺子。喝着荠菜笋丝汤，嚼着野菜春卷儿，仿佛故乡山野的清香都噙在口角里了。

食物匮乏的时代，是野菜的营养使我这个小山村的孩子茁壮成长起来。

"三年经济困难"时期，小山村老百姓又挨饿了，甚至比我童年时更苦三分。那时，我在蚂蚁岛教书，每个月还能分配二十几斤口粮。那个年代活过来的城市中人，当时是靠待别调拨的粮食得以维生，虽有不足，饥肠辘辘，面有菜色，甚至浮肿，然不致毙命。可我奉化老家农村惨了，农民们吃狼萁根、葛藤粉苦度日子。情况严重的一个村子，村民们缺乏食物、忍饥挨饿，路旁，常有瘦骨嶙峋的饿者或斜坐，或倒卧，奄奄一息。记得一次回老家探亲，我中午到家，晚餐还未着落，放下行李包，便和弟弟到山上去剜野菜。

剜野菜，在不愁吃喝的人看来是充满野趣和诗趣的，不是吗？从古至今的文人骚客们都对野菜念念不忘。《诗经》里就说"谁谓荼苦，其甘如荠"；"城中桃李愁风雨，春在溪头荠菜花"，更是说得诱人。《剑南诗稿》咏荠之句俯拾即是，简直将荠菜视为知己。是的，荠菜可入家馔，能上宴席。荠菜春饼是唐代的名馔，为国宴必备。如今，一些饭店酒馆，野菜也成了香饽饽，“珍馔一席，不如野菜一味。”人们吃腻了大鱼大肉，就想换换口味，瞧着大海碗清亮的薯粉羹里飘荡的一片片碧青的野菜，自是口角生津，掏一匙放到嘴里，丝丝缕缕的清香便在齿颊间蔓延开来。

可那时，我和弟弟去找野菜不是为尝鲜，而是为活命。记得到了野地后，见了马兰草、花莲菜之类，不管老的嫩的就连根拔。挖野菜的人多，地里的野菜也稀稀落落的，人们在溪头、阡陌、荒坡的各个角落，细细寻觅。有的野菜长在石缝里，要镰刀和手指并用硬挖出来；有的长在高坎上，要冒险攀爬上去剜。弟弟初中刚毕业，手皮嫩，十指磨得鲜血淋漓。我看到了四五米高的田坎上有一大蓬青葱的野菜，便不顾一切攀着石角茅草慢慢爬了上去，用镰刀将野菜一株一株剜下来。快割完了，不料踩脚的坎泥松了，我从坎上“咚”地掉下来，头撞在一旁的乌桕树上，幸好地面松软，没二次受伤。弟弟抱着我额角流血的头，呜呜地哭了。慢慢血不流了，我用嫩草叶轻轻擦净了血迹，拍着弟弟的肩头笑着说：“没事，我不疼！”真的，那时我看着割下来的那一大蓬鲜嫩的野菜，心里的欣慰确实比痛楚多几分哩！

夕阳西下，我和弟弟的小篮子里总算松松地装满了五花八门的野菜，急匆匆地回家了。老娘看到我额角的伤痕，问是怎么回事？我说不小心路上摔的，可弟弟告诉了娘，哥哥是为了割高坎上的野菜才受伤。娘听了抱着我哭了，母子俩辛酸的泪水湿透了衣襟。

煮野菜了，娘洗净了叶片上的泥渍放下锅。她舍不得多榨掉野菜的浆液，只是略略地泡一泡，去掉一些苦汁，便煮熟了给各人盛了一碗。大家顾不得味道有多苦，随便嚼几下，便将野菜吞进了肚子。

真要深深地感谢仁慈博爱的大地母亲，是那层层叠叠的山峦上的树皮、藤萁和梯地上的野菜草根，让“三年经济困难”时期小山村的大多数乡亲活了下来。

“肉不如蔬，蔬不如野蔬。”如今一些宾馆酒店把花莲菜、马兰草、荠菜、水芹等端上餐桌，与鱼肉相比，吃起来自是另有一番滋味。但它们大多是棚里人工培育出来的，总觉得没有从山野里采来的野菜香。记得那年清明，我回故乡探亲，弟媳特地上山去梯地剜来野菜招待我。弟弟说，村里的青年人都住到奉化城镇里去了，人少了，野菜长得格外茂盛了，溪头、阡陌、梯地、山坡上绿莹莹的马兰头、花冈艾、蒲葱、水芹、孟菜一簇簇、一丛丛蓬蓬勃勃，看着叫人好喜欢。晚餐，弟媳先用猪油煸一煸切细的笋丝，再把马兰头或荠菜剁碎入锅烹炒。那盘野菜炒笋丝一端上桌，四溢的清香就已激发我的味蕾绽放，用筷子夹一撮入口，透鲜透鲜，似觉整个春天咀嚼在口舌之间。

芋艿头

昨宵梦里，我又见到故乡一层层梯田里一支支修颀的粉色的芋艿梗托起荷叶似的碧玉盘，盛着晶莹的露珠，披上霞光的薄绡，似亭亭玉立的少女，在微风中翩翩起舞……

故乡的农历九月，新芋早已上市了。

“跑过三关六码头，吃过奉化芋艿头。”五湖四海的来客谁不以品味奉化芋艿头为幸事呢？那美食只要尝到一次，便渗透你的味蕾，一辈子难忘。

芋艿头没有晶莹润洁的外表，不会让人一见便心生欢喜，恨不得立马咬上一口；反而看上去有些毛糙，甚至是丑陋。芋艿头只有在用刀削去了它的毛皮之后，才会露出它粉白的本质以及顶部那一抹如女人胭脂似的霞红来。奉化的乡村都种芋艿，去故乡几乎一年四季都能吃上芋艿头。它价格低廉，即使是新鲜刚上市的也只卖五六元钱一斤。照这样说来，与它响亮的名声相比似乎是有些名不副实了。其实不然，它之所以名声在外,全在于它的那个味儿。

芋艿头蒸火腿、海参、香菇自然是佳肴,最省事的做法却是去皮洗净切成薄片,然后蒸在饭锅里,饭熟芋艿头便也熟了。蒸熟了的芋艿头软软黏黏的,用筷子去夹,如果你用力不当,它便在筷夹处断作了两片。好不容易夹起一片,稍微蘸一点酱油,然后放入口中,也不用怎么去嚼它已在你的口中化了,那感觉润滑香糯,吃下后不单肠胃舒贴,更是齿颊留香、回味无穷。如果把酱油换作腐乳、蟹酱抑或是虾籽,这又是另外的风味了;我喜欢用芋艿头蘸着蟹酱吃,那一份鲜香糯滑的味道,真是只可意会难以言喻!

芋艿是山桃花开放季节播种的。记得幼时,一场小雨刚过,泥土还是潮湿的,我跟着大人来到彩霞烂漫的山坡,眼前呈现一幅热闹的耕种图。一层层梯田里响起"嗨——嗨——"的吆喝声,扶犁的挥舞着长鞭赶着黄牛,犁头"簌——簌——"地梳理着泥土。不一会儿,一畦畦土地便像棉花匠刚弹松的一条条被絮。我偷着在上面打了个滚,被大人们逮住了,"噼噼啪啪"屁股被揍得火辣辣的疼。

掏孔的拿着锄头,在畦上钩出一排排整齐的穴孔;撒种的颈上挂个畚箕,盛着挑拣过的荸荠一般大的芋艿子,一颗颗丢在穴孔里;撒肥的抓起一把把草木灰,准确无误地盖住芋艿子,铺上黑土。隔天,我悄悄溜进芋艿田,只见父亲早已站在畦边,轻轻扒开覆盖的灰土,哇!芋艿子已经萌芽,长出了短短的雪白的根须,他脸上露出了欣喜的笑容。不几天,芋艿子芽头排成崭齐队列，破土而出，仿佛一管管尖尖的笔，沾着七彩露珠，娇黄新嫩欲题诗，尽日含毫有所思。

一场场雨水降临，加上充足的阳光，芋艿开始疯长，芋梗向上直蹿，展开宽大而泛着油光的叶子，摇曳生姿，亭亭如盖。深浅不一、重重叠叠的芋叶覆盖得芋田不见寸土，东风摇波舞鹦绿，鸦青注露酣娇黄。

奉化芋艿种植历史悠久，据《奉化县志》记载：早在北宋已有栽培，晚清遍及全境。如今，夏秋之间去奉化，随处可见一片片荷塘般的绿得逼眼的芋田，紫嘟嘟、粉扑扑的小喇叭似的花朵，尽情释放着芬芳气息。芋子在泥土中孕育着、成长着、膨胀着农家的憧憬。

芋艿种类很多，有大芋艿、红芋艿、黄粉箕、乌脚鸡等。乌脚鸡芋子多，产量高，头小纤维多而粗。大芋艿与红芋艿子小而头大，一般每个重二斤，大的有三四斤，皮薄呈红褐色，多粉质而少纤维。奉化肖王庙到舒家一带的芋艿头味道最美，粉脆如板栗，烹熟后香气四溢，令人垂涎。

“八月十六等不到，红芋艿头水拖糕。”孩提时代，一过七月就盼着吃芋艿头。等到丹桂飘香，新芋采掘到家，妈妈拣出几个大而圆的红芋艿头，用灶火烤熟，再蒸一笼水磨的米糕，一家老小便乐呵呵地围着圆桌尝新。吃着香甜粉脆的芋艿头，嚼着绵软柔韧的米糕过节，够你回想一辈子。

早将他乡作故乡的我，年年中秋，一见到天上那轮圆月，便会想起儿时一家人在一起吃芋艿头的欢乐。

可20世纪60年代初那次中秋节吃芋艿头的情景至今想起来还心酸。那年中秋，我回到家，放下行李袋，便与弟弟一起去剜野菜，妈妈倚在家门，凄楚地望着兄弟俩提篮上山，不时侧过脸，用袖口偷偷擦泪。晚餐时，母亲不知从什么地方弄来个红芋艿头，你让我，我让你，谁也舍不得吃，让着让着，一家人的眼眶都渐渐润湿了。

秋黄鸭肥芋头圆，如今每次中秋回乡，弟弟总要把香气四溢的甬、奉名菜——芋艿头炖鸭子端上桌："哥，尝一尝，咋味道？"弟弟刻意选了一块地种红芋艿头，芋艿头个个又大又圆，特别粉脆。我知道这是他忘不了的那个谁也舍不得吃的红芋艿头，它深深地烙印在一家人心坎上。

如今，老家的小青年都进城了，只剩花甲之年的老人守村了。一些极其朴素野蛮又极其精致细腻的房子空无一人，道地荒草萋萋，桃李顾自花开花落，可一层层梯田里，芋艿依然长得那么茂盛。逢年过节，弟弟总会托人为身在舟山的我捎来一筐硕大的红芋艿头，我再把它分给舟山的亲戚、朋友。每一次，我都会以自豪的口吻说："喏，正宗的奉化芋艿头，尝一尝我的乡味吧！"

"跑过三关六码头，吃过奉化芋艿头。"故乡人孕育出倾倒天下人的芋艿头，芋艿头也使故乡名闻天下。

故乡的火

烙印在意识深处故乡的火，犹如微笑，带着一份阳光般的温暖和月色似的忧伤。

服饰不一，胖瘦各异的灶火、窖火、窑火、灯火、炉火、渔火……活跃于故乡的各个角落，须臾不离地温暖着父老乡亲们的生活。多少年了，故乡的火还是那样青春如昨，与我童年时见到的一模一样。

童年印象中灶火是乡亲们最亲热的伙伴。它每日升一缕袅袅炊烟，烧三餐暖暖饭菜。喷香的芋艿头，透鲜的笋丝汤，还有美味的猪蹄、鸡翅统统是用灶火烹煮后才端上桌的。灶膛是火们最快乐的舞厅，茅草火、松毛火、鸡赤树火、麻栗火等，一簇簇、一丛丛跳跃着、晃荡着、环转着，一会儿拥抱，一会儿散开，一会儿匐匍，一会儿腾扬，尽情地舞蹈欢唱。茅草火性子烈，没耐力，“轰”一下蹿起来，直拱锅底，霎时，火头就低了下来。松树柴爿火就有韧性了，塞上几块，可烧上半晌。还有更耐久的，灶膛里搁上四五个毛竹根头和柴株，火头就大半天不紧不慢地红亮着，不用去添柴，最适宜烤毛笋、炖猪头。

过年时节，灶火的心情忒好，整天勤快地忙这忙那，一会儿炖胖蹄，一会儿烤河豚鲞，一会儿煮三鲜，一会儿蒸米糕……灶膛里总是跳跃着高高低低的五颜六色的火焰。忘不了小时候年三十晚上，家里总有一项必不可少的“工程”——炒年货。吃完年夜饭，妈妈便把家里需要炒的，如花生、倭豆、番薯片、玉米粒等统统从锡瓶镴罐里一股脑儿掏出来，搬到灶头上。此时，我和弟弟就兴奋起来，睁大眼睛盯着，待妈妈把锅里米饭铲干净、锅洗清爽后，我便在灶膛里开始烧起柴火。烧灶火这活计，我七八岁就会了。每年除夕夜，烧灶火任务大多由我来担当。烧多了，有经验了。炒年货是慢工细活，灶火不能太猛，要悠悠的。火头过旺，瓜子花生表面熟了，然而一剥一咬，还是生的；火头太小，炒货不易熟，难酥。妈妈是炒年货的行家，炒时，她在炒货里添些许沙子，炒出来的花生、香瓜子、番薯干、倭豆和年糕片崩脆崩脆，又有发酵似的“胖度”，外观挺好看，还散发着淡淡的幽香。一家人津津有味地咬着嚼着“新鲜炒货”，俨然一幅明快的《家庭过年图》；一家人边吃炒货边夸我灶火烧得好，我心里那个欢乐的滋味呀没法说。

故乡的青油灯火，是我心中最深情的火。童年时，老家有一盏铁架高脚青油灯，浅浅的铁勺里灌上青油，搁一支灯芯，燃起豆粒似的光芒。一年四季，妈妈总是戴上一副老花镜，傍着青油灯，捻尖线头，眯着眼睛穿过针孔,针尖不时在头发上滑擦一下,划出一道弧线,不停地替一家人的衣衫打补丁。补丁叠补丁,几乎看不清旧衣衫究竟是什么底色。记得那年冬至时节,窗外飘着棉絮似的雪片,妈妈在灯下拆掉了自己的一件棉衣,垫入新棉絮,为我缝制过年的棉袄。半夜醒来,犹见妈妈穿着单薄的夹衣,在青油灯下一针一线、全神贯注地缝纫着,那情景令我一辈子难忘。时过半个多世纪,那件淡黄色的细细格子与青青底色的棉袄,还清楚地烙记在我的心坎里;那一粒摇曳于微风的青油灯光芒,还不时闪烁在我的梦里。谁也无法衡量,那件小小的棉袄,缝进了浩瀚的母爱几许?

故乡的火,最热忱的当数篾竹把燃起的照路的火。儿时,常随父亲去邻村走亲访友,至夜里才归。主人没电筒,就送我们一捆篾爿,点起一把火,为我们做伴。竹火把的那团红彤彤火光,照得父亲的胡子兴奋地抖动,照得山路边的蚱蜢噼噼啪啪地跳腾。哪里有块石板摇动了,哪里有个土坑要蹩脚,哪里有根藤丝会缠腿,都能看个一清二楚。有了火把,走路的胆子也大了,火光染亮了山岙,什么野狗呀、狐狸呀都吓得往暗处逃遁,只敢远远的呜咽几声。过溪过沟时,父亲把火把举过头顶,俯身先过,再回过身拉着我的手过来。到了家门口,那篾竹火把还熊熊燃烧着,仿佛意犹未尽,还想伴你走一程哩!

火单纯得犹如小孩子,跟好学好,跟坏使坏。因此,大人们绝不让天真的火跟着顽童们去“野”。童年时我非常爱火,又本性顽劣,平时大人管束得紧,可到了清明时节上祖坟，大人就难管了。山上空旷，大人们忙着削坟头草、摆冷盘、插纸幡……那种点香燃蜡烛的事就有我的份了。一见火，我就狂了，大人又不好意思在祖宗面前动辄骂孩子，只好放任一点。早春时节，枯草干燥得索索响，乱点蜡烛乱插香，岂能不惹事？ 蹦出一粒小火星，沾上草叶便着了，风一撩逗，火趁风翅，沿着山坡疯飞，我吓愣啦！ 大人们一见山火烧起来，便忙不迭地砍下青松枝扑火，噼里啪啦，好一阵猛叩，待到硬生生摁住火苗，半个山头已烧成了漆黑的焦土，大人们一个个都弄得灰头土脑。这时，我瑟瑟抖索着躲在一个旮旯里，想蒙混过关。是可忍孰不可忍？父亲再疼儿子也要向大伙儿作个交代，便怒气冲冲地将我揪出来，后脑勺少不了挨一顿教训的“爆栗子”：“小猢狲找死，再弄火，剥侬皮！”

不过，有一种火例外，小孩爱玩，大人们也高兴让小孩去玩。那种火不会燃烧，有翅膀，会飞，叫萤火。

萤火，是山村最轻灵的火，是水中生长的火。溪畔的芦苇丛和水稻田是萤火虫的发祥地。萤火虫俗称火萤头，头年夏秋产卵，廿七八天即孵化为幼虫，幼虫身体有十三环节，纺锤形，头和尾呈黑色，尾端有一个能够吸附他物的附属器，可代足用。尾端稍前方的身体两侧还有一个特殊的发光器官，能放射青光。日中隐伏于湿泥中，夜间出来觅食。它能吃一种做人类肺蛭中间宿主的螺类，所以有相当益处。翌年春天，长大成熟，蜕皮成蛹，至夏天就化作飞行的成虫了。记得小时候夏秋之夜，故乡的火萤头犹如满天雪片移动游荡,“腾空类星陨,拂树若生花”。

这是幼年暑假在故乡纳凉时所见的情景:夜幕下,树梢衔月半规,村子四周都是静悄悄的黑魆魆的树篷草影;只有溪流在微风中把天上的星星荡漾成一缕缕银色的涟漪。这时,小山村男女老小到溪边乘凉聊天,芦苇底下和田边的草丛的火萤头也来凑热闹,一个又一个飞出来,忽明忽暗的一点点白光,不停地飘浮,上下翻飞,左右盘旋,闪得人眼花缭乱。大人们对眼前的火萤头见怪不怪,即使飞临到身边也不驱赶,只是实在遮眼时,才会伸手抓住一两个顽皮的,暂时在掌心“关押”一下,算是惩戒,转瞬间,又笑嘻嘻地一扬手放飞了。有趣的是这些火萤头虽然乱窜,但也有一些追逐的行迹:有时一个飞在前,亮了起来,一个就会向它直追,忽地前面的隐没了,或飞入树丛,给枝叶遮没了;或飞到溪面上,与星星混合了。于是,追逐者失去了目标,没头没脑地东游西荡,有时反给另一个火萤头作为追逐目标了。这样的追逐有千对百对,溪水上,草丛边,稻田里,一明一暗的白火与天上繁星一样多。密密麻麻的火萤头,使孩子们随便蹦跳一下,伸出手去便可以捉到一两个。

萤火虫,
真威风,
小小屁眼夜夜红,
挂起一盏小灯笼。
飞到西,

飞到东，
飞到溪上留个影，
飞到天空捉蚜虫。

火萤头，
摆金豆。
一粒一粒天上摆，
一亮一亮水中游。
千粒萤火万点星，
一条银河绕村流……

童年时，山村小伙伴们边向火萤头唱着质朴的儿歌，边沿着火萤头光影追逐，用芭蕉蒲扇将它拍下来，揽住了塞进空心的南瓜藤，做一支绿莹莹的荧光灯。晋代的好孩子车胤，不就是用萤火代烛火读书吗？有时装进玻璃瓶里，用竹竿挑着放进溪水里，鱼儿虾儿就成群结队围拢来看稀奇，用嘴啄，用钳抓，绕着光溜溜亮晶晶的瓶儿一圈又一圈团团转……火萤头的确太可爱了，"逢君拾光彩，不吝此生轻"。只要孩子们开心，火萤头不惜奉献出自己微薄的光芒。

15岁，我考入奉化师范，毕业后来舟山教书。夏秋之夜，在阳台上纳凉只要见到什么光点一闪，就会立即想起孩提时代故乡的萤火虫——水面上、稻田里一上一下，一明一暗的千百点闪闪白光。在白炽灯、氙气灯和霓虹灯交相辉煌的城镇，是没有机会遇到萤火虫的。故乡的萤火虫更是一年、二年几乎有十数年没看到过了。一次，我在电话里问奉化老家的弟弟，火萤头还像我小时候那么多吗？他说有段时光，故乡化肥农药用得过分了，再加上造纸，清澈的溪水变黄了，过度砍伐树木，山林稀疏了，山村与生俱来的火萤头也不见了，使多少颗心感到寂寞、凄哀呀！近几年造纸厂关了，菜田、稻田又像早先一样用有机药草治虫了，施肥也用人粪、尿等有机肥了。村子四周黑蓬蓬的树影也渐渐浓密了，火萤头又一闪一闪飞出来了，山村人们的心灵和大自然的美好深情又互相应和，同频共振了。故乡重新飞起来的点点流萤，唤醒了人们蒙尘许久的那抹微笑。山村本应该有花的芬芳、草的清香、簇簇火萤头的自由飞翔呀！

我听后叹了一口气，现居的沈家门镇节日虽有焰火，但因河水未净，至今周边还未见萤火。我想去东港新城郊外的夜晚看一看，那里有许多湿地公园，水质较好，环境清爽，不知是否有萤火虫？若有飞萤穿梭织流，田园气息与野趣顿时洋溢，人们的心灵会有一种难以言喻的愉悦。从人类文化的角度说，乡村的萤火似乎比城镇的焰火更美。所谓人类文化，无非是心灵的一种感受，宇宙万物无论是自然的还是人为创造的，都是客观体，当被人关照之后，反映至人的感觉上，才开始有了颜值、有了气质、有了灵犀等说法。焰火、萤火二者之于观赏者来说，其美感迥然不同，焰火只不过是一阵大锣大鼓般的热烈刺激美，纵然五彩缤纷，绚丽夺目，终究兴奋神经于一时；而萤火之柔谐委婉冷静美，如舒缓的音乐，涓涓流淌于人的心底，悠然轻盈,不知不觉间消弭一切烦恼与忧愁。

嗬,火萤头,你冲破了黑暗的束缚,虽然微小,但并不渺小,"因为宇宙间一切光芒,都是你的亲人"呀!

因了火萤头我怀念着童年时代故乡春夏之夜的诗情画意,感受着山水草木的灵秀芳香了。祝愿我的故乡及所有乡村永远以繁星般的火萤头去闪烁人们纯稚童年时代的梦想与创造力。

故乡还有一种不会燃烧的、冷冽的、随风飘荡、游弋不停的火,它叫磷火,俗称"鬼火"。这种火,阴森得人一见到便毛骨悚然。风雨如磐的岁月,山村纵然偏僻,也不太平。匪患战乱,人命如草芥,山野间有多少屈死于异乡的孤鬼野魂啊!我的大叔——奉化抗日自卫队战士阎传法,被日本鬼子杀害于溪口镇康岭村的田畈,至今难觅尸骸;我的小叔阎传惠离家替地主当长工,肚饥摸蛳螺成了陷沙鬼,尸体埋于异乡草莽。童年时的故乡,有一股凶戾之气,我曾亲眼目睹地主武装——村自卫队押着绳索串联的、五花大绑的、口音不同、穿戴不一的二十多个年轻人枪毙于村边的一个山坑里,血流成河。尸体草草埋葬后,次年,野冢顶上冒出一蓬蓬特别茂盛的石蒜花。此花又叫彼岸花,有种灵异气氛很重的特殊味道,颜色犹如鲜血,观之令人心沉神黯,胸廓涌起郁悒的忧伤——浪子在外早已化为尘土,可怜爹娘在家还倚门翘首相望。山村草野间散落那么多的尸骸,自然会释放磷化氢。夜间,有时野地里便会出现白色带蓝绿色的磷火,浮游空中。殷夫《孩儿塔》诗:"幽灵哟,把黝绿的磷火聚合。"艾青《光的赞歌》:“即使我们死后尸骨都腐烂了,也要变成磷火在荒野中燃烧。”孩提时代,记得这种磷火不时在我家乡的山谷、田野之间明灭闪烁,屡屡为夜行人所见。有次,我和父亲提着盏防风灯去稻田里摸螺捉蟹,黑夜似乎把声音吸纳进黑暗里,远处猫头鹰的鸣叫更显得天地静寂。此时,忽见对面山坡上三四粒倭豆般的黝绿的光幽幽然飘荡于微风里。父亲一句话也没说,伸来微微颤抖的手,赶紧拉着我回家。然而我并不紧张,不就像火萤头一样吗?还傻傻地想,那几粒火里有我熟悉的人的灵魂吗?夏秋之际,村口的纳凉晚会上,鬼火是一个热门话题,乡人绘声绘色的描述听得你心惊胆战。说有个雾夜,一袭朦胧的白纱衣上,闪烁着一粒鬼火,紧紧地追赶着一个人,是讨债寻仇还是想干什么的。逃者,惶惶然一路狂奔,跑回家转身关上门。孰料鬼火逐影附形而来,还想从门缝里钻进去。说幸亏那人头脑还机灵,燃亮一束篾竹火把,猛烈的竹火驱走了鬼火,才保住了小命。还有什么遇到“鬼打墙”,有人夜行途中见了鬼火,拼命逃奔,只见四方怪石嵯峨,槎枒似剑,土立高墙,重叠如山,转来转去还是老地方,如入迷宫。听着听着,不由令人脊梁冷冰冰的。其实,庸人自扰。有个赌徒到邻村打牌九,深更半夜归来,远看前方,一点鬼火,闪闪烁烁,不免心生害怕,硬着头皮往前走,近了一看,哂笑:“什么鬼火?”一个还有余火的灰堆而已。鬼不吓人,人常常自己把自己的三魂六魄吓掉,一见磷火,神经紧张,脑子缺氧,眼前呈现种种幻象。

如今,奉化像我故乡马站那样的小山村,照明都用电灯了,作炊用煤气了,但不少人家有时仍喜欢用柴火,说用柴火烧的饭菜香,炒的花生、瓜子酥脆。煤气烧了没了,柴烧了还有炭火。到了冬天,用柴火的人家就更多了,烧下的炭火畚到火囱篮里,给爷爷、奶奶暖手烘脚。老人们用不惯电热宝、电热袋什么的。火囱篮里火幽了加几块黑炭,炭就慢慢燃着了,拨一拨,一朵朵炭火红得像云彩,艳得似花蕾,陪伴着老人直到春暖花开。平时,故乡已很少见到年轻人和小孩子了,可一到寒暑假,就热闹了,城里的小媳妇带着孩子来爷爷奶奶家。夏日,山村是孩子的天堂,不仅比城镇凉爽,而且还有小溪这个偌大的免费游泳池,清澈的水中泡满了黑油油的光溜溜的小屁股;冬日,火囱篮是美食的烤箱,爷爷奶奶不时给孙子孙女煨一块香喷喷的年糕、番薯片什么的,那种煨出来的独特的美味,城里孩子是享受不到这份口福的。老人们就这样引诱孩子们回老家过假,与自己多一些相处日子。

故乡的火尽心尽意帮乡亲们做事,乡亲们也了解火的脾性——单纯得不假思索,只要谁挨着它,它就会给你热量,助你燃烧起来。因此,一个烟头,一星火粒,一堆草灰,乡亲们都小心翼翼地照看着,让不应该烧着的东西远离火,一心一意护持着火们的好名声,使火们只做好事不损人。

从少年到白头,大半个世纪过去了,故乡的火大多绮丽如故,燃烧的美还是那么年轻迷人。唯独听不见人们议论“鬼火”了。也许,欣逢盛世,多年升平,游荡于山野的孤鬼野魂都返乡转世了吧。

遍野蓬蒿

从记事起，我对蓬蒿就了然于胸。故乡的山野上，满是高高低低的蓬蒿，诸如米蒿、黄蒿、白蒿、艾蒿、青蒿、香蒿等，可谓遍地皆蓬蒿。蓬蒿虽然低贱，但生命力之强大无与伦比，为无际的荒野增添了蓬蓬勃勃的绿色生机。

蓬蒿花小，黄绿色，叶如丝状，有一股香香的辣辣的特殊的气息，有点熏人，即使青嫩的棵籽，牛羊也不敢啃。不过，艾蒿例外，其嫩叶去苦汁后，可做青饼、青团等。年年艾蒿抽芽发青，岁岁清明麻糍泛香。

蓬蒿虽然平凡、卑微，但人们非常喜爱它。端午节，走在故乡的村巷，空气里一股清新的特殊的植物芳香扑鼻而来，抬眼一望，只见几支绿意盎然的艾蒿夹起两支剑形的菖蒲，红绳萦回扎成醒目爽神的一束，悬挂于家家的门梁，间或弥漫出一缕缕淡而怡神的清香。艾蒿可以“驱虫”，菖蒲用来“养人”，故乡老人说，要挑叶片大而饱满的，香气纯正。悠长的岁月里,正是这些植物的馨香,延续着那份熟悉而温馨的传统。

童年时,夏至时分,我常常随父亲去割蓬蒿。父亲把割下的蓬蒿扎捆挑回家,解开后一棵棵平摊在晒场上,晒干,当柴烧。而我上山帮父亲去割蓬蒿是贪玩,割了几根蓬蒿,便顽性发作,在蓬蒿丛中捉蚂蚱、逮蝴蝶、赶斑鸠、逐黄鹂……父亲的关爱与我童年的乐趣,都散落在蓬蒿丛中,成为永远抹不去的记忆。

世间之物,识之是宝,不识是草。村民眼中的蓬蒿不像树木那样可作梁椽,不像竹子那样可编箩筐架桥梁,茎老了,顶多给老人做一根并不坚挺的拐杖,用处不大,认为蓬蒿只是一种不择位置高低、不计土壤肥瘦一个劲疯长的贱草。其实,蓬蒿大有用处,《本草纲目》视艾蒿为宝:“灸之则透诸经而治百种病邪,起沉疴之人为康泰,其功亦大矣。”而青蒿,更是蕴含着抗疟的神药——青蒿素,屠呦呦等发现并提炼成功,轰动了世界,荣获诺贝尔奖呢!老蓬蒿还有一个特殊功能——晒干捆扎,燃之,挨熏的蚊子慌不择路,四散逃遁。

夏秋之夜,小山村的男女老少有个习惯,喜欢坐在小溪畔或天井里说新闻讲故事。此时,蚊子便乘机来捣乱,败坏人们乘凉的雅兴。它贼溜溜潜来,冷不防冲你的胳膊、腿肚子叮咬吸血,伤处累累隆起,一个个疙瘩如玉米棒子,又痛又痒,一不小心抓破了皮肤就烂,烦死人。那时,没花露水、风油精、电蚊香、驱蚊丸之类,更无电蚊拍。人们在室外乘凉靠一把蒲扇或芭蕉扇拍打蚊子,“噼里啪啦”的声音不仅会干扰乘凉晚会温馨的气氛,也赶不完成群扎堆的蚊子。于是,人们便在一旁燃一把长长的散发着淡淡青烟的蓬蒿束,一听到蚊子的嗡嗡声,便赶紧将蓬蒿束举起来,上下左右挥舞一阵子,淡香里带点辣的蓬烟飞扬,蚊子便无影无踪了。

由于蓬蒿能驱蚊,使我对家乡人“坟头长蓬蒿,子孙有出息”的说法,也莫名其妙地信有其事了。这个说法不仅抬高了蓬蒿的身份,甚至带着点神奇。童年时,家乡的人们在一起谈人生、论命运,最常说的一句话就是“坟地里有没有那棵蒿子”。东村的一个年轻人在上海发了大财,西村那个童年的伙伴在衙门里当上了官,那是由于人家“坟地里有那棵蒿子”。因此,“坟地里的蒿子”便成为一种象征。当人们不能走出小山村,无法出人头地,难以摆脱“面朝黄土背朝天”的命运时,一声“坟地里没那棵蒿子”的叹息,吐尽了满腹无可奈何的怨气。如今,小山村谁家孩子没考上大学,犹有“坟地里没那棵蒿子”的沉重叹息。这不禁使我遥想千载之前,诗仙李白豪情万丈地高吟“仰天大笑出门去,我辈岂是蓬蒿人”之意气风发。想必彼时李家坟地里,也是盎然长出“那棵蒿子”了!

吾侪皆为草根,本来就是低微的“蓬蒿人”,不会去关心坟头“长没长蒿子”。然而,身处社会最低层却也要“仰天大笑”,竭力去驱赶“蚊子”,尽心给大地奉献点绿色;并与树们同在阳光下,不卑不亢,以不屈的脊梁面对雷霆、笑迎风雨,支撑起头顶的一片蓝天。

草 篷

又见草篷——长在故乡农家心头上的蘑菇哟！

近乡情更怯，脚步不由自主地慢了下来，端详着田野和晒场上的一个个草篷，心被一种不能自已的情激动得剧烈地跳动起来。嗬，草篷，你与篱笆、竹林、稻田及袅袅的炊烟一样，都是我生命里最美丽的风景啊！

少年时，在故乡当过几年农民，秋收后，父亲和我把稻草从田间挑到家门外的晒场上，一束束认真地精心地垒成金字塔状的草篷。草篷的大小好坏可不是简单的问题，它是一座碑，一座记录稻秆子是粗壮还是孱弱、稻穗短小还是硕大之碑，一座象征一家人一年收成和尊严之碑。

稻草的用途十分广泛，过去除了每两年要翻盖一次自家的茅屋、厕所外，家里垫床、做草鞋，乃至豆、麦地里竖一个吓鸟的假人，也用的是稻草，但主要还是作喂牛的食料，因为牛是农家的宝贝，开春犁田还得用酒糟拌稻草喂牛，那样耕牛才有足够的力气拉犁。所以储藏稻草的草篷，家家都要叠一个，这是农家的头等大事。

草篷，形态各异，大小不一。它们或紧密相依，或形单影只默默地打坐在田野溪畔。远远望去，一个个、一排排，就像刚出土的草蕈，又像草原上牧民们的帐篷。在淡淡的雾气和炊岚的缠绕下，若隐若现，如诗如幻。越往前行，离家越近，再往前行，就走进了童年的草篷记忆。

记得那天要吃夜饭了，爹娘四处找我，而我却躺在家门外晒场上柔柔的草篷里睡着了，还以为是躺在娘亲的怀抱。梦见溪畔草丛里萤火虫一闪一闪，梦见苍穹月亮边的星星一眨一眨，母亲找到我时，脸上还甜甜地微笑呢！童年的经历犹如草篷那样么朴实与天真，充满了快乐和遐想。儿时的我，几乎天天和草篷在一起，它是我怀梦的温床，是我嬉耍的乐园。那些个童年的迷藏、娘亲的唠叨，都被我掖在这松软的草篷里了。

故乡的草篷，在风雨的梳洗中，阳光的灵感里，编织了一个个妙趣横生的故事。

小孩子喜欢钻草篷捉迷藏不稀罕，可鸡们爱蹲草篷，跟人们玩躲猫猫什么的，就乐死人啦！邻居张婆婆喂了一窝鸡，一只大黄草鸡和麻花鸡特别会生蛋，她欢喜得整天合不拢嘴。可近几十天来，她皱起了眉头，这两只鸡怎么光咯咯不下蛋？每到该生蛋时辰不钻进窝，自个儿往外跑，大半晌才回来。起先不注意，后来张婆婆留心了，到时，她摸一下大黄草鸡的屁股，有蛋。喂了鸡食，那只鸡又溜了出去，等转一圈回来一摸屁股，蛋没了。可那只麻花鸡，摸来摸去始终没蛋，它不生蛋了吗？张婆婆发愁了，那天，她把这事一五一十告诉了我。我心中似乎有点数了，说："好办，一定帮阿婆查个水落石出。"又到了该下蛋时光，那两只母鸡又溜了出去，我就悄悄跟踪，紧紧盯着，只见那只大黄草鸡东转西弯，来到一个草篷，展开翅膀嘟地飞到了半腰，簌簌地钻进草篷里，过了一会儿，咯咯钻了出来，飞落地上。嗨，它葫芦里究竟卖的什么药？我三下两下，爬上去扒开草篷一看，哇噻！一下子愣住了，好一窝白花花的蛋哟！那麻花鸡又有什么花招，会使我更惊喜吗？我再去找，转过两个草篷，面前的情景使我目瞪口呆，这只麻花鸡竟从草篷里领出一群毛茸茸的啾啾啾叫着的小雏鸡。我连声叫："阿婆快来！阿婆快来！"张婆婆过来一看，脸上顿时笑开了花，竟像小媳妇似的扭动腰肢随着那群小鸡舞蹈起来。

冬至时节，山乡的各种小家伙都会莫名其妙地钻进草篷来。一群群小麻雀为了避寒，纷纷飞落到桑树下的草篷，有的还做起窝来。老鼠也喜欢钻进草篷，有时麻雀在上，老鼠在下，嗨，似乎还能和睦相处哩。小伙伴们却不肯放过它们，一窝一窝地找出来消灭掉。嗬，有的草篷里面居然躲藏着泥蛙或者蛇！隔壁云叔发现草篷里有一撮撮獾和黄鼠狼的粪便，他摩拳擦掌乐呵呵地说，要抓几只獾和黄鼠狼做件大皮袄。

哈，隔几天扒开草篷一看，却是一窝谁也不敢用手去碰的刺猬。

草篷，不仅是家禽走兽蛇虫们产卵育雏的场所，还有许多浪漫的故事。

村子里每年都会有几对青年男女自由恋爱后成婚，他们的罗曼史是与草篷紧密地连在一起的。一天清晨，母亲叫我去拿束草来烧饭，我跑到草篷，胳膊伸进去却摸到了一个热乎乎的人，咯咯咯地笑起来，一看，竟是邻家雪梅姐，她和云明哥偎依在一起可亲热哩！“嘘——”雪梅姐叫我莫声张，替她保密。村东头的亮叔在自家草垛里发现了一个能容三四人的大洞洞，自然又是哥们姐们的所为了。久而久之，村里人对到了谈恋爱年龄的男女开玩笑，不说该找对象了，而是说“该钻草篷”了。

草篷，不仅给山村人们无限的生活乐趣，在饥馑岁月还给了村民不少温馨和抚慰。记得那年冬日，我回奉化老家探亲，四邻八舍怕冷的饥民们瘦骨伶仃，三三两两，缩头缩脑地蹲伏在草篷边晒太阳。此时，我的小弟鹏超便乘机睁大眼睛细细地找寻着草篷里残留的谷粒。找到了一颗，就一蹦三尺高，赶紧往火囱篮里搁着的那块铁皮上去烤，两眼紧紧地盯着谷粒，“啪”的一声轻响，爆开了一朵喷香的雪白的米花，不怕手烫，抓来丢进嘴里的那一刻甜笑，至今犹灿然烙印在我的心中。

草篷，是农家热量的来源。老人们说，没有柴草烧就等于没有饭吃。草篷，是火的仓库。它凝结着从春到秋的千万缕阳光,储藏着从土壤和绿水里长出来的那团烈火。草篷,懂得在火柴的摩擦下如何释放积存的炽热,如何使自己涅槃重生。千百年来,草篷点燃了祥和的炊烟,给农家温暖的希望。那献出芳香的饱满的谷穗之后的一根根稻草,红了灶膛边奶奶的脸庞,香了稠稠的小米粥。

如今,故乡作炊用煤气了,到了十月,人们便会将草篷拆散,除部分稻草留给牛羊作食料外,其余都铺在竹林里孵育笋芽早发。

故乡的草篷——长在农家心头上的蘑菇哟!你不仅孕育着竹林的春天、养育着牛羊的成长,还勾连着我的乡愁哟!

纺织娘

假日返故乡，听到纺织娘的歌声还像我儿时一模一样，多么熟稔的歌，唤醒了我的童年，半个多世纪犹如瞬间。那只伴我一个夏季的纺织娘，它的体貌与鸣叫声，又在我心目中生动起来。

儿时夏日的傍晚，只要听到溪畔传来纺织娘的叫声，我便像被摄了魂似的，无心吃晚饭，也无心做作业，只想把这只纺织娘捉来关进笼子。

纺织娘，故乡俗称“摇线车”，它的鸣叫声就像旧时纺车纺棉线的声音一个样。

那天傍晚，溪畔草丛隐隐传来“轧织、轧织”的声响，我的心便“扑通扑通”跳起来，匆匆地扒完了碗中的饭粒，急忙溜出家门，循着纺织娘的叫声，沿着路边的草丛去寻找。这小东西警惕性高，闻人跫音渐近，便寂然敛肢，保持沉默。只因我不小心，踢响了一粒小石子，那只兴高采烈地唱着的小家伙便霎时寂然无声。无法准确地判断它停在哪一片枝叶上，我只好一动不动伫立于草丛边，作枯树状，屏息等待。一阵微风吹过，草叶簌簌作响，更需耐心静候。过了一会儿，“轧织、轧织”声又响起来了。我蹑手蹑脚，悄然逼近那蓬青草。这次，那家伙的鸣叫声低了许多，显然余悸犹在。我慢慢蹲下去，愈逼愈近，骤地扭亮了手电筒，这下终于看清了。哇，这家伙，真狡猾！绿草丛中，有异样的椭圆形叶子，还有几条的又细又长的藤丝。粗看，肖似藤蔓的叶片和须丝，细看，才见到它的翅膀和长长的细脚、长须，其伪装之巧真是惟妙惟肖！整个身子犹如碧玉雕琢，造型之美，令人惊叹。我真舍不得用力去抓它，怕疼了它，伤了它。在手电筒逼射下，它纹丝不动地伏在草叶上，嗨，真沉得住气！唉，怪我太轻敌了，我怎么也想不到它逃腾时身手如此敏捷！当我伸手去抓它的时候，冷不防它突然蹦跳起来，犹如一道绿色闪电划过，轻松地从我手边逃走了。唉，看来捉纺织娘这样的小虫，也不可掉以轻心呀！

我不死心，还在草丛里静静地等候。哈，功夫不负有心人！草丛中又响起了“轧织、轧织”声。这下，我以蜗牛般半分钟一步的慢速，一步一步，小心翼翼地靠近鸣叫处，逼近了，双手伏地如猫，悄然爬行，“唰”地扭亮电筒，那家伙才察觉，不再摩肢，但前肢仍然高张着，不肯收拢。它在想，我唱得好好的，你怎么来打扰我呀，似乎想等一会儿再唱。有了前次的经验，我动手去抓它时慎之又慎。先把五指张开，慢慢地笼罩到它的顶上，然后无声无息压下来，当我用食指和拇指去夹时，它才悚然敛肢，想腾跳起来，可来不及了，给我抓进了瓶子，成了“瓮中之鳖”。我长长地舒了一口气，好像捡到了一个大活宝，快活极了。回到家，在灯下一看，我的心怦怦直跳，多么美丽的小“歌唱家”哟！它从头到翅端长达50~70毫米，前翅宽阔，形似一片扁豆荚，侧缘有数条深褐色斑纹，身子翠绿，触角细长，插着半透明的绢纱似的翅膀。父亲也走过来欣赏，他指着那只纺织娘强壮的前肢微笑着说：“这是雄的，摩动前肢会发声。雌虫的前肢没那么粗，也不会发声。好，我来做一个笼子吧！”

“不用，我自己做呗！”不吹牛，那种竹笼子我10岁前就会雕了。说干就干，锯来一节竹筒，我用自制的刻字刀在竹筒上雕削出细细的几条平行的缝，在节上开一个门，弄一个盖子，一座纺织娘的新房子就做成了。

我从溪畔采来南瓜、丝瓜的金色花瓣，以及桑叶、柿树叶、核桃树叶、杨树叶等，天天给纺织娘享用丰盛的筵席，还把它的房子打扫得干干净净。纺织娘也尽心尽意回报，当太阳收起最后一缕金光时，它的个人音乐会便开场了，先是短促的“轧织、轧织、轧织”浅吟，犹如织女在试纺车，二三十声后，才“织、织、织”地音高韵长放声演唱，时轻时重，似纺车转动，似流水潺潺，似铃声摇响……在纺织娘入神的演唱中，辛苦了一天的一家人，渐渐地进入了甜甜蜜蜜的梦乡。

“啼彻檐头纺织娘，凉风乍起夜初长。”霜降来临，天气转寒，给我家一个夏季夜晚快乐歌声的纺织娘，日益憔悴，体绿已失去亮色，有点枯涩了，不再有翡翠般晶莹之美了，歌声也渐渐低沉。最不妙的是它胃口差了，给它采来的花与叶，只吃一点点，大多还叠在笼里。一天傍晚，父亲对我说把它放了吧！我有点舍不得，但也不忍心看着它死在我眼前，便拿着竹笼来到溪畔草丛。揭开笼盖，它抖抖索索地钻出了笼子，前肢似乎失去了弹力，用细细的长长的后脚吃力地撑起身子，一下一下，缓慢地爬进了草丛。唉，看来它活的日子屈指可数了，我的心头不禁涌起了一阵忧伤。

那么多年了，一想起那只纺织娘放归时抖动着长须，疲惫地爬进草丛的情景，内心便充满歉意，它给了我生活那么多乐趣，而我给了它什么呢？

阿姑坐花轿

坐花轿，这种古色古香的民俗婚礼，在农村早已成为历史，而烙印在我的心底的阿姑坐花轿出嫁的画面依然如此清晰。

那年春天，姑姑要出嫁了。我家虽然穷，然而姑姑一生就这么一次，爷爷和父亲刻意要让她风光一下。花轿有四人抬和八人抬的，爷爷一定要姑丈家弄一顶八人抬的大花轿。

坐花轿，这是旧时婚嫁礼仪中被人们视为明媒正娶的重要标志之一，女人只有出嫁这天才能风风光光地坐花轿。坐花轿，是女人一生中最荣耀的事情了。大喜那天，姑姑头戴凤冠，冠上全部是闪闪亮的珠子；云髻高挽，花钿贴鬓，脸敷脂粉；身穿大红大绿的绸缎彩衣；腰系两面铜镜，前小后大，名曰驱邪镜，又叫照妖镜，据说可以逢凶化吉、驱邪保平安等。装扮后的姑姑，满头珠翠，浑身绫罗，花枝招展，光彩照人，简直令人不敢相认了！

姑丈家在二十里外的岩头村，与我老家马站隔着几个山头，姑丈家租来的那顶大花桥撒了一路风光。瞧，雕花彩阁四四方方，顶层四檐刻有花卉松竹，中间围屏龙凤戏珠，刀工精细，纹饰精美，细一凝视，栩栩如生，立体感极强。四檐四角装饰着流苏，轿身晃悠，迎风流动，呈现出一种别致的风韵。

姑姑出嫁，爷爷和父亲东拼西凑，千方百计置办了十多台嫁妆，箱柜桌椅，锅碗瓢盆，被子蚊帐，锡瓶镴烛台，一应俱全。爷爷说："家穷，不能穷婚嫁。再穷，也不能在男家面前丢了面子呵！"

抬轿的轿夫，一律腰系红带，打扮一新，器宇轩昂。他们将轿子抬到我家门外天井中央。花轿一到，我和叔伯们就放起了鞭炮，迎亲宾客及轿夫即被请进去吃果子、茶及点心。姑姑要上花轿了，出家门时脚不能着地，说这样会带走娘家的风水，一世受穷。姑姑由大哥哥——我的父亲抱着上了轿子。

新娘子上了轿，唢呐嘀嘀嗒嗒吹起来，喜锣叮叮当当敲起来，伴娘咿咿呀呀唱起来。起轿了，父母兄弟姐妹叔叔大姑小姨们一声声哭起来，可我还沉浸于放鞭炮的欢乐之中，哭不起来，没法挤出眼泪呀。姑姑二十年与家里亲人形影不离，一旦离开能不伤感？再者，我们当地的习俗是女儿出嫁时，在娘家哭得越凶越好，这样女儿到夫家就会大富大贵，因此，也放声大哭，家门内外哭声震天。

花轿里有一坐板，铺以坐垫。姑姑进轿后，轻轻拉下门帘，从此，她便结束了少女时代的梦，踏上了那长长的相夫教子的人生之路。

姑姑出嫁,我真的感到非常难受,因为她非常关爱我,几乎天天抽空陪我玩,折纸船,做竹枪,甚至上山去抓蚱蜢、蝉、金虫等活玩具让我开心。我家穷,吃不饱,肚子常常挨饿,姑姑又时不时摘阿公、红蒂塔、乌米饭等野果子给我吃。姑姑的花轿刚离开家门口时我还懵懵懂懂,离我有100多米远了,我这才醒悟过来,她真的要离开我了,便急急忙忙追上去,一边跑一边喊:“阿姑!阿姑!”阿姑将帘子悄悄拉开了一条缝,轻声说:“鹏乖,回家去,厨房搁廊里有一罐炒番薯片,饿了吃……”花轿渐渐远去了,我久久地望着望着,这下真的号啕大哭了……

多少年了,那种花轿悠悠、流苏飘动走村过巷的风情早已远逝了。可我脑海里还时常浮现阿姑出嫁的情景——花轿缓缓地过岭,渐渐地隐没在山花烂漫的深处,唯见山鹰悠悠地在碧空一圈又一圈盘旋……

“闹”咸荠

在奉化老家，少年时“闹”咸荠，是令我难以忘怀的一件活计。

咸菜，老家叫咸荠。一年到头，下饭的菜离不开咸荠。什么咸荠拌香干、咸荠炒笋丝、咸荠豆腐汤等，因此，每户差不多都有一二只腌咸荠的缸，即使蹲在非常逼仄的泥墙草屋，或低矮的小木屋，也舍得让咸荠缸占去三四平方米的空间。

腌咸菜，所有工序数“闹”最关键，“闹”是方言，其实是“踩”。踩的分寸要拿捏精准，这关系着一缸咸荠的成败。爹是篾竹匠，大多数日子都要外出打工，腌咸菜“踩”的活计，自然由我来承担了。我家与四邻八舍，每年都要腌几缸咸荠，我的双脚少说也要踩几千下。

中秋过后，父亲就筹划腌咸荠的“主材料”，是细长的芥菜、蓬松的雪里红，还是粗壮长梗的白菜呢？然后，选择种植的地块，并考虑移栽还是点播？计划定下，就买菜籽播种了。菜秧扎根就闹哄哄生长，两个月后，菜就可收获了。割菜的日子，要挑选秋霜打过菜一二次后，但不能让菜冰冻。这样的菜腌制后，鲜嫩而皮肉不脱离。芥菜、雪里红、白菜等割来后，剥去外面的黄叶，太阳下晒一阵子，去掉点水分，待菜蔫了软了，再挑到溪里去洗。这样，任你怎么搓揉，菜就不会脆裂折断了。雪里红、芥菜有整株腌的，也有把菜梗一根根剥下来，用棕叶扎成一束一束腌的。洗净的菜需要晾干，于是青青白白的菜帮子，摊满了溪畔，挂满了晾竿，攀上了树枝,甚至无所忌惮地爬上了窗台、屋顶。

腌咸荠了，娘将菜或菜束铺一层在缸底，然后撒上一层盐，就叫我用脚踩，吱格吱格，我只顾牛犊踏水似的转着，母亲瞅瞅菜的色泽变化深浅，看看差不多了，又铺一层菜，再撒一层盐，接着踩。就这样一层一层叠上去，一层一层踩上去，直至缸满。那时，我不明白，那“踩”究竟有什么作用？我问娘，她也说不明白。反正家家都是这样，我家也就这么干。后来，我问乡里农技站一位熟谙农事的技术员，他告诉我：踩过后，盐分渗入菜梗，起化学变化，菜容易腌熟。这话有点道理，不过，我总觉得那时老家“踩菜”的传统有几分迷信色彩。不是吗？踩菜的都是男人，没女人的份。说什么“女人缸中一闹，咸荠统统烂掉”。这个，我不相信。嗨，还真有不信邪的，村里有个独生女，父亲早过世了，她与母亲相依为命，腌咸荠时偏不叫男人，就自个儿踩，腌出的咸菜照样又鲜又脆，可有人明知她家咸荠好吃却偏说是酸的。

其实,踩咸荠没啥技术含量,无非是赤脚在缸内用力踩而已,就像驴拉石磨、牛拉碾子一样在缸内团团转。累了,憩一会儿,或换一个人。那时,我还是十五六岁小青年,身体分量不足,踩起来轻飘飘的,踩的遍数自然要比大人多一倍才能踩熟。自家和隔壁阿婶、婆婆腌咸荠时总少不了我,一季咸菜踩下来,脚皮有点皱巴巴,过几天一层一层蜕下来。不过,也有好处,脚上的真菌是彻底地清除了。嗨,踩过一季咸菜的脚,真菌见了逃得远远的,保你一年染不上脚气。

咸荠踩完后,还要在缸甏里压上一块大石头。十天半月,菜腌熟了,该尝一尝了。一大缸咸荠,关系着一家人大半年的口福,味道如何不得不令人担心呀。最佳的芥菜、雪里红咸荠是咸中有点酸,色泽绿中带黄,散发着微微的香气;白菜咸荠则清香,鲜爽崩脆,酸中带甜。开缸,见到此般色香味俱佳的咸荠,一家人好开心哩!

难免有失手的时候,开缸,唉,怎么咸荠发黑,还有点酸臭?当你目瞪口呆、傻乎乎想不出是哪个环节出了差错时,好心的有经验的老人知道你糟了咸荠,糟了心情,会帮你找原因:“闹”的功夫没准,或腌菜那天太热了,抑或鲜菜散去的水分还欠够……四邻八舍得知后,总会不时送一把咸荠来。唉,此时腌坏菜的人家,觉得老是吃着别人送来的咸荠,心里总不是滋味,面孔惶呀呀。

几棵树的印象

故乡的树最初的也是给我印象最亲切、最深刻的是那棵老桑树,村里的孩子们都叫它“桑树阿婆”。它生活在溪流对岸我家的一块稻田的坎上,青葱已离它远去,枝叶已不繁茂了。清风吹来,它驼着背对着溪流梳妆稀疏的头发。它对孩子们和蔼慈祥,慷慨大方。开春,村里小伙伴们要玩蚕宝宝了,它笑盈盈地舒展枝条——宛若鼓满筋络的大手捧出一蓬蓬碧绿的新叶,以遂孩子们的心愿。桑叶采了又长,长了又采,它从不吭声,没半点怨艾。蚕宝宝吃着它柔柔的嫩叶一天一个样,直到立夏时节,蚕宝宝爬上稻草束成的金山,结出一个个银茧。

不用给蚕喂桑叶了,于是桑树阿婆枝头又挂起了一簇簇乌黑的、血红的桑葚。一瞧就让你直流口水,我几乎隔天去摘着吃,先挑乌黑的,留下红色的过几天再吃,满嘴流着乌红的浆水,那个酸甜的味道多爽呀! 孩子们摘桑葚时,枝叶沙沙响,桑树阿婆开怀欢笑。芒种过后，桑树阿婆为了让孩子们开心，又招来许多蝉儿，组成一个合唱团，长长短短、高高低低的腔调把整个夏天歌唱得无比快活。有时，翠鸟也会来凑热闹，在它的枝头，“嘀溜嘀溜”叫上一阵子。然后，拍一拍绿玉似的翅膀，像一支箭似的扎入溪水，叼起一条鱼儿。鱼尾巴不住甩动，一滴滴水珠落在桑叶上，涂得叶面亮晶晶的似镜子，映出了小溪，映出了青山，映出了黛瓦白墙的村舍……

那年夏秋之交，发生了一件令孩子们伤心至极的事。一夜暴风骤雨，山洪暴发，把桑树阿婆冲倒了。它是多么舍不得离开故土呀，被冲离十几米后，树根就死死地扎住溪底，树干被洪水硬生生折断冲走了。第二天清晨，小伙伴们见了桑树阿婆那团伤痕累累的根，都呜呜地哭了。

桑树阿婆活着使孩子们快乐，死了，还不忘让孩子们活得有滋味，献给孩子们一个水上乐园。它那盘绕纠结的一大簇树根搂抱着溪底的一大片沙石，成了水族的天堂，鱼呀、虾呀在树根的缝隙间钻来又钻去，跟孩子们玩躲猫猫，孩子们乐坏了，光着屁股泥鳅似的在树根缝隙间摸来又摸去，运气好会抓到一条石斑鱼，欢快的笑声满溪流淌……

另一棵树，与桑树阿婆迥然不同，它是棵不平凡的威风凛凛的大树王。记得我是七足岁上学的，那年春季，老师要带我们去远足，我双脚走得磨起了血泡，累得腰酸背疼，汗水湿透衣衫，爬过一座山岭又一座山岭，好不容易来到一个叫朱家岙的深山冷岙，说是来瞻仰大树王的丰采。

嗬，那真是一棵了不起的顶天立地的马尾松，与它乍见，师生们无不目瞪口呆，十几个小伙伴牵起手来还抱不下它。仰头一望，只见那棵树裹着一身赭黄色的斑驳的龙鳞树皮，直上霄汉，枝条挂着云彩，梢尖犹如一杆铁枪直刺天空。站在这样的大树边，谁都会感到自己渺小。大伙都凝神屏气不敢说话，生怕惊扰了什么。惊扰了什么呢？我从孩提时代起，就觉得森林里潜伏着某种神秘的东西，我所难以理解的并使我害怕的东西，此刻，这种平时淡忘了的感觉，又立即弥漫在我的心头。

那棵树在当地人眼中已经成了神，人们虔诚地祈求大树王保佑一方平安，大树四周，插满了香和蜡烛。山风吹起人们烧给大树王的一地纸钱灰，糊得我的心眼朦朦胧胧。面对那棵树的伟大和神圣，我心头似乎有一丝不安的感觉，树梢的一节，分明曾遭雷击火烧，一片焦黑。难道那大树不是神，是精怪？不然，雷公雷婆为啥要打它呢？此时，我既惊叹这棵树的魁伟，也恐惧这棵树的诡异与它过分强大的力。瞧着大树王周围遭关闭、封锁而被剥夺泥土养分和阳光而干枯的草木，令人目眩神骇。我想只有它的根须在黑冥中枯死，才能使四周草木的叶片在山风中飞舞歌唱。

故乡把银杏树叫作白果树。邻村姓程的一户人家木结构老屋前的土墩上，矗立着一棵白果树，其主干高插云天，枝繁叶茂，犹如一把巨大的绿伞笼盖着二三百平方米的土地。与“大树王”相比较，那棵白果树虽然也是个壮汉,但与我的童年却亲密无间。

银杏树奇异之处在于人们只知道它有果,却从未见过它开过花。暮春,小伙伴们便仰着脑袋寻觅着银杏树掩映在茂密的绿叶间的果实,眼巴巴地从春望到秋,盼望着尝一尝白果的滋味。阳光照在银杏树上,像一块黄岫玉凿碎,斑斑点点匝了一地。风吹过,银杏树的影子叮当。扇形的叶片片凋落,铮铮金属之声。枝头便露出了累累的饱满的浅黄色的果实。入秋后,一夜雷阵雨,风撼树摇,乒乓球似的银杏果便会洒落下来。翌晨,当我赶到那儿,早有小伙伴在捡了。我赶紧从各个旮旯找,好不容易从草丛里找到一二个,回到家,剥掉果实的外皮,便见到里面椭圆形的两头尖尖的小白果,仿佛我后来见到的橄榄球的袖珍版。白果在火囱篮里煨熟,剥去外壳,那黄里带绿的香喷喷的糯糯的果肉滋味,谁吃了不笑出声来才怪呢!

重阳节后,银杏树的主人把果实采下来,装在一只大木桶,搬到溪边,用木棍搡,去掉外皮,洗净,晾干,那白得耀眼的果子,足有一大箩。树主人知道孩子们想吃白果已等候多日了,炒熟后,村里每个孩子都会分到五六个。记得在家的那些年,到了秋天我和小伙伴就等着树主人分炒白果。孩子们对那棵树格外爱护,如果谁胆敢用石头去乱砸,或用刀去刻,用绳去拉,就会受到大伙严厉的责骂,甚至向树主人去报告,取消他分白果的份。因此,那棵树从干到枝,树皮上几乎看不到瘢痕。

那棵白果树的主干比小水缸还大,有二十多米高,爬是爬不上去的。童年时,有事没事,我都会来到树底下傻傻地看着喜鹊做窝,听着黄鹂歌唱,还有山风拂动叶片的簌簌声,如醉如痴。

奉化师范毕业,我离开故乡来舟山教书时,那棵树还蓬蓬勃勃地生长着。可20世纪60年代初,我回乡探亲,这棵树不见了。我问老爹,他说家乡闹灾害,乡亲们都过着吃不饱穿不暖的日子,啃草根嚼树皮,腿肚子肿得像灯笼。白果树的主人为了渡难关无奈把它卖了,唉,偌大一棵树,只换30斤米,可惜呀！此时,我心中不禁涌起一阵莫名的怅惘,仿佛失去了一位熟悉的老乡亲。闲暇时,我来到那棵树生长的土墩上,抚摸着它的老根,胸廓顿时涨起了莫名的恍惚与忧伤。

世上越是命贱的东西,大多生命力越强,草木亦然。一晃多少年过去了,今年春天回乡,我竟不知不觉、鬼使神差地又来到当年白果树生长的那个土墩上,眼前的景象令我无限惊喜,嗬,白果树的老根还活着呀,并且茁壮地长出一棵大树,那婆娑的枝叶颇有它前辈当年笼盖半亩土地的气势……

故乡山坡的岩崖上还有一棵七杈八拐、弯弯扭扭的檀树,似乎是活不长的残疾的废木,可它在艰苦的环境里,坚强地生长起来。一个心慧手巧的木匠,硬是用它的虬枝作了牛轭,弯干制成了一张犁,那可是枝干笔直的树木做不了的呀！

我还想再写几棵树的回忆,忽地心念一动,人生,也是树。这不由使我想起了另一种树。一位故乡老友曾对我说,他胸中有一棵文学梦想之树。年至耄耋,犹洒水施肥,总希冀开出几朵绮丽的花,结出几颗饱满的果,在报刊上发表点赞美生活的随笔散章,有一点点收获就无限欣慰,就这么简单。

老友怀着文学梦想之树是值得欣慰的,人总是要有点梦的,哪怕是美梦、幻梦、高唐梦、南柯梦……有梦,你便会去终生寻求,披荆斩棘,一往无前。有了梦,生活便添加了滋味,生命便增长了勇气,就这么简单。

人最宝贵的东西,一是生命,二是心灵。若能享受本真的生命,拥有丰富的心灵,便是幸福。诗意的生活一定是物质上简单的生活。老友活得简单,活得自由,但灵魂始终处于认真严肃的状态,胸中的那棵文学梦想之树使他活出了真性情。

现在有许多人,没钱的时候不幸福,有钱了还是不幸福。有人说,那是因为缺少信仰。信仰,其实是灵魂的一种状态。只要你对生命意义的问题是认真的,在追问,在寻求,那么,这样的一种状态就是信仰状态。老友胸中不是有一棵不断在追问、在寻求的文学梦想之树吗?那就是信仰呀!我想,不管是年轻人还是老年人,每个人胸中都应该有一棵追求的树,人有追求,生命才会绽放光彩。这棵树,不是病恹恹的,而应该是朝气蓬勃的,每一朵花都去香染世界,每一片叶都去美化人间。

抚摸胸口,我感到欣慰无比。那里面的树,不再生长在干涸的焦土里，不再飘摇在迷茫的雾气里，它的枝条在雨露中舒展，它的绿叶在阳光里生辉，向着故土的天空微笑哩！

黄梅雨

又是梅雨天,一串雨珠,一缕乡愁。

李商隐《夜雨寄北》是为许多久客异乡的游子而写的。每当黄梅雨季,我便会想起故乡——淋漓尽致的雨水淋透了各个旮旯,淋得人们不知“晴”是啥东西了,空气显得浓厚而凝重,随手抓住一团,不用花多大力气,一拧似乎都能拧出一把水来。山间的雾霭也因潮湿而难以升腾,只能匍匐而行。

农历五月叫“皋月”。“皋”之原意是“湿”。因此入五月之后雾沉雨多。地处江南的小山村——奉化马站,空气湿润。到了梅雨期,天日不开,就更湿了。没完没了的雨,仿佛与人比着耐心,朝夕不绝,旬月绵延,黏线藤根地下;有时,太阳还挂在中天,透明的雨点就三三两两洒下来;有时,瓢泼大雨,雷声震天撼地,大路小路成了一条条奔流的河,水库急着泄洪;有时,细如花针,不紧不慢地把高高低低的山峦都缝进白茫茫的帷幕里。“淫雨霏霏,连月不开”,周围什么都潮了,连身板骨头也泡软了,什么都懒得做,也做不了。不过,故乡这个季节,无处不绿,水分渗透叶片,晶莹透亮,倒是蛮养眼的。

草木跳跃地疯长,旺盛得近乎夸张。你在瓜棚豆架上看绿蔓,一天可以长出半尺;一根柳条,插在溪畔几日没见,便爆绽满枝绿里带黄的芽儿;一片黑土,隔夜就钻出绿油油的菜苗。故乡人说这个季节"筷子落地会生根"。

雾时浓时淡,宛如一块毛玻璃,笼住了田野,蒙住了山岭,飘飘忽忽,朦朦胧胧,烟和雾完全融合了。透过烟雾,可以看到一个个绿油油的山坡和一片片葱茏的竹林。黄梅雨是培育蘑菇的能手,给故乡人丰厚的馈赠。一场场雨,润物无声,山坡不多时就变得丰满多彩,五光十色、奇形怪状的蘑菇犹如满天星斗,铺开了一幅令人神往、色彩斑斓的图画。有的像一顶帽子,有的像一支喇叭,有的像一串项链,有的像一把扇子,有的像一架挂钟,有的像一座尖塔,有的像蜘蛛,有的像骷髅,有的像鹅掌,有的像鸭脚……蘑菇滑、嫩、鲜、香,非常好吃。不过,采摘时要小心呀,别把毒蘑菇装进篮子里,吃了它可是要遭殃的。拾蕈时,故乡人都牢记老辈人说的"中看不中吃,中吃不中看"这句话,不理睬颜色鲜艳、毒性强烈的花蕈,选择外表并不太美的、营养丰富的好蕈。

竹林里长的竹丝蕈,像一把小伞。伞面是浅灰色的,伞下一叶叶细褶与柄洁白如雪。小时候捡到一丛竹丝蕈,就像拾了个大宝贝,会高兴好几天。把竹丝蕈撕成鸡翅肉粗细的丝，和笋丝同炒，加一点青辣椒，入口的味感会扎根在你的舌头：这东西真好吃！还有长在竹山与松林交界处的黄瓜香蕈，瓜面浅黄色，瓜下身子与小柄是白色的，把它和雪里蕻咸菜一起煮汤，味道鲜浓，无可方比。还有长在松树林的炭朴蕈、双孢蘑，长在茶树林的茶蕈、口蘑，长在白蚁窝上的那种像稻花一样的夹蒂蕈等，都是鲜美的山珍。犹如神农尝百草，故乡人食用蕈类有一个尝试的过程，那“第一个吃螃蟹的人”实在令人钦佩。长在竹山里有一种白色的蕈，叫“竹荪”，有长裙竹荪、短裙竹荪、棘托竹荪和红托竹荪等，因其柄长长的，头圆圆的似鸡卵，腰肢罩着个网状裙套，其形有点类蛇，就心生畏惧了。记得童年时，故乡人对这种蕈非但不敢吃，甚至不敢用手去指点它。竹山多蛇，说这蕈是蛇卵长出来的，指一下会被蛇咬。如今乡亲们知道了竹荪是寄生在枯竹根部的一种隐花菌类，是非常好吃的蕈，富含多种氨基酸、维生素、无机盐等，具有补脑强肝、减少腹壁脂肪堆积等功能，做成竹荪排骨汤、竹荪鸡汤，味道极其鲜美。因此，专门开辟了“竹荪园”，培育竹荪，市场价每斤五六十元，十分畅销。

采蕈，使故乡人孩提时代便懂得：世界上色彩绚丽、外表漂亮、装饰奇异的东西，不一定是好东西。那种生长在牛屎堆上或烂麻禾树根、腐草地上的鬼笔蕈、褐鳞环柄菇、肉褐麟环柄菇、鳞柄白毒伞、秋生盔孢伞、鹿花菌、包脚黑褶伞、毒粉褶菌、残托斑毒伞等浑身都是毒液，往往以妖艳姿色，或以鳞状伞面、环状伞柄等美丽装点来诱惑人。

梅雨季，故乡的梅子和杨梅成熟了。“梅实迎时雨，苍茫值晚春。”连旬的霖雨催熟了我家后门外那棵老梅树枝头的梅子，由深绿变淡绿，又渐渐黄里透红，水灵灵的，颇像少女的肌肤，摘下一颗，尚未入口，那又酸又甜的味道带着一股清香已沁入心脾。“卖杨梅——”戴一顶竹笠，穿一双绣了满帮花的鞋，走在村巷里的小姑娘一声娇娇的吆唤，使故乡黄梅雨季的空气变得格外柔和。老家的杨梅与荔枝一样大，颜色黑红黑红，看上去似乎遍身都生着刺，放到口里什么感觉呢？哦，每一枚刺在舌尖上软软地、绵绵地亲过去，那么细腻那么甜蜜的吻，怎不叫我思念到今天？

故乡黄梅雨季的花，最常见的是杯状的槿花，有的洁白如雪，有的粉红如霞，镶嵌在翡翠般的绿叶丛中，无比美丽。端午节，故乡的女人有洗头的习俗。她们从笆头的槿树上采来了槿花和槿叶，在面盆里搓揉，挤出那韧韧的腻腻的散发着清香的绿色汁液。然后，大嫂小姑们端着面盆来到溪边，用那绿色的槿液当清洁剂洗头。溪边，回荡着银铃般的清脆笑声；水面，飘拂着一缕缕长长的秀发，一幅多么曼妙的山乡风情画呀！至今，我在舟山，每当梅雨季见到给菜园作篱笆的槿树——它那带着雨珠的绿叶与雪白的、粉红的花朵，我的心顿时柔软起来，立即涌起了一股思乡之情。

又是梅雨天，一串雨珠，一缕乡愁。

望着雨帘，我想起了老家小麦要上场，薯苗要栽种，田间要插秧……雨小还能做些农活，连着下大雨什么田头活都干不了。但一想到季节不等人，农事不可误，乡亲们便会立即掸却落寞与无奈，戴上斗笠，穿上簑衣，冒雨出门。田头躬身弯腰间，背上的雨水流成了一条条线，还有身前身后的绿色把他们的思绪牵引到秋天的丰稔。

黄梅雨是顶尖的音乐师。故乡偌大的一个山村是一座古朴的音乐厅，鳞次栉比的一幢幢老屋是一架架古老的琴，一张张瓦片撑起了一顶顶音乐的伞。黄梅雨来了，苍茫的屋顶上，凉凉的纤手在灰黑的键上轻轻地弹，徐徐地奏，前前后后，远远近近，一张张敲过去，嘈嘈切切、叮叮咚咚，家家屋顶的一条条瓦沟流淌着一缕缕悦耳的音乐。似《采茶舞曲》，流泻的一个个动人的音符，清新自然，纯洁明丽；似《高山流水》，智者爱山、仁者乐水的乐音浑然天成，了无痕迹。古老的琴，那细细密密的演奏，不仅有《摇篮曲》一般的委婉与温馨，也有《黄河大合唱》那样雄壮豪放——焦雷轰响，闪电狂舞，万马奔突，家家屋檐仿佛悬挂着一道道黄果树大瀑布。也有《春江花月夜》那样的绮丽幽深，柔情百媚，风流多姿，如醉如痴。此时，我似觉自己是一块海绵，沉浸于黄梅雨的音韵中，渐渐饱和了身体，慢慢地飘浮起来，恍若在水中荡漾。

潮潮润润的乐声，淋湿了青蛙的啼鸣，青蛙侧耳听着乐音，鼓鼓肚皮，舔舔雨水；潮潮润润的乐声，润泽了秧田和竹林，禾苗拔节而长，新笋成了竹子；潮潮润润的乐声，融入了荷塘，蜻蜓点水，一下一下，点破了一池翡翠;潮潮润润的乐声,滋养着园地,石榴花和栀子花绽放着火焰与白玉,幽香如水柔柔地流淌在人们的心上!

只是,这些天老家什么都长出了毛——石头上长出了苔藓的绿毛,墙壁长出了乌斑的灰毛,箱子里的衣服也长出了霉点的白毛,米缸里的米长出了会爬的活毛……乡亲们好不容易等来一片阳光,赶紧“晾霉”,拍拍晒晒、西收东藏,还没拾掇停当,乌云又布满天空,没完没了的绵密细雨又从天而降。隔壁那位爱吃零食的小囡囡端着一罐爆米花吃着吃着就潮了糊了,皱起了眉头……

只是,黄梅雨啊,你走了故乡人又要想念你了,想念你云气氤氲诗意迷蒙的情韵,想念你曲尽其妙的乐音。你曾润泽了青山,激活了小溪,丰盈了田野!你可不能远离故乡呀,你一去每天出太阳也太热了,人们树们禾苗们都要喝水呀,你要隔几日来一趟哟!

一串雨珠,一缕乡愁,多少年了,我总是一年又一年想念着故乡的黄梅雨……

我的“土秀才”老爹

祖辈家道衰落，爹只读一年半书，11岁便离家去学篁匠。然而，他天资聪颖，不仅成了好篁匠，也是山村的“土秀才”。

爹的篾竹手艺极高，一株坚韧的毛竹，到了爹手里，仿佛成了一团面。他先把竹子对半劈开，再劈成一根根粗条子，然后，像手艺高超的拉面师傅那样，用劈篾刀把竹子拉成了一根根篾条和篾丝。再在凳子上插上二把相对的背厚刃薄的刀子，用一块牛皮护住手按稳篾条、篾丝，从两刀之间穿过，叫我拉着走，要走成直线，身子也不能歪，叫“过砧门”。过了“砧门”，一根根篾丝一样大了，一片片薄篾一样阔了，再用刮刀把薄篾和篾丝刮得光滑发亮，似丝线，似缎带。编成的竹篮、叠篮、淘米箩等竹器非凡精致。他给我妻子做的针线篮，俨然一件玲珑剔透的艺术品。

我失学在家那几年，爹在家做竹篮、淘米箩、篁等，由我挑着到大桥、舒家一带去卖，大婶小嫂们摸着精美的竹制品，啧啧称赞，爱不释手，但讲价钿都很精明。一个小孩子没生意经，明知吃亏，便宜一点卖了算了。我回到家，爹还是笑嘻嘻的。

老爹不仅手艺巧，肚子里还有个故事篓。我家后门有一条山溪，溪边一棵大树高举伞盖，荫罩着一排石条。夏秋季节，中午与傍晚，石条上坐满了乘凉的人，老爹就把篓里的故事一个个往外掏。讲《三国演义》，赵子龙单骑救阿斗，张飞吼断长坂桥；讲《水浒》，武松打死一只老虎天下闻名，李逵杀掉五只老虎默默无闻。一次，父亲说，欧阳修出外郊游，见一富家弟子，人称“酸秀才”的在一棵大树边吟道：“路旁一古树，树上两个杈。”吟完，肚子空了。欧阳修替他续了两句：“春来苔为叶，冬至雪当花。”酸秀才不由点头称好。为了挽回面子，他见路旁有两只大鹅，又吟道：“远看两只鹅，一棒打下河。”吟罢，又抓耳挠腮，没辙啦。欧阳修笑了笑，续道：“白翼分清水，红掌踏清波。”酸秀才拱手道：“想不到你老兄也会吟诗，那我带你去见识我的朋友欧阳修吧！”两人来到了码头，上下船的人很多，酸秀才又诗兴大发：“诗人同登舟，去访欧阳修。”欧阳修哈哈大笑，顺口对道：“修已知道你，你还不知修(羞)。”村民们听得津津有味，个个捧腹大笑，要老爹再讲点别的，爹又说起奉化大堰镇王尚书的故事。

现代作家巴人(王任叔)与我是同乡，他老家大堰与马站只有十余里路。父亲说，明代，大堰出了个工部尚书，叫王钫。嘉靖皇帝问他家乡有什么特产，他说："干柴白米岩骨水，嫩笋茶芽石板鱼。"嘉靖感叹：山村的居民自有乐趣呀！故乡的山坡到处长着蕨菜与龙须笋。蕨菜也叫大叶狼鸡草，形状肖似凤尾。龙须笋，其外壳斑纹与虎皮一样。父亲说，王钫年幼时，私塾老师出了个上联"凤尾草叶麒麟角"，叫他作下联，他应了句："龙须笋壳虎皮斑。"老师从座椅上跳起来，摸着他的额头连声说："不错，不错！"

爹还给大家讲对联，什么"山高日出晚，海阔船来迟"；什么"雨打萤灯真水不灭假火"的上联，谁也对不上等。爹还说朱元璋作打油诗："鸡叫一声撅一撅，鸡叫两声撅两撅。"大臣们心里讥笑，这也叫诗？而当他吟出后面两句："三声唤出扶桑来，打退残星与明月。"这才大惊，有气魄！还有什么"一株老梅树，二个大枝丫，未结黄金果，先开白玉花"……我不知道这些东西爹是从什么地方得来的，是他自编的还是从私塾老师口中听来的。他常常以尊敬的口吻说起已故的清代贡生王恭良是他的私塾老师，很有学问。爹还有本自传体的《竹郎山歌》，似乎是他自编的："一岁二岁娘怀抱，三岁四岁离娘身，五岁六岁骑竹马，七岁八岁上学堂。长大拜师学手艺，身怀绝技走四方……""编成竹凤凤会飞，编成竹龙龙驾云……"有二三百行长，可惜弟弟翻修老房子时丢失了。

老爹传承的那些乡土文学，不知不觉地渗入了我的骨髓，对我以后的文学创作影响颇大。

老爹还有一手好书法，村里各家红白之事的对联都是他写的。他爱书法爱得迷醉。一次，他在外乡一座古庙门楣上看到了一位书法家写的匾额，左看右看，一步步后退着看，越看越妙，似觉距离远一点更妙，退着退着，冷不防退到了尽头，"咚"地掉了下来。幸亏下面是水稻田，没受伤，只是沾了一身泥浆。

在我小的时候，我是害怕爹的，他对儿子管教得很严格，筷子怎么抓，怎么吃饭，怎么坐，怎么站，都有规矩。一次，爹叫我去邻村向王展通传一句话。回来对爹说："我向通大头说过了。"爹一听，皱起眉头气愤地说："你11岁了，咋还这么不懂礼，人前人后要一个样，背后也要叫通叔呀！"我一听，脸一下子热到了脖子根。这件事触动了我的灵魂，我真感觉羞耻，六十多年了，好像昨天说的一样，我总是提心吊胆想到这些话，诚惶诚恐地反躬，"人前人后要一个样"，我做到了吗？虽然我已年逾古稀。

爹对村子里几个成分不好的文化人很敬重，在这些人家做篾竹活时喜欢听他们讲文人的故事。"文革"时王家有个地主被搜出"复辟梦"——一篇记叙他家族发迹和衰落的家史。他因而被游村示众，挂牌斗争。有人说爹与王家很接近，跟"反动文人"有联系，也被陪斗，可爹依然我行我素，说："我不偷不盗，没杀人放火，没祸害人，怕啥？"

"一定要让孩子读书，书中有珍宝，装到肚子里谁也掏不去。"爹记住了王家那个地主说的这句话。他做篾竹匠一天工钱八斤米，苦苦支撑着一家六口的生活，硬是送我去二十里外的岩头镇上高小。

1949年6月，当我拿着盖着"浙江省奉化县国民政府”的红色大印的岩溪小学毕业文凭回到家时，一队报喜人敲锣打鼓，吹着喇叭跟踪而来，他们捧着大红喜报：“恭贺贵府子弟阎受鹏，于中华民国三十八年六月于岩溪高级小学毕业。”我觉得这是小题大做，他们只想弄点钱而已。可爹高兴，不仅笑嘻嘻地用烟酒等招待了报喜人，还付了劳务费。报喜人将红彤彤的喜报高高地贴在祖堂的板壁上，又放起鞭炮，叮叮咚咚、嘀嘀嗒嗒吹打了一番，爹着实乐了好几天。

小学毕业后，我晓得我应当学手艺，好帮助父亲，以减轻他的勤劳困苦。可父亲不让我学篾竹匠、木匠、泥水匠等手艺，说太苦了。升初中又没钱，我就在家干了几年农活。恰遇浙江省教育厅创办奉师，饭食、宿处都由学校供给，才对父亲说了升学的话，父亲欣然同意。师范毕业后从山乡来到舟山教书，才有我今天，这一切怎能不感谢“土秀才”老爹呢？正是他让我这个“顽柴”坚持读完高小，使我后来才有机会考上奉化师范。至海岛教书远离了家乡，有了自己的家。我的工作、收入、住房，爹并不关注。他关注的是我的孩子书读得怎样。1978年8月，当我写信告诉他大女儿考上了大学，爹当时已年逾古稀，当即回信：“这是祖宗的积德积福，也是我的梦想，孙女替家门争光了……”那颤颤抖抖的波浪状字迹，可以想见他当时是多么激动呵……

父亲83岁那年初冬，在后门外散步不慎摔了一跤，便一病不起，躺了十几天，在一个傍晚微笑着去世了。其时，我还在远隔大海的数百里外沈家门，读着鹏飞弟发来的“父亲病危”的电报，正预备翌日赶回。

当鹏飞弟来信告知我父亲摔坏了腿的消息，我就担心有悲苦之灾了。老人摔跤非常危险，可我没想到父亲离去会那么快。教书匠请假难，挨三拖四。当我一下班车，看见戴着白帽接我的弟弟，才知道我回来得太晚了，太晚了，已赶不上让他老人家最后再看我一眼了。父亲安睡在祖堂，双目紧闭，当我伏在灵床边哭喊时恍觉他微微歙动眼皮，似乎心有感应。悲哉，父亲永远不会给儿子讲故事说对联了……

爹离世一晃二十九年了，他编的针线篮与书写的信件还在眼前，可再也见不到他老人家了。我的心空洞而冷落，掷笔长叹，唏嘘不已……

岩头的童年

老家马站村没高小，读五年级，我去外婆家岩头上学了。

岩头，因小街旁岩石醒目地裸露而得名，1920年前后一度称镇。这个古山镇，离我家20里，地处奉化西南群山环抱之中，东连宁海，西接新昌、嵊县。一条溪流在巨大的岩床上流淌，将镇子隔为东西两半。沿溪两岸的店铺依水而列，街巷的鹅卵石小径古色古香。古镇里马头墙，小青瓦，清代、民国时期的石桥，以及众多残损的墙砖上青苔斑驳的街屋，不言不语地显示着岁月的风雨给古镇留下的历史沧桑。

有人说，岩头是研究民国春秋的“活化石”。大量的民国时期历史信息，依附于古村的山水屋宇之间。有飘着书香气息的蒋介石老师毛彩宇（毛思诚）的祖居和旧居元宝闾门、有古色古香的蒋经国的外婆家——蒋介石原配夫人毛福梅的旧居瑞房、有西洋味十足的三合院国民党中将空军副总司令毛邦初的旧居……当年蒋介石重用了一批岩头姻亲,使这个小小古镇,人文荟萃,出过好多民国时期的将级军官,如毛邦初兄弟俩、毛景彪父子俩等。毛邦初是国民党空军第一代飞行员,抗战时期的空军副总指挥。1985年纪念抗战胜利40周年之际,中央电视台曾播出毛邦初的历史照片,表彰他在对日作战和开辟“驼峰航线”的历史功绩。

岩头村口,古樟参天,覆盖着横跨溪流的广济桥,桥面下的石拱犹如满月映在碧水中。石拱、古樟、山溪,一下子激活了藏于深山间的古村意象。溪底的石子各色各样,溪水充盈,透明无物,终年潇洒流淌。广济桥两岸对峙的青山:一名狮子,一名白象。狮山南麓一块岩石平台上有当地清末民初著名书法大家毛玉佩的“伴我山”题词;“象腿”悬崖峭壁上亦有毛玉佩书写的“砚池”“石泉”等摩崖石刻。广济桥下百来平方米的长方形水面,水色黛绿,肖似蘸墨水的砚池;岩谷涧水,常年“叮咚叮咚”滴入溪潭。岩头自古建有筏埠,记得童年时,象山的鼻端有一座绿荫覆盖的钱潭庙。庙前,有个临溪的广场,广场上有十多棵大枫杨,树下,有一只只火炉,炉火熊熊。我常常呆呆地看着村民们忙着烤嫩竹,竹梢烤软了,用力将它拗弯,然后,五六支竹串成一张竹筏,拖入溪流。上下有四个水埠头,十多张竹筏上堆满竹、木、柴、炭等山货。我常常好奇地瞧着竹筏滑行溪上,那簇碧绿碧绿的山仿佛直立的溪,那条碧绿碧绿的溪仿佛横卧的山。竹篙点活了山,点活了溪!山,在溪流胸膛中激动地舞蹈;溪,在山峦怀抱里兴奋地歌唱。水手们驾驭着载满笋、竹木等山货的竹筏,从山与山之间——碧绿的溪心里缓缓滑出,滑翔在玻璃一般的透明的山上面……我在岸上,常傻乎乎地追赶竹筏。

竹筏装着笋干、芋艿等山货一路顺流去溪口镇,达剡江边的萧王庙埠,然后搭夜航船,翌日拂晓抵达通商大邑宁波,水手们不用花多大的劲。回来,筏上满载大米、布匹、糖果、烟酒等货物。逆水行筏,就非常吃力了。常见竹筏逆流而上时,两个水手,一个在头,一个在尾,在滩上拼尽全力撑篙,左一下,右一下,篙尖的铁钉子叮叮当当响着,山岩似的胸部顶住与溪滩成三十度的竹篙,默默地左右来回走动着,那分开的五个脚趾,像五片金色的竹叶,叠印在狭窄的却永远走不完的竹筏上。遇到急流浅滩,头上那个水手便跳入溪中拉纤,纤索在他的肩头,勒出一道深深的印痕……

岩溪小学的校舍是一位叫毛家来的乡绅出让的私人别墅。这房子中西合璧,结构有点像老式走马楼,房间前面都有走廊,互相串联。四面是白色围墙,里面有两个院子,各有一个一百多平方米的红色石板明堂。靠西的那个院子,南边是走廊,北边是门。两旁上下二层各是四间房,拆卸了板壁后,作为教室和办公室。靠东那个院子,东边是墙,西边、南边上下二层各有四间房,作为教室和教师寝室。千余平方米的房子造得非常考究,板壁都涂上赭红色的漆,走廊都有镂花栏杆，小房间还有浴室，装有我第一次看到的抽水马桶，高墙的角上塑有美丽的图案。

我的教室在靠西的那个院子二楼南首，出来向南走几步，有一楼梯，下梯向西拐弯，出小门，有一个三四百平方米的操场。

学校离我外婆家二里许。我外婆家老屋在后门山，从镇子街的中段一条小道拐上去。屋后有个小山坡，坡上有个绿草如丝的坪，我在那儿翻筋斗，竖蜻蜓，陀螺似的打过滚。草坪边有棵柿子树，秋日，挂满了小灯笼似的柿子。后来，后门山老屋被强盗烧了，就租了东街中段的一间楼房，我寄宿在外婆家。晨起上学，外婆把年糕蒸熟，放点糖，吃了赶早。有时怕我肚饥，悄悄地在我书包里塞两个白煮蛋或几根黄糕。出门时，外婆抚摸着我，额角的微笑永远珍藏在我的心头。

从外婆家走向街的下段，大约四五十米后，便见街的右侧有一幢小楼，十几级石阶铺向两扇黑漆大门，这小楼便是蒋介石幼时学堂——元宝闾门。两扇门大多日子都紧闭，似乎关着许多不测的神秘。少年蒋介石在这里温习《左传》，圈点《纲鉴》，受有举人功名的毛彩宇教导，长达四年，打下了扎实的学业基础，这里的一切也存入了他的记忆库。比如，岩头上村与下村之间，有两口平排的井，岩头人叫“大井潭”。里井饮用，外井浣洗，令人惊奇的是两井并列，但井水绝不往来。当地传说里井与剡溪上游的深渊“瓦炉潭”一脉相连，互相呼应。故井水特别清澈甘洌，冬日冒气，夏天冰凉。天越旱，水越盈越清，养育着一代代岩头子民。这井，就在少年蒋介石头脑中烙下深刻的印象："溪口有剡溪水，雪窦有隐潭水，要说哪的水最好，还是我们岩头大井潭。"蒋经国对岩头感情也很深，他在外婆家的童年之乐终生难忘。祥丰南货店老板毛鼎和十分珍爱这个大头外孙，小蒋一来，左一捧饴糖，右一把干果，唯恐他吃不够。蒋经国长大后，在日记中写道："生我的是溪口，养我的是岩头。"

我在岩头离开了爹娘的管束，外婆又是那么宠爱，舅舅、舅妈又不过问，顽性就大发作了，走棋、玩牌……天天差不多玩到暮色笼罩小镇才急急忙忙地奔向外婆家。外婆抚着我的肩膀说："鹏，你又野了！"她把焐在热锅里的饭菜搬出来，看着我狼吞虎咽的样子，爱怜地说："明天早点来。"

我越来越不可收拾了，竟跟赌博沾上了边。离外婆家二百多米的上街，有个叫"溜狗"的后生，他只一条手臂，开了一爿烟酒店。晚上，凑了几个小伙子"打牌九"。起先，我挤进去在旁边看着，渐渐地心痒了，摸出压岁钱下注，都落进了"溜狗"的腰包。实在太不像样子了，国语、算术、常识、公民等几科，勉强考了个六十几分，英语连字母也没记牢，全还给了老师，挂了红灯。

舅妈见我那么不懂事，不敢留我了。外婆见我品行、学业一团糟，是个全然不知自重的孩子，也无可奈何地摇摇头。

等到放假回家，爹给了我一顿狠狠的"竹丝面"。

他先是黑起脸瞪起眼叫我跪在地上。然后一一宣布我的“罪行”。接着，牢牢抓住我的臂膀，拿起一束竹枝，叫我脱下裤子，往我光屁股上猛抽。真的感激爹，我那么顽劣，他依然给我读书。过了年，爹又叫我去岩头上学。

有两件事，难以忘怀。一是外婆家待不下去了，爹叫我去阿姑家寄宿。阿姑带着我离开外婆家，从小街中段至上村，一路上亲切地安慰我：“鹏，要乖，你会争气的……”我听着不知不觉眼眶润湿了。二是岩溪小学一位姓毛的年轻美丽的女教师，她是岩头人，她家离我外婆家仅三四十米。因我心思不正，学业糟，老师和同学瞧不起。一天，她亲切地拉着我的手，细声细气地说：“你很聪明，只要努力，不会比别人差……”很少听到这种鼓励的温语，我不由地落泪了。阿姑与那位女教师给了我自尊自信，她俩引导我上进的言行，使我受益一辈子，这是使我不逃学至小学毕业的动力，也是后来我成为教师，怎样去教育孩子的一面镜子。

到了阿姑家，我不去“赌牌九”了。做了一根钓鱼竿，放学后，就钓鱼，或上山采野果。从溪流里钓上了嘴角长须的“杭桑鱼”、一节黑一节白的石斑鱼、浑身红色的红腮老嘴，心乐得怦怦直跳。上山采野果比钓鱼还开心。记得有次我去摘野山杨梅，钻进深山丛林，像只猴子似的穿来穿去地找，突然眼睛一亮，只见前面一棵四五米高的杨梅树，蓬蓬松松的绿叶覆盖着殷红的果实，犹如玛瑙珠子，一颗颗比大拇指头还大。心呀，扑通扑通跳着，说不出比这更快乐的事了。我嗖嗖地爬上了树，先摘几个黑红的扔进嘴里解了馋，然后，拨开绿叶，细心地挑红的摘，那青的或半红半青的留在树上，等下次再来采。我想这么偏僻的地方，别人是不会来的，除非被鸟儿啄光。

摘了一竹篮的野山杨梅，我蹦蹦跳跳地回到阿姑家。阿姑见了也惊奇地说："介多杨梅，啥地方摘来的？"我说："阿姑放心，我不是偷来的，是钻进油毛岙深山摘来的。"

阿姑的老家在油毛岙，房子被强盗烧了才搬到岩头租房住的。她点点头说，那里是有野山杨梅的。我见阿姑挑了个又红又大的放进嘴，脸上露出了笑容。我的心呀不知有多甜！

大自然是一本奇妙的书，在山上随我乱窜，渐渐地认识了大千世界微妙的光，奇幻的色，以及万汇百物的动静。油毛岙山中那叶子肥厚的麻禾树，那挂满肥皂的皂荚树，那山溪边悬着一串串铃铛的溪栲树，那红果压弯枝头的野山楂，还有浑身是尖刺、叶片长细毛，"红红提桶绿绿盖，青青枝头挂下来，风儿吹来轻轻摇，千人走过万人爱"的特别香甜的"红蒂塔"，是那么诱人；那昂着头，见了人扁着脑袋"呼呼"响的眼镜蛇，那呼溜一下穿过草丛的黑色的乌梢蛇，那青色的芋艻禾蛇，那一堆狗屎似盘踞在阡陌上的灰黑色的蝮蛇、一身菱形花格子的五步蛇……是那么惊心；那尾巴上有几根长长彩羽的雉鸡，那背上缀着麻点的灰色斑鸠，那红嘴绿毛的山雀，还有那勾嘴尖爪如利刀的老鹰……是那么生动;那舞大刀的螳螂,那遇惊吓会丢掉一截尾巴的壁虎,还有在它背上一按,便会"啪"的一声从屁眼喷出一缕烟雾的斑蝥……是那么滑稽;那嘴似大畚箕,毛色黄里带灰、鬃毛红红的长长的野猪,它在奔跑时一跃能过一道二三米高的坎,多么粗犷。

在岩头我还看到溪边各样的水碾水碓,谷子怎样变成白米,白米怎样变成粉,还有各种样式咿咿呀呀的水车,哗哗地把水吐入稻田里……

我童年时的岩头,还是浙东山区腹地的一个繁华的商贸村集,东街商肆骈列,鳞次栉比。清早上学过街,我看到杀猪屠站在巨大的肉墩板前切肉,新鲜肉块切成了条条还跳动不止;理发店师傅拿着一柄雪亮的剃刀,刨着村民嘴角茅草似的胡须,"嗖嗖"作响;豆腐店一方方清白的水灵灵的豆腐,端上摊架揭开布,还冒着一丝丝热气;南货店学徒忙着摆香烛扎纸、红枣黄糖;鱼摊的笠上摆着咸鱼、白鲞、乌贼鲞,水桶里养着吐泡泡的甲鱼、鲫鱼;中药店的店员,照药方从一只只蜂窝似的抽屉中取出中草药,用小秤称好,再用纸包好,一帖帖递给抓药人;布装店朝奉笑盈盈面对顾客,扯起布来"嘶啦嘶啦"响;打铁铺挂着新打出来的斧头、学徒前仰后合地拉着风箱,风箱发出鼓鼓吼声,火炉喷着臭烟和红光,待师傅用铁钳钳出赤红的铁块搁在铁砧上,学徒双手赶紧抡起大铁锤猛敲,师傅单手用小铁锤敲,"叮叮当当" 响声里,铁块变成了镰刀、锄头,日子一多,一件件铁器制造的次序,我清楚了；皮鞋店的大肚皮鞋匠，用鞋夹绱鞋，肚脐眼抖动着一撮毛，见的次数多了，皮革怎么变成皮鞋就明白了；夏日街角，村姑们将清冽的井水注满木桶，将一只裹着木莲籽的纱布袋放入水中，白嫩的小手搓揉着搓揉着，桶中水就慢慢变成了亮晶晶的冻状液体，添上些许白糖后，用闪光的红铜勺将清凉甜美的一碗碗冻舀起来，递给排着长队的顾客，木莲冻（又叫食花）制作过程我都看在眼里了……

在阿姑家第二年，正是国共两党决战的最后一年，岩头这个小镇的神经似乎特别敏感，蒋介石下野、淮海战役的炮声，都一一震动着小镇的街弄里巷，甚至大院小宅。老师没心思上课了，就匆匆发给我们高小毕业的文凭。文凭上盖着"浙江省奉化县国民政府"的红色大印。

在岩头上高小，学业成绩不太好，但我觉得我在岩头古镇这本色彩斑斓、形体生动、五味俱全的书里，我的心总是在一种新鲜的颜色、新鲜的声音、新鲜的气味中跳动着，获得了不少知识，有人文的、地理的、生物的，而且都是五官可触可摸的……

草 鞋

故乡忆，最忆是草鞋。

草鞋，至今已难觅踪影，我也多年没穿过草鞋了，可草鞋情结始终在我心中挥之不去。

老家马站村，四周山叠山，太阳挂在树枝上，家门口的鸟巢筑在云雾里。小学毕业后，我在老家斫柴、挖笋、种庄稼……整整在山野、梯地上跌打滚爬了三年才去奉化师范读书，与草鞋结下了深深的情缘。

山上乱石多、榛刺尖，进山要有东西护脚。布鞋，一戳就破；皮鞋太贵，穿不起也蹩脚；胶鞋，底纹一磨平太滑溜。上山斫柴，穿草鞋顶好。记得我头次穿着双旧胶鞋去门前山斫柴，装不好柴担子，横插着冲担挑下来，像拖着烂蒲包，东撞西碰，半道上崩了架，柴禾撒了一坡，要一根一根去捡。旧胶鞋踩到落叶上滑溜溜，捡一根，"哧溜"一跌，待到把柴禾拾到一处，不知摔了多少次，浑身乌青墨斗。天暗下来了，我赶紧重新装好柴担，咬着牙匆匆上路，每一步都要小心翼翼防溜，似蜗牛爬。好在路近，累个半死总算将柴草连挑带拖下了山。至村口，老爹已提着一盏灯等候多时了。他看着我脚上开了花的胶鞋，皱着眉头说：“斫柴，要着草鞋……”

从此，我就着草鞋上山。斫柴是苦活儿，常常被芦苇等草叶划破手掌。一次，不小心，一刀砍在大拇指上，见着了骨头，起初没痛，也不见血，一二秒以后，血涌出来，钻心般疼，我赶紧从衣袋里摸出火柴匣，撕下那黑色的磷纸，敷在伤口上，用右手紧紧捏住，待血止了，再割一条青藤丝，紧紧缠住。那天，直到黄昏才斫够柴，我心急火燎地挑着柴担回家。半路上，一脚不慎摔下山沟。草鞋就是好，滚动中我的脚踩到了实地，草鞋底上一绺一绺的草结牙齿般紧紧咬住了泥土，我才没跌下谷底。柴把飞散了，挣扎着爬起来，穿着草鞋去拾柴枝不滑溜，一会儿就收拢了柴枝……

没有草鞋不能上山，起先，我穿的草鞋是父亲做的；后来，我像所有山村伢一样学一项基本功——打草鞋。做草鞋要选用晚稻和糯稻的草，纤维长而柔韧。将稻草捆成一束，捋去叶子，留下草茎，用嘴在稻草上喷上一层水雾，然后，操起木槌，一边翻动着稻草，一边“扑通扑通”地用力猛敲，嘴里还哼着“燕子檐下筑泥巢，我做新鞋走山岙……”稻草渐渐变得像棉丝般柔软了，我才动手打草鞋。坐上一条长凳，在凳子头上套一个草鞋耙。然后，腰上系一弓形横木，木上的竹钉钩住一根麻绳，与对面凳头的木耙来回盘四圈作经线。先用麻丝编好拴鞋带的鼻纽，再抽几根草茎搓成细绺作纬线，绕着经线编呀编，边编边留前后左右和鞋后跟系的五只纽儿，接着打鞋颈、鞋身。最后，用木槌敲打一番，用绞板整形压平，这样一双结实耐穿的草鞋就编成了。我半天才编一双，村里的快手一天能编七八双。

我打的第一双草鞋真是个丑八怪，鼻子缩成一团，两个鞋耳短得似疙瘩，鞋身头大尾小像个乌龟，这样的草鞋能穿吗？可那是我有生以来自己编织的第一双草鞋呀，舍不得丢弃，凑合着用吧！

我兴高采烈地穿上自编的草鞋上山，但过一会儿就蔫了。我做的草鞋硌后跟，一拐一拐，脚后跟磨起了血泡，渗出的血水染红了半截草鞋，遭到了小伙伴的讥笑："哈，这么漂亮的草鞋，穿在脚上太惬意吧！"此时，我不在乎小伙伴评头品足，老老实实地承认，打草鞋的手艺实在太差劲了，要大家做师傅呢。这么一说，小伙伴真的七嘴八舌介绍打草鞋的经验：鞋鼻怎么编，鞋身怎么长……打草鞋也有不少学问哩！知道了依照自己的脚，确定长短适度的经线，知道了怎么编鼻纽鞋身，做的草鞋就不硌后跟了。

我编过用旧布、破巾作原料的柔软耐穿的"布草鞋"。梅雨季节，我也编过用箬壳与竹叶编织的防水打滑的"箬叶草鞋"；寒冬腊月，我编过稻草裹足、垫脚趾、缠小腿肚子的胖乎乎的"草靴子"，在冰天雪地里行走"咕噜咕噜"地直叫，暖烘烘的，挺惬意。一次，我用黄麻编织并在鞋尖嵌上红绒缨，穿着这双"麻草鞋"走在村道上，招来了小伙伴一串串羡慕的目光。村里有位姑娘还编织过一双精致的平头小花草鞋送给心仪的小伙子,成为邻里饭后茶余的话柄。有位深山采药的老农,他的一双“葛藤草鞋”更是稀罕,是用葛藤丝编织的,攀越陡峭的岩崖、行走崎岖的山路和布满苔藓的石道如履平地。他十分珍惜这双草鞋,采药一归来就把它晾干,放入木箱里。

穿草鞋,最能感知大地的冷暖。冬播小麦春插秧,夏种大豆秋收谷,二十四番花信,三十六度周天,山民不会错过一个农时季节。

20世纪,草鞋是山民形影不离的最亲密的伴侣,一天也离不开它。

记得当时奉化乡村的路亭,好多挂着一串草鞋,免费给漫漫长路行走者护脚。一次,我从老家挑着两筐竹笋到大桥镇去卖,翻过了二十里长的山岭,跋涉过了几道溪水,到了杨家堰村,草鞋磨穿了,路面的石牙一下一下咬得我钻心疼。一拐一瘸,苦苦挨到了一个路亭,眼睛不由一亮。亭子里不仅石桌上有茶水,梁上还挂着一串草鞋,我真的像遇见了救星。一边换草鞋,一边感激得泪水淌满双颊。

此刻,在我眼中那亭梁上挂着的不是一串轻贱易得的草鞋,而是父老乡亲们关爱天下苦行人的一份不求回报的深情啊!

据记载,草鞋起源于夏朝。《孟子·尽心上》载:“舜视弃天下,犹弃敝蹝也。”“敝蹝”即草鞋。在战国以前,草鞋属王公贵族和奴隶主的专用奢侈品,奴隶和平民只能赤足。东汉以后,王公贵族才不再视穿草鞋为荣。至南北朝，草鞋成为老百姓最经济简便的足穿用品。我国历代封建王朝的兵勇，个个都是穿草鞋冲锋陷阵，红军长征也是穿着草鞋跋涉二万五千里山水。抗战时，八路军、新四军多半穿着草鞋打鬼子。

草鞋，可贵之处还在于它把一切都奉献给人们。一双草鞋底面磨损了，翻过来还可再穿，破了，那渗透汗与血的鞋身投之于地间和竹林化作沃土，滋润庄稼生长，营养竹林发新笋。

草鞋，走过了漫漫长路，至20世纪末已完成使命。如今只有个别旅游景区还能觅到它的踪迹。一见到它，我就会想起少年时穿着它斫柴、背竹、种庄稼的日子。

那金色的小船儿哟，载着我度过少年岁月，丝丝缕缕渗透我多少汗、多少血呀！

陌上芳草

人生的阡陌上，有柔柔云烟，有萋萋芳草。

1953年春，我在奉化师范求学，看到学校走廊墙壁的信袋里，竟插着我的一封信，感到非常意外，一年到头，没人给我写信，这是哪里的青鸟衔来的呀！拿下一看，令人目瞪口呆，皱巴巴的信封上盖满了浙江、江西、湖北、江苏等省十多个城市的邮戳，黑压压一片。信封上写着“上田畈师范学校阎受鹏收”，笔迹纤弱而稚嫩。信是从我老家马站村发出的，至尚田畈的奉师仅四十里地，本来头天发出，第二天可到，可是由于收信的地址模糊，这封信飘过了千山万水，才侥幸送到收信人手中。

这个“上田畈师范学校”在哪个省，哪个市，哪个县呢？

这封信西达九江，北抵武汉，凡是有师范学校的，跟“上田畈”谐音沾点边的地方都去走一遭，在大江南北逛了一大圈，仰仗当时的邮局负责精神，跋涉数千公里，才辗转奉化尚田畈的师范学校，到收信人手中已历时两个半月，写信人那颗热切等待回信的心早已冷却了吧！

拆开信一看，我的心不由怦怦地跳起来，一张练习簿纸上寥寥数言——

受鹏：

我非常想念你，你在师范学校一切好吗？最近村里不少人风传，你和我在找对象，说你来过信，还寄来过东西，有这样的事吗？等待你的来信。祝你学习进步。

莉 1953.2.10

这封信又使我想起了在老家的那个晚上，她将一个玫瑰色的绒线钢笔套，悄悄地塞到我手中，又不声不响离开的情景，柔柔的感觉不禁又涌上我心头。我回了信，实话实说，有点想念她，但没写过信，也没寄过东西，找对象这事随便让人家去说吧。也许是我不懂得“莉”的心思，这样写伤了她的心，还是她压根儿没收到回信，此后，音讯杳然。不过，我回村子总觉得她有点躲躲闪闪，对面碰见她也低着头不打招呼，好像以前什么事也没发生过一样，就这么了却。但我心中时常闪过她的影子，那绒线笔套，那信始终固守在我封存的记忆中，这段永不回首的缘，不知在她心中是否还泛起过波澜。收到她的信，是温馨的，喜悦的，闪亮的，是一份诗意翩翩的心情，但似乎说不上初恋。太玄了，没拥抱过，没亲吻过，没当面说过一句相爱的话，甚至没拉过一次手，当然说不上分手，说不上对谁有什么伤害,只不过有一片惊喜曾经漫上过我的心头,似乎也有一缕思恋凌乱过她的心絮。人生阡陌上一片柔柔云烟就这样无声无息地飘散了。

缘是一根长长的丝线,相遇就是一个又一个美丽的纽扣。

1954年春节,我去岩头阿姑家拜年。在那条小街上,阿姑叫了一声:“小玲娣!”一个非常秀美的小姑娘抬头应了一声,我与她四目相对,竟触电似的碰出了火花。她是阿姑的邻居女孩,我做客几天,她天天与我一起踢毽子。少年时,我踢毽子的技巧堪称一流,平踢三四百下不会掉,绞花剪、侧身剪、脚尖勾、膝盖抬、双脚对踢等花样能玩十多种,胜过小玲娣一筹。她十分羡慕,玩着玩着,莫名其妙产生的情愫竟压倒了姑娘所有的矜持,穿破了她的心灵防线,走入了柔柔的云烟之梦。临别,她送我到村口,依依不舍地说:“再来走走吧!”

春节后,我到奉师,出乎意料地收到小玲娣叫家在岩头的一位奉师同学捎来的一封信。那位同学把信交给我时,流露着一种狡黠而羡慕的神色。信中热情洋溢的语言,编织了一张千千心结的网,我被牢牢地黏附了。

她约我下个星期日去岩头见面,我欣然前往。

下午三时半左右,我到阿姑家。小玲娣在岩溪小学读六年级,还未放学,我便赶紧去探望外婆。当外婆往我口袋里塞糖果的时候,忽听到后山传来娇娇的喊声:“受鹏!受鹏!”我连忙出了外婆家后门,来到山坡上,只见玲娣与一位好友早已等在那里,她紧紧地拉着我的手,笑着说:“担心死了,怕你走了……”坐在草坪上,沐浴着余晖,春风渲染着花的缤纷,也涂抹着叶的青嫩。她表白心意的情话犹如绵绵春雨,一丝丝洒入我的心田,萌发的爱之芽炫动着五彩斑斓的光芒。

晚上,我来到阿姑家,玲娣叫了一位姐妹陪着,三人坐在阿姑家的后院,说了两三个小时话。阿姑十分理解侄儿,她非但没半句责怪话,还十分关爱地说:“但愿你俩一直好下去!”到了九点半左右,玲娣和我送那位小姐妹回家,一路上手拉手亲切地说笑着,那位小姐妹临别时深情地说:“真羡慕,愿你俩天长地久!”

回到阿姑家,睡的地方是外面的另一幢院子,玲娣想到明天又要分开了,她在我要进寝室时,出乎我的意料张开双臂小鸟似的扑进了我的怀里,给了我热烈的吻。此时,我俩听到了脚步声,是关心侄儿歇息的阿姑来了,玲娣便与我道别回去睡了。那一晚,我是怀着一腔浓浓的爱意进入甜美梦乡的。

翌晨,两人都要上学,玲娣轻轻地说:“再来走走……”含情脉脉地送我出村。我走到远处,回过头,她还在频频招手。此后,鸿雁传信,情书厚厚一叠。纯净的爱是一种动力,那个学期,我的各门主科学业成绩总分进入班里前三。

缘是美丽的纽扣,但这纽扣的情结,不是太柔韧,就会遭到外力冲击而脆裂,我与玲娣这份缘遭到了风雨袭击,不久,便冷湿了我与她的心。

玲娣的父亲是飞机修理师,他在武汉就业,不允许女儿与我来往。我和玲娣最后一次见面是1954年一个秋天的下午,在奉化中学旁边山上的中山公园亭子里,那时,她已升入初中一年级。“相见时难别亦难”,她向我痛苦地倾吐了满腹的无奈,我十分理解她的难处,不求她“春蚕到死丝方尽”。分别时,她给了我一个深深的吻。

过了一些日子,她转到武汉去读书了,从此,彼此就断了音信。世上最是多情苦,寸寸心结千万缕。尔后,我与她纵然天各一方,也不知道各自前方的路是雨是晴,但对另一方深深的牵挂终生无计消除,成了各自人生阡陌上的风景和珍存。

纯洁的爱就像绍兴老酒历久而弥醇,时隔半个多世纪,玲娣回岩头探亲,还向阿姑细细地问起过我呢!

越陌过阡,萋萋芳草今何在?相忆还在无尽处!

活着多好

写这篇短文的心情实在沉重，灵魂在悲愤的浸渍中颤抖，不知不觉间泪湿双眼，几次搁笔，几次提笔，成篇时胸中又涌起无限的酸楚和怅惘。……

母亲身体羸弱，脸不白皙，可蛮清秀，她生了七个子女，我是老大，老三、老四出生才活七八天，连名字也没有起，便感染破伤风发高烧而亡。

我的父亲是篾竹匠，一年有三百多天出门替人家编竹器，母亲做产时既是产妇也是接生员。山村的旧习，认为生孩子是血污。因此，母亲临产时一个人悄无声息地躲进柴间，忍受着痛楚，生下婴儿，又咬着牙，颤抖着双手持着破碗片或锈剪刀切断脐带，用旧棉絮将自己身上掉下的那块活肉包裹起来。命小的便染上破伤风，命大的便侥幸活了下来。阿五是个女孩，也是我唯一的妹妹，父亲和母亲十分珍爱，给她起了个“秀娣”的名字，秀娣长得秀美而乖巧。我那时已小学毕业，失学在家，便抱着她四处游玩。记得有一次，我将不满周岁的妹妹抱上西山背的竹林，叫她开步走。她竟从离我五六米处跌跌撞撞地冲过来，欢快地扑进我的怀里，那是她第一次学走路，咯咯的笑声，至今仿佛还在我耳边萦回。可她刚过周岁生日，便患肺炎、发高烧抽筋。这种病如今医生手到便愈，可在20世纪50年代初期的山村，竟成了不治之症，我眼看着妹妹痛苦地蜷曲着身子不停地抖动着，死神无情地攫走了她幼小的生命，我哭得死去活来。

唉，少年时代给我的悲伤太多，每当失去弟妹，父亲用土箕盛着小小的躯体去山上埋葬时，我总是一次次哭成泪人。

人说命运如同人的影子，谁也摆脱不了。不，难道说那个时代人的命运都是坏的吗?如今，每个人的命运都变好了吗?哦，人的命运与时代的命运是紧密相连不可分割的，我的死去的弟妹要是能活到今天，他们的命运便也会展开一片灿烂的天地!

老二是在“文革”中死亡的。我站在老二的坟墓前，泪水无声地流过脸颊。坟上几茎寒草在风雪中颤抖。黄泉人间，生死相隔两茫茫，但是我仿佛清晰地瞧见了老二饱含着泪水，默默地瞧着我凄笑。

长大成人的四兄弟，数老二最俊美，脾性也最温和，可命运最蹇涩。老二名叫鹏义，他在奉化中学初中部毕业后，我替他在舟山一所小学找了个代课教师的位置，只要老家村干部同意，粮户关系就可转到舟山来，可村里管户口的会计，就是不盖章，鹏义被迫回到老家马站村务农。一个身子纤弱的书生，要成为荷犁砍柴的农夫，须经过多少艰难的磨炼。鹏义不叫一声苦，天天默默地流汗劳作，背上不知晒蜕了几层皮，脚跟不知磨出了多少血。数年后，简直脱胎换骨，成了能挣10个工分的结实庄稼汉了。

“日出而作，日入而息”，劳苦度岁月，倒也怡然自乐。老二待人厚道，心地善良，脸上总是挂着和蔼的微笑。村民有口皆碑。记得我在舟山教书遇到过麻烦，产生过回乡的念头。老二说：“哥，别担心，你不会干农活，弟帮你做。”谁会料到，那场空前的浩劫降临小山村，一夜之间，鹏义与数十名清白无辜的青少年竟莫名其妙地被戴上“反革命”帽子，关进村里的“牢房”。

鹏义从“牢房”出来后，天天要站到村口接受批斗。他老实巴交又不善言辞，经不起刺激，精神渐渐失常。在村口挨批后，便整夜不回家，出走到五六十里路外的大桥镇游荡。那时，父亲与母亲就通宵不睡，默默地流泪到天明，直到老三鹏飞把鹏义从大桥镇找回来……

那年寒假，我回乡探亲，想给鹏义完婚。新娘是与他青梅竹马的表妹。谁知，婚礼前夕，他又被揪至村口批斗。无可奈何中他又呼天撞地、满怀悲愤地出走了！

时值大寒时节，大雪扯絮般落下来，父亲与母亲又流着泪默默地坐着等候到天明。黎明，我搭上一辆敞篷货车去奉化城里找寻义弟，鹅毛似的大雪将我也落成了雪人。货车到了奉化城，我在街上兜了一圈，不见义弟踪影。后来，我在群众专政指挥部找到了他。

下午四时，旷野上白茫茫一片，只有山溪还呈现一线绿色汩汩流淌。大道铺起了一尺厚的雪，阴暗的天空中弥漫着黑云，朔风呼啸着绞起旋涡，在地上旋转、奔腾、乱滚。“鹏义！”“哥哥！”兄弟俩上路时一声呼唤，便相互紧紧地拥抱了五分钟，只觉得心一齐跳动，两串泪水从义弟眼眶中流下来，热辣辣地烫着我的脸颊。

冻了一夜，义弟已疲惫不堪，可家里人望眼欲穿，等着义弟举行婚礼，得赶紧走啊。没有车子，我就和义弟一脚浅、一脚深、踩着厚厚的积雪一步步艰难行进。

黄昏近了，风雪更大了。返家路上有一座高山，山路上，怒吼的风，吹打在两颊上，越来越厉害、越有劲、越剧烈，天色越来越黑，一团团雪片，飞卷得更直、更快，绞在旋风里，成了尖针、冷冰，直打到面颊上，刀割般疼痛。

好不容易借着微弱的白雪反光，走完五十里山道，二更左右，两个冰雪人才跌跌撞撞地回到家。谁知那次踏雪过岭，竟成了兄弟俩最后一次结伴行。

义弟举行婚礼后，我便回到舟山。不久老家传来噩耗，义弟悬梁自尽了。

时光一晃已有30多年，然而岁月的风雨非但吹不散淋不灭义弟留在我记忆中的音容笑貌，反而将我脑海中的底片冲洗得愈加清晰。

每次，当我渡洋过海，背着帆布袋回到故乡，义弟总是欢笑着奔过来，亲切地抱住我喊："哥哥!"我的心底便涌起难言的无限的柔情。

读小学时，义弟还是无忧无虑的，臂膀上挂着三道红杠，像小鸟似的飞来飞去。升入奉化中学时，他的学业还是不错的，作文在班内数一数二。但不知为什么，他的精神状态逐渐变得忧郁起来，渐渐地沉默寡言，仿佛背上了沉重的包袱。记得有一次我寒假回乡，踏着冬日夕晖至尚田畈奉中分部，很想与他同榻而眠，畅叙兄弟情，但见面时我感到他失去了儿时的欢快，我便不耐烦，说了声："我走了，你放假再来吧!"连夜赶山路回家。至畈头村，漆黑一片，无法行走，我向路边一农家讨竹爿作火炬，想连夜翻越山岭回家，而被那家热情留宿。至今，我还在悔恨自己急躁，作为兄长，没有替弟解忧，弟不开心拔脚就走，多么缺情呀!我猜测，可能当时父亲戴上了一顶无中生有的"反革命"帽子，使义弟的精神受到重压。

义弟目睹父亲的困境，自己也被打成"反革命"，就失去生活的勇气了。

"二哥今天还活着多好啊!"那年春节回家探亲，我刚放下行李，老三鹏飞与老四鹏超便陪我去祭扫义弟墓。路上，刚被奉化市委组织部任命为村支部书记的老三痛惜地对我说，他做事难，二哥有文化，活着可助他一臂之力啊!

……

雪纷纷扬扬地下，厚厚的雪蒙盖着义弟小小的坟包，仿佛他当年从被关押的小屋出来落上满身雪花片似的。我不禁伏在坟包上痛哭起来,泪水落在白雪上融化出斑斑点点,不知义弟在地下能感受到一点温暖吗?

心念绵绵无绝期,我常常梦见义弟与亲人团聚在一起说笑,享受着温存、甜美,醒来时无声无息,不见踪影,心底不禁涌起一阵悲哀。我多么希望梦中所见的情景成为生活现实。

本来以为写完这篇短文会轻松些,谁知心头依然涌起阵阵隐痛。义弟惨痛的生命历程给人昭示:要珍重生命。死了,什么也没了。活着,什么奇迹都可能发生。人活着,就不能向自己低头,就不能绝望。人活着,不仅为了自己,生命只有一次,为了爱我们的人和我们所爱的人,活着吧!不管生命中有多少累,多少苦,多少恨,多少怨,多少委屈,只要活着就好。走过风雨,越过沟壑,心存晴天,生命的天空永远阳光灿烂。

我久久地瞧着义弟留给我的唯一遗物——一帧他读书时脸庞清秀的小照,悲伤又涌上心头,仿佛义弟的气息还留在照片上呀! 我痛哭着呼唤:“二弟啊,你今天还活着多好啊!”

1998年2月15日于奉化

阿 姑

一直担心的事情终于发生了,2011年5月23日8点,电话筒里传来了老三鹏飞悲切的低咽:阿姑于早晨六点半去世了……

听到噩耗,一股悲情顿时充塞我的胸口。

阿姑跌伤了,一月前接到表弟国荣和鹏飞电话,我就一直担心,这会不会成为88岁老人离世的"因头"。我在奉化医院见到她躺在病床上,艰难地呼吸,真令人揪心,好在她神志清醒,还能互相交流感情。

回舟山后,好似一块石头沉重地悬挂在我的心上,忍不住就又去奉化岩头探望。姑姑见到我时,心知不久人世了,眼眶溢出了泪珠,她不想给我过多伤感,又艰难地收住了泪水。我依偎着姑姑,她拉着我的手,说了不少我儿时的事。

阿姑待我如亲生儿子。

童年时,住在阿姑家在岩溪小学读书的情景,一一浮现在眼前。起先,我住在外婆家,外婆对我百般疼爱,可舅母经不住我的调皮、贪玩。放学后,我老是坐在下高桥头的一家小店,与一位叫毛信国的同学走象棋,走着走着,天黑了,还不知道去吃饭,害得外婆、舅母满街喊。父亲将我狠狠地责打了一顿,就将我托付给阿姑。我还清楚地记得,当时阿姑拉着我的手,走过岩头那条小街,一路安慰我:“鹏,要乖,你会争气的……”一句句暖心的话,我听了真感动。

可小孩子的野性不是说改就能改得了的。到了阿姑家,我在课余时间做了一根钓鱼竿,放学后,就坐在榆林与岩头两条溪流交汇处的一个绿莹莹的深潭边垂钓。钓上来的大多是两指宽、三四寸长的嘴角长须的“杭桑鱼”。这弄得姑姑很担心,侄儿要是掉进深潭里咋办?姑姑不让我去钓鱼了,我说不要紧,我自己有活灵的。今天想起来,阿姑对我多么慈爱,多么宽容,她从来不打骂我,还十分相信我,阿姑听了我的话,就再不拦我钓鱼了。

我在岩头上学的课余生活,说出来会让今天读书郎羡慕死的,不仅可以钓鱼,还可以去附近山头采美味的野果。春天“阿拱”,初夏杨梅,秋日乌米饭……

感谢阿姑,是你的宽容,当然还有父亲的原谅,让我读完了高小,才给我日后考入奉化师范、改变自己命运的机会。

出于对侄子的爱,阿姑十分理解我。记得我在奉化师范求学时,有年春节到阿姑家来,街上,阿姑叫了一声:“小玲娣!”一个秀气的小姑娘抬头应了一声,我与她四目相对,竟亮了一下。她是阿姑的邻居,我做客几天，与她一块踢毽子，玩着玩着，竟产生了感情。春节后，我到奉化师范，竟出乎意料地收到了她叫人捎来的一封思情洋溢的信。过了些日子，我趁星期日又去了阿姑家，她又与我见面了。阿姑安排我和她在后院的天井说了两三小时话。阿姑知我心，十分关爱地说："但愿一直好下去！"后来，因种种原因分手，她远去湖北。至今，已时隔半个多世纪，阿姑告诉我，小玲娣回岩头，还向她问起过我呢！

想起阿姑种种好处，看着阿姑负伤卧床的痛苦，我多么想痛哭一顿呀！然而，我忍住了泪，只能默默地在心底流。几位表弟、表妹与弟媳及侄女、侄子都坐在旁边，我能为自己缓释心中的疼痛，而给别人带来太多哀伤吗？

我久久地坐在床边，拉着阿姑那双掌心叠着厚茧、手背布满皱纹、手指长长骨节崚嶒的手。

那是一双勤劳的手呀，大表弟国维说，阿姑喂猪时，总是把猪食仔细地揉捏，抽去一切粗硬的东西。她一生养的猪挨个排队，可从新茶庵排到塘角落头(一千余米长)……

阿姑跌伤是因为晚上看完电视去睡时，一手拿着火囱，一手拿着热水瓶，迈石级不小心摔倒的，可她倒下去时，还舍不得丢掉手中的东西，唉，危难之际，她视孩子们的财物还胜过自己的生命啊!

阿姑昏迷又苏醒，九死无悔地走了，留给我们的是无穷无尽的怀念，一想起就想哭……

出殡之日，我与阿姑的孙女璐璐、映映久久地捧着阿姑的脸，轻轻地抚摸着她的白发，想着她对儿孙的爱，不禁泪水扑簌簌地淌满脸颊，湿了一地。

忍住泪，我颤颤抖抖地写了一副挽联:

一生勤劳，千辛万苦，缔造儿孙乐，留赠遗爱无愧去；

一腔深情，千丝万缕，编织全家福，激励后人奋然行。

愿阿姑在天堂与早去的姑丈相会，快快乐乐……

我的抗日大叔

“大刀向鬼子的头上砍去!”在全国同胞抗日的怒吼声中,我英勇的大叔——阎传法,毅然投身奉化抗日自卫团。

大叔身躯魁梧,古铜色的方脸上长满黑茬茬的钢针似的胡须。回家时老是抱着我用胡子扎我的脸,用亮晶晶的枪弹铜壳给我做哨子等玩具……

山乡的岩骨水铸就了大叔一身铮铮硬骨,大叔是在中华民族最危难的时刻参加抗日队伍的。1941年,抗日战争进入敌我双方胶着状态,奉化沦陷后,国民党奉化县政府便从县城迁入与我老家相邻的偏远的山村——柏坑。那里山深林密,翠峰如簇,碧溪如带,异常僻静。可日本鬼子竟幽灵般寻踪而来,蹂躏了丛丛野草,马蹄铁磨得山乡一条条碎石路贼亮贼亮的。大叔与抗日自卫团战士们在柏坑村四周的箭岭下、万竹、莼湖等地多次与日本鬼子激战。

战争年代,生死悬于一线,活生生的亲人会突然从你的眼前消失。

1943年暮春的一天，大叔去石门、樟树村一带探敌军情，临走时，摸着我的额头亲切地说：“叔叔给你带几个糖糕来。”

谁知这一去竟是与亲人永别，踏进了鬼门关。大叔从老家马站攀过银坑岭，沿石门村小溪走向樟树村，路过杨树村外莲洲畈的关爷庙。突然，庙后茂密的杂树林子里响起虎狼般的吼叫声。他抬眼一望，只见树林里日本鬼子数十支黑洞洞枪口已对准了他的胸膛。原来这几天奉化城里鬼子进入山区疯狂地搜捕抗日战士。此时，几个凶神恶煞般的鬼子端着明晃晃的刺刀，从林子里跑下来逼住大叔，被搜的抗日自卫团符号证明了大叔的身份，鬼子用麻绳五花大绑，将他浑身紧紧捆住，押往溪口镇康岭村。

路过的马站村民见到了大叔被日本鬼子逮捕的情景，告诉了我爹。这个晴天霹雳，把家人的心都震碎了。父亲在祖堂前天井里团团乱转，跺脚抱头大哭，我也跟在父亲身后撕心裂肺地哭叫，出嫁的姑姑也赶来不住地痛哭，一个个哭得眼肿喉哑。父亲心不死，梦想把大叔救出来，他用一头大肉猪、两埕绍兴酒去换大叔。结果是肉包子打狗，日本鬼子收了猪和酒，就是不放大叔。不久，便传来噩耗，大叔与一批抗日志士在康岭村的公堂畈被丧尽天良的日本鬼子活生生用铁钉钉死了。牺牲时年仅27岁！

大叔被鬼子杀害后，家人无计去收尸，曝尸数日后，丢入乱葬岗中，至今无法找到他的骸骨入土处。

大叔牺牲的头一个月里，我不相信他死了，老是流着泪水望着那天他离家去石门村的路，呆呆地等他回来给我吃甜甜的糖糕，娘说："大叔不会回来了……"我又"哇"地哭起来。

他的遇难宛然如在昨天。时光的波涛难以抹去我心底的伤痛！每次经过溪口镇康岭村时，我总是呆呆地望着草木葳蕤的公堂畈，哪里是我大叔殉难处？大叔的血肉滋养了哪一片草木？

大叔为国捐躯，留下三件遗物，一支灌木般的枝枝杈杈的鹿角，一把闪亮的大砍刀和一支三节的手电筒。

梅花鹿角是一味著名的中药，性温，味咸，生用行血、散瘀、消肿，主治乳痈肿痛等症。在缺药少医的山村，大叔留下的那支鹿角几乎到过每一户。谁家少妇喂奶不小心，乳房红肿，或谁生了疮毒，剧痛难忍就从鹿角上刮下一些细沫，用温水吞服，不几天便红消肿退，真灵哩！那支鹿角早被刮磨光了。但它给大家的好处，小山村的乡亲至今还记着呢。

那把大砍刀是大叔杀敌的武器，背厚刃薄，颇有几分削铁如泥的气势。左邻右舍有人夜里做噩梦，或见到恍恍惚惚的影子，便将这把大砍刀借去，挂在床头或房门上镇邪，乡邻们都说它比符咒威力大。

那支三节长手电筒是叔叔夜战的工具，我最喜爱它。铜质，外面涂镍，浑身闪亮，照得出人影。它的头有小饭碗大，圆形的凹盆涂上亮晶晶的水银。它的颈部有个红色小钮，可以将亮度拉大拉小。用压岁钱买来三节电池，装进去一按开关，光柱能远照到一百多米外。照得见门前山坡上树丛间枝头上爬的松鼠和栖息的鸟儿呢。

大叔，何处凭吊你的英魂？如今中华大地已繁花似锦，但人们永远不会忘记你浴血参与的这场中华民族有史以来最为惨烈的对外战争，蕴含在头脑中的抗战意识已转化为民族可贵的精神资源。

叔叔的英魂，安息吧！

煤 炉

物换星移，过往的炊具里，给我印象最深的是煤炉。

儿时奉化老家没煤炉，作炊的是用黄泥和砖块垒成的灶台，烧的是柴禾。那时我还年幼，父亲做竹匠，手艺人在家时间少，匆匆忙忙弄点青松毛和荆藤什么的，就出门去打工了。母亲作炊常常被青松毛熏出眼泪，揉着嗓子直呛。故乡家家屋顶都伸着一支烟囱，我家冒出的炊烟与别人家不同。别家烧的是干柴，升起的烟是淡蓝色的，我家是又黑又浓的。直到我小学毕业，失学在家砍柴，母亲才有干柴烧，她乐滋滋地对我说："鹏大了，娘有福了！"

后来，见到对面一户人家，搬出个小圆桶似的煤炉，用柴片将炉火烧旺，投入煤球，自个儿会燃烧，不像在灶台作炊，两眼要盯着灶膛，不断地添柴火。嗨，煤炉作炊比灶台方便多了。

我家也很想弄一个煤炉，可买煤要去五十里外的县城,太远了,就打消了这个念头。

用煤炉似乎先进,其实也挺麻烦。

师范毕业后,我来舟山教书,至20世纪60年代,我成了家,买了个煤炉烧饭菜,才知道用它也不省事。那时,没有火柴一点就着的蜂窝煤,而是鸡蛋大小的煤球。每天早早起床,头一件大事就是生煤炉。妻子将煤炉拎到大路边通风之处,用火柴点燃渗透柴油的纸片,再放几块劈得薄薄的柴片,等炭火红了,就将煤球投进去。煤球红了先作炊,再烧好开水。然后用湿煤屑封好盖,下次揭开再用。煤炉每隔一段时间要添煤球、掏煤灰。掏煤灰要将炉子拎到屋外,否则会灰屑四扬,弄脏屋子。这样拎进拎出,每天至少六七趟,我妻子身子骨再硬朗也觉得累。

闲下来的时候要劈柴片,把大木片劈成小木片,掌心磨出老茧,手指被柴刺拉破,还得坚持劈。生煤炉需要木片,木片越多火越猛,煤炉着起来越快。因此,学校碰到维修,就把木片一捆一捆扎好。郑重其事地均分给有家务的老师。外出家访或走亲戚也会弄点木片来。碰到那种用不着再劈的薄薄的小木片,如获至宝,再苦再烦也会设法弄回家,一袋一袋装起来,堆在屋角。记得我从虾峙岛调到沈家门时,一车子的行李半车子是柴片。

生煤炉还有件讨厌事,就是点燃引燃煤球的纸片或木片时,会冒起一阵阵浓烟。在小岛,煤炉放在空旷的地方,风一吹,烟就散化了,不怎么样,可到了沈家门麻烦就大了。房子连房子,空弄非常狭窄,生煤火时一阵风吹,不小心会烧着头发和眉毛,那真是够苦的。冒起的烟自个冲鼻呛喉还可忍,可熏到人家的门窗里咋办?弄坏了邻里关系不得了啊!有时,老伴宁愿在自家屋子里关门生煤炉,烟呀灰呀熏在墙上、扬在桌上,等煤炉生好,老伴又要忙着擦拭大半晌。

煤炉长期处在高温里,砖呀泥呀容易碎化。一只煤炉三元钱,贵呀!坏了舍不得丢掉。我和老伴先在煤炉上围个铁丝箍,再东奔西走讨来一点石灰和黄泥,用水拌拌,在煤炉上打补丁,仿佛穷人的衣衫,补丁叠补丁,煤炉的身子便越来越臃肿。

那时买煤球还要有票。煤球厂煤球一时供不应求,我和老伴就买点煤屑,弄点黄泥,用手搓捏,做成糯米麻团那样的圆块,一排排放在操场的角落里晾,碰到下雨,还要抢收,满脸烟火色的教书匠,真是"两鬓苍苍十指黑"啊!

民生无小事,枝叶总关情。舟山的许多任市长,给我印象最深的是姓彭的那位,他为舟山人民扎扎实实地做了一件好事——装上管道煤气,使千家万户告别煤炉。记得当时,曾有人议论先上普陀山飞机场,还是先上管道煤气?可他把直接牵涉千家万户的管道煤气先搞成。20世纪90年代中期,舟山市就用上了管道煤气,这在中国中小城市行列里属于先行了。

煤炉不用了,保暖的草蒲圈也换成了微波锅,厚厚的大铁锅也被轻巧的不粘锅替代了。但因相伴了那么多日子,一时也舍不得把旧炊具一股脑儿丢掉,就放在杂物间的一角。

十多年没见人用煤炉了，一天，我在沈家门一条狭窄的街巷偶尔发现一位老婆婆打着破旧的芭蕉扇呼呼地在生煤炉，乍见，恍若隔世，仿佛在他乡遇见了一位久违的故交，傻乎乎地站着看了半天，看它冒起的袅袅烟雾，看它升起的红里透青的火苗……看着老婆婆一次次擦拭着被烟雾熏出来的泪水，心头不禁涌起了一股说不清的滋味……

正月里来是新春

“正月里来是新春，家家户户挂红灯。”离开故乡已是半个多世纪，儿时许多事情已在脑海如云烟般散去，唯独过年的情景，一幕幕还清晰地留在我的记忆里。

过年，家家户户糊窗、掸尘、买年画、贴春联、接财神，还杀鸡宰羊，祭祖宗。再穷的家，也会剪几朵窗花，挂一盏灯笼；再冷落的村子，也会响几阵鞭炮，唱一场戏文。因为春节对故里老百姓来说，不仅是热闹的、快乐的，而且是神圣的、神秘的。

腊月廿三晚上，母亲在瓷盘里盛满小芝麻饼、油枣、红球绿球、黑节白节，恭敬地端到灶梁上，供在新请来的灶王爷面前。母亲默默地走到黝黑的天井，把旧灶王像烧掉，让灶王爷随着缕缕青烟升腾到天上，向玉皇大帝去禀报一年来人间烟火。一边烧一边念念有词：“灶王爷爷回天上，赐我如意和吉祥。”灶王爷仿佛是家庭的一员，新鲜果蔬上餐桌时，母亲总要给他先留一份。过年了,灶王爷上天,要求他在玉皇大帝面前说点好话,祈求全家平安吉祥。祭灶仪式简单,可在我们小孩子心里,灶王爷真的神通广大,一家人的祸福都捏在他的手掌心里呢!

临近春节的冬天早晨,母亲起得格外早。砧板上响起笃笃声,母亲将鸡脚骨鸡头斩碎与河豚鲞、猪肉、笋干和在一起合煮,等到汁儿煮浓了,铲起放进陶甑里,便会结成亮晶晶的赭黄色的驴皮膏一般的冻,吃起来滑溜透鲜。煮了鱼鲞烤肉又煮芋艿头,又蒸米糕,厨房里的灶膛塞进一束又一束干柴,松枝和檀木发出哔哔剥剥脆裂的声响……

“一夜连双岁,五更分二年。”除夕是一个隆重的夜晚,无论贫富贵贱,只要可能就一定合家团圆。记得年轻时,我多次漂洋过海冒着漫天风雪,匆匆地奔上归途,临近故乡,远远便看到白发苍苍的老父亲早已在村口翘望。除夕年夜饭,全家人团团坐在一起,亲切地让菜,热情地劝酒的情景,永远是我生命中美好的回忆。

除夕的守岁充满神秘感。除夕晚上,家家都要关闭大门,上门闩。“年”本来是时间转了一圈的标点,可民俗传说“年”是长角的怪兽,平时潜在深山或海角,除夕出来作怪。可“年”最怕红的色彩和响声。因此,家家户户总要贴大红春联,挂大红灯笼,还要放几支烟花爆竹,把怪兽“年”吓跑。有些人家,还在天井里撒上芝麻秆和豆荚,踩上去会发出吱吱嘎嘎的响声,鬼怪就不敢来侵犯了。屋里守岁,要点明亮的灯,不要大声说话，怕惊吓神灵。水缸、米缸装满，满缸满柜以求来年生活更美满。谷仓和水缸还贴青龙图案求吉祥，屋子里充满一片神秘气氛。长辈们给子孙分红纸包着的压岁钱，已成家的儿子不必分，但媳妇这一份一定要分，以慰藉她一年来勤俭持家养育儿女的辛劳。晚上睡觉时，母亲把分得的压岁钿放在孩子枕头下，头向着东南方喜神和财神来的方向，祈求能圆个好梦。儿时所经历的这种神秘的过年氛围，至今犹深深地刻印在我心坎里。

尽管在今天看来，当初过年的习俗带着点迷信，但这是可以理解的。中国长期是农耕社会，自给自足的农民，生活在一片狭隘的天地里，所产生的只能是只属于那个社会的意识，不可能超前。他们过年祈求的不是飞黄腾达，也不是升官发财，只是年年平安。从这里可以看到，我们祖国农村的父老乡亲是多么淳朴呀！就这么点温饱平安的期望呀！

除夕晚上祭祖，初一晨起拜岁，一是对逝者怀念，一是对生者尊重，这是孝文化熏陶的中华民族优良传统。祭祖追思先人创业的艰难，拜岁感谢长辈立家的辛勤，是伦理家庭社会不可少的礼仪。邻里朋友互相贺岁更是促进了团结、和谐，增进了友情。至今，祭祖拜岁已在舟山、杭甬等地区衍而为春节之风俗。

春节是我国最盛大、最热闹的一个古老传统节日。俗称“过年”，古谓“三元”。意即正月初一是年月日三者之始。自1949年9月27日，中国人民政治协商会议第一届全体会议把农历正月初一改称为“春节”后，才有春节一说。春节期间，祭祖、拜岁、庙会、社戏、灯会等系列庆贺活动一个接一个，热闹非凡。

各村都要请戏班子，村庙、宗祠的戏台上张灯结彩。咿咿呀呀地唱着的戏，大人看得兴致勃勃，孩子们并不喜欢。盘龙灯才是孩子们最爱看的。斗大的色彩斑斓的龙头，碗大的晶莹光彩的眼珠子，一节一节的龙身缀金涂银，由十几个乃至二十多个壮汉提着在空旷的场地上盘旋翻腾，活灵活现。夜间盘龙比白天更好看，每一节龙身都亮着灯，舞起来如一颗颗流星飞转，蔚为壮观。记得儿时龙灯舞到哪里我就追到哪里，直到龙灯队敲锣打鼓远去，还傻乎乎望着。

正月里最热闹的是闹元宵，从城里请来了扎灯笼的师傅，糊抬阁、编马灯、生肖灯、各色花灯。家家户户屋檐上都挂着灯笼，再穷的也要点一盏，点缀简陋的家。提着灯笼满村疯是儿时最有趣的游戏。灯笼里的小蜡烛亮着一团茸茸的光，颤颤悠悠，几个人手牵手在村巷里跑起来，就有一串颤抖着的茸光。“挂灯笼啦！挂灯笼啦！”稚嫩的喊声在村子里回荡。直到茸光熄灭，奔跑和喊声才停止。这时候，大巡游开场了，族长领队，旗锣开道，牛灯围着碾子转，猴灯上蹿下跳，各色各样的花灯鸣奏着乐曲，后面是长长的小灯笼队伍，远远看去犹如一条大火龙在村子里游动。一直闹到深夜才散去，村民之乐在一年中达到了极致。

据记载，古代元宵节过得最有滋味的是宋代，在京城汴梁，“正月十五元宵，……游人已集御街，两廊下奇术异能，歌舞百戏，鳞鳞相切，乐声嘈杂十余里。”张灯结彩，金碧相射，锦绣交辉，朝廷矗立大牌曰：“宣和与民同乐。”彩灯数万盏，扎成双龙，蜿蜒飞走。还有文殊、普贤跨狮象游走的彩山，百姓欢声动地，喜气洋溢。清代东北地区“上元”夜，好事者则扮秧歌，持圆木戛击对舞。十六日满洲妇女群步平沙，以祛百病，或联袂打滚，以脱晦气。三寸金莲踩平沙，脚印肖似麦穗。联袂打滚，则选在井边，在冰波滑滚嬉耍，既满足带有巫术脱晦气的心理需求，也是十分开心的溜冰游戏。

中国的春节，色彩缤纷，各地风俗各异，而它的文化指向却是一样的：团圆、欢乐、平安、吉祥。它的文化意蕴除了今天我们感受到的以外，古人还曾赋予它深厚而广泛的意涵。譬如周天子元日祈谷上帝，扛着锄头去田里耕作。因为立春之日东风解冻，蛰虫惊醒，五谷萌芽。还要祭祀农神。农神是谁呢？相传是句芒。又譬如《史记·天官书》说：“凡候岁美恶，谨候岁始。”如果正月里晴朗，预兆来年一年丰熟。古代还有正月初一南风兆大旱，西风警兵祸，东南风示疾疫、凶恶等说法。针对这些文化含义，民间又设一系列对策。譬如元旦插桃符、贴门神、画雄鸡，使百鬼畏而逃遁。二十四番花信，三十六度周天，古代有关春节的文化内涵所显示的是鲜明的农耕社会特色。其中有的属于物候观察，也有的属于巫术禁忌，从中我们可以认识人类文化发展的轨迹。

“眷芳节兮嘉时！”人生易老，时光无情，再也无法回到童年天真烂漫的岁月，过年也和往日不一样了。地球变小了，千里咫尺，天涯比邻，手机发短信贺岁，电脑传彩卡祝福。然而，现代的春节，或隐或现的传统文化意涵，仍然给我生命以无限的喜悦与快乐，仍然令我感受到中国传统文化永恒的魅力。

悠悠登溪水

那一线流泉踩着细碎的脚步声，从大山深处的骨眼悠悠而来，绿映千山树，红浮两岸花，裙裾曳地，七曲八扭，若天真烂漫的少女，一会儿“啧啧”地亲吻着崖壁上的青苔，一会儿“簌簌”地撩拨岩罅间探头的草叶，顽皮地绕过一座座嶙峋的巉岩，泼辣地拽起下摆，腾越于石滩，弄得佩环叮咚，清脆地窸窣着，嘻嘻地欢笑着，荡漾出一圈圈柔美的酒窝；萦纡处向路人飞一个媚眼，扭一扭纤细的腰肢，悄悄地进入村子 。于是故乡——马站便有了这条绮丽的溪，一脉迂回穿插于村子的溪。

这条溪，其实并不完全女性化，柔中寓刚，她不只有个显示阳刚之气的名字—— 登溪，且在流程中也袒露几分壮美的男性风姿。

溪水的本性向下流淌，而“登”，有向上之意。这条溪缘何命名为“登”呢？她发源于大雷山南麓，据乡贤——毗邻故乡的榆林村元代文学家戴表元《顺宁庵记》考证，大雷山古称登岱山，故溪名登溪。又因那条溪流的绮丽，戴表元又给她一个好听的名字——锦溪。登溪之名，除与登岱山有关外，还另有意蕴。清代贡生孙声华《马站九题·登溪》诗云："润下溪流性，如何亦诞登？日升驱鸭桁，宵陟捕鱼灯。水越梯千级，岩支栈几层。龙门疑即是，不必畏崚嶒。"登溪无坚不摧，不惧一道道塞路的峭壁。有容乃大，她一路热忱地招呼一缕缕山泉一起奋进，一路用自己的身躯——无形的钢凿，勇敢地直插峭壁薄弱处，日夜不停地冲击，凿开一扇扇石门，洒然而流。有了登溪那样的智慧和毅力，攀栈道、越石梯，不畏崚嶒，那么，你就有登上龙门的希望。故乡的先人总盼望子孙有出息，即使一条小溪的命名，也不忘激励后辈志存高远。

水是流动的，鲜活的，而这条溪却在故乡匍匐了千年。岁月沧桑，使得溪流古意盎然。那岩石的吃水处被舔出高高低低的一道道槽痕，镂刻着亘古来的丰盈与枯旱。阴幽的溪壁上绿萝挂帘，阳平的溪滩中芦苇摇曳。偶尔，几棵老态龙钟的檀树、黄杨、桑木从溪畔旁逸斜出，虬枝盘曲，青苔斑驳，似披一身碧绿的鳞片。如果你站在溪边，会乐此不倦地沉醉在那和谐的景色中：那些嵯峨的山峦、丛林和流泉、水面上漂游的倒影、淡红而金黄的梯地，就像一个美丽的袒腹，上面覆盖茂盛的杂木与竹子。山深林密，源远流长，千百年来，溪水徐徐而来，从不干涸。春夏两季，雨水渗透山林，每一寸土地都软汪汪，给登溪丰富的营养。即便秋冬枯旱，自有地下水汩汩冒出，登溪依然生机勃勃,充满活力。

清晨,登溪一片寂静。这并非山村人家对她冷落,而恰恰正是对她的虔诚。因为自古以来,山村人家饮水之源,全在这溪中,世代相传,约定俗成:晨七时前,不得洗涤。虽然有的人家用竹管引来了山泉,但仍然默默守约。饮溪,自然对溪多一份深情,上岁数的常常告诫子孙:“用溪须得护溪。”一日,有人拉一车物品过溪边,稍不留神,轮子被凸出的石头绊了一下,车子侧翻,一个玻璃瓶落溪粉碎,花生油漂起五彩。拉车人立即跳进溪流,大半天,才舒口气站起,终于把一大片油花一勺勺舀进木桶,把锋利的碎玻璃片一枚枚捡进布袋。

登溪也不负山村人的厚爱,慷慨相许,将其海拔589米高湖山火山口石灰岩滤出来的甘甜、清冽的矿物质饮水默默奉献出来,为山村人家提供一脉命泉,一股财源,一种生活的美。山泉被村民开发为“万竹林”桶装天然矿泉水,流入市场,供不应求。登溪两旁的石库门楼,或蜿蜒曲折的鹅卵石径,或一字排开的老屋石墙,哪一件材质不是取自溪中或溪畔?哪一块石头不是纹理悦目、色彩斑斓?

闻名全国的奉化水蜜桃,更是登溪的骄傲。登溪水滋润的灵隐寺旁的桃山,是奉化水蜜桃的发源地,揭开了水蜜桃的品性走向登峰造极的崭新篇章。光绪九年(1883年),奉化东岙乡三十六湾园艺老人张银崇从上海西门黄泥墙引进龙华水蜜桃种。他从上海回来,土地缺乏,便与灵隐寺僧人合作,于寺边一座小山培植水蜜桃。他们用毕生心血，培育出一种亘古未有的佳果——玉露水蜜桃，并将种植技术推广到奉化全境，这也是灵隐寺边的那座小山缘何名为“桃山”的由来。奉化水蜜桃，给人间增添了一份甜美，天下多少张嘴享受过它的琼浆玉露哟！

贫困的岁月，登溪过处，遍地药材。有一种叫“大叶草”的，捣烂给创伤者敷上，数日后，皮肤即肿消愈合。还有水芹，味美且是高纤维食物，经肠内消化可产生抑制肠内细菌产生的致癌物质。水芹含高铁量，是缺铁性贫血患者的佳蔬。食之能避免皮肤苍白、干燥、面色无华，而且可使目光有神，头发黑亮。水芹还有丰富的锌元素，有强化性功能的作用，西方称之为“夫妻菜”。还有孩子们极喜爱的酸毛蕻，入口，酸得皱起眉头；酸后，甜得露出笑脸。酸酸甜甜的味道，至白发苍苍想起来还流口水。溪畔的水芹、孟菜、蒿芽、芦芽、水荠之类，不知救活过多少穷苦人。可是到了眼下昌明盛世，水芹、孟菜等罕见了，水中的鳗、鳖、水獭等动物也不见了，乃至黄鳝、蟹也很少了。20世纪70年代来的造纸，化肥、农药的污染，给登溪的伤痛多么惨重哟！可登溪是大度的，当人们珍惜绿水青山，关掉造纸厂，以有机肥替代化肥，草药治虫，铲除溪底淤泥，捡净水中杂物等，她便尽弃前嫌，一路畅快而流，浇出的全是茁壮的庄稼与灿烂的奇花异木，馈赠给人们丰厚的物质与高层次的美的享受。

故乡人与登溪须臾难离。早半晌，静谧的登溪便闹哄哄了，石埠头蹲满了婆婆妈妈、姑娘媳妇，身边排着一只只洗衣盆。一溪衣杵棒槌声，一溪笑语喧哗声。待溪边一静，村边的晒场上便热闹起来，一条条晾竿上挂满了五颜六色的衣衫。

夏夜，溪边是人气最旺的地方。蟋蟀时而在石穴里“居居”，纺织娘不停地在草木中“轧轧”……溪畔昆虫的低鸣，仿佛从我的耳朵渗入全身每一个细胞，恍觉直到我生命的末日，都会沉浸在那宁静的夏夜。人们有的坐在石条，有的坐在从家里端来的椅子上，闹盈盈一片。老人们手里摇着边上镶着针线密缝的蓝布条的芭蕉扇，津津有味地说古论今，讲赵子龙大战长坂坡，讲武松景阳冈打虎，讲梁山伯与祝英台，讲孟姜女……孩子们有的傻乎乎听着，有的偎在母亲、奶奶的怀里数星星。“七尺扁担稻桶星，念过七遍会聪明。”大人们说谁能一口气把这两句话念上七遍谁就会更聪明。于是，孩子们望着蓝莹莹的苍穹里稻桶般的北斗星座，真的一遍一遍飞快地念着，大人一夸，孩子们就高兴地蹦跳起来。

登溪，是我童年的乐园。不管春夏秋冬，她都会给我无穷的乐趣。

冬天，登溪结了厚厚的冰，鞋底绑上小轮子，在冰上大胆地滑行。有时，与小伙伴一起用发热的铜火囱盖子在冰面一按，烙下一块圆圆的冰，用细绳子串起来喊：“打冰锣喽！打冰锣喽！”一路“叮叮当当”地乱敲，满村子疯。

春天，绵绵烟雨洒在山谷，溪水渐渐涨了，慢慢地淹没了一片片石滩，溪岸的辣蓼和马兰草也长出了蓬蓬松松的嫩芽，一群群鸭子的扁嘴起劲地搜觅着溪底的螺蛳和小虾。初夏时节，溪水更旺了，奔腾的溪流与岩石相碰激起了一朵朵雪白的水花，石斑鱼、排鱼、老虾公在水花中欢跳。

此时，溪边草丛，不时飘起点点流萤，孩子们一见忙着去追，将抓来的萤儿放到一节空心的南瓜藤里，做成一支绿莹莹的萤火灯。

白天，溪边绿荫里的知了在比赛谁嗓子亮，东一只、西一只不住地叫，蜻蜓来来去去满天盘旋，蚱蜢从这片草叶跳到那片草叶。我和小伙伴身子晒得像条黑泥鳅，几乎天天去粘溪栲树上的蝉儿，去抓草丛里的蚂蚱。碰到螳螂，要小心一点，这小家伙永远自不量力，老是一副进攻的架势，即使你比它大一千倍，它也会举起那双绿色大刀，冷不防狠狠地砍你一下……

小溪中捉虾蛮有趣。溪岸的水草里，钻满了虾儿。家里来客人了，娘就叫我去捉溪虾。我左手挈只篮，右手拿个竹畚箕，匆匆来到小溪，将竹畚箕往水草一兜，稀里哗啦地用脚一踩，草里的虾都逃出来，捞起畚箕，大虾小虾犹如大珠小珠落玉盘，在畚箕里“哔哔剥剥”地跳个不停。小半晌，就捕到半篮子虾。

捉鱼的快乐，更使我一辈子忘不了。溪流里有一道水泥坝，蓄水作水碓的动力。梅雨天，水漫过坝，挂起了瀑布，鱼像鸟儿似向上飞蹿。我拿个竹夹网去兜，有时一网兜来三四条，金鳞银翅，活蹦乱跳。坝下有一道岩缝，是鱼儿喜欢钻的地方。用手去摸钻在缝隙里的鱼，触到滑溜溜的鱼体，浑身一震，心乐得要蹦出来。不过,有时运气差,会触到糙硬的鳞片,“哇,水蛇!”吓了一大跳,手赶紧触电似的缩回来。

夏日玩溪水的乐更是无与伦比。登溪时隐时现于山谷,在一座座长满绿森森苔衣的悬崖下聚成一汪汪清亮亮的碧潭。大人们还在午睡,孩子们就相约从家中蹑手蹑脚地溜出来,找一个大人看不见的水潭玩。有次,我差点乐极生悲,丢了小命。溪中有一个水潭,圆圆的缺一只角,模样像乞丐的讨饭碗,村民叫“讨饭水潭”。潭不大也不深,看得见底,中央两三米的地方会没过小孩子头顶。尽管潭小,小伙伴下水都非常谨慎,生怕一不小心出大事,起初只敢在岸边的浅水区试探,揪住茅草或扶着岩石慢慢挪步,有点熟悉了才敢放胆往里面走。我一不留神,一个踉跄滑进水中,身子一下子不由自主地飘进了潭中央,脚一踩,不着底,“咕噜咕噜”连呛了几口水,头顶白茫茫一片,似乎就要命丧黄泉,不由魂飞魄散,手舞足蹈,哇哇乱叫。好在神智还有点清醒,听人说过落水别慌,不要乱挣扎,将身体放平,屏气,不抬头,手划脚打,能游出三四米。我就这样“噼噼啪啪”游了一阵子,脚一踩,竟着了底,心中不禁狂喜,在水中连连蹦跳了十几下。这下好了,我就照这个样子,手攀着岩岸,撅着腚,双脚“吧嗒吧嗒”地伸进水乱踢。之后又学蛙游、狗爬,一伸一缩地乱蹬。不知学了多久,双脚似乎开始协调起来,不知不觉间手从岩石上解放出来,往水里舞动。玩到后来,胆大妄为,憋住气,紧闭着眼睛,竟往潭中央扎猛子。累了,也学会了平躺在水面休息。

农历六月六，是故乡的“嬉水节”，“黄狗小猫都沐浴”。傍晚，炊烟袅袅，小山村漫了层薄薄的纱幕，男人不论老小，都赤裸着身子，泡进登溪这个清凉的大浴池。满溪都是光屁股，有些人家父子兄弟一起来。不会游泳的把裤子泡湿，用带扎紧裤管，向水中急急的一兜，捕捉了饱饱的一裤子空气，再用带把裤腰扎好，便成了极合用的“救生圈”。有了这东西，即使你一点也不会游的人，也不用担心被水淹死，搁在腰下大胆地向深处游去。艺高胆大的不放过显摆自己的机会，举起双手，上半身露出水面，踩着水，一步一步在深处慢悠悠地逛。

小伙子们跳进溪，忘不了秀一秀肌肉，蘸点水在胸口拍拍，攥起拳头挺起胸互相比试着，臂膀和胸脯的肌肉鸭蛋似隆起来。毛巾胡乱地东涂西抹，似乎并非图干净，而是享受凉的痛快，图个冷的刺激，图个大自然的野趣或年轻人的热闹。闹嚷着，追打着，轰起一溪水花。姑娘们自是眼馋得不得了，却又不敢一起来闹，咋办？领头的悄悄招呼姐妹们，相约着去了村外，在溪的上流，找一湾古樟遮帘、翠竹轻笼的碧水，叽叽喳喳，嘻嘻哈哈，拭去一身香汗，洗净一天疲乏。耳尖的小伙子们，听到了随风逐波而来的时续时断的娇滴滴的嬉笑声，心哟，不禁“扑通扑通”激动地跳起来。

溪中最热闹的是打水仗，水珠越密，笑声越亮。孩子们每人持一支水枪，灌满水直往对方夹头夹脑飙，直冲得对方昏头奔脑，举手投降。那一道道腾空的水帘在阳光里闪耀着七彩，一声声欢呼震荡着山谷。不在乎输赢，只求个快活。闹完了，身子泡凉了便躺在溪边的石头上晒太阳。过一会儿便争着往潭中跳。顿时，哗啦哗啦响，浪花激溅，有的狗爬，有的蝶飞，有的仰浮，有的潜游……

到了十二三岁，我游遍了家乡的深潭。那个龙潭大百把平方米、深二三米，水碧绿碧绿的，深不见底。村民说，底下蹲着老龙哩。一次，我在僻静处脱了衣服，用石头压好，赤条条跳进了潭，翻跟斗，竖蜻蜓，还潜下水摸鱼，痛快极了。就这样忘乎所以，以致吃饭时间都被抛置脑后，等到一身疲乏，倦意朦胧爬上岸，几乎家家已吃过晚饭。家里人找遍了村子，找不到我，心急火燎。此时，有人告诉爹娘，我在龙潭里玩。这下糟了，当我缩头缩脑回到家，爹揪住我的耳朵，竹梢丝在屁股上好一顿猛揍："小猢狲，你不要命啦，想做陷沙鬼呀！"

玩溪水，我挨了无数次骂，无数顿揍，但是我从不后悔。骂管骂，揍管揍，骂过揍过还是偷偷地去溪水里玩耍。一下水，就像一条快活的鱼儿，什么都不在乎了。

小时候美丽的生活，离不开水。我想，如果没有家乡的这条小溪，我也许与深山里许多孩子一样，还是一个"旱鸭子"。在人生的起点，正是家乡的登溪拓宽了我生命的维度，领略到生活中更多的精彩，享受到水所给予的智慧与乐趣，使我认识美，学会思索。她使我在后来的人生旅程上，有胆魄敢于在舟山群岛投身东海潮头，体味“会当水击三千里，自信人生二百年”的豪迈；敢于在北戴河拥抱渤海的胸怀，感受“一片汪洋都不见，知向谁边”的旷荡；也敢于在巴厘岛亲吻陌生的印度洋，接受它伟大而神性的抚摸，走向未知世界的奥秘……

如今，每当我想起童年的往事，登溪的风貌就清晰地浮现在我的眼前。只是不知道，故乡的孩子们，是否还像我儿时一样，不时偷偷地跑去扑进她的怀抱去戏耍呢？

古 道

故乡有一条新开拓的水泥铺砌的公路，在老家门口乘车，可直抵奉化大桥镇。

公路边还隐约可见一条沿溪而筑的宽约三米、用块石砌坎、卵石镶面的九曲十八弯的乡村古道，至今已断断续续。古道北接银坑岭，当年未通公路时是连山(今大堰镇)通往溪口镇的交通要道，行人如织，风光如画。岭道全用条石铺砌，显然比一般乡野小路雄伟壮观。古道向南与横山主干道相连，通往奉化县城和大桥镇；右边有小路斜上东坑岭，去葛岙、莼湖、宁海等地。当年，我挑着铺盖去奉化师范读书就是过东坑岭去青莲寺的。那条路我多年未去，怕早被柴榛淹没了。

那条乡道，曾穿过多少度风霜雨雪，见证过多少代世事沧桑啊！

不细说马站村的王、程、阎、徐四大姓的始祖先后在宋、明、清三朝沿古道来这里繁衍生息、薪火相传的发族史,我只说一说半个多世纪来在古道上亲历亲见亲闻的事。

那条古道,有一个个石门,山穷水尽之处,突然一转弯,又豁开大口,坦露无限风光。春天,隘口里的田野上草紫花铺开满天星,我曾仰躺在阡陌上看蜂蝶纷飞,燕子回旋;夏天,我光着身子在路边的水潭里戏耍,摸石斑鱼、老虾公;秋天,在绵延的山坡上摘乌米饭,红蒂塔(草莓似浆果);冬日,在黄草坡上打滚,一直玩到日落西山,忘了回家吃饭,受到父母的严厉责骂。可第二天踏上这条路,又像小野马般乐滋滋地奔跑起来,到各个角落里去寻找快乐。

记得古道旁,有座灵隐寺。20世纪50年代造水库时,那段古道和灵隐寺一起被寺坑水库的粼粼碧波覆盖了。童年时,一进寺门,见到风调雨顺四大金刚吹胡子瞪眼睛,不免胆战心惊,赶紧躲进大殿。殿里的钟声梵音,还有和尚的诵经声,挺悦耳的。乍见寺院厢房里红脸的龙王菩萨,有些怕兮兮,瞧着,瞧着,忍不住悄悄地转到他的背后,摸一下他的屁股,没啥,又悄悄地向四周一看,没人,就大着胆子扯下他的一根长胡子,用来绑蚂蚱。

我熟悉故乡那条古道,就像熟悉自己的手掌。哪块路面石头松动了,几处坎边缺牙似掉石了,甚至稍微大一点石头上的一道道纹路,我心里都清清楚楚。因为童年时我在这条路上跑的趟数太多了。记得9岁那年,家里唯一的生活支撑者父亲患耳后毒疮和牵嘴风,我便三天两头带着药方,从这条路走向十里外箭岭村去抓药。父亲痛苦时的呻吟声，令我心头阵阵发痛。那时，我身子还不及药店的柜台高，递药方要踮起脚尖，店员每次总是惊诧地说："小团又来抓药啊！"

古道的一个个隘口狭窄而险要，俨然一道道紧锁的铁关。记得童年时，日本鬼子蹂躏奉化，故乡一批热血男儿挥戈抗日。日本鬼子疯狂扫荡山村，来到那条古道的一个险隘——寺坑口，陡然见两侧壁立千仞，巨岩把蓝天挤成一条狭窄的缝子，岩上草木森森，立即胆寒，惧怕遭到伏击，迅速掉头转向万竹和箭岭，烧毁了这两个村子的数十幢房屋，掳掠了无数畜禽，卷去了大批财物，便匆匆缩回奉化县城。故乡的老人们至今说起这段见闻还描述得绘声绘色。

故乡的那条古道在我心灵留下了多少风云变幻！1949年初春，我在王家桥头闲逛，忽见银坑岭下的古道上走来一支与往日截然不同的武装部队，二百余人，银灰色军装上打着补丁，扎着绑腿，扛着机枪，背着步枪，腰上系着插着手榴弹的布袋，队列整齐，步伐轻快，走进了徐家驻扎下来。与往日的军队天壤之别的是这支部队进村后，一片寂静，没有抓鸡打狗、吆五喝六的骚扰。他们待人和气，对百姓秋毫无犯，自己作炊，用银圆买菜。村民从未见过这样的部队，开始神经有点紧张，后来松了，往日军队进村的那种恐惧全消失了。

第二天清晨，这支神秘的部队就不声不响地开拔了。乡亲们说，他们沿古道到了寺坑口的龙潭边，忽见对面山头群鸟起飞,司令员立即命令战士们作好战斗准备。突然两边山头枪声大作,雨点般子弹呼啸而来。奉化县政府的国民党保安队早已埋伏在那里,已等候多时了,见这支部队过来,便慌忙架起机枪、步枪攻击。当时这支部队正走在一条两边高山夹峙的溪流边古道上。谷底遭伏击,处境极其危险。可两军相遇勇者胜,他们临危不乱,一边跳入溪坑,以路基做掩体,一边数十名战士沿溪底迂回,迅速向山后摸去,背后枪声一响,县保安队吓得屁滚尿流,丢了枪支作鸟兽散……

我那时不明白,人家好端端的,没侵犯过老百姓,为啥县保安队要打他们,而且是伏在山岭里放暗枪。

几天后,方才清楚,这是共产党的四明山三五支队,由王起带队,去与南下长江的解放军协同作战。国民党的县政府保安队是当时万竹乡的伪乡长王世文招来的。王世文是马站王家人,他见三五支队进村,立即派人从小翠头湾山径去国民党奉化县政府报告。这一条是王世文土改时被枪毙的主要罪行,也使我开始怀疑小山村并不一如桃花源般柔美。

那条古道曾成为一条欢乐的彩色的河流!“解放区的天是明朗的天,解放区的人民好喜欢呀……”1950年春天,小山村实行了土改,没收了地主的土地和房子,一些没地没房子的贫农、雇农,分到了土地也分到了房。村民们便自发涌上古道,庆祝土改胜利。阿婶大嫂穿上彩服,扎上头帕,打起了腰鼓,秧歌队的大姑娘腰上系一根长长的花绸条子,合着腰鼓的节拍跳起来，花绸子舞得小山村到处喜气洋溢，串花灯、盘龙灯更是让每一位村民的心都兴奋地跳跃。几位喜欢唱“孟姜女”和“五更调”“杨柳青”等小曲的老大爷，也都换上了新词：“日出东方红彤彤，共产党领导穷人翻了身，斗倒地主和恶霸，分了土地又分房，吃水不忘掘井人……”小山村的古道上真的乐翻了天。

那条古道也承载过沉重的愁苦！20世纪60年代初，很多乡亲患了浮肿病。回乡时，只见古道上三三两两乡亲，或投亲靠友去外村借粮，或背筐挽篮上山去摘树叶、刨葛藤根，相互问候总是泪眼汪汪，摇着头无奈地叹息。不时，可见到饿得皮包骨的乡亲，奄奄一息地坐在、躺在路边。至今，每次回乡，见了这条古道便会想起当年这些情景，心底涌起一种难以言喻的辛酸。

俱往矣，乡亲们挥动钢钎铁锤，改造了这条古道。填平了一个个坎坷，打开了一个个险隘，狭小的碎石路变成了可开三轮车和手扶拖拉机的沙土路。接着，拉直一节节弯曲，沙土路变成了奔小康的柏油路，汽车开到了我的老家。尔后，柏油路又变成了笔直的平坦的水泥路，故乡一拨拨年轻人，沿着这条新路走向城市，去创造人生的辉煌。

顺着这条公路望去，两旁新楼鳞次栉比，山上竹子、板栗、杨梅、水蜜桃的林子郁郁葱葱……

如今回乡，说起故乡的这条古道，年轻人都感到茫然，与同龄人提起，也恍若隔世。但对于我来说，即使再过多少年，那条古道的沧桑依然烙印在我的心坎上。

山乡狩猎奇遇

在故乡奉化的下跸驻村我曾参加了20世纪50年代初的一次狩猎，仅仅是一次，却使我终生难以忘怀。

下跸驻在剡溪九曲的第三曲，因南北朝钱王跸驻于此而得名。四周山套山，山叠山，一望无际，壮丽非凡。林间出没着豺、獐、麂、穿山甲、花狐、狗头熊……

山里人最恨的是野猪，这家伙成群结队地吃玉米、番薯、芋艿、竹笋，所到之处，一塌糊涂。

那时，野猪头上还未戴上保护动物的光环。因此，每年冬闲时，山里人都要对它来个大围剿。但它繁殖快，尽管一只只野猪撞上山里人的枪口，总是绝不了种。

下跸驻我有一家亲戚。阿土伯是我亲戚的邻居，已经五十多岁，身材矮墩墩的，可硬实得像一座石碑。他是典型的山里农民，脸庞在阳光和山风山雨的涂抹下，显得泥土般黝黑，目光柔和，说起话来慢腾腾的，没有一点火气。谁能相信，这么个朴实得草木般的人，与猛兽搏斗时竟是威武的天神。

那年，放寒假，我去下跸驻串亲，跑到阿土伯那里死缠：“今年打野猪，别忘了带我上山！”

阿土伯从容不迫地吸了一口烟，把旱烟筒从口中拿下来，任随那一缕带苦辣味的烟雾在鼻子边袅袅而上，他点点头表示允许，笑着说：“你这个书娃子，介野气！”

那天，北风呼啸，乌云严严实实地遮住了天空，晶莹的雪花在空中飞舞着，万籁俱寂。起初只是几片绒毛细丝似的雪花，后来越下越大，傍晚，那鹅毛般的美丽透明的六角结晶体纷纷扬扬，铺天盖地，挂满了树林，厚厚地粘在篱笆上，叠在屋檐上……

阿土伯到大门外吆喝几声，大牛哥等十几个会打猎的高手，便匆匆赶来了。阿土伯坐在一把吱吱叫的竹椅上，磕了磕老烟筒，笑眯眯地说：“山冈白头，野猪昏头，雪天上冈，枪眼清爽。明早上山把翠头湾的野猪连窝翻掉！”

“好啊，”大伙都应和着，“翠头湾的冬笋已被野猪啃掉不少，这些瘟东西也该尝一尝枪砂子的味道。”

人们围着一盆炭火，边说边擦着土枪、火铳、药箭、龙刀、铁叉……

第二天清早，村外的晒场上响起了“嘟嘟嘟”的牛角声。我推窗一望，大雪停了，天色特别亮，空中偶尔有几朵雪花像扇着翅膀的白蝴蝶，翩翩地飞舞着。那披上白衣的林子跟东方天边五彩缤纷的早霞相映，好似鲜艳而秀美的锦绣一般。

嗬，阿土伯今天可精神哩！他穿件蓝色的薄棉袄，左肩斜背着一支土枪，枪管上挂一顶绳网，右臂挽一把铁叉，腰上系着牛角号，麂皮袋，穿一双八钮麻草鞋，打一副棕皮绑腿，显得十分矫健、威武。他的身旁站着身材魁梧、眼睛圆彪彪的大牛哥，手中提着明晃晃的龙刀，刀尖上也挂着一顶网，异常剽悍、英武。不一会儿，便骤拢了二十多个山民和几十头猎犬。

“走啰！”阿土伯招呼一声，雄赳赳地迈开大步，大伙快速地跟上，雪地上发出了“吱格吱格”的声响。

崇山峻岭在蓝得发亮的天宇底版上，刻画出寒浸浸的锯齿，万树枝头散放出寒冷森森的珠光剑气。几只觅食的山雀子从草窝里飞出来，叽叽喳喳地叫着，为寂静的山林雪景增添了几分生气。

我在蜿蜒曲折的山径上跟着阿土伯连攀带爬，尽管雪山寒气凛冽，但我仍累得浑身热汗淋漓，气喘吁吁。可他依然健步如飞，好似走平地。登上一道树林高坡，他身边的猎狗突然一声狂吠，冲向前面一丛灌木，“簌啦”一声里边竟蹦出一头棕黄色的野猪。阿土伯“刷”地端起土枪，扳机一扣“砰”的一声，不偏不倚，射在那野猪的耳门上，它“咚”地倒在雪地里。嗬，那野猪足有二百多斤，大伙笑着说：“阿土伯，一枪一头野猪，今天的彩头真好哇！”

阿土伯微笑着缓缓地说：“一顿酒的菜够了吧！”

大伙七手八脚地把那野猪绑好，高高地挂在一棵大树上，继续前进。

过了一山又一山，终于到了翠头湾，那里山高林密,野猪窝巢大多筑在那地方。

阿土伯俨然是这支狩猎队伍的司令,他选出几位枪法好、带着网的山民,分别守住要道,剩下的十几个人带着猎犬准备搜山,他与大牛哥并肩攀向一座鲤鱼背似的山梁。他判断受惊的野猪十有八九往那里逃蹿,我也想跟去,可阿土伯不答应:"那里太危险,你不能去!"

"啊嗬、啊嗬"在人们的吆喝声中,搜山的猎犬似离弦的箭纷纷射向树林,林子躁动起来,狗叫人喊的声音在群山间回荡,我也跟着跑进林子,人们头发、眉毛都沾满了雪花,一个个好似圣诞老人。我见到林子里有一个用一堆被动物们咬断的树枝围成的圆圈,圈里垫着柔软的野草,草上散落着一簇簇棕色的毛。那个柴圈直径有三四米,一位叔叔告诉我这就是野猪窝,他仔细地察看了一下说:"窝里没新毛,铺垫的柴叶也烂了,这是野猪的弃窝。"大伙哄闹着,巴望着早点把野猪轰出来,但搜着、搜着,只见到一个个野猪窝都是空荡荡的弃窝,离阿土伯、大牛哥埋伏的山梁越来越近,总是不见野猪的踪影,大伙都觉得有点怪异,是什么使野猪无奈地放弃了这个盘踞多年的大本营?

果然,出乎意料的奇事发生了,几十头搜山的猎犬都惊惶地逃回来,倚在山民的身边呜呜地低鸣着,眼中露出恐惧的神色。有经验的老猎人立即告诉同伙,山中有可怕的巨兽,大家要小心。猎人们都目不转睛地注视着林间的动静,仿佛空气一下子都凝固了。

蓦地，山腰间发出天崩地裂的巨响，犹如海涛翻卷，树枝“哗啦哗啦”向两旁分开，积雪犹如瀑布纷纷崩落下来，只见林间一头巨兽迅猛地向上奔蹿。

“阿土伯！大牛！当心呵，一个大东西来啦！”山下的狩猎者高声呼叫着。

阿土伯闻声抬眼一看，只见五六丈外，一头巨兽的脑袋像磨盘，眼睛似铜铃，嘴巴像火盆，龇着利刃似的牙齿向他冲过来。他想躲避，已来不及了，便闪电般来了个就地十八滚，骨碌碌地往旁边一滚，灵敏地钻进了树林。大雪封山，那野兽找不到食物，饿急了，见到猎物岂肯随便放过，它也紧跟着钻进了林子，圆睁着荧光闪闪的眼睛，张开血盆大嘴，一声吼叫，山摇地动，震得周围树枝上的雪哗哗地落下来。它仿佛闻到了人的气味，朝阿土伯潜伏之处蹿过来。阿土伯一见便不慌不忙地绕树而行，到了预先布好的网后，故意对天空“砰”地放了一枪，惹得它野性勃发，前爪一按，后爪一抬，不管三七二十一，“嘭”地直扑过来，刚好撞进了网包。阿土伯见野兽落网，已是十拿九稳，便动手收绳。谁知那野兽牙利爪硬，力大无穷，网衣竟被它扯了个洞，伸出脑袋与前脚，一声怒吼，带网扑向阿土伯，在这危急关头，阿土伯机灵地一闪身，端起铁叉，死死地卡住它的头颈，不料它一甩头，顶开猎叉，张开血盆大嘴就咬。此时，大牛与阿龙飞奔上来，抖开网衣，猛地罩住兽头，那野兽“嗷”的一声吼叫，死命挣扎。阿土伯与大牛、阿龙一齐使劲，拉住网绳，拼尽全力把那野兽拖翻，像裹米粽似的用网衣将它团团包住，使它再也动弹不了。

阿土伯摘下腰间的牛角号，“嘟嘟嘟”一吹，山下的狩猎人便知道那野兽已被擒获，欢呼着跑上山来。

“哇！”人们都一齐惊叫起来。那野兽身长七尺多，四条粗壮的大腿，十八把锋利的钢爪，最令人惊奇的是这野兽一身黄毛里闪着黑亮的斑纹，颈部以下是圆圆金钱形，头上却是细长的竹叶状，说虎不像虎，说豹不像豹。它被缚在地，还目光炯炯，威风凛凛，猎犬远远地围着狂吠，不敢走近。我稍稍靠前，它便发出“呼”的一声，吓得我腿肚子转筋，仰面跌倒在地上。

阿土伯连忙将我扶起，掸落我衣上的尘土，笑呵呵地说：“莫怕，它动不了！”

缚住的野兽吐一口气，竟吓得我灵魂出窍。我至今想起来还感到脸红。因此，我格外佩服阿土伯和大牛哥面对猛兽毫不畏惧，镇静沉着地斗智斗勇，将它活擒的气魄和神力。

山民们结结实实地绑好那野兽的四脚，用两条毛竹扛一穿，深一脚浅一脚地抬着它下山，顺路把那头野猪也捎回村。

小山村沸腾了，男女老少都叫喊着跑出来，像赶庙会似的，见了那野兽人人无不咋舌。一位从城里中药店来山村收购兽骨皮毛的老头子见了，惊异万分地说：“这野兽我听老辈讲起过，它叫虎头豹，是虎与豹杂交而生，体格像虎那样雄壮，性情像豹那样凶猛，一夜能越千山万岭，老辈说起时，我还不信山中有此种奇兽，今日一睹，大开眼界。”

大千世界，无奇不有，凶猛的虎豹竟能杂交，也有山林作洞房，情意绵绵的生活！

说着话，药店老头“咦”了一声：“谁有那么大的本领，用什么方法活捉这头怪兽？”大伙指了指阿土伯、大牛哥和阿龙哥说：“在他们的手下，那东西再凶猛也逃不了！”那老头擦了擦眼睛，怔怔地看了阿土伯半晌，翘起大拇指赞叹说：“山里人真是天神！”老头表示愿意出高价收买这只虎头豹。

“不卖！”阿土伯摇了摇头，他与大伙商量了一会，打算把那奇兽送到动物园去，让它去显一显威风，叫人们都饱一饱眼福。那老头无可奈何地走了。大伙七手八脚地扛来了一大堆木头，锯的锯，削的削，不到一个时辰，就做成了一只坚固的木笼……

“分野猪肉啰！”大牛哥高喊一声拿着把锋利的尖刀，将野猪从头至脚划开了一道口子，把猪皮“簌簌簌”地剥下，又“唰”地切下猪头，恭恭敬敬地捧给阿土伯。这是山村祖传的猎规，凡是第一枪打中野猪的猎手，都能得到这份殊荣。接着，凡是上山赶过猎的都均分一份。凑热闹的我也乐滋滋地拎着一块野猪肉回到亲戚家。嗬，红烧野猪肉真是别有滋味，它尽是精肉，鲜美极了！

山村的傍晚飘满了浓烈的酒香，一支悠远的歌幽幽响起：

“山风吹，山雨淋，洗硬了猎叉尖的锋刃，擦亮了牛角号的嗓门……”

山月悄悄地爬上了树梢，淡淡地映着小山村和周围的山峦。

翌日，我便离开下蹿驻，但那次狩猎的情景却永远刻印我的心坎里，融进了我悠悠的乡思与乡情中，并使我更深刻地认识了可爱的乡亲，他们活得何等勇敢、无私、坦荡、磊落啊！一想起他们，我的敬意便油然而生。

走进巴人的故居

因人民文学出版社征集新文学史料，促成了我们巴人故乡大堰行。

我与巴人是同乡，我的老家马站，也在大堰镇管辖区内。大堰，是一座别具风情的生态镇。

走进大堰，感觉这里真是养眼怡心的好地方。山水亮丽，钟灵毓秀，是小镇生动的容颜。

这是昨宵微雨浥轻尘的清晨——如此清新，使你几乎不能相信，大堰的夏秋季节已经过去。小镇周围的田野、山林依然呈现出他们永远不变的浓绿的色调，几乎没有些微的衰萎。眼前的景象谁也不敢说这个山镇已经进入了初冬时节。

袅娜的溪流缓缓地绕镇而过，流水清莹澄澈，溪底的卵石，小草清晰可见。溪畔捣衣的阵阵杵声与姑娘的欢声笑语，以及鸟儿的歌声和昆虫的嘤嘤声，互相应和，充满空中。埠头边，青青的芰草像是画家信手挥笔涂抹的。远远看去，那木结构的二层楼民居，仿佛儿时玩叠的积木玩具，精巧玲珑，连同木楼后面的青山倒影在清澈的溪水里微微荡漾。

大堰镇不大，人文渊源却深长。

沿临溪的老街走，满眼是苔衣斑驳的陈年的砖墙和古朴的木楼。说是街，却没几家店铺，更没有招惹人眼的广告招牌，几束斜阳投身的光影里，偶尔有挑着山货的人匆匆掠过。门边窗前，不时有老妪、孩童好奇的目光，看风景的我们分明成为了他们陌生的风景。山乡幽深而神秘的氛围，唤起人们对一个久远年代淳朴民风的回忆。"一唱山鸟出林飞，二唱太阳上高冈，三唱群兽尽起舞，四唱但听流泉'铮铮琮琮'不住响。五唱未完，杜鹃花儿开满山……"恍然依稀，仿佛见到少年巴人沿着溪流一路行吟着朝他的故居走去。

巴人的故居在镇东的溪畔，大门口悬挂着"隆重纪念巴人诞辰110周年"的红底白字横幅。那是一座杉木搭成的四柱二叠三个出入口的雕花门楼，看上去很古老，很气派。高高的楼檐下竖着一块匾额，"尚书第"三字赫然在目，且"旌表尚义之门"的金匾上盖着大明皇帝玉玺，真海威！这里原是明代工部尚书王钫的故居。大门柱子两边各立一座象征地位的威严的狮子，离地六级台阶，象征六部九卿级别，了不得的光耀四方的门庭。两边尚有残缺不全的旗杆石和拴马石，还默默地向人们印证着这里曾经侯门如海，车马盈门。在奉化，说起大堰狮子闾门，很少有人不知道。

狮子闾门四条支撑门楼的合抱大楹柱，油漆尽失，外壳峻嶒，却隐隐透着时断时续的微香。当地人说，这柱子是粘柴树做的。粘柴树，故乡向阳山坡上比比皆是，叶巴掌大，秋日豆子似果实可磨豆腐。这种树根深叶茂，生命力极强，但也只是灌木状呀，我见过的最大的也仅臂膀般粗，像狮子闾门柱子那么大的粘柴树真稀罕，不知是什么地方来的，更没想到四百多年后还会飘逸出神秘的芳馨，这便见得狮子闾门的神奇，狮子闾门的奥秘。

走进闾门，有三个相连的用石板铺成的一百平方米左右的天井。“三井”两边为瓦木结构的古屋，中间有一大堂，堂门悬挂着纪念巴人诞辰的横额。巴人的居室在第三天井的西厢的排屋里，木结构二层楼，有一围墙，墙门之楣悬着沙孟海书写的“巴人故居”四个字。巴人在这里度过了他的少年时光，古朴雅致的环境陶冶了他的性情，激发了他的创作灵感。“在十八岁那年起，我竟要在我梦底一角上组起花圈来了”（巴人作于连山大堰《自叙》）。他写了叙事长诗《洪炉》以及《途遇》《盲人之歌》等一系列诗作。

巴人写故乡，文字鲜活。他的诗与小说《莽秀才造反记》等作品细腻地描述了家乡的竹林与溪水，字里行间充满挚情。中篇小说《堕民》的人物原型及语言风物活脱是大堰连山的活字版。

“无产阶级文化战士”，这是邓小平给予巴人的称号。巴人（王任叔）是新中国首任驻印度尼西亚大使，人民文学出版社前社长，在“文革”中挨批的文学“人性论”始作俑者，现代中国著名作家。巴人一生创作的文学作品与文艺论述有两千多万字，在新中国新文学史上占有一定地位。可令人心酸的是故乡这位文学前辈,晚年的境遇是异常悲惨的。

风云弥漫的1970年的一天,戴着“莫须有”的“反党反社会主义分子”“大叛徒”等帽子的巴人,从北京遣返大堰。押送他的军代表警告巴人:不能听收音机,不能出村,必须老老实实地接受贫下中农的监督与教育。

记得在1971年初夏的一天下午,我在大堰狮子阊门偶然见到了默默地坐在石条上沉思的巴人。他身着黑色中山装,左手持一根拐杖,脸色憔悴,呆呆地注视着门前的溪流。我慢慢地走过去,轻声地招呼:“巴人先生!”他怔怔地看了半晌,似闻非闻地微微地点了点头,便站起身,吁了一口长气,顾自拄着拐杖沿溪流走去,一路摇着头,嘴上低低地喃喃自语:“不过如此,不过如此……”

尔后,我又听乡人说,巴人在寒夜一边写着“印尼史稿”,一边又含泪把稿子丢入炉火。他的亲人劝他不要写了,可他还是丢不下笔,写了又烧,烧了又写……巴人被遣返回乡时别的什么都没带,就带着一麻袋乱七八糟的《印度尼西亚近代史》手稿。

接着,又听到巴人疯了。夜间,一个人游走于山川;风雪天,赤足披发奔走于乡间小道……1972年7月25日晚,受尽折磨的巴人含冤去世。

在大堰,我们瞻仰了巴人故居,走访了巴人的后裔,了解了巴人在凄楚愤怨的生命的最后时刻,犹念念不忘读书和写作。《印度尼西亚颂歌》与印度尼西亚古代史、近代史等上百万字著作是在大堰最后完稿的。这部史著出版后，在史学界引起很大轰动，说这部史书是目前世界上有关印度尼西亚的一部最全面、最宏大、最翔实的历史巨著。这使我们非常惊讶，历史研究是需要大量参考资料的，而我们在巴人故居看到的巴人最后日子里为文化事业呕心沥血的那间斗室，只有一张木床，一张旧八仙桌，一切空空如也，他是硬生生凭着自己超常的记忆力和毅力才把遗珠穿缀成链的呀！

巴人的墓地在家宅后面的竹山，了他的遗嘱所愿。故乡山水是知音，见证着巴人的苦难，也慰藉着巴人的灵魂。四时不断的扫墓者献上的一个个花圈和一支支花朵，寄托着人们对他的绵绵不绝的思念……

面对巴人遗照，我们对故乡这位杰出的文学前辈，满怀敬意，深深三鞠躬。挥挥手，离别大堰镇。

童年拾零

在人生长河中，许多事都随着时光的波涛流逝了，在记忆里难觅影踪，唯有童年时装入心头的甘甜与辛酸令人终生难忘。

童年啊!是梦中的真，是真中的梦，是回忆时流淌心底的涓涓泪泉。

——题记

捉 鳗

老家紧傍着小溪，溪畔长满一簇簇血红的辣蓼花，还有一丛丛茅草。

溪中，花石斑鱼、白鱼和红鳃老嘴鱼游来游去，老虾带着长须一蹦一跳，石蟹悄悄地在溪底爬，而溪鳗与鳖钻在岩石或沙泥底下，轻易不会出来。夏秋时节，我和小伙伴们赤条条地泡在溪水里!“啪冬、啪冬”，用狗爬式游凫在碧潭中，用蕴藻盖在背上遮太阳，浑身晒得像乌贼。有时去石头底下摸鱼，运气好，竟然能抓上一两条石斑鱼来；运气差，会摸到鳞片粗糙的水蛇，触电似的赶紧把手缩回来，浑身毛骨悚然。

早晨，在溪边能见到红嘴绿羽毛鸟儿停在树上"叽啾叽啾"地啼叫；中午，能见到一只只红蜻蜓用尾巴在水面轻轻一点，便荡开一圈微微的涟漪……小溪不但使我获得了丰富的儿童情趣，同时也给了我不少人生最初的动植物知识和生活的色彩。其中发生在那年初秋的一件事，至今还深深地烙印在记忆里。

那年，我母亲老犯胃病，人瘦得似干柴。听说，溪鳗和鳖可以滋补肠胃，我便整天泡在小溪里找呀找，可鳗和鳖平时总是深藏不露，难以见到。一次，狂风吹断臂膀粗的树枝，瓢泼般暴雨"哗哗"下个不停，洪水从山上涌下来，把一棵合抱大树冲到溪坑里，雨慢慢停了，溪水逐渐小了。一些手脚勤快的便捞外快，将树枝和树干都锯去，可那树根紧抱着土石深埋在溪底，无法取出来。于是，树根上盘旋曲折的小洞穴便成了鱼虾鳗鳖理想的家。那树洞弯弯曲曲的，鱼虾鳗鳖仿佛挑战似的在人们眼皮底下快活地钻来钻去："瞧，看你怎么抓住我！"谁知它们好景不长，那次洪水过后，老天的脸总是不挂一丝阴云，火红的太阳将溪水渐渐蒸成了细流，树根大半部分露出水面，树洞中只留下一点点水。

那天晚上，我心念一动，去瞧瞧那树洞吧。说不定那树根深处的鳗会趁着黑夜到外面透透气。当我不声不响靠近树洞用手电筒向里一照，眼睛骤然一亮，身子不住颤抖，心不禁“怦怦怦”狂跳起来，只见里面浅水中躺着一条一斤多重的黑油油的溪鳗哩！

鳗是滑溜溜的，抓不住就会往深处钻，而那树洞只够一条臂膀伸进去，无法使用撩斗与夹网等渔具，我一时不知怎么办好，竭力使自己镇静下来。嗨，我突然想起大人说过，将一把沙土按在鳗身上抓起来就容易了。哈，这一招还挺灵光，当我一手捏着电筒，一手抓着鳗回家，父亲和母亲都露出了惊奇的目光，小孩子竟能抓住这么大的溪鳗。此时，我心里的快乐真是无法用语言来形容。过了半小时，我想再去碰一碰运气，到树洞一看又是一条鳗。这天晚上竟一连抓了三条硕大的鳗，爹和娘都乐坏了。

母亲细心地洗了溪鳗，切成一段一段的，放上生姜之类的调料，然后，再端到饭锅的蒸架上。饭煮熟了，揭开锅，一碗油亮的溪鳗呈现在眼前，随之香味也扑鼻而来。吃饭时，母亲举筷便将一段最肥的鳗夹到我的碗里，我说鳗是给母亲补胃的，又将鳗夹还给母亲。父亲笑着说：“鹏鹏，我和你都尝一段！”瞧着父亲和母亲喜滋滋地吃鳗的样子，我心里不知有多高兴！

我想让父亲和母亲再乐一番，以后的几天里我不断地绕溪中那个大树根转，然而，再也见不到鳗，这使我的心由喜悦渐渐转向惆怅……

一袋过年米

腊月廿八，几只寒鸦栖息在门前山顶上青松的枝头,迎着朔风"哇哇哇"叫个不停,粉末似的小雪花在空中飘扬。村里的人家准备过年了,溪流里漂浮着鳞片和油花,屋柱也贴上了对联,檐头挂起了大红灯笼。而我家还是冷清清的,米缸里没米了,怎么过年呢?忧愁紧紧地锁着母亲的眉头。

"咚咚咚",堂前一座公用石臼里响起了舂年糕的声音。母亲怕我在人家面前露出嘴馋的样子,把门紧紧地关起来。我从门缝里瞧着舂熟了的热气腾腾的年糕团,口水不禁就流出来了。乡里有个不成文的惯例,谁家做年糕总要分给左邻右舍几个年糕团。此时,我心里就盼着那做年糕人家快点送个年糕团给我尝一尝,那热烘烘的韧韧的软软的香香的味道多美啊!

"笃笃笃——"响起了敲门声,对门的阿婶送来两个火热的年糕团,笑盈盈地说:"晚米太少,粳米多,有点硬哩!"母亲接过年糕团连声道谢。

母亲将年糕团塞给了我……吃完了年糕团,母亲抚着我的肩膀说:"没米做晚饭了,鹏鹏,去寻阿爹要过年米……"

父亲在离家15里外的驻岩村替人家编竹簟,那里我从来也没去过,可我不去谁去啊,弟弟才1岁,母亲终年患胃病,身体瘦弱得一阵风来也吹得倒,怎能翻山越岭呢?

那年,我正好7岁。

我硬着头皮上了路,去驻岩村要翻过一条岭,那岭蜿蜒曲折地伸入云霄。我一边问路一边向巍峨的山头攀登，离山巅越来越近了，一层层梯田直插碧霄，云雾缠绕在山腰的林梢。到了山顶，我向下一望，眼前是茫茫无际的一片金黄色的茅草，北风吹来，簌簌簌地响着。此时，我心里发毛了，听大人说，“寸草钻蛇，尺草蹲虎”，那儿是野兽出没的地方，说不定啥时候钻出一头猛虎将我叼走呢?我真想转身回家，但一想到母亲的苦处，我便不顾一切地继续往前闯。突然，“沙沙沙”一阵响，果真从草丛里蹿出一团毛茸茸的东西，吓了我一大跳。仔细一看，是一条野犬，拖着长长的尾巴。它抬头瞅了我一会儿，转身跑了。

又走了一二里地，在一个转弯处，路像“丫”似的分了叉，往哪边走对呢?我心里没了底，想找个过路人问一问，可等呀等，大半晌见不到一个人。“路不孤单人孤单”，冷浸浸的山风簌簌地钻进我的脖子，我一个人蹲在路边，泪水不禁悄悄地从我脸颊流下来，毕竟是黄毛小孩子，不敢往前走，只得抹干脸上的泪水，怀着无可奈何的心情又回家来。

母亲见了我只是默默地流泪，她的泪流到我的心上，那么酸，那么苦。我又硬着头皮上了路，翻过岭，壮着胆子往下闯过那“丫”道，走着走着，蓦地见到一尊比房子还大的巨岩，搁在下面的一块岩石上，外沿两岩之间有一道尺把宽的缝，仿佛要掉下来似的，山民们在石缝中用一条条树枝拄着上面覆盖的那块巨岩。还有人在地上插香点烛，求拜土地爷保佑：千万别让那块巨岩掉下来啊!我恍然悟到前面竹林子里那个小山村的名字就是“拄岩”。

转过山湾，走过一截田间石径，我向一位爷爷打听父亲在哪里做竹篾活。拄岩村只有二三十户人家，老人听了我的问话，便指着竹林边的一排泥墙木板房说："在堂前间打簟哩！"当我走近那里，屋角骤然蹿出三四条狗，咧着嘴，龇着牙，狂吠着向我冲过来。这下我吓得魂飞魄散浑身直冒冷汗，好在听大人说过，见了狗不能转身逃，你逃狗就追咬得越凶，我就木愣着不动，任凭狗们来撕咬吧，可心仿佛就要从胸口蹦出来。狗的主人闻声喝住了狗。山村的乡亲们见这么幼小的孩子，跑了那么多的路来找父亲，也颇感惊讶。父亲给我褒奖的微笑，放下劈篾刀，从竹椅上站起跑过来，他的眼睛润湿了，摸着我冻得发红的小手，我讷讷地说："家里没米啦！"

晚饭后，雪越下越大了，棉絮般飘荡下来了，父亲向东家算了工钱，与我一起踏着铺满白雪的山路回家。望着父亲背上的那袋米，泪水不禁悄悄地流过我的脸，流进我的嘴，说不清它的味道是苦是咸，是酸是甜……

春年糕

过年了，江南乡村传统色彩最浓的节目"春年糕"亮台了。

故乡奉化到了腊月廿外，山村到处响起惊天动地的春年糕声。

舟山与奉化两地乡村做年糕的气氛大不一样。

舟山做年糕是小拉小唱，甚至不拉不唱，到市上去买点来；奉化舂年糕才是令人过瘾的大锣大鼓长管细弦合奏的雄浑的交响乐。

冬至一过，故乡家家将做年糕的晚米浸在水里，并且互相打探着年糕米你家多少，他家多少。哪家年糕米多，就表示哪家仓廪丰实。儿时，记得母亲把湿米从缸里捞起来，用竹笠晾干，挑到溪边的水碓房，在水磨上堆成一个小山头，随着磨盘转动，米粒便从一个小小的石孔眼里簌簌地淌下去，细腻、绵白的粉便从上下磨盘之间的那一丝转缝里瀑布似飘下来。

舂年糕了，娘在灶膛里燃起熊熊柴火，爹将年糕粉拌上一点水在蒸笼里蒸。笼顶冒起了热气，一位后生家就搭着蒸笼将蒸熟的年糕粉倒入石臼里，先由一个人用石捣子将熟粉碾成一个厚厚的饼。然后，七八位后生家轰轰烈烈的大比武开场了，挨个轮流着上阵。大寒时节，场子里犹热气腾腾，有的甩掉上衣，有的甚至赤膊，高高地举起二三十斤重的石捣子舂向石臼内粉饼。舂一下，旁边抵臼的就将厚粉饼揉转一下。力气大的后生一声吼叫，石捣子舂下去竟将厚饼捣穿，"崩崩"声远传一二百米外，震动整个小山村，赢得一片喝彩声。

后生家都要面子，舂年糕谁也不甘示弱，抡起石捣子舂下去不遗余力，等小山村家家户户年糕舂完，谁是冠军大家心中都有数了。

舂熟了，抵臼的将那雪白的、柔韧的一大块年糕团捧到八仙桌上，搓成长长的条子。接着，他扭动腰肢,舒展臂膀,用舞蹈般漂亮动作,飞快地摘下一个个桃子似大小的粉团。此时,围着方桌的一大群人便七手八脚搓年糕条子,搓好了,用几只木印轮流一按,年糕上便出现了“双龙戏珠”“梅兰竹菊”及和合二仙拿着荷花等图案。还有手巧的竟像无锡捏泥人一样,手底下会滚出元宝,绽开桃花,跳出个抱鲤鱼的大头娃娃,飞出一只登枝报喜的鹊儿……令人眼花缭乱。

叠年糕是孩子的活儿,小时候,我觉得叠年糕很好玩,横一条,竖一条,像垒城堡一样。父亲瞧着我的欢乐劲,兴趣勃勃地给我讲了个吃相门城的故事。相传春秋战国时期,吴国丞相伍子胥命令部下征集十几万斤糯米,限时磨成细粉,做成砖头,然后用这些砖头垒成相门城。当时谁也不明白伍相国葫芦里装的什么药。伍子胥谆谆嘱咐随从:我死后如果国家遭受不测之灾难,老百姓饿了,可以把相门城拆下来充饥。后来,伍子胥果真被逼自刎,越国灭了吴国,苏州城洗劫一空,人们无以御饥,此时,恍然悟到伍子胥的用心,纷纷奔向相门城,拆下一块块城砖吃,渡过了难关。因而苏州城便有了过年舂年糕的乡俗,后来那乡俗传遍了吴越一带,算起来,舂年糕竟有两千多年悠久的历史了。

一叠叠年糕搬到竹簟上晾硬了后,便用冬日的溪水浸在大缸里,到了夏至年糕也不会变质。故乡人进深山砍柴或出远门去卖竹簟、竹篮,就蒸几条年糕,用蒲包裹起来随身带着做食。

好多年没去故乡舂年糕了,然而,那屋里屋外弥漫着的热腾腾的过年气氛，那后生家举起石捣子力撼大地的势头，那大人小孩快活的笑声，一直萦回在我的脑海里。舂年糕，是故乡年关生活舞台上一个最精彩的节目，随着石捣子响声，小山村过年的气氛便立即浓郁起来，男女老少的心马上加快了欢乐的频率跳动起来。

小山村舂年糕的“砰砰”声与炒板栗的“哔剥”爆裂声、蒸水塔糕的“嗞嗞”声、放爆竹的“乒乓”声、贴春联的欢笑声和融在一起，是一支多么美妙的过年乐曲呀！

翠头湾

山峰直插云天，一丛丛绿竹在碧空中摇曳。翠头湾，仿佛一位满头珠翠，羞羞答答、亭亭玉立的俊秀的山姑。

翠头湾有我家的一片毛竹山，我闭着眼睛也能描绘出一道土坎长出十几株春笋的情景，还有春雨后满地五颜六色的蕈；我能说出波浪般逶迤的山坳间有几道叶脉似的小径；我能像背诵诗文一样诵出山间每一泓泉水和每一块巨岩的名字及位置。

翠头湾是我童年的乐园。秋黄时节，山上的野果成熟了，枝头上挂满了黑的红的青的赭黄的珠串，我和小伙伴们便钻进密林里去摘乌米饭、红蒂头、酸枣子。嘴巴吃得红兮兮黑乎乎的，吃够了，便在竹林里晃竹窝。挑一支不大不小的竹子，将竹梢扳下来，七手八脚地用竹枝扎成一个摇篮似的窝，人坐进去，伙伴们用力一推，竹窝便像秋千似的晃来晃去，蓝蓝的天头上摇，白白的云脚下飘，“咯咯咯”的笑声洒满了山冈，爽快煞了！

翠头湾是我家的衣食父母。我爹是篾竹匠，编簟织篮要用竹子。十几岁，我便自个儿上翠头湾砍竹子并背下来。从我家至翠头湾有七八里蜿蜒曲折的山径，有好几段很陡，并且满是犬齿似尖尖的石子。小学毕业后，我在翠头湾的山野上滚爬了一千多个日子，脚丫就磨出来了，踩在长着尖牙的石粒上一点也不疼，背着六七十斤重的一支毛竹，像兔子似的奔跑，竹梢搁着地面敲鼓似的“嘀嘀笃笃”地响个不停。爹做好簟和竹篮后，我便挑着到五十里外的大桥镇一带去卖。鸡叫头遍起床，带着蒲包饭或年糕上路，翻山越岭，小跑着去赶集市。那时，我家就靠翠头湾的竹做成竹器度日子。

不仅我家，翠头湾也是村民口粮补给之地。那时山村口粮紧缺，人们去翠头湾挖葛藤株和乌糯狼萁根。葛藤株生长在阴凉的湿润的山洼洼里，要挑藤粗叶稀的去挖，地下的根株才壮实肥大；乌糯狼萁要挑茎大叶阔的掘，土中的根糯粉多。葛株和乌糯狼萁根在石臼中舂碎，然后用水洗、滤，筛掉渣头。浆水在木桶内沉淀，就可以得到雪白的葛粉和狼萁粉了。那粉和上青菜煮拌成糊，味道挺不错，喝上两碗，凑合着一餐就这么打发了。有次，我运气好，挖得一棵大葛株和一丛丰厚的乌糯狼萁，仿佛拾到了稀世珍宝，心底的高兴劲叫人说不出来。

翠头湾还供给山村燃料，在那里我砍过许多柴草。初冬，绿叶变黄，柴草落浆了，是砍柴的好时光。大清早，我便背着冲担与竹篾上山，中午就砍回数十斤柴禾。到了大寒时节，屋外晒场上便堆起一座七八米高的柴垛。母亲见了高兴地说："鹏呀，我命变好了，烧好柴了！"是的，父亲工夫忙，往往就近砍些青松毛和刺藤当柴，母亲作炊时熏得眼泪直流，有时手还要被刺扎得鲜血直流，如今儿子能砍柴了，并且是一叠叠直挺挺的干柴，她怎能不乐呢？

翠头湾的一个山岙里，有二间砖墙瓦顶的木板房，住着一位叫恭土的老人。在他口中能听到许多豺的趣事。有次，他听到屋后山上野猪的惨叫声，料是遭到了豺狗群攻击，便扛着猎枪上山，想拣个便宜。谁知到了现场，看到的只是一副猪骨。恭土阿公笑着说："豺狗吃猪肉好像喝粥汤！"豺狗十分狡猾，能吃体格高大的黄牛。一次，他遥见对面山冈上放养的一头牛，背后有一只豺狗悄悄地靠近。豺的身子仅牛牯一半高，咋办？它施出了一条吃牛的妙计，昂起头，吐出长长舌头，温柔地去舔牛屁股，痒了，牛尾巴便翘起来了。此时，豺一声吼叫，咬住了牛的肛门，伏在柴榛中的另外两只豺也向黄牛扑过来，不让牛回头去撞击咬肛门的豺。牛痛了，拖着豺疯跑，跑着跑着肠子被拉了出来，倒毙在地上。豺要会餐了，恭土阿公心急了，赶紧放了一枪。等他急吼吼跑过去一看，唉，只剩下一个牛头了。

说了豺事说蛇事，恭土老爹说，翠头湾最令人胆寒的是蛇，什么犁馋头、笋壳斑、狗屙篷、乌梢、团箕夹……还有各种各样说不出名堂的蛇都有。最难防的蛇是竹叶青，它停在柴枝上，与柴叶颜色一样。有次，他上山采茶叶，手伸过去中指剧痛钻心，"簌"地一条竹叶青溜到地上，他举起锄头狠狠把它砸死，可中指肿得红萝卜大。好在有毒蛇的地方往往有蛇药，恭土阿公采来一束七叶一枝花和独叶一枝花，又是敷，又是煎汤喝，总算保全了命。恭土阿公说，最可怕的是一种背部长着像尼姑背单一样菱形花纹的蕲蛇，被咬的人走不出五步就毒发而死，所以又叫"五步蛇"。有位樵夫大拇指被"五步蛇"咬了，为了活命，把半个手掌硬生生砍了。

听着恭土老爹说毒蛇伤人的新闻，令人毛骨悚然。想不到一个夏日的中午，我竟遇见了"五步蛇"。那天，我正在山坡上砍毛竹，忽然听到一阵"簌啦簌啦"的声音，抬起头，天呀，真是一条大秤杆般粗的蕲蛇！它昂起头，吐着红信子，向下扑来。此时，我不知从哪儿来了一股劲，当蕲蛇扑过来时，操起雪亮的砍竹刀猛劈过去，"嚓"的一下，蛇头与蛇身分成两截落在地上扭转了几下，就像两段枯枝不动了。我长吁了一口气，湿涔涔地冒出了一身冷汗。

下山时，我特地将蛇头和蛇身捆在毛竹上，过路人都用惊讶的目光看着我。回到家，邻家阿叔将蛇皮剥下来，蒙在竹筒上做成了一支琴！吱呀吱呀地拉着，听到那声音，就使我想起蕲蛇爬过来的情景，汗毛一根根竖起来。

翠头湾不仅用竹子、柴草、葛株、狼箕养育了我，也磨砺了我生活的毅力，激励了我奋发的志气，壮大了我历险的胆量。

翠头湾，我怎能不记住你呀，我是在你怀抱里长大的啊!

古戏台的记忆

童年时，故乡的祠堂和庙宇里都有一个戏台。小山村因有了这戏台，山民的生活显得快活有趣。逢年过节每一阵绕梁的歌声，都像一只只低低盘旋的小鸟鸣唱出的怡然自乐的情调。

记得离我老家较近的那个祠堂，四根色彩斑斓的柱子撑起圆顶翘角的亭台。柱子上挂着两副对联："乐奏钧天凭兹叠韵，声同掷地化为清音""舞引春风多醉意，歌翻绿浪慰劳心"。戏台的横梁和檐下的挡板绘着《三国演义》《水浒传》的故事，赏心悦目，符合当地村民的观赏趣味、审美心理。戏台的陈设较为简朴。唯一案一椅一空地，好似一篇精致的短章，每个句子都流畅自然。连接戏台的两部自上而下的楼梯，梯口各挂一幅彩色布帘子。演戏时，演员就从那帘子翩翩然进出。

锣鼓响，脚底痒。我记得那时七村八落的"做戏热"此起彼伏。做戏热闹的场景甚至超过了过新年。

“看戏文啰!”做戏不用做任何广告,消息口口相传,飞越沟沟壑壑,山山水水。村民看戏不用买票,十里方圆七村八落的人都欢呼着聚集到戏台前来。殿堂大厅的一排排竹椅木凳,坐着男女老少,戏台前的天井和两旁狭窄的厢房也都黑压压挤满了人,场面十分壮观。大人们一边嗑着葵花子,一边聊天说地,小孩子们叽哩呱啦乱吵。等到戏开场,演员从戏台的布帘子出来的时候,整个庙堂便顿时静下来,大人的眼睛都盯着走着碎步、舞动水袖青衫的演员。随着“十八相送”“楼台会”……而时喜时悲,还想吵嚷的孩子被大人打了屁股、吃了后脑栗,也不敢闹了。

“唱功真不错啊!”当大人们如醉如痴地迷恋于演员一声声动听的歌唱,心驰神往之际,孩子们可熬不住了,二三岁的婴儿偎在娘怀里呼呼地熟睡了;会奔会跳的便自个儿溜出祠堂去捉蟋蟀、蚂蚱,等到祠堂的锣鼓骤雨般紧密起来,又赶紧钻进祠堂,睁大眼睛看戏台上千军万马厮杀。刀剑叮叮、枪戟闪闪,演员们在空中翻筋斗、折鹞子,孩子们乐得手舞足蹈,恨不得也跳到台上去蹦几下。记得老大鸿寿戏班一名武生从高桌跳下,连翻十八个筋斗,雷鸣般的喝彩声几乎掀翻屋顶。

孩子们盼望做戏不单是饱眼福,还可享口福。戏场外,摆着麦芽糖、生姜糖、葱管糖和糯米糖糕及酥饼、糖炒栗子,这些都是让孩子们流口水的东西。平时,大人舍不得花钱,做戏了,高兴了,大人都会给孩子买几样零食。

热烈的锣鼓声响彻小村，欢娱的火苗在小村的上空熠熠燃烧。戏台上的汽油灯把村民黑黝黝的脸照亮，每一张脸上都露出动人的纯真的笑容。

祠堂办了学校，戏台曾经是办公室，也曾经是小村的“政治中心”。20世纪70年代末，乡村有个怪象，村干部怒吼着，令“地、富、反、坏、右”像插蜡烛似的跪在戏台上，或叱骂或殴打，以显示自己的威风。只是那时期不过是“严冬”后的“尾巴”了。十一届三中全会，注定了对于未来乡村的大变革。山村生活水平随着承包责任制的实行而节节攀升。山村学校从祠堂撤出，搬入新辟的砖瓦木结构的校舍。90年代初期，砖瓦木校舍又被拔地而起的高耸的钢筋混凝土大楼所取代。

那么古戏台呢？随着祠堂被现代欲望荡平而泯灭，但它始终留在村民的记忆深处。演员们一颦一笑、一举手一投足的可亲模样还朦朦胧胧地闪现在人们的脑海里。听说那些演员还漂泊在江南乡村，在不同的地方、不同的场合粉墨登台。

人们怀念昔日庙宇祠堂里小巧玲珑的洋溢着“古”神韵的戏台。前些日子，奉化老家的一些村落又修缮或重建了古戏台，承载怡情怡乐的戏剧演出。白发苍苍的老戏迷们赞不绝口：虽然家里有电视机，能看到花样百出的文娱节目，但比起看戏台上的戏，就仿佛是喝白开水，看戏台上的戏好似品尝醇厚的茶香味，过瘾！

溪口行

初春,我去老家奉化探亲,顺道游览了溪口。

清早,从沈家门搭车,过鸭蛋山轮渡,奔驰在绿草如茵的沃野,驶向绵延起伏的远山深处溪口镇。

溪口 ,本是四明山麓的一个小商埠,近代,因出了蒋氏父子,使这个秀丽的山乡古镇名闻天下,四方游客络绎不绝。

走出溪口车站的第一眼,便瞥见镇头那座古朴的武岭门,箭楼凝威,垛口含武,颇有气势地雄踞于武山之脊,扼守着古镇的出入口。听说,这里原是一座茶亭,1929年蒋介石回乡探亲,为壮观瞻,改建成这三间两层的飞檐建筑。走近一瞧,楼额有国民党元老于右任的亲笔题字:“武岭。”穿过深深的门洞,抬眼又见到蒋中正亲手所书的“武岭”两个大字,斯人已作古,而字迹依旧镌留故里。古镇溪口的心地是淳厚的,气量是宽宏的。她在近代被卷入历史风雨的旋涡,目睹世态万象的风云变幻,饮尽了人间的悲欢离合,尝尽了生活的甜酸苦辣，一颗慈母心仍怜惜着游子的雪泥鸿爪，哪怕是对她带来过痛苦和忧虑，易于触及心灵创伤的印痕。

登上武岭门楼，怀着一腔真情眺望久违的古镇，古镇也对我报以微笑。只见阳光编织的金色的纱巾，温柔地披挂在空蒙的远山和涌翠的近树之上，一条弯弯的清可见底的剡溪如玉带环花，飞虹流彩，闪着粼粼波光而来。新建的宽阔的水泥大桥横跨溪流两岸。南岸，松林古秀含烟，竹屿萧疏滴翠；北岸，万家楼阁鳞次栉比，临溪五里直街人流如织。青年们的穿着款式漂亮入时，似乎比大城市还讲究。站在溪畔电影院门口彩色大幅广告画前的一群姑娘，披着蓬松的卷发，穿着五光十色的夹克衫、鲜红的毛料西裤、银色的高跟皮鞋，显得健美而潇洒，时代色彩渲染着这里的明山秀水。武山湾、小丘上，一幢幢高楼拔地而起，店铺骈列，人车辐辏，一扫冷落萧条之气，显出灿烂辉煌的神采！

哦，溪口，你变了，何时变得如此阔绰、繁华？

溪口离我故乡不远，与我是老相识。抗日战争时期，这个隐藏在崇山峻岭间的古镇，也没能逃脱日本鬼子的蹂躏，一条直街被炸成一片瓦砾场，蒋经国的生母毛福梅也惨死在日寇炸弹下，蒋经国咬牙切齿地在武岭山麓立了一座“以血还血”的石碑，显示誓与日寇血战到底的坚毅。当时居民相率逃难，街上人迹稀少。一位从上海逃回山乡的教授是我的远亲，他流落街头，痛心疾首叹息：“唉，巢之将覆，焉有完卵……”

山风送来了千层饼的香气，荡去我记忆中陈旧的丝丝缕缕。眼前的情景，忽然使我想起那位去台湾的远亲，他还健在吗？他看到这人间沧桑之变，心胸定会感到无比的舒畅。

下武岭至街口，便见几家千层饼店铺，围满了争相购买品尝的游客。千层饼是溪口著名的特产，香干大小，内分十七层，采用麻油、精面粉、白糖、苔菜、芝麻等原料制成，工艺精巧，风味独特，尝者赞不绝口："哈，好酥，好香！"往日沿街叫卖千层饼的摊贩，如今都有了自己的铺子，家家店面堂皇，窗明几净，穿着洁白的工作衣的店员，彬彬有礼地招呼着客人进店小憩，令人感到古镇分外可亲。

徜徉在溪口街头，见那店铺连绵不断，每一家商柜上，物品充沛，百货、日杂、土特产一应俱全。那精致的竹制品更是令人爱不释手，笔筒、竹扇、竹篮、竹筷……件件玲珑精巧。我在一个老伯摆的地铺上选了一把抓痒耙，问多少钱，他说："二元。"我又瞧了瞧耙柄上美丽的图案花纹，诧异地说："这东西精雕细刻，那么便宜？"

"哈，自家做的嘛！"他那爽朗的笑声显示着古镇多么淳朴的民情！

沿街西行不久，见一高墙逼溪，中为黑漆大门的住宅，这就是蒋氏父子的故居——丰镐房。丰镐两字，典出西周，蕴含蒋介石报世宏愿。丰，即周文王的丰邑；镐，周武王的镐京，均在今西安附近。生于小小溪口，放眼大周两都，志存经天纬地。其长子蒋经国字建丰;次子蒋纬国字建镐,其义盖出于此。

走进丰镐房,只见一座中西合璧的建筑,楼廊相连,厅室互毗,前后三进二层大小四十九间房子,一色的朱栏雕梁,崭新的门窗画栋。庭院内的堆塑、雕刻、彩绘造型生动,制作精美。整个宅院占地4800平方米,建筑面积1850平方米。据介绍,它已经过几番精心修缮,国家拨出大量物资钱款,使之完全恢复了原样,甚至连"报本堂"神龛里供着的蒋氏列祖列宗的牌位,也都油漆一新。随眼看去,石板铺就的明堂纤尘不染,砖与鹅卵石镶砌的甬道也如洗如刷。足见这里的管理人员工作态度的认真——他们是随时准备迎接蒋氏后人回乡祭祖,不知蒋氏后人对乡里的至诚心意有何感想?"行行复行行,最忆故乡情。树高千丈,叶落归根,海峡两岸都是亲兄弟。"那位正在丰镐房参观的返乡台胞说得多好啊!

出直街北端,我搭上小车,去谒游位于镇外白岩山的蒋母墓地。白岩山林深泉幽,浓荫蔽日,游人川流不息。山麓,有一青石牌坊,由孙中山手书"蒋母墓道",沿整洁的石阶拾级而上,依次经过石牌坊、下轿亭、八角亭、墓庐,便至坟墓。整条墓道全都深隐于松林之中,清森恬静。当地人趣谈,白岩山像一尊盘腿静坐的笑弥勒,蒋母墓筑于他大肚皮的脐眼里。墓地四周松涛萧萧,古柏参天。1949年4月25日下午,蒋介石去台湾之际曾来此祭扫母墓。蒋介石是个孝子,他非常爱母亲,母亲也非常疼爱他,希望他能够出人头地,光宗耀祖。蒋介石也的确没有让母亲失望,在中国近现代政治舞台上风光了几十年。

蒋介石于1949年元月，内外交困之际，苦吟着“冬日饮寒水，雪夜渡断桥”的诗句，黯然神伤地离开南京总统府，“归隐”于老家溪口。溪口，蒋介石政治上失意的避风港。他一生三次下野来溪口。每一回下野都是他处于极度政治危难之际的无可奈何的选择。此前两次，都躲过风浪，顺利出山。这次，他告别溪口去另找“隐地”，似乎已意识到归期难测，心境十分凄凉。蒋母墓碑两侧的“别头柱”上蒋介石自撰的那副对联，颇为耐人寻味：

祸及贤慈，当日顽梗悔已晚；
愧为逆子，终身沉痛恨靡涯。

联中语是否出自蒋介石内心？那祸及贤慈、当日顽梗、悔恨已晚与终身沉痛等指何而言？其中情缘，难以尽解，引得游人纷纷猜测议论。

此刻，我忽地想起在丰镐房看到的那帧摄于1949年的黑白照片。满头白发的蒋介石侧着脸，拿着礼帽，强忍内心苦涩，面带笑容，向族长告别。蒋介石几次回乡又别乡，缘何他这次离开溪口这般郑重呢？个中滋味，只有他自己知道。

夕阳已不知不觉地搁在喧闹的鸦窠，我又回到了镇上。溪畔，古樟、黄连木、杨柳的枝条上都萌发出鹅黄色的米粒似的音符；腊梅、山茶、迎春已爆绽出蕾朵，谱写着一支彩色的歌；黄莺、布谷、斑哥鸟的啼鸣也欢快地换了新韵。哦,春天,你又顺应自然的规律,姗姗地来到了古镇。

走过武岭,只见溪口的老乡披着霞光,撑着一张张竹筏,载着一群群身着五彩衣衫的台胞在溪上畅游,碧潭上浮溢着溶溶的暖气。溪口与台湾大溪缔结了友好景区,每年接待台湾游客数万人。两岸同胞还在溪口举办贤孝媳妇、慈爱婆婆等多项活动,弘扬中华民族优秀文化传统,溪口是一条使两岸同胞心连心的纽带。

潭水里一排山影被竹筏逗乐了,向骨肉同胞献出千姿百态的柔情。台胞们的心醉了,掬起一捧捧碧水,任那一串串珍珠在指缝流淌,有的到脸上亲一亲,有的到嘴里尝一尝:"呵,真甜!"溪流中间荡漾着一阵阵朗朗的欢声笑语。瞧着,瞧着,我只觉得那暖暖的水花直落到心底,心境仿佛响起了一种纯美的声音。我不禁想起了马璧教授留题于"丰镐房"偏厅墙上的诗句:

溪口留君宅,
今宵借我眠。
和平能统一,
响应要争先。

华夏儿女心相连,两岸同胞盼团圆。悠悠剡溪水流走了往昔的恩恩怨怨,满载着今朝手足之间的爱,融和着乡恋与乡思流向东海,那笑语,那水花,回响于海峡两岸……

第二辑 千岛情思

舟山，我的第二家乡

皋泄的杨梅、金塘的李子和故乡的水蜜桃一样甜。舟山，我的第二家乡，我的灵与肉已与你融为一体了。

我清楚地记得1955年1月在故乡奉师毕业，被分配来舟山工作前夕，心呵，变成了小鸟，飞呀飞呀，飞向蔚蓝……

怀着猎奇的心情，我茫茫然在宁波甬江北岸登上了来舟山的小火轮。船出镇海口，洋面豁然开阔，一片震撼心灵的奇异的海山世界进入我的视野：辽阔的水天不停地翻滚着碧波，那云雾缭绕、似飘似浮的海中小山，肖似一艘艘绿色的舟，一座连一座接踵而来，小轮船奔驰在海上，让人弄不清是舟行还是山行？有时刚与一座摇曳生姿的绿岛擦肩而过，拐弯处又有一两座青屿迎面扑来。此时，我似觉舟山的每一座山都似舟，峰如桅，壁如帆，雪浪激处舟似箭……

“呜——呜——”汽笛告诉乘客：轮船已驶进舟山

本岛的港湾。

我站在船头怀着一腔真纯的情感端详着那海上不沉的巨轮——舟山，舟山也开心见诚地向我微笑。渐渐地轮船贴拢码头，啊，波连四海，千舟云集，市肆骈立，逼临港口的码头。

港畔，旌旗十里，楼阁万家。沿海滨走去，可见小巷里摆着桌椅、板凳，有人品茗下棋，有人拉琴说唱，风俗情趣，令人喜悦。

嘻嘻哈哈，有人在路旁织网。

叮叮当当，有人在海滩修船。

海似翡翠沙似金，景趣天然，处处漂浮着怡然自得的海岛气息，扩散着喜气洋溢的渔家欢笑。

到舟山后，我怕台风，也怕咸湿的雾。然而日久生情，渐渐地觉得故乡就在眼前，在这里，仿佛也能看到故乡青翠的颜色，嗅到故乡山野的风味，听到故乡亲切的声音……我便爱上了舟山，并且爱得那么深。挚诚之心常为舟山的纯美而战栗。

法兰西伟大的雕塑家罗丹说：“美，就是性格和表现。”舟山，我的第二故乡，你的性格和表现是如此丰富多彩！

群岛立市，首数舟山。1440平方公里陆域和20800平方公里海域中，居住着114万人。北纬30°线横穿而过，给舟山这一方水土染上了几分神秘的色彩。

当你搭乘民航客机或乘车过长虹般的大桥来舟山，凭窗眺望汪洋，只见一座座大大小小的岛屿黛青深碧、花团锦簇，田田亭亭如娇艳欲滴的鲜花。灿烂的阳光涂亮了岛和海，水面波平如镜，俨然一幅奇丽无俦的荷池图，“荷叶罗裙一色裁”。怪不得郭沫若1962年来舟山时情不自禁地咏叹：“破浪乘风到普陀，舟山群岛半千荷。”其实，舟山的岛屿何止半千，有1390个，是中国的第一大群岛，占我国海岛总数的20%。千荷戏水，万船弄潮，这是我初到舟山群岛的第一个印象。

然而，使我心灵折服的不是舟山的外表美，而是她雄壮豪放的性格。

恢宏博大的东海上，浩瀚的潮流，如火的云霞，裂岸的惊涛，汇成了浩浩荡荡的阳刚之气，卷走了我多少书生的娇柔。那“沧海浴日”的奇景更令人胸怀开朗，精神振奋。直径十丈的火球烧得潮水沸腾透底红。世上，这般美轮美奂的景色合当在舟山广阔的海天炫耀。

舟山，这一方壮丽雄豪的水土，注定是天惊地动的故事的衍生地。

舟山，是一座历史悠久的英雄之城。公元前9世纪，徐国诸侯诞，僭称徐偃王，遭周穆王引兵征伐，退守舟山。他鼓励百姓垦荒种田，围海晒盐，休养生息。后与周穆王鏖战，壮烈粉身。元代著名文学家吴莱《偃王祠》诗云：“苍茫渔盐场，寂寞鼓吹里。人民悲归王，岁月祀遗址。”公元1653年，“南明”政权总帅张名振、张苍水于厦门挥师北上，占领舟山。清廷派兵镇压，血腥屠城，街头万余军民尸体枕藉。舟山历经刀兵血火，最激烈的是1841年9月26日至10月1日的中英鸦片战争——定海保卫战。如今定海竹山下的鸦片战争遗址公园石柱上镌刻着一副异乎寻常的对联：

那六天洒流五千人英雄血
这一仗打痛每一颗中国心

6个昼夜的定海保卫战，是中英鸦片战争中最激烈的战斗，也是中国近代史上抗击英军入侵的重要一仗。“落后就要挨打”，由于冷兵器对付不了热兵器，定海总兵葛云飞、处州总兵郑国鸿、寿春总兵王锡朋同一天战死沙场，5800余名士兵血染海山。鸦片战争是中国人民难以忘怀的心痛，是中国历史上最悲情的一页。然而，历史并不完全以成败论英雄，定海保卫战爱国将士们这种面临强敌不后退半步，宁为玉碎、不为瓦全的精神和行为，将永远被后人所敬仰与记忆，给舟山人的脊梁平添了几分钙质。

舟山，我的第二故乡，你是一个美的整体，也是一个生命的整体，你有一个美丽的灵魂——让我们像理解潮水一样去理解你在浪涛中的开拓进取吧！

舟山，是海上丝路之古港。宋元之前，沈家门已亮起“海上丝路”中转港之灯火。相传韩国孝女沈清于晋代嫁给沈家门商人，至今，沈家门建有沈园，沈清故乡谷城与沈家门结为友好城市；唐代鉴真从舟山东渡扶桑，讲经论道；日僧慧锷大师从五台山请观音像乘船归国，至普陀山风浪阻渡，乃留圣像于潮音洞侧供奉；北宋宣和年间，徐兢出使高丽，途经沈家门，所著《宣和奉使高丽图经》记载沈家门港为出海船只停泊之中转站。还有郑和远航，啊，多少条使船从舟山扬帆，载着茶叶、丝绸、瓷器，载着神圣的使命将华夏文明传播四方！

舟山，是蜚声世界的“东方渔都”，水产品年销售量近百万吨，干鲜产品远销国内各省市乃至欧美、东南亚。早在19世纪30年代，舟山的沈家门已是热闹非凡的渔港，入夜，船火宛若满天星斗，清代诗人刘梦兰诗云：“无数渔船一港收，渔灯点点漾中流。九天星斗三更落，照遍珊瑚海中洲。”20世纪80年代以来，“中国渔业看浙江，浙江渔业看舟山”，这句话一直流行于中国沿海各省市，沈家门港成了中国最大群众渔业基地，与秘鲁卡亚俄港、挪威卑尔根港齐名为世界三大渔港。渔汛期间，山东、辽宁、江苏、福建、广东及上海等11个省市的渔船云集沈家门港，井井有条地排列成一条条纵横交错的船街桅市。

舟山的岛民未出娘胎听潮音，海里生，浪里长。中街山列岛的渔娃到了七八岁就被爹娘赶下海，碧粼粼的海面上浮满了圆滚滚的小脑袋，手划足打，追逐嬉闹，像水鸭子拍翅膀，激溅起满海浪花。长大了，他们要潜入十多米水深处铲淡菜、采黄螺、角螺，捞梭螺要下二十多米深哩！舟山的海货大多是刚从潮水里捞出来的，透骨新鲜。沈家门港东侧的海鲜夜排档，被誉为“中华美食一条街”。你到舟山来做客，主人一定要带你去夜排档尝海鲜。傍晚，鱼贯设摊的情景颇为壮观。沈家门港畔，一字排开五六百米长的海鲜小吃摊，灯火通明，仿佛“东风夜放花千树，更吹落，星如雨”。

国务院于2011年6月30日批准设立浙江舟山群岛新区，舟山，我的第二故乡——东海上这一串明珠闪烁出更加炫目的光彩。海洋开发的大格局，赋予了舟山新的使命。舟山，每一片土地都呈现出一派朝气蓬勃的生机。一个个悬海小岛脱胎换骨，成为我国重要的石油、煤炭、矿产、粮食、化工品、集装箱运输等商品中转基地。偏远的蚂蚁岛已经成为国内领先的独立建造高技术含量、高附加值的汽车滚装船、化学品船及各种大型船舶的生产基地。当你来到蚂蚁岛，扑入你眼帘的是巨大的龙门吊、宽阔的船坞以及船台上高耸云空的即将下水的万吨巨轮。岸上，厂房林立。昔日荒芜的海滩，崛起了一座崭新的船城。

美哉，舟山！我的第二故乡，你的未来将是怎样呢？从蓝图构思者的竭虑殚精，从千岛奋起的雄心，从新城居民自信而谦逊的笑容中，我找到了明确的答案。

海上天路

舟山振兴奏凯歌，
群岛崛起飞长虹。
五桥凌空驾风云，
千屿浮海献峥嵘。
青山着意织锦绣，
碧波随心赋华章。
精卫填海圆梦想，
经天纬地慨而慷。

这首小诗是我乘车过舟山跨海大桥有感而写的。

一座建筑代表一个城市的事屡见不鲜，巴黎的埃菲尔铁塔，悉尼的歌剧院，北京的天安门城楼，等等。如今，人们说到舟山，都会不约而同地说到跨海大桥。

煌煌五桥凌驾于烟波浩渺的大海，远远望去，宛若长虹通天，气势非凡。我和家人驱车特地去体验过世界上最长的连岛跨海大桥的滋味。车速100公里/

小时，在双向四车道的桥面上疾驰，领略着滚滚车流行驶于海天之间的壮美，欣赏着桥、海、港、岛、村相互辉映的秀美风光，心境爽快极了！

昨宵微雨浥轻尘，今朝山川草色新。车行山水水连天，岛如珠玑桥如线。打开车窗，海风吹来，我的头发乱了心底却豁然开朗，这是我一直等待着的感觉，它来了。

阅尽了养眼的雄伟瑰丽的银灰、金黄、湖蓝的各色高塔与圆拱、悬索、斜拉、连续钢构、连续箱梁等人间桥梁建筑的景观，驱云驭雾过汪洋，追风掣电临蛟川。我瞄了一下表，抵达彼岸镇海不过半小时。

宁波与舟山，无论血缘、人文还是商贾都互渗交叉重叠的两地，终于结束了隔海相望的历史，实现了一桥飞架的跨越。

这一跨越整整等待了一千年！

在镇海游览了古民居，车子又折回驶上金塘大桥。眺望着桥下化为夷途的万顷茫茫烟波，不禁令人浮想联翩。

“海客谈瀛洲，烟涛微茫信难求。”就是这片汪洋，使舟山那一簇簇碧螺青钿似的群岛，成了古代人们可望而不可即的虚无缥缈的蓬莱、瀛洲。

就是这片汪洋，公元前9世纪的徐偃王和晋代的孙恩反叛朝廷兵败而遁入舟山求生；秦代的徐福为逃避秦始皇追寻，也隐身于斯。舟山，那是人们难以到达的神秘的地方啊！

就是这片汪洋，舟山成了时生边患，动荡不安，经磨历劫之地。从唐代开元首建翁山县到康熙建立定海县，两次撤废、两番迁徙，设县治理为348年，而废县弃管达401年，海禁不准人民居此任其荒废的日子竟长达197年。

就是这片汪洋，使主剿英夷的清代道光朝钦差大臣伊里布退缩为委曲求全的媚夷乞和派。道光二十年秋，伊里布抱着剿灭侵占定海英夷之雄心壮志，从云贵总督调至镇海任两江总督。他伫立甬江口，面对灰鳖洋浩渺烟波，瞻望着奔驰海面执行封锁任务之英军火轮船，再看看自己的水兵可怜的沙舟，顿时丧失了灭夷之志。于是，琢磨着道光皇帝的心思，在奏章上说一些“伺贼之隙”等敷衍皇帝的闪烁其词的话，伊里布的那颗心茫茫然漂浮在灰鳖洋风浪里！

时间与空间告诉人们：昔日那片汪洋是难以逾越的鸿沟。

千载浮舟，候风待潮，人们往来舟山与大陆，饱受风浪的煎熬。

记得儿时爷爷常常说起舟山，他指着小山村的那条溪流，说它是流向东海的，东海大得望不到边，海里的鱼大得能吞掉小木船。舟山孤悬东海，雨天像一团水草，晴天像一抹烟霞，水路迢迢，去舟山之难是无法想象的！

“升米过舟山，斗米过舟山，石米过舟山。”这句话一直流传在我的老家。老人们说你吃完一升米，从奉化能到舟山那是占得顺风顺水的天时了。遇上风暴什么，你吃完一斗米、一石米，没饿死到舟山也算运气不错了。

我亲身尝到渡海之苦是20世纪50年代中期。1955年春天，我在奉化师范毕业，听到分配到舟山工作，心便晃荡起来。不知多少次听舟山的同学说，过海要身掉几斤肉。第一次来舟山，我在宁波搭上小火轮，出了镇海口，骤然面对辽阔的大海，头便被吓晕了，那船只仿佛是一片飘荡的叶片，自己分明是附在叶片上的小蚂蚁啊！船到金塘岛外的灰鳖洋，一道道涌流把船冲击得像荡秋千一样抛上又扔下，我这个旱地鸭受不住了，五脏六腑都翻腾起来了。起先吐刚吃下的饭菜，再是吐黄色的胆汁，最后连血浆都呕出来了。

“乡泪客中尽，归帆天际看。”每当放寒暑假时，我的心便颤抖起来，回家是高兴的，可返乡的路是一片茫茫的波涛啊！

百代求索思百代，人间沧桑换人间。

舟山人为了顺利便捷地渡过那片汪洋，一代接一代坚持不懈地奋斗着，从数千年前的独木舟至长翅膀的帆船，再到火轮船，一页页船只的履历表，汇成了一部沉甸甸的饱含心血的交通史册。

20世纪80年代末期，聪明的舟山人创造了一条特殊的出岛通道——“蓝色公路”。鸭蛋山与白峰之间的车渡开通，结束了舟山通向大陆只有靠坐船的历史。

然而，车渡毕竟有其局限性，不仅风浪稍大渡轮便不稳，而且载装的车量也满足不了改革开放的舟山与大陆的交往。普陀山、朱家尖、桃花岛以及中街山列岛都是蜚声海内外的旅游胜地。朱家尖的首届沙雕节与第一次“五一”“十一”长假，待渡的成千上万辆的车子长龙般排在白峰与鸭蛋山码头公路上的情景，至今还深深地留在人们的记忆中。

于是，敢于换新天的舟山人便将冲决交通“瓶颈”、结束舟山孤悬大海历史的百代梦想付诸行动——建造跨海大桥。

我们的祖先不乏造桥的才智。三千年前，周文王在娶亲途中被渭水阻断了前行之路。他下令将船只捆绑起来铺上木板建成浮桥，成就桥的雏形。公元前250年，蜀太守李冰在都江堰建造一座竹索桥，这就是现代悬索桥的鼻祖。民间巧匠李春，在河北洨河上建成赵州桥，已跨越1400多年历史。这采用大拱的拱肩上各有两个小拱用于泄洪的别具匠心的原创性设计，让赵州桥历尽千年风雨砥砺而巍然耸立，以世界上唯一尚存的时间最长的桥而载入史册。“一桥飞架南北，天堑变通途。”新中国成立后，先后建成武汉长江大桥、南京长江大桥。以前，坐火车从上海到北京要28个小时，光过长江就足足要四小时，那是用渡轮把火车一节节渡过去的，两座大桥建成后长江两岸不再遥远。时至今日，长江上建成的桥已有118座，不论是汽车还是火车，引擎一响，不管刮风下雨10分钟就过江了。

不只是大江大河，大海上也建成了东海大桥和杭州湾跨海大桥，环杭州湾的交通版图由“V”字形变成“A”字形，从宁波到上海的陆路距离足足缩短了120公里，减少了近两个小时的车程。

舟山人要把梦想演化为美轮美奂的跨海大桥，需要花巨大的智力进行探索，需要化解无数的建筑学上的新的难题呀！

历经十度寒暑易节，越过无数道坎坷，舟山跨海大桥终于竣工。

十年日历中，有一页特别值得珍藏：2005年初，西堠门大桥和金塘大桥，通过国家发改委核准立项，这是决定舟山跨海大桥命运的一天。

还有一个日子也该记住：2005年3月，省政府成立浙江省舟山连岛工程建设指挥部，决定由省交通投资集团、舟山市、宁波市三方投资共建大桥。

由此，大桥建设史揭开新的篇章。

舟山跨海大桥是人间奇迹，是开发自然、利用自然的杰作，是人类科技进步的写照。

直升机高空牵索施工的西堠门大桥，主跨1650米，超越了主跨1624米的丹麦大贝尔特桥，是世界上最大跨度的第一座分体式钢梁悬索桥，达到国际领先水平。风，是索桥的致命伤，风，作用于桥而产生的桥体共振，会导致桥体摇摆越来越大，直至坍毁。桥的跨度越大，钢梁结构刚度就越小，就像瘦高个比矮胖子更容易被风吹倒。西堠门大桥是世界第一跨，在抗风性研究方面面临更多的挑战。世界桥史曾有惨痛教训：1940年11月7日，当时享有世界单跨之皇的美国塔科马大桥，在风的作用下产生了共振，大桥开始扭曲、翻腾，桥基被拖得歪来歪去，最后，随着一声震撼天地的巨响，通车才100天的大桥竟一头栽进了海峡！西堠门大桥采用分体式双箱断面钢箱梁，中央开槽6米,以稳定索桥颤振。同济大学、西南交大、丹麦科威公司合作的全桥模型风洞试验证实:西堠门大桥可抗颤振临界风速超过每秒88米,高于国内外已建桥梁,即使风力达到17级,也不会发生共振现象。至今,历经多次强台风严峻考验,安然无恙。西堠门大桥是世界桥梁史上解决抗风颤振的经典之作,是风口浪尖的至美艺术品。塔、缆、索、梁的组合犹如一把巨大的竖琴。风,快乐自如地弹拨着琴弦,奏响了一曲高科技与大自然和融的悦耳的天籁之乐。

"一梦惊还见飞虹,卧海眠波自巍峨。"金塘大桥是全世界外海环境中建设的最大跨度斜拉桥,成功地解决了索塔端锚固开裂问题。

五座跨海大桥组成桥群,全长25公里,整个岛陆连接工程50公里,是世界上最长的跨海大桥——杭州湾大桥的1.4倍,世界罕见,中国独有。

世界桥梁史上一顶熠熠生辉的皇冠——舟山跨海大桥,壮丽煊赫地展现在世界的东方,将世界稀见的深水岸线与中国最发达的长三角地区广阔经济腹地连成了一体。孙中山的《建国方略》将舟山与宁波、上海一起列入东方大港的宏伟蓝图将在人们瞳孔中迅速放大。宁波—舟山港吞吐吨位已超过荷兰的世界大港鹿特丹。

舟山人永远不会忘记2009年12月25日这个日子,这是舟山迎来五千多年文明史上前所未有之大变局的日子。山海长鸣汽笛,礼花爆满天空,结成"囍"字的首发车缓缓驶上大桥,军人肃立敬礼,百姓挥泪欢笑，一千多座岛屿整装列队，二万平方公里海域纵情歌唱。国际桥梁及结构工程协会主席雅克·康伯尔特望着大桥万般感叹："你们战胜了风浪潮等各种恶劣环境的挑战，完成了庞大的施工工程，建成了代表中国建桥水平的大桥，任何语言都表达不了我的祝贺！"

中国工程院院士项海帆激动地说："这是中国真正意义上的第一个连岛工程，是中国从桥梁大国走向强国的重要'砝码'！"

东海上雕塑了一座历史的丰碑。

东海上诞生了一个崭新的神话——

盘古分天地，呼吸化作了云霞，骨骼化作了山丘，骨髓里的精气蕴积了五千年，在舟山喷薄而出，化作了巍峨的五座大桥，横跨东海，将舟山与大陆连接起来。

舟山跨海大桥是舟山人千年期盼，是一条神奇的海上天路，是一条舟山人用智慧串起梦想、用血汗换来欢乐的天路。舟山造桥，感动中国。东海大桥与杭州湾大桥是有关城市综合经济实力的体现。舟山人造桥只能凑集有限的一点点资金，呕心沥血，竭虑殚精，冒着天大的风险，从易到难做起，先造岑港、桃夭门、册子几座短一点的连岛大桥，弄出点样子来，再向上面求援立项目。风萧萧兮易水寒，壮士一去兮不复还——舟山人这种置之死地而后生的悲壮情怀，这种义无反顾的拼搏精神，终于铸就了舟山跨海大桥。

太长的历史，太多的奋斗！跨海大桥是舟山人在海上吐出的一口如虹的长气。

沈家门港的灯火

海上明月共潮生。此刻,我站在鲁家峙跨海大桥上,欣赏着沈家门港夜景,只见万家灯火大放光明,万千彩灯电炬编织出人间天堂的幻景。天上星,水中星,星星相映,灿若银河;地上城,水中城,城城相叠,丽如琼楼。

沈家门港的灯火,真是多姿多彩啊!

漫步在滨港路,看着两行璀璨的高脚杆华灯直伸莲花洋,常常使人产生奇妙的错觉:有时似乎是两行栽种得非常整齐的果树,枝头上挂着神奇的闪光的果子;有时恍若一只巨大无比的色彩斑斓的中华锦绣龙虾从天外游来,憩息在东海的某一角,把它的两条光闪闪的长须伸进沈家门港似的。是呀,滨港路的灯串,遥望起来,就像是虾儿、蝶儿、金虫的两条触须呀!

“琉璃玉匣吐莲花,错缕金环映日月。”瞧,海鲜夜排档的灯一齐亮了,这是东海上最长的灯廊,犹如一条金闪闪的长龙卧在港畔。港内千百艘渔轮、货运轮、油轮联结成的水上城与舟山国际水产城、扬帆船厂的白炽灯、太阳灯及桅杆上的彩灯一齐亮了，璀璀璨璨，闪闪烁烁，一缕缕光流，把沈家门港绣成了一匹美丽的锦缎。港岸上的街灯似玉兰的花瓣，有的含苞欲放，有的则已微微展开；荷叶湾那里的灯光，又很像一池莲花，有的似贝，有的似盘；华侨友谊商店那头的街灯，有的像一朵朵桃花绽开，有的像一片片云霞舒卷，有的像一滴滴挂檐的雨珠，有的像一匹匹流泻的瀑布……这些灯火把使用价值和艺术美感巧妙地结合起来，告诉我们：装一盏灯也要别出心裁，才能美化生活。走上滨港路或中大街，我常常被这种灯景迷住，从心里赞叹："真美！"

观赏港畔两岸千万盏灯火刹那间一齐亮起来的情景，是一种十分美妙的享受。我常常独自坐在港畔，静候万灯齐亮的时刻到来。暮色苍茫中，望着马路上川流不息的车辆，望着泊港的一排排渔轮与岸上宏伟的建筑，追溯这个港口"金堂玉阙成群仙，弹指沧海变桑田"的历史，及其在中国对外交流及近代渔业史上曾经的荣光，常常感想如潮。沈家门港的火树琪花是一代代人耗尽心血浇灌出来的。宋元之前，沈家门已亮起"海上丝路"中转港之灯火。北宋宣和年间，徐兢出使高丽，途经沈家门，其《宣和奉使高丽图经》中《沈家门》一节记载："四山环拥，对开两门，其势连亘，尚属昌国县。其上渔夫樵客丛居十数家，就其中以大姓名之。"元代大德年间，沈家门设渡，荻芦埠头客船星火与港中点点渔灯凝眸对视。至明朝洪武年间，倭寇犯境，明廷“海禁”，悉数将岛民迁入内陆。永乐七年，设烽堠，立水寨，营灯列阵，沈家门成为靖戍海疆的军港。康熙时海疆安宁，解除“海禁”，迁入大陆之岛民后裔又重返家园。潮来海角千帆动，春到船头万尾鲜。至19世纪40年代，沈家门港已是热闹的小集镇，有居民数万人。福建、江苏、浙江沿海各地来舟山渔场作业的渔船越来越多，市肆绵延至港口，贩客纷至沓来，外国商船也送来闪闪发光的玻璃器皿、自鸣钟及呢绒、羽纱之类的商品，琳琅满目。入夜，船火宛若满天星斗。尔后，沈家门港又壮大为万船云集的中国最大的群众渔业基地、世界三大渔港之一。几经蜕化，才嬗变为今天集商贸、渔业、旅游于一身的玉树琼花不夜港。时间一到，远远近近的灯火俄顷间一齐放光。华灯们仿佛也相互传递着眼色，诉说着千载轮回沧桑。秋夜，沐浴着凉爽的海风，看着这种万灯瞬间齐亮的景象，仿佛自己成了一条鱼，一下子钻进了光海中的深水，心灵获得了一种宁静。倏忽间，恍若穿越了悠远的岁月。

节日之夜，沈家门港的灯火仿佛东海涨大潮似的，赤橙黄绿青蓝紫的光潮漫溢霄汉，淹没了银河。平日，只亮了一部分的灯，一杆杆高脚的街灯，一副副宽阔的灯屏，一绺绺店铺前的霓虹灯牌，这时全都亮了。港畔，许多巨大的建筑物，用一串串钻石般的灯珠或霓虹灯管勾勒出整座房屋的轮廓。当灯全点亮之时，一个童话般的世界就涌现啦。东方、华晶、华侨等饭店及银行大楼都镶金嵌银，绣上花边，一座座犹如冰雕玉琢，有的似玲珑的宝塔，有的似绽放的莲花，有的像是闪光的崖壁，有的像是瑰丽的皇冠。鲁家峙、朱家尖两座跨海大桥的桥灯，与两岸的街灯、海上的船灯相连相衔，十里方圆一大圈，联结成一条硕大无朋的珍珠项链！港之屏鲁家峙岛的绿树丛中灯珠都亮了，整座岛像一只神奇的大鸟，闪耀着一身七彩缤纷的羽毛，山顶上的灯塔伸出雪亮的长喙，向进港出港的船儿亲一亲，吻一吻，送去一缕缕温馨。孩提时代听过的童话所描绘的景物，这时实实在在出现于地面之上。有人描绘宏大的建筑是“石头的交响乐”，那么，沈家门港两岸节日之夜灯火就是“光的交响乐”。

我在这里夸耀沈家门港灯火之美，也许有人不以为然，认为大中城市的灯光强度都超过沈家门。然而，沈家门港的灯火自有其无与伦比的奇丽风采。

这里的灯身处天涯海角，是有灵性的灯。大半是渔民的伙伴，具有狂风暴雨磨砺出来的骨子里的坚韧和集体作业孕育的坚定的团队意识。它们与渔民组成浩浩荡荡的队伍，乘风破浪征大海，地球上四大洋的波涛都映照过它们美丽的身影。每一个村的捕鱼船队都是一支战斗队，白天由桅杆联络，晚上由灯光引导。桅杆上标着一节节红、黄、绿、白的色彩，各岛的桅杆标志不一样，一个村一式桅标。无边无垠的水天里，渔民远远一望，便知道这是哪村的船。桅灯的色彩不一样，渔民在夜海捕捞，数千米外就能看清自己村子的船只。各村带头老大的船灯更是别致，有的“二红一白”，有的“三绿”，有的“二白一红”，有的“三白”……无一雷同。出港赶潮，一见带头老大的船灯一动，别的船就紧紧跟上。到了渔场，灯又替带头老大呼喊：“我在这里，你们开捕吧！”海天茫茫，无一失散。

这里的灯是能够发出语言的灯。它们以各自不一的颜色和闪光，讲着这样的话：“对不起，麻烦你进港时与我保持距离，别碰撞。”“靠这边行驶安全。”“这里是滩涂，小心搁浅！”“那边有暗礁，注意！”“慢一点，要拐弯了。”如果说，海上灯火是一部色彩语言的词典，那么沈家门港灯火则是其中词汇最丰富的一页。船灯与港标灯用七彩语言给穿梭往来的船只指明了一条液体的宽广的水晶大道。瞧，沈家门港内外，大江南北的千百条船只，以及一艘艘巴拿马、韩国、古巴、加拿大等外籍船都专心听从“灯语”的指挥，航行在星垂水天阔、月涌大潮流的“水晶大马路”上。

千千万万劳动人民辛勤栽培，才使沈家门港的火树琪花这般姹紫嫣红。走在沈家门港畔，看着那一簇簇、一丛丛灯火，想着历史，思索着沈家门港的今天和明天，不知为什么，觉得这些灯多么像是某些人的心灵和眼睛啊！于是，我想起了往日许许多多带头船名老大、劳动模范，以及千万辛勤的打鱼汉与港口建设者；于是，我把港中的船灯、绿树丛中的小彩灯，岸上的街灯一一人格化了。是呀，它们不也个个像人一样，用赤诚的目光，关注着港口的命运，贡献着自己的光热。站在深谷暗礁边的航标灯心坚石穿地说：“船哥船弟们，我们不怕风吹浪打，365天不会离开岗位半步，放心沿着我们指引的路走向浩瀚的大海吧。”绿树丛中的小彩灯亲切温婉地说：“我们的光辉不太多，但会努力装点林木，给你一点愉悦。”长街的路灯一往情深地说：“虽然我们的力量不大，但会携起手来，把你前行的一条条道路照得光辉灿烂。”高杆上的水银荧光灯和碘钨灯、氙气灯戒骄戒躁地说：“人民用心血灌溉我们成长，我们也要尽力发光来报答人民，如果因为我们稍微亮了一点，就忘记了人民的培育，那就连一只萤火虫也不如了。”观赏沈家门港争奇斗艳的灯火，仿佛徜徉于童话世界，令人想入非非，似乎港中每一盏灯都舒展襟韵，向你赤诚地诉说自己的心声。

民间传说：“天上一颗星，地上一个人。”对呀，在茫茫人海中，每一个人不就是一枚星点似的小灯盏吗？闪闪烁烁，璀璀璨璨，正是这一枚枚一心一意奉献光与热的小灯盏，汇成了一港辉煌！

港畔那条路

贯通沈家门港东西两端的“滨港路”，在舟山市普陀区地图上只有芝麻大的位置，但在沈家门人的心目中，它是一条神圣而充满深情的大道。

滨港路从坎坷小径至宽广坦道之经历，清晰地烙印在沈家门人的心底。

它本是一条打鱼汉的脚掌在海滩上叠印出来的小路，一条铺上石板弯弯曲曲、高高低低的小路。一块块被一代代人的双脚磨蹭闪光的石板，人一走上去就微微地摇动着。那些石板湿漉漉，滑腻腻，要留心地走。两旁是老式的木板楼阁，铺面黑红色的油漆斑驳脱落，旧时的渔行海栈的店名依稀可辨，窗口挂着一串串海蟹、带鱼和黑鳗。

站在滨港路，抬眼向港中一望，只见樯桅如林，菱形的百褶裙似的三角形的蜻蜓、蝴蝶翅膀似的赭色帆篷，密密层层，遮断长天。桅杆上的信号旗与晾挂的渔网在海风中飘荡，仿佛云彩连云彩。

沿港面街背水建筑的房子，背面有延伸到海面上的水阁，倒影悠悠然在碧波中荡漾，那韵味颇像江南水乡乌镇。

沿滨港路走去，可见东横塘和西横塘一条条小巷摆着茶桌，棋盘，不时将笃笃的落子声送入你的耳中；路旁，摊开一片片散发着海水咸味的渔网，渔姑们在欢声笑语里飞梭走线地织补着破眼子，处处飘散着怡然自在的渔乡气息。

别小瞧这条蜿蜒在沈家门港畔、浸淫在海水里、石坎上青苔斑驳的路。毫不夸张地说，滨港路是当时中国乃至世界感受大海气息和脉搏最敏感的一条路、创造博大瑰丽海洋文化的一条路。世界三大渔港之一的滨港路，是智睿骁勇的渔民在世界最富饶的东海渔场演出威武闹海壮剧的后台。

旺汛，古铜色脸庞的打鱼汉，或栲衣笼裤，或赤膊条条，浑身散发着海味，操着九腔十八调，潮水般地涌上滨港路，挤得肩胛摩肩胛。辽宁、山东、江苏、江西、浙江、福建、广东、天津、上海等南北十一个省市上万条渔船捕捞的海鲜，从这条路源源不断地送到全国城乡乃至国外;柴油、网片、浮子、绳索等渔具和油、盐、酱、醋、蔬菜等生活资料也由这条路送到海上十万渔民手中。

可这条路只有五六米宽，狭窄与不洁净弄糟了人们的心情。路两旁密密地排满了鲜咸鱼摊，还堆着一蓬蓬黑乎乎的贝壳，中间仅留二米左右通道。稍不留神，一脚踩到摇动的石板上，“哧”的一下喷出一股泥浆来，溅满你的衣裤。穿行那条路，总得沾上一片片鳞花，总得染上一身鱼腥味。

渔民上岸也没有码头，都是跋过泥涂，再沿岛的石足，猴子一般爬上滨港路。

20世纪50—60年代，滨港路几经翻修，路面拓宽了许多，弯子也拉直了不少，可总嫌先天不足。路基太低矮，挡不住东海潮水，护不住街市。初一、月半涨大潮，港畔居民就得一瓢一瓢将漫进家里的海水舀出去。八月大潮和台风天，海水跨过滨港路，直涌街巷，低洼处水深数米，舢板上街当车辆。那浸泡在海水中的日子，至今，沈家门人想起来犹心有余悸。

滨港路终于迎来了焕发英姿的岁月。沿海一带低矮的船屋、板房、棚舍不见了，向海借地拓宽了路面，钢筋混凝土筑起了雄壮的防浪大堤、渔民码头，每米道路都精雕细琢，两旁装上雅致的路灯，沿海隔百余米便立起一排美丽的灯屏，滨港路建成了一条象征科学、文明的大道。路旁拔地而起的一座座瑰丽的高楼大厦和珠光宝气的商品陈列厅，炫耀着一个古老的渔镇脱胎为海滨新城的自豪。

鸥鹭翔集，草木葳蕤。

人们会疑问：这条路长年泡在海水中，土质咸涩，每年又有台风侵袭，草木无法生长，缘何花卉争奇斗艳？这是普陀园林工人别出心裁的一招，他们搬来7万多盆鲜花盆景和用大缸栽种的几百株树木，绿化渔港和码头，清新的芳馨让闻惯鱼腥味的市民倍感舒心。平时，那些扇尾葵、铁树、白桂犀等观赏乔木与绣线菊、紫藤、海棠、紫荆花等花卉各展丰姿，风情万种。台风来了，它们便不翼而飞，躲进山弯深处的园林。

海滨小城刚睁开惺忪的睡眼，成百上千的男女便走上滨港路，在东河口，在观海台，在轮渡旁广场……

渔港文化在滨港路每一个角落如花绽放。宽衣笼袖，紧身牛仔；悠然太极拳，踢踏迪斯科；鼓声溅地星花落，长剑画天日月转。喜见民俗盛会，彩船载来鱼龙舞，舞蹈舞出好心情……

傍晚，街街巷巷的男女老少编织成一幅幅长长的色彩斑斓的图案，缓缓地流向滨港路。有相依相偎的老伴，有缠缠绵绵的情侣，有蹒跚的小岛渔老汉啧啧赞叹，也有高鼻子蓝眼睛的老外钟情流连，更有刚放下行包迫不及待走出旅店的天南海北的游客……在这里放松心态，放飞心情，或看海港风景，或做风景被人看，慢悠悠徜徉、徜徉……

有井然有序的船街桅市。

有流金淌银的输送带——中国最大的海鲜市场舟山国际水产城的车队，把刻印着普陀勤劳人民手纹的千千万万箱金鳞银鲳送上国内外餐桌。一队渔船刚到码头卸完鱼虾，掉头赶汛，又一队渔船满载而来……

有文化长廊《海韵》，渔民画、剪纸等民间作品琳琳琅琅……

有一路迤逦展示的雕塑《渔乡风情》：织网、扬帆、赶潮、拉琴、唱渔歌的渔姑、渔郎……

月上青山，清风徐来，撩动姑娘裙裾，也撩乱一港水波。于是，一个月亮变成了千百个月亮，一座小城变成了千百座小城。

慢悠悠徜徉至滨港路东端，那奇异的景象见了一次便叫你一辈子难忘。只见近百家摊档的长条桌上，摆满了五光十色的海鲜，沿着摊档往前走，就像参观水族馆，除常见的带鱼、梅鱼、小黄鱼、旗鱼、鲈鱼、鲷鱼、竹节虾、对虾、梭子蟹等数十种海鲜外，有半米长的龙虾，有披盔戴甲的鲎，有嘴巴似畚斗的海蛤巴，有雪白的龙头鱼，有头上长刺的六角梅，有浑身斑纹的虎头鱼，有在塑料大盆里不时用尾巴撩起水花的石斑鱼，有慢悠悠爬的大大小小海螺，还有形形色色的叫不出名堂的鱼虾……一股股温馨的气味扑面而来，诱人的香味，冲鼻呛喉的辣味，蜜丝丝的甜味，鱼虾的鲜味，真是五味俱全。排档里坐满顾客，一边品尝着美酒海鲜，一边欣赏着港中景致，杯中荡漾着一张张笑脸，眼中闪耀着一点点渔火……

此时此刻，慢悠悠徜徉的人流不禁醉眼蒙胧，无酒自醉……

“路，是人走出来的。”脚印叠脚印，从海滩叠印出小路，从小路叠印出大路，从大路叠印出大道，从大道叠印出一座播声五洲的东方渔都。滨港路是一条奔向辉煌和孕育文明的大道，是一部写不完的创业史，是一幅绘不尽的开拓图！它横亘在沈家门港畔，也生长在每一个沈家门人的心上。

每次，我走上滨港路，心底就不由升起一股热烈的情感。我是在怀旧吗？有一点，更多的是目睹旧貌换新颜的激动，是赞颂现在和祝福未来。

彩色的街市

东边青龙，西边白虎，两山锁港，雄峙海门，潮涨汐落，桅樯林立，色彩缤纷的旗帜在碧绿的波涛上翻飞。入夜，红的、黄的、绿的、白的渔灯高高地挂在蓝天，与低低倒垂的银河星海融为一体，这就是全国著名的渔港——沈家门。

沈家门在舟山本岛的东南端，与“海天佛国”普陀山仅一水之隔，两者相距十余公里。

舟山古称滃州，相传古时有个沈国公，游山玩水来到沈家门，回京后启禀皇上，请求把这块好地方赐给他做寿坟。皇上问他：“这地方孤悬东海，有什么好呢？”沈国公答道：“那里龙虎镇海湾，渔星灿九天，一日涨两潮，旗杆千千万，毗邻佛国圣地，舟通三江四海，可谓人间仙山！”皇上一听，称羡不已，便道：“如此圣地，人间少有，寡人就赐你一箭之地造寿坟吧！”国公得了这块宝地，就筑起寿域，镌刻墓联：“青龙卧镇沈家地，白虎伏视东海门。”据说，这就是沈家门地名的由来。清早，沈家门港内金波荡开圈圈涟漪，激起朵朵浪花，呵，赶渔汛的船队拢洋了，一只、两只、三只……靠了岸，系了缆。伴着熙熙攘攘的人流，新鲜的鱼虾涌进水产街来，空气中弥漫着一股浓浓的鲜鱼香味。

沈家门的水产街宽七八米，长约二里，中间是一条鳞片斑驳的石板路。倚海的那边渔行货摊，地短房窄，不知谁灵机一动，想出个点子，将房子往海里挪。在后门的海滩上插上几根结实的木桩，架起一个水上阁楼，房子便宽敞了许多。于是互相仿效，出现了一排一半在岸上、一半在海里的亭亭水阁，静静地倒映在碧海中。窗口，风干的一串串紫褐色的章鱼、蝶花似的鱿鱼鲞、玉色的龙头鳑、银色的带鱼、铁色的长鳗……琳琅满目，美不胜收。

水产街是一条彩色的街。千摊百站，箩筐挨着箩筐，竹笠并着竹笠，装满了翡翠盘似的青蟹，金黄橙红的鲒鱼，乌光闪亮的紫菜，晶莹淡红的虾米，海蜇头红似玛瑙，龙虾玉钩弯弯，黄鱼金鳞闪闪，鲳鱼银盘滚滚，真是五光十彩，鲜艳夺目，犹如一片片灿烂的云霞落在街市上。

水产街又像一株花树，分开千万条枝丫，伸进城镇与乡村，在千家万户的小碟、大盆里开花，在一颗颗喜悦的瞳仁里闪耀着瑰丽的色彩。

水产街的格局也与众不同，一半在岸上，一半却延伸到幕天席海的船街。冰鲜船忙着在船街里收购海鲜，穿梭于船街的小舢板载来油盐酱醋、蔬菜、网具等补给。船街的舱上堆金叠银不用提了，有趣的是篙上、桅上、桩缆上吊满了一串串大虾、带鱼、海鳗、烤蟹。阳光一照，海风一吹，好像喜庆佳节的五彩旗帜，在湛蓝的天宇下摆动，多么别致的风采呵！

凡是生活中的美，都是劳动创造的。

持续不断的四季追汛，是渔家生活的铁律。旺汛，福建、浙江、江苏、辽宁、上海、天津等七省二市的近万条渔船，云集沈家门渔港。潮水轻轻地抚拍着挨肩搭背的色彩斑斓的一条条渔船。画舫般的广东钓鱼船叠起高高的楼台，桅杆端白云缭绕；山东的渔轮戴盔披甲，抖擞着战士的威风；江苏的沙飞船扬开鸥鸟般的翅膀，与来自苏州的猫儿船相嬉相耍；江西的“圆鼓船”像漂在海面的水兵帽；浑身彩绘的福建“打洋船”，一家老小都在船上，公鸡啼狗儿跳，孩子哭了他娘哄；温州的“茄船”，仿佛是摊在海面的一串茄子；台州的“猫船”，活像猫儿一样灵巧。舟山的渔船花样更繁多，机帆船的头上长着双角如高原的野牛，“带角船”两只翘角比羊角还锐利，“鸡娘对”温情脉脉地背着“孩子”，还有“绿眉毛”和两舷依次各画红黄绿青10个眼圈的“20只眼睛船”，以及器宇轩昂的“雄鸡头”“红脸猴”……偶尔，还可以看到色彩艳丽夺目，然而留有斑斑伤痕，前来躲避风暴、养疴歇息的台湾渔船。船，一艘连着一艘，一行接着一行，有条不紊地排列在起伏不停的波涛里，纵横交错地联结成一条条紫赭万状的船街桅市。密密麻麻桅杆上的百褶裙似的赭帆，把海空挤成一缕缕狭窄的缝，把海风轧成一条条扁扁的薄片，呼呼地直喘粗气。尽管船儿各式各样，色彩不一，但所有的船头都迎着潮流，所有的船旗都向着一个方向飘舞，发出咕咕的笑声。操着九腔十八调南北乡音的十万渔民，穿着五颜六色的渔衣笼裤，怀着同一个战斗目标，在渔场指挥部的统一指挥下，栉风沐雨，追星赶月，千里烟霞凭啸傲，万顷云水作生涯。寒冬腊月，忍受手足皴裂的痛苦；炎夏酷暑，熬住肌肤被灼伤的辛辣，不辞辛劳地捕捞着鱼珍。其他各省市不算，单单舟山渔业常年鱼产量就有一千万担左右，而百分之七十以上是通过沈家门港的各条渠道向外运销的，千千万万双勤劳的大手，从海涛中擎出了这奇丽无俦的彩色的街市。

然而，这花一般美丽，辉映着虹霓云霞般色彩的迷人的街市呵，却经历过一场闷热而喧嚣的暴风雨。多少扇店门曾被粗暴地封死，多少双大手，曾被桎梏紧紧地扣住，向远洋近海致富的道路，曾被一一堵死，陈列在街市上的只有贫穷与冷清……如今，渔家“八仙闹海，各显神通”，精心地采集每一条银鳍、每一片金鳞，用它们的绚丽光泽，重新来描绘彩色的街市，描绘心中美好的理想，锦绣的前程！生活，又给了渔民无限的希望和力量，使他们昂起头颅，收起叹息，一股幸福的热流在心房荡漾。

啊！沈家门——彩色的渔市。你难道仅仅是大海上一个普普通通的水产街市吗？不，分明是一个时代的缩影，一条生活的拱桥——紧密地连接着过去与未来。看，红日已鼓动金翼飞腾，寥廓的水天七彩辉映，更加壮丽的大目标正在远方频频招手呢！

1982年10月3日于沈家门港

佛茶园春晓

草色青浅，乱花迷离，春天喜盈盈翻开了大地七彩的序言，如烟如粉，典型的绵绵春雨悄然无声地飘临大地。雨丝里，普陀佛茶园印象更加清晰起来；那山、那水、那茶舍……

细雨抹去了草木叶尖上的微尘，田野里的青苗馥郁野绿，河边的垂柳黄眉绿眼。小车弯来弯去兀自在开着金黄色油菜花和粉红色桃花的山坡上奔驰，仿佛要奔驰至浓绿的最深处。扑入眼帘的是飞花流彩，是芊草绵长，是温婉湿润……车子驶入茶园，满眼都是郁郁青青的茶树。三月天，是普陀佛茶上市的季节，兴冲冲赶来的我不禁沉醉在佛茶园妙不可言的茶香里！

佛茶园地处塘头村郊外，隶属普陀区东港街道，与普陀山一水之隔，面前莲花洋碧波粼粼，水气弥漫，背后丘陵绵延不绝，泉流淙淙，草木吐绿，山水含香；是一个不可多得的茶树生长宝地。茶园坐落在平缓的山坡上，宽盈里许，长千余米。信步而行，半小时便可一来一回。微风送来些许泥土的气息，还混着嫩嫩的青草味儿，畅吸一口山野新鲜空气，沁人心脾，好惬意！

园子里依次栽种着一行一行的茶树，那些在这里过夜的小鸟与昆虫，在看不见的地方愉快地鸣叫。今年倒春寒，但郁郁葱葱的茶树们仍活得挺有精神，冻枯了的新叶脱落后，又长出了鹅黄的嫩芽。它们有的绿得深，有的绿得浅，色深之处枝柯交错，色浅之处嫩叶碧透。那一片片小叶，犹如无数修长的媚眼，左顾右盼之间流溢着一脉动人的柔情。

开园了，嫩生生的谷雨尖茶采回来了，放在大竹匾上晾着。制茶开始了，锅烧得热辣辣的，将鲜嫩的茶尖撒到锅里去"杀青"。霎时，爆出"噼噼啪啪"的响声，制茶员灵巧的双手不停地在锅里翻动，那"杀青"的火候，全靠手去感觉，靠眼去观察。杀了青，倒在竹帘上揉制，揉好后再送到烘罩上用文文的炭火烘烤。

普陀山周围诸岛生产的茶叶，因其最初由僧侣栽培制作供佛，故名佛茶。佛茶园制茶师傅老张，是普陀山一位僧人，一听说我是特地来采访的，一下打开了话匣子："'普陀佛茶'是茶叶中的精品，享有盛誉，得过巴拿马博览会的银奖。它在采、制上有着自己的特色。采，要在谷雨前，不能用指甲掐，一掐就有印痕；要枝枝身长八分，两叶一蕊，无瘢无痕。制，更严格，用特殊的小铁锅，深而口面小；火候要不老不嫩，制出的色泽要乌笃笃而又白毫显露，个个是发髻状，冲泡时都'落水坑'。"他爽朗地说："不多讲了，还是先请您品尝吧!”

说着,他带我来到佛茶园的茶室,里面排列着纤尘不染的一张张木桌、一把把紫砂壶、一副副茶盘,它们和木桌上的香炉、佛珠、净瓶一起散发着浓郁的茶韵禅风。一位身穿赭黄色汉服的姑娘在乐声中姗姗而来,脚步迈得很轻很轻,笑脸灿烂,身姿婀娜。姑娘们跪坐着拂动枝条,升起一炉哔剥作响的炭火;其上,一壶山泉正在煮沸。礼佛、调息,姑娘取来新茶,纤细的玉指擎起茶匙将茶芽投入素白的茶具里,担心滚烫的水将嫩芽儿烫伤,让沸腾的泉水稍晾之后,才“凤凰三点头”加水冲泡……姑娘笑盈盈地说:“茶叶是草木之中最有灵性的植物……”她举手投足之间,一颦一笑洋溢着纯、美、真、清的茶趣,将绿莹莹的茶汤倾注在冰清玉洁的素白瓷茶盏里。

此刻,我想起了清代画家“扬州八怪”之一汪士慎《小白华山茗》的诗句:“满碗轻花别有春,津津舌本凉芬起……”目睹满山蟠根虬枝、卧云枕雾的嘉木秀林,耳聆茶姑诵念的心经与播放的乐音,不知不觉间进入了一种难以言喻的品茗佳境。

茶艺姑娘捧着茶盘,奉上杯盏,揭开盖儿,盖上缀满了莹莹的水珠,腾腾的热气中,一股诱人的馨香扑鼻而来。见那一枝枝茶叶都沉到了杯底,在温柔中慢慢苏醒了,尖尖的叶芽宛如雀舌,展开的叶片好似旗枪,飘逸着青山的梦儿。一缕阳光透过,杯中的水碧绿里略显浅黄。我将茶杯置于口边,顿时,春天的气息扑鼻而来,一股清纯芬馨悠悠然飘入我的灵魂里,微笑着浅浅抿上一口，含在嘴里，像含一朵鲜花一般慢慢咀嚼，徐徐下咽，哦，那芳、那清、那醇、那美……顿觉两腋生风，心境一片澄明，生活的一切烦恼仿佛都随着那片片茶叶化得干干净净！

“好茶！新茶吧？”我不禁连声赞叹。

“是陈茶！”

我惊诧地说：“颜色和新茶一样，香味浓洌洌、醇厚厚，这就奇怪了！”

张师傅眯缝着眼，乐呵呵地说：“这全在‘管’字上做文章，茶最讲究色、香、味。非常娇气，难管理，弄不好就霉变走味，要想色香味俱佳，要用铁瓶严丝密缝地装好，不走气，上面再摺上烤干的蓼叶，瓶中放上一块木炭，吸收水分。”他沉吟一下，又问：“喝出什么味道没有？”

我又啜了一口，啧啧嘴，说：“爽，透心爽呵！”

此时，品着浓酽酽的普陀佛茶，情不自禁地低吟起黄庭坚的《清平乐·春归何处》：“春归何处？寂寞无行路。若有人知春去处，唤取归来同住。春无踪迹谁知？除非问取黄鹂。百啭无人能解，因风吹过蔷薇。”吟着吟着，浮想联翩，心中感情的波涛难以抑制。我想，那碧茵茵的普陀佛茶，不正凝聚了春的色彩，散发出春的芳香吗？不正是海天佛国普陀山的僧侣们将茶叶的栽培制作技术传授诸岛村民，与大家一起辛勤劳动换取春天归来同住，为我们找到春的踪迹吗？观音文化衍生了佛茶文化，梵我一如，茶禅一味，构筑和谐世界，缔造人间春色。

人间事事皆如此，只要你真心挚爱某一值得爱的事物，随着年久日深，耳濡目染，必能悟出一条条可爱之理，这是美丽的必然。

茶性淳朴，予人以善；茶性醇厚，包容天下。茶有三德——坐禅时可以提神解乏；腹饱时可以通肠解胀；郁闷烦恼时则可以抚慰心灵，解除内心杂念。

俗人多泛酒，谁解助茶香。和尚心目中，茶是人间极品。"吃茶去"，是佛界经典的偈语。偈语往往充满神秘色彩，佛学大家赵朴初曾经质朴率真地流露出自己的见解：

七碗受至味，一壶得真趣。
空持百千偈，不如吃茶去。

"吃茶去！"随着一届届普陀佛茶文化节的举办，本来懵懵懂懂的普陀茶事，也一点一滴在我心中明晰起来，渐渐地陶醉在"绿染碧水情宜洌，花香满径味更圆"的境界里。

记得那年谷雨节，我头次来佛茶园茶室"尝新"，看着茶客们美滋滋地品茶，谈茶经，我呆呆听着，呷上一口，皱起了眉头："好苦喃！"茶客们不屑一顾地笑着，唯有茶艺姑娘喃喃地说："头茶苦，二茶涩，三茶好喝摘不得！"我打破砂锅问到底："为什么三茶好喝摘不得？"茶姑耐心告诉我，头茶又叫春茶，在谷雨前后开园；二茶又叫夏茶，在夏至前后采摘；等夏茶采后，透发出新叶来，不多久寒霜就要降了，摘了它，等于叫它打着赤膊过冬，茶树就要冻毁了。茶姑又说，茶初入口，满腔苦涩，过一会儿便觉甘甜，舌底生津，心胸清朗。嗬，佛茶园长了我不少见识，品茗知性，茶叶的学问真不浅哩！

阳春三月，草长莺飞，只见采茶姑娘们背着茶篓，穿着花花绿绿的衣裳，像翩翩的蝴蝶在茶园里翻飞，此起彼落的笑语声，泉水般流荡于山谷之间，空气中一缕缕醉人的茶香充满了我的胸廓。

嗬，佛茶园的三月，荡漾着一片澄碧如水的春色，茶禅一味了无痕。

嗬，佛茶园的三月，弥漫着一股牵魂萦梦的茶香，水月山霁共不二！

禅院月夜

宁静的秋夜，沐浴着清凉，我在普陀山佛学院回廊上信步。廊桥底下的玉莲池，翠盖积茂叶，锦绣满绿水。月下之荷，朦胧里枝条袅娜，银盘乍放亮轻瓣，玉瓯刚拆含纤蓬，晶莹的露水滋润着花容，花儿侧莩在清风中轻摇，似乎与水池轻轻絮语。此时，一只调皮的青蛙纵身而起，搅碎一池清辉，亮起点点银光，迷离闪烁，那一道道涟漪竟丝丝缕缕地流到我的心田里。莲叶间吹来的微风夹着凉丝丝的月光，拂在脸上，舒服在心上……

四围天籁中，八方幽风里，明月无声无息地爬上了半空，似乎比岛屿更高一点了，但还在岛峰的影子下面。当我来到一棵老桂树下靠拢时，抬起头，发现月亮就搁在树梢。一阵又一阵风吹来，玉盘似的月亮在疏枝间不停地摇曳，我真担心月亮被摇落下来。

风终于停下来，月亮流泻的柔柔之光是那么皎洁，她的脚步是那么轻盈，那么安静，不惊动夜色中开放的每一朵花，不惊动在夜色中安眠的每一棵草。远近的一座座肃穆、庄严的仿唐梵宇、亭台楼阁、青铜经幢、白玉拱桥、宝塔以及一道道树荫、水痕、山影，全都泛出了浅浅的银色光芒，多么祥和的佛境呀。一阵微风吹过，四周的银光便闪闪地流动起来!我惊喜地望着这神奇的月光，那是佛光吗？仿佛走进了银色的梦境，一切都闪闪烁烁，扑朔迷离，心呀，一洗尘虑，柔柔地陶醉在这银色的梦中了……

那铺在地上的月光，等到月亮回去，就无痕迹可寻了吗？不，我一向认为，清晨，那草尖、树叶、石头上璀璨的秋霜，是月光凝成的。曾见过纷扬扬的大雪将普陀山佛学院砌成琼楼玉宇，一条条幽径踩上去咯吱作响。那厚厚的纤尘不染的积雪，不就是普陀山佛学院从春到冬积攒的月光吗？

四野亮得如同白昼!身旁园林中的桂枝，远处路边的柳条、竹梢，一齐楚楚地向我伸展过来……我的银色的梦境顿时收束了，突然觉得置身在这个神圣的佛学院是多么惬意呀!那微微的和风，那如洗的清空，还有这片洋溢芬芳气息的山野，多么温馨呀……

山坡、园林、河塘的草木丛中，一个奇妙的月光晚会开场了。

“呱啦！呱啦!”石蛙擂起了鼓；

“嘤嘤！嘤嘤！”蟋蟀吹起了箫；

“铮铮!铮铮！”纺织娘弹起了琴；

乐音撩拨得蝉儿也加了夜班，“吱呀——吱呀——”参加了大合唱……

溪水淙淙，木叶簌簌，秋风萧萧，大自然不倦的佛声为小生灵的音乐会而伴奏。

聆听天籁，那种和自然天人合一的悠远和空旷，生发出一种生命的愉悦感。人在尘嚣之中，又在尘嚣之外。

远处矗立的观音大佛，用慈爱的目光望着人们，她将月亮在她肩上停留时收集的纯洁而温馨的月光，用来柔和人们的心境和梦境，多余的就送给草木和石头。这里处处渲染着至美的佛光哟！

此刻，佛学院经堂隐隐约约地传来了高僧讲经之声。循声，蹑手蹑脚，潜入经堂，悄悄入座。听着听着，似觉轻了生活烦琐，淡了世间沧桑。菩提心是大乘之命脉，是成佛的不共因。醍醐灌顶，豁然感悟：心眼小，小事变大；心眼大，大事变小。大其心，容天下之物；虚其心，爱天下之善；平其心，论天下之事；潜其心，修天下之志。结有道之朋，闭是非之口——阿弥陀佛……

步出经堂，天庭满月如乍开新镜，胸廓清风满怀，心境澄澈、融和、宁静。

白山清晨的鸟声

海岛的冬天之晨是美丽的、丰盈的，尤其是普陀山佛学院所倚的朱家尖岛白山之麓的清晨。

别处寒露一到，往日那清新、繁茂、丰实都走远了，满眼的萧瑟、单调、冷寂接踵而至，鸟雀们渐渐绝迹。而这里的冬日之晨依然生机盎然。天空透着蓝，地上铺着绿。朝霞，犹如一匹绯红的锦缎，坠到这一片迸放着水仙、雏菊、红梅、四季桂等花卉之音的土地上。晨光之下的白山，交响汇融着美之旋律。

一丛丛香樟、麻禾、桂花树堆玉叠翠。绿叶丛中的鸟儿们都鼓起如簧巧舌，一阵阵鸟声从睡眼惺忪的树林中流淌出来。

“滴溜溜，滴溜溜——”

多么悠扬呀，那九转十八弯的腔调，是画眉吗？轻轻地、轻轻地循声寻觅。唉，那鸟儿隐身在一棵冠如华盖、枝繁叶茂的大樟树深处，任凭你左瞧右望。总是不能窥见她的丰姿。

“叽溜咕噜，叽溜咕噜——”

多么圆润呀，我又本能地想见一见那位歌星，脚步轻一点，再轻一点，这次，运气好！那朱红的尖喙，翠绿的翅膀，长长的彩色的裙裾，使我眼睛一亮，好靓丽的红嘴山雀呀!

“吱令令，吱令令……”

“希里嘎啦，希里嘎啦……”

两只墨羽金嘴的鹩哥，各自站在相距数十余米的麻禾树枝头上，情深意浓对山歌，这边唱来那边和，全然不顾我久久地注视。

一片绿叶，一个歌台，数不清的鸟儿都站在天作穹顶地作基的大自然厅堂，参加了黎明大合唱，它们各有各的音韵，或清亮，或温婉，或甜润，或深情。

我的身心与山野融化在一起，那绿荫深处忽断忽续、忽高忽低、忽紧忽缓的鸟声，泉水般在我心中流淌。

这些大自然出色的“歌唱家”，歌唱自己的生活，歌唱山川的美丽，没有一点儿矫揉造作，没有一点儿干涩嘈杂。

它们唱退了夜色，唱退了晨雾，唱来了满天彩霞，唱绿了山谷，唱香了花朵，唱甜了流泉……

轻风，细细地把动听的鸟声揉得薄薄的、软软的，一片片分送给山麓有耳的活物和无耳的岩峰。

瞧，水仙花听得入了神，禁不住洒下了点点香泪；小草也迷醉了，合着鸟声的节拍，一会儿倒，一会儿起，总是镇定不下身子；石僧更是凝神谛听，眉眼间仿佛露出了几丝微笑；石羊、石牛、石马、石龟都一动不动，一齐痴痴地抬起了头……

冬天之晨，听白山之麓鸟声，一抹时光，倏忽便旧了，生命中些微的疼痛，散了，化了。

此时，普陀山佛学院钟楼飘来悠悠钟声，经堂里也响起了木鱼声、诵经声……

至纯的天籁与至真的禅音和谐，汇合成一支天地的交响乐，旋律在广阔自由的时空，穿过肺腑，透过骨髓。生命不由回到了质朴的“原生态”本性，泪水不由自主地顺着面颊悄然流淌，心地洁净无比，自在不羁，与天地为襟的灵魂悠然飞升……

东港三苇之歌

你来过舟山市东港新城吗？那是从莲花洋波涛里擎出来的街市啊！这里曾经沧桑曾经火，移山填海的壮举使四周崖壁残留一道道赭褐色的伤疤，如今，这一切已被养眼的芦苇、芒苇与茅苇的绿色海洋所淹没，一阵清风拂过，便“哗哗哗”掀起一层层绿浪。嗬，东港新城带“苇”的三种禾稻类植物，使四方的自然天地展示了一片纯朴的野趣。

那体形高大的芦苇，在城北绿地、武岭湿地公园、应家湾水库、沈园的水荡中一片片繁衍。秋日，芦花飞扬，显示一种浩瀚苍莽的气势。此刻，你瞧着鸳鸯与野鸭子在芦苇丛中钻进钻出，黄鹂、翠鸟、鹩哥在芦苇枝干上跳跃歌唱，你也许会想到不仅是人们，那些小动物们也会感激芦苇们给了它们安家育雏的好地方。芦苇，的确可爱，它的叶子按节分开，像是绿枝婆娑的凤尾竹。事实上，人们也通常喜欢称其芦竹，使它无形中带上了梅风竹节的儒雅之气。

我觉得那些诗人画家对苇草的态度不够公平，太冷漠。古往今来，他们曾经用绚丽夺目的色彩、优美绮丽的诗句，热忱地给鲜花、青松、翠竹、垂柳浓妆淡抹、讴歌颂扬；而对苇草，往往很少去注意和重视，常常只当作某种风景的点缀而出现在图画和诗文里。

其实，这平平凡凡、朴实无华的苇草，是很值得人们赞美的。青松、黄杨、翠竹、垂柳是不情愿落脚到陡峭的崖壁上去的。可芒苇乐意呀，它不像竹木那样要有丰厚的土壤供养，对生活环境要求极低，崖缝高坎，只要有一丝插足之地、些许尘土，便牢牢地扎根成长，为人们赤诚地贡献出全部。瞧，芒苇生活在东港牛头山崖壁上是那么高兴，盛夏时节，顶着炎炎烈日，每根芒苇，从杆到叶绿得那么晶莹鲜活，翠得那么闪闪发亮，嫩得每片叶子都要滴出水来，潇洒淡雅，临风摇动，婀娜多姿，显示出一种生气勃勃、欣欣向荣的景象。

三种苇，个子最小的是茅苇。它非常谦卑，自认为对人类无多大用处，便悄然无声地躲匿在荒僻之处，把自己的绿色全部奉献给东港四周贫瘠的野坡。然而，它不轻贱自弃，自卫的叶缘锯齿在三苇中数它最坚锐，据说，古时鲁班先师正是一次被它割破手指，才突然间悟出了锯子的道理。

苇草，是智慧的草，在美化环境中有强烈的团队意识。它们知道一根苇秆是很渺小的、微不足道的，也是脆弱无力的，被大风一吹便很容易折断。因之，它从来不单独存在，总是集群而生，聚众而长。只要有苇草的地方，就是一簇簇，一片片，郁郁葱葱，蓬蓬勃勃，风吹不断，雨打不倒，在任何环境中都是从容挺立，不折不弯，掀起叠叠绿浪，喧腾澎湃。这时候，你会觉得苇草一点也不弱小，而它留给你的是众志成城、气势磅礴的壮观印象。

苇草，作为野生植物，彰显了无与伦比的生命力。蒹葭苍苍，每年秋天，它向四面八方散播了与蒲公英相似的一顶顶小伞似的种子后，看似枯萎，其实蓄积着更大的生长力。第二年春天，一阵春风，几场春雨，便发芽冒尖，比去年长得更加蓬蓬勃勃。

苇草不仅有绿化的功能，还有别的用处，只不过我们没去开发。认为苇草在岩壁、荒野、水滩编织出一张张绿莹莹的帘子已经不错了。其实，它可以变为纸浆，造出洁白柔软的纸张来，还有那些苇梢碎叶，投入炉灶，也会用生命的火焰为人们驱寒取暖，烧火做饭，全部化为光和热。芦苇的根可入药，谓芦根，味甘、性寒，具有生津、清热解毒及利尿的功能。初春的芦芽似笋，可食。芒苇，那层裹芒花嫩蕊的薄膜嫩衣，剥下晾干，柔韧无比。搓成芒绳用芒丝编成芒鞋，不仅坚固耐穿，而且还带着一种古朴苍凉的豪爽之气，古代游僧就是足踏芒鞋走四方。

凝望着东港一丛丛青青的苇草，沉思遐想，它们那种不思索取、不求回报、只想对社会做贡献的精神，多么值得赞扬、学习。我呀，我也甘愿做东港崖壁上、水滩里、荒野中的一根小小的苇草……

小岛的阳台

一只只阳台，在小岛的半空伸出一只只宽大的手掌，掬取着金黄的阳光。

阳台上，细心的主人正用被网纲磨出厚茧的大手，培育着花卉。啊，渔家今日采撷大自然绚丽的色彩，来点缀自己美好的生活。

一只只阳台似一只只精致的花篮，吊在高高的檐口。

那火焰一般红的茶花、石榴花；那不计花期长短，毅然全力绽放的昙花；那虽然纤弱，却向人们奉献浓郁芳香的茉莉花；那叶片酷似祖国版图的秋海棠；那米粒一般大，而香气袭人的米兰；那藤蔓似璎珞流苏垂挂的文竹、吊兰；还有傲霜怒放的金菊；敢斗冰雪的红梅……四时摇曳多姿，色彩纷呈，蝶翅染香，蜂须沾粉，小小的一方阳台有说不尽的意趣啊！

阳台，渔民在早先是做梦也不敢想的啊！如今，当他们走过沈家门、定海的大街，望着两边的阳台，再也不稀罕这别致的空中台阁了。心里还暗暗地掂量："我家的那个,比你更美呢!"他们的腰杆不知不觉地挺了起来,好像在人前长高了几公分。

是的,渔民怎能不骄傲呢?小岛的阳台是时代变革的产物,它表明渔家的生活跨上了一个新的台阶。不是吗?从远古的搭枝为巢,掘地为穴,到今天以钢筋、水泥筑就的高楼大厦,房屋作为人类社会文明的标志之一,它的材料、形状和结构的变化,总是与时代的步伐合拍的。20世纪50年代以来,小岛的房子已经几次脱胎换骨。新中国成立之初,渔民拆掉"月当灯,风扫地"的鸡笼般的破茅屋,用砖头、石块垒成低低的墙,以石灰拌沙泥填平砖石的缝隙,建起一排排牢固的简朴的矮平房。从此,他们在海上打鱼,不用再担心老婆和孩子挨风雨的煎熬了。然而,那房子的檐子毕竟过低,身材魁梧的打鱼汉拢洋回家,一不小心,便碰痛额角,唉,进门出门还得低头,不由使人矮了半截。那时候,渔民上城卖鱼,望着街道两旁挑着阳台的楼房,心中是多么羡慕呀。

如今,物换星移,小岛起了天翻地覆的变化,远洋、近海敞开了一条条生产致富之路,渔民的瞳仁里闪耀着兴奋的光亮。一幢幢白墙青瓦的新楼在岛上崛起,开头是二层,接着是三层、四层,渔村像春笋似的拔节长高。人们见阳台那玩意儿明亮透风,只占天,不占地,是生活的一片乐园。于是,家家建房时便插上钢筋骨架,用混凝土砌一座比城市楼房更宽敞更漂亮的阳台。有的半月形、有的八角形、有的菱形、最多的是方形；有的橙黄，有的棕红，有的淡绿，最多的是银白色。栏杆饰上各式各样的花纹，大多是变形的太阳、小岛、机帆船和渔轮的缩影，充满了时代气息和地方色彩。

渔汛时节，小岛的阳台晾挂起一幅幅渔家丰收图：黧黑的鱿鱼，金色的黄婆鸡，火红的龙虾，银亮的鳓鱼，黑白相间、花纹斑驳的马鲛，真是五颜六色，绚烂多彩。那失落的发霉的叹息，在阳台上晒干吹散，渔家把富裕和欢笑高高地擎到半空。

渔民闲下来常常伫立在阳台上，向小岛四面眺望：南面一幢白色的大厦，是新建的冷冻厂，锃亮的冰鲜鱼正源源不断地装入运输船，供应全国各地；西边，是绿树掩映的渔民新村，一汪洗衣的小池，宛若小岛一窝浅笑的酒靥；往北是一片绿树覆盖的山坡，山下矗立着渔民文化宫；向东是广阔无垠的大海，几只海鸥正振翅翱翔。海滩边，停泊着远征南海的船队。过去，渔村的屋檐像长长的帽檐，把渔民的视线囿于墙院、小船；如今登阳台而远望，他们的眼界骤然开阔，看到了岛外宽广的天地。他们笑在高处，情在高处，觉得自己果真成了天海的主宰。

夏秋傍晚的阳台，更是渔民的天堂。他们从海上归来，在阳台摆上一张小方桌，携一瓶美酒、几盆海味，招呼几个赶潮的伙伴，一起乐悠悠地享用着。洒然而来的南风给他们一身凉爽，赶潮的疲累早已不知跑到哪里去了。从妻子枕边的悄悄话聊到城市的时髦女郎，从小岛聊到太平洋……不知不觉间已是星月满天了。

历史的步伐是不会停止的,阳台的岁月也在不断更新。随着家用电器普及渔村,海鲜都进了冰箱。于是,这一方阳光灿然的天地,便成了花草的世界。谁家的阳台上不摆上八盆十盆呢,多的有三四十盆,一年四季,青枝绿叶,一花接一花,争奇斗艳,给小岛增添了无限的风韵。

人的情致随着生活而变化,时代给了渔家爱花卉的雅趣,他的心上不再只有素白的浪花,也印上了绿叶红花,生命更美了!

呵!小岛的阳台,似一只只精致的花篮,吊在高高的檐口。它贮满了金亮的阳光,映照着海天的流云飞霞,凝聚着时代浓丽的色彩,散发着生活馥郁的芳馨,流泻着清新的诗意,昭示着渔家的希冀和追求……

展茅溪情思

从山腰的石罅间溢出,从路边的草窠里渗出……谁也遏不住,那一缕亮晶晶的溪水呵。展茅溪源于幽深的雷火地,这是一条生生不息的溪流,天地孕育,回肠九转于陡坡峡谷,披荆斩棘,抖落一身光阴的裹缠,从远古洪荒奔向世纪文明。

展茅溪在前进的道路上与伙伴们携手同行,路过田公岙与翁家岙时,几乎每一座青山都有新的伙伴兴冲冲而来——岩骨间渗出的一汪一汪泉水欣欣然注入,终于汇成了一条像模像样的潺潺溪流。

带着树叶和落花馨香的展茅溪,在大展村落边绵延流淌了千年。她清澈、明亮、湍急、旷远,载着山的故事唱着山的歌儿来到展茅的身旁,又唱着小曲儿穿越展茅,不知疲倦地迈过螺门,奔向海洋。

展茅溪是舟山陆域上最美丽的山溪之一,总是清澈见底,“叮咚叮咚”,好像听得见她跳动的一颗心。

有人说,溪水是山的眼泪。那么,溪流岂不是有灵性的眼睛，正告诉着你生命的存在。溪水流过的地方便会有绿荫匝地的村庄，会有劳动的热气，会有歌声和花香……

展茅村落的风光，与水交融。清亮、明净的溪水，盘曲于街巷民舍，映照出朴素纯美的粉墙黛瓦，映照出小桥、流水、木舟、风车的水乡经典。

对于展茅人来说，展茅溪不仅是一条溪，更是展茅历史人文的象征。千百年来，他们择水而栖，枕溪而居，依山为邻，繁衍生息，诗意盎然地生活。他们的传承与创造，汇成了展茅灿烂的历史文化长河。上潘孙新石器、宋元古砖、柴家走马楼古建筑……它们都在向人们诉说着展茅不朽的辉煌。

一方水土育一方人，水滋养着生命，也滋养着一方人的个性和文化。来自雷火地的展茅溪孕育着展茅人的刚强与睿智，在民族生死存亡的危急关头，多少展茅儿女，慷慨悲歌，奔赴抗日战场，抛头颅，洒热血；解放战争时期，展茅是"东总"和"舟支"的主要联络点；改革开放岁月，多少展茅儿女闯荡五湖四海，创造不凡的业绩，著名的建筑之镇、"五匠"之乡，这些金名片向世人展示了展茅人旺盛的生命力和创造力。

古往今来，展茅溪与展茅村深情相挽，赋予山村及山村的生灵以太多的灵性和坚韧不拔的意志与毅力。

人类的文明，是水的文明；人类的历史，是江河的历史。20世纪90年代后期，这条孕育滋养一代代展茅人的溪流曾为经济发展付出了惨痛的代价，溪流旁搞了个庞大的鱿鱼加工厂,每天成吨的鱿鱼内脏倾倒于溪流中,明亮的溪水变成了乌黑的墨汁,芳馨的溪流变成了恶臭的污沟,随风弥漫的臭气令人窒息,溪流与周边的生态遭到了几乎毁灭性的打击,陷入了污秽与荒凉的梦魇。

有血,才有肉;有生态文明,才有村镇文明。展茅溪懂得这个道理,她把污染的切肤之痛传递给乡镇的神经。

重构产业,拆迁鱿鱼加工厂。展茅镇孕育了环境革命的一个杰作。绘制了绿水青山的规划蓝图,举起了“五水共治”的旗帜,凝聚的是民心、民意,是政府与百姓的合力。

于是,封杀污染溪流的威胁与行径,将鱿鱼加工厂远离溪流,清除了岸上与水中的垃圾,疏浚了溪底的淤泥,把整条溪道整理得干干净净,让溪流重新焕发容光,不再落寞憔悴。溪边,还竖起牌子:“溪流清清,映我爱心!”隔百来米放一只垃圾桶,有专人把垃圾运到统一的地方集中处理。

石块砌筑起能涵养水源的生态驳岸,两岸被改造成花园,绿草像柔软的锦缎铺满大地,粉莹莹的小红花,紫色的牵牛花,雪白的、浅红的樱花和那些叫不出名字的花儿次第开放,争奇斗艳,陶醉了路人的心灵。爱美的野花一丛丛摇曳岸壁,似乎正对着溪水梳妆。徜徉在展茅溪畔,欣赏着展茅溪健康美好的生态景观,深切地感受到展茅儿女整治展茅溪的决心和力量。

"清溪清我心，……见底何如此。"澄澈透明的溪水奔流不停，不时激起一朵朵洁白的水花，那逃亡的鱼虾，漂泊的水鸟，飞走的夏蝉和流萤重新回到了展茅溪。夜晚，溪畔纳凉的老人们，兴致勃勃地议论着"五水共治"的业绩，把家乡的溪流变迁咀嚼成美丽的传说。

天流上善，地赋华章。水利则村利，水美则村美。一座村镇的沧桑变化与盛衰荣辱，水是最基本的因素。

绿水青山就是金山银山，"打造海上水乡"是一块磁铁，将展茅上下的人心凝聚。

一阵和风，送来清甜的气息，那是溪流芬芳的呼吸。妇女们欢笑着在溪里浣洗衣衫，一圈圈涟漪如若干同心圆蔓延相连。

展茅溪，洗涤着人们生活中的污渍，也洗涤着人们的灵魂，纯洁着人们的情感。那是一幅多么美妙的"山水相依、天人合一"的人间诗画啊！

在水一方的舵屿

这里是普陀城北湿地公园的舵屿，在车水马龙的客运中心东北侧，风光绝佳，然而知之者还不多。

这是一个人造小“岛”，小得只有数百平方米，但它像一颗晶莹的猫眼绿缀在水中央，串在“全景普陀、景景相连”的珍珠项链上。

那年初冬，我应普陀区城建部门邀请，奉命为普陀新建的绿化园林命名而去舵屿观光。从兴普大道东侧走上石拱桥，我便被眼前的景象迷住了。四周迂回的河道犹如一缕缕碧绿的绸带，萦绕着一座纤巧玲珑的小山。树，苍翠欲滴；水，纯净碧绿。树映水中，水傍树流，倒影万千。微风里，弯弯的小河载着舵屿的心事，荡漾着美丽的笑容。

这是一条美轮美奂的水脉，犹如天上散落下来的一匹青练，悄然无声地铺在普陀城北大地的一隅，让她在这里生根、萌芽、长枝，并且漫不经心地生长起来，生长成披着青苔的石头、灰黄色的野鸭、羽毛发亮的翠鸟、绿色的香蒲、青色的水波、深色的竹木……舵屿，你那浓浓的水的气息，水的芬芳，水的意蕴，激荡在人们氤氲的梦中，洗涤着人们的灵魂，纯洁着人们的情感。

河水摇曳着憩在苇秆上的两只鹩哥的倒影，它们边对着歌儿，边抖动着羽翎。一阵风吹来，苇叶摇动，鹩哥起飞，一簇簇芦花也随之飘逸，这一情景，俨然是人们心向往之的《诗经·蒹葭》中所描述的境界："蒹葭苍苍，白露为霜。所谓伊人，在水一方……"

芦苇即蒹葭，生于水泽，而与舵屿毗邻之地正是芦花村，天造地设。因而岛上亭台廊坊命名时植入《蒹葭》词句。又芦花村有南明将领张名振墓地，抗清名将张苍水、张名振等屐痕依稀。地理环境与历史因素融合，此园林一系列命名便由此而来：小岛与舵岙对应，叫"舵屿"；入口的白石拱桥，宛若一轮弯月映水，故名"月桥"；过桥有一廊坊，门楣挂一横匾"在水一方"；出廊坊，向南穿月洞门，有一花格精致的双层水榭，曰"名振轩"；庭院北侧的八角亭，与芦花相谐，称"蒹葭亭"；四角亭为"苍水亭"，既是纪念张苍水，又因此亭与绿水交相辉映，名副其实，珠联璧合。

也许，在他人眼里，舵屿并不是最美的，但在我看来，她是最独特的。她没有气势恢宏的建筑，却有小巧玲珑的美；她没有汹涌澎湃的豪放，却有不动声色的婉约；她没有石破天惊的吕律，却有欲语还休的韵味。她柔美清灵，像是亭亭娜娜的姑娘。她窈窕俊秀，多情大方，将白石拱桥伸向对岸，春夏秋冬都静候着四面八方的客人来临。

也许，我与舵屿有缘。一见钟情，多次相约朝暮。清晨，鸟儿在枝头啁啾，歌喉清脆婉转，合着微风吹拂绿叶的簌簌声，凝就一支优美怡人的海上水乡晨曲；傍晚，清风徐来，没有海水的咸味，只有草木馨香，清甜可口，直沁心脾。

也许，有人说舵屿不是天然山水，是人造的。人造也好呀，世界上多少美好的东西都是人们的双手创造出来的。其实，我们每个人的心中都有一片青山绿水，一片心灵之青山绿水，九曲回肠，孕育着人间的文明。舵屿，是我眼中的风景，更是我心中的风景，她默默地深情地孕育着普陀的文明。当你看着舵屿河里野鸭子无忧无虑地玩耍，鱼儿三五成群地追逐，长廊中围坐着附近村民与游人，闲聊着家长里短、儿女情长，绿荫里一顶顶花伞下偎依着一对对恋人，到处弥漫着一派温婉气氛，如同一幅韵味隽永的绿色的水墨大写意画卷时，你能想到这里昔日曾是垃圾成堆、枯草衰败的污秽不堪之地吗？敬畏自然，不是撒手不管，而是遵循自然规律将大自然改造得更美。正是人们的修补，使普陀大地的这一斑返璞归真，青春如始，美丽如初。并缀以亭台廊轩，给这片水土锦上添花。

舵屿与熙熙攘攘的普陀长途车站近在咫尺，然而置身其中，却如超然世外，思古之幽情不禁油然而生。不知张苍水、张名振两位在舟山留下屐痕的南明将领在天之灵，是否还来舟山盘桓？如果他俩知道舵屿有苍水亭、名振轩，能不感念普陀人民给予这一角宝地之情吗？

我的舵屿，多么曼妙呀！

一滴水、一座山的脉息，就是一个城市的脉息；一条河、一座山的走向，就是一个城市的走向。

普陀于“五水共治”中，筑砌了生态的理念，打造了小桥流水园林的“海上水乡”，执意让一座座青山像舵屿那样浸润于绿水的怀抱里，使我们看到春风流水鱼儿戏、暮雨楼台燕子飞的美景……

朝觐普陀山

普陀山，我以心灵深处最淳朴的情感和最真实的生命信念，激赏她的惊世容颜，仰视她纯净博大的心灵，一次比一次震撼，一次比一次感怀，一次比一次渴望。

今早，我又一次在沈家门搭上客轮，去朝觐普陀山。

船出半升洞港口，我便忘情地向舷窗外瞭望，那黄中带绿的波浪，沐浴着初夏的旭光，宛如随风起伏的庄稼，伸向辽阔无极的天际。洁白的鸥鸟追逐着一条条船艇上下盘旋，划出一条条漂亮的弧线，多美呵！

船向东北航行了半小时，我又一次望见了缥缈在云霞里的这座葱茏的岛子——那曾经演绎出无数神话传说的被称作“海天佛国”的一小块独立的陆地。

普陀山从汉代梅福炼丹走来，从西晋观音现身走来，挽着日月星辰，挽着霹雳雷鸣，挽着风霜雨雪。她是造物主在东海的一次绝妙的点化，是恩赐于舟山群岛的一份厚爱。

面对普陀山，我永远心怀一份不安，以自己粗浅的文字功底不能描绘她秀丽容颜之万一，更难以透视她宽厚的胸怀、深邃的精神底蕴、丰赡的审美价值。然而，将普陀作为家乡的我，普陀山是我心灵的憩息地，是我一生的眷恋。我没有理由贪婪她丰厚的恩赐，而逃避身为她子民的责任。我将穿越时空隧道，沿着山水脉络，与神圣的普陀山达成一次心灵的对话。

踏上普陀山，游人们五彩缤纷的衣裙扑入眼帘，像绚丽的花朵一簇簇开放在霞光明迷的山径。

那是一条石板铺砌的、雅致洁净的山径，异常清幽。历代的能工巧匠们将那栩栩动人的莲花图案之形态，雕凿得如此逼真，有的含苞欲放，有的花冠如盘，有的纤茎支蓬……我真舍不得踏下去，唯恐踩落花瓣和蓬籽。石径两旁，茶林青翠，松树含着浓酽欲滴的绿意，清新的空气里飘荡着青草的芳香，徐徐洒来的山风给人一身轻快。阳光透过枝叶的缝隙，撒下一束束色彩斑斓的光带。普陀山哟，小径竟也这般迷人！

传承了1100多年佛教香火的普陀山，有普济、法雨、慧济、宝陀四大寺院，以及二十余座庵堂，可谓“无处不见佛，何处不遇僧”。普陀山每一座寺院，乃至每一道照壁，每一个厅室都有不凡的来历和传奇故事。普陀山的前寺与后寺兴隆，都与康熙有关。那始建于后梁贞明年间的前寺，因康熙赐金修造，并钦赐“普济群灵”匾额，才由北宋的“五台圆光寺”改名为普济寺；那后寺本是个小茅棚，明代万历年间不知哪位僧人，见此地泉石幽胜，结茅为庵，并名“海潮庵”。康熙的心念一动，使这座草庵成为名动江南的一代名刹。他下旨拆了南京明故宫的九龙殿，迁到海潮庵址照原样建成，并取“法海潮音”之意，赐予“天华法雨”和“法雨禅寺”匾额，于是，“法雨寺”便与九龙壁上的九龙一起蜚声中外。

寺庙不在于雄而在灵，信众不在多而在诚。普陀山众多庵堂寺院中给我印象最深刻的是不肯去观音院。

踩着碧丝丝的软草，穿过曲曲折折的小径，穿过细叶泛着绿光的紫竹林，我来到那座面积不大、构筑并不宏伟而名气不小的古庵——不肯去观音院。

进入庵堂，凝望婀娜多姿的观音像，遐思着唐代日僧慧锷，捧着观音像去日本，途经普陀山莲花洋，遭铁莲花三次阻渡的传说，觉得观音是人不是神，她身上洋溢着人们眷恋故土的一片深情，多么可亲哟！

达摩祖师说“廓然无圣”，乃佛教最高道理。“廓然无圣”即大化无物，没有佛，没有圣贤也没有圣贤教理，这就是佛教之至高境界。庄周曰：“至人无己，神人无功，圣人无名。”大道无形，我觉得观世音就在茫茫人海中，悲天悯人，救苦救难，似乎随处可见，又似乎转瞬即隐。

我不是信众，无须以虔诚的信仰和特定的仪式朝觐宗教圣地。但在观音面前，请允许我下跪，允许我在尘世掺糅了太多污垢的瞳眸酣畅淋漓地流一次泪水。当一声虔诚的祈祷幽婉地划破紫竹林的静穆，当新生的太阳光芒荡漾莲花洋的时刻，我的灵魂会格外飞升，心中的一份信念会更加坚定执着。感谢观音给我心灵的慰藉和魂魄的纯净，感谢她教会我如何面对挫折和困境，如何善待世界和人生。

步出不肯去观音院，一座构筑在观音跳山冈上的高达33米的观音立像，便赫然扑入眼帘。她是亚洲最高大雄伟的天人合一的观音佛像，是普陀山海天佛国的标志。近距离朝觐观音大士立像，她是那么端庄肃穆，又是那么宽厚慈祥。她的目光是那么沉着深邃，穿透时空，穿透阴阳，亘古恒远，你会深切地感觉到，不是天堂更近，而是红尘更远。这是天人和谐、天人合一的象征。

不仅寺庙与佛像，普陀山的草木、石头、水、洞穴都闪耀着佛光。

你俯身细看路边的花草，或仰头凝视每一片树叶，觉得这些草木的叶面是那么光洁可爱，毫无尘垢。比起有些地方的花草树木经常被尘垢污染，令人遐想长在普陀山上的草木如此洁净，是否这些草木都有一份前世修来的福分？还有那株一位老僧从缅甸带来的长在慧济寺庭院里鹅耳枥，雌雄同株，干枝两杈，根连根，杈连杈，蓬蓬勃勃，生机盎然，而在缅甸这个树种已荡然无存了。因此，这棵树也就成为世界上唯一一棵“普陀鹅耳枥”，是价值连城的稀世物种。千万年之间，千万草木之中，偏偏有人选中它，而又偏偏带它到温和潮润的普陀山来扎根，枝繁叶茂，这不是它前世修来的福分吗？

普陀山的师石、二龟听法石、心石、青牛石等都会引起人们的遐思，而最令人们兴奋与激动的是“磐陀石”。“疑天外飞来，似神手搁置。”那西天最高处磐陀石，上、下两石相叠，下面一块巨石底阔上尖，中间凸出处将上石托住，曰“磐”；上石高达2.7米，宽近7米，上宽下窄，呈菱形，曰“陀”。上、下石衔接处间隙如线，似连似断，好像上石悬空挂在下石之上。千百年来，强台风一次次摇撼着磐陀石，而它欲坠不坠，纹丝不移。人世间，神奇之物往往令人产生信仰与喜爱。磐陀石前，人们的心灵会不由自主地与观音相感应，因之，磐陀石上有“大士说法处”的题刻。

石头神奇，水亦灵异。一棵冠如华盖的苍老的沙朴树荫蔽着法华洞，踩着一条古老而凝滞的石径，拾级而下，便见石缝中有一丝细泉滴入洞底一尺见方的小池。深3米多，泉水自底涌出，旱不减少，涝不微增，暑则凉，寒则暖，色莹碧。传说那是秦代安期生炼丹之井，二千多年了，“一泓碧水青山隈”，历尽沧桑而不湮，井水依然清冽而甘美，时间在这里仿佛凝固，怎不令人惊诧！

善财洞、朝阳洞、古佛洞、白云洞……普陀山奇洞不计其数，最壮观的数潮音洞与梵音洞。坐落在青鼓山岬悬崖绝壁之上的梵音洞，高三四十丈，望之心头杳冥寒阴。洞深处有一巨石搁置两壁，犹如巨蚌含珠。潮水入洞，势如万马奔腾，龙吟虎啸，令人惊心动魄。“浪花飘瀑晴飞雪”,无数水珠子在阳光映照下成了瑰丽的星斗,直溅上洞顶的“天窗”,阳光折射在洞内造成若隐若现的种种幻影。善男信女们的想象将梵音洞的惊险与诡谲化作无限的神奇。“色相俨然波接引,洒来花雨化长虹。”于是,梵音洞便有了人们叹为观止的“观音现身”的传说。

从洞里上来,坐在崖壁上的小亭,海风带着清凉而来,崖下嶙峋的峭壁间,“卷起千堆雪”。向外极目远眺,汪洋大海,一望无际,只觉心胸豁然开阔,烦恼、忧虑荡然无存。我真佩服海潮的意志与毅力,正是它千万度春秋,日日夜夜抱持信念,在礁岩坚硬的胸脯上亿万次雕琢,创作出这个海上奇观。

普陀山景多情沛,实在览不胜览呵!一株古树、一缕薄雾、一汪清泉,往往有人题诗作词,并寄附美丽的传说。片石只岩,也会有人刻上“听潮”“南海圣境”等,奇特一点的当是“天下第一石”。有的岩崖字迹累累,相重相叠,不少已爬满了青苔,人们对普陀山实在太钟爱了!

劳动人民在岁月的长河中,用智慧的醴泉,前赴后继地浇灌普陀山的艺术之花;佛教文化又如春雨般滋润着人们的心灵,创造着和谐世界;大自然与人们心灵相默契,以风雨、阳光、浪涛为雕刀,锲而不舍地雕塑普陀山的灵秀,雕塑永不凋谢的生命;如云如雾的神话故事,融入风俗和人情,又给山海之胜笼罩一层朦朦胧胧的色彩。于是,普陀山风韵独绝,它以人们想象的海天佛国姿容,真实地呈现于莲花洋上,成了为人们赞叹倾倒的旅游胜地。

一座名山,八方来客,心志有别,情趣迥异。诗人爱它的神韵,旅客爱它的山色,学者爱它的文物,僧侣爱它的佛祖,植物学家爱它的异草珍木,地质博士则迷醉于幽洞奇岩,推测着创世纪前夕的地貌……但千爱万爱,归根结底都是出于热爱祖国壮丽山河之心。普陀山呵,它向一颗颗赤诚的心输送着热量,让生活中希望之火、理想之火燃得更旺更亮!

我有幸置身于阳光灿然的普陀山,被物质浸染的血脉获得了洗礼,被欲念灼伤的心灵得到冰敷,如同枯干的小草沐浴春风,焦黄的秧苗吮吸甘露,从肉体到心灵得到一种极致的放松,享受到生命的本真、纯净、自由、恒远。

时光磨不灭的真情

时光的波涛只能荡涤历史的尘土，磨不灭人间的真情。在舟山市对外友好协会的陈列室里，“停泊”着一艘月牙似的赭桅白帆古舟模型，它那每一丝帆篷的经纬与每一条舱板的纹络都记载着一段跨越世纪、跨越国界的深情。

两鬓染霜的日本气仙沼市水产企业家佐滕亮辅先生是这段友情佳话新的续写者。

初冬时节，佐滕亮辅携着那条古舟模型，远涉重洋，踏上舟山群岛，循踪觅迹，来了却祖先报恩的夙愿。这条古舟模型按三十分之一的比例，仿照当年日本古帆船“春日丸”复制的。它作为满载日本人民真情的礼物赠送给舟山人民。

这是怎么回事呢?

历史回溯到1752年11月，大型货船“春日丸”以日本气仙沼为基地在江户、仙台等地进行贸易活动。一次，它满载卷烟、海带、鱼虾等货物，由船长传兵卫带领十二个船员起锚扬帆驶往铫子港。船至中途,忽遇风暴袭击,在茫茫大海上整整漂泊了四个月,水尽了,粮绝了,身体虚弱的船员还生了病。眼看死神的魔掌即将攫走十三条生命,前方忽地出现了一座青螺似的秀丽的小岛,岛上隐隐有鸡犬之声。求生的渴望使船员们拼尽最后一点力气呼救,喊声惊动了岛上淳朴的渔民,一见有人遭难,便纷纷推舟入水,摇橹拔篷,七手八脚地把“春日丸”拖上岛,将十三名船员救上岸来。据史籍记载,这座岛便是舟山市普陀区的桃花岛。

桃花岛庵跟村的村民们怀着纯洁的感情,将来自异国他乡的渔民兄弟安置到白雀寺,还延医送药,杀鸡作食,款待客人。不久,定海县衙闻讯,便将日本客人接至公寓居住。知县还特地从平湖请来翻译,沟通语言,亲自携着猪、羊、鱼、米前去慰问,并组织匠人将“春日丸”修理一新。十三名船员在定海休养了三百多天,次年3月,他们怀揣着乾隆皇帝赐予的财物与定海知县致日本政府的信函,满载着县衙赠送的食品、粮食、蔬菜回国。临行前,船员们身穿和服专程到县衙答谢,满脸淌着感激的泪水。

“有情千里来相会。”隔了两个半世纪,“春日丸”船长传兵卫的第八代孙佐藤亮辅与桃花岛营救日本船员的渔村后裔在20世纪90年代的第四个冬天相遇了。

日本气仙沼与舟山一样,也是全国著名的渔业基地。捕鱼产值、渔业物资港口吞吐量与1000马力以上的渔轮数均雄踞全日本第一位。舟山市是气仙沼经济合作的好伙伴。1992年5月,时任舟山市市长彭国镇,在气仙沼考察水产时,宴席前出现了令人吃惊的一幕——一大排男女老少齐崭崭地跪在彭市长面前,口口声声说着“谢恩”。一问,原来都是“春日丸”船员的七八代孙,他们以古老传统的方式向救过自己祖先的舟山人民献上一片真情。这“谢恩”的场景,令彭市长终生难忘。“春日丸”船长传兵卫的后裔、气仙沼市一家加工大西洋螃蟹的企业老板佐藤先生,拿出了一本记载其祖先与舟山人民交往这一段佳话的书,表示要到舟山报恩。他期待着亲眼看一看舟山的山与海,把祖先获救之处铭刻在脑海里。1993年1月,舟山对外友协向佐藤发出邀请函。佐藤夫妇、气仙沼前任市长营原雅偕《“春日丸”漂流记》一书作者西田耕三先生等一行四人,于1993年10月20日欣然启程来访。

当佐藤踏上祖先当年获救的桃花岛庵跟村千步沙时,这位经历过半个多世纪风雨的老人,难以压抑胸中澎湃的感情之潮。他感慨万端地长叹一声,俯身掬一捧沙子,又抬头久久地仰望着湛蓝的海空,满脸横流的热泪在阳光里闪耀,不觉细沙从指缝间簌簌地淌下。尽管他从小就一次次从先辈那里听过那些往事,从史籍中一遍遍读过有关记载,然而,他还是激动地拉着庵跟村85岁老人李厚德的手,全神贯注地倾听着从那干瘪的嘴唇里吐出来的世代相传的故事。

“我的祖先是你们的祖先救上来的,如果有时间,真想对每一个桃花岛人行一个礼，说一声谢谢!”佐藤向欢迎他来访的桃花岛群众恭敬地鞠躬。他说，从自己懂事起，祖父就一次次叮嘱，一定要去舟山报恩，这是几代人一直传下来的心愿，今天能在自己手里实现，这是他“终身的荣誉”呀!

佐藤夫妇从沙滩上撷来几枚贝壳，一撮黄沙，精心收藏：把它们带回国作永久的纪念；让儿孙们记住，没有中国渔民救他们的祖先，就没有他们的今天，世世代代不能忘了中国渔民的恩情。

置身中国的海滩，迎着猎猎的海风，望着起伏的潮水，日本作家西田耕三先生也落了泪。他告诉我们，几年前，看到记载“春日丸”事件的石碑，便留心从日本的有关地方志中搜集资料，撰写专著。旨在通过240年前的日本人民生死相交的那段往事，让气仙沼人民、日本人民了解中国优秀的古文化和敦厚的民风，以加强两国人民之间的交往。此刻，亲临当年“春日丸”船员被救上来的沙滩，更感到那跨越世纪的友谊之珍贵。现在，他和佐藤先生仿佛见到了当年日本船员在中国渔民搀扶下涉水上岸的情景：“此地肖似气仙沼海岸风光，人民也很好客，我此时完全可以体会当初十三名船员上岸如归家的欣喜心情。”

万里迢迢而来，转眼便要分手，佐藤夫妇拉着中国亲人的手不忍松开。村民们把自家果园里摘下的橘子、梨，一个劲地往客人包里塞：“带回去，让‘春日丸’子孙们都尝一尝，问个好吧！”

“嘀，真想在桃花岛多待一会儿，这里的人一见如故，多么亲热啊，我完全能想见祖先当年离别的情景比此刻更动人。他们确实遇到了好人！”佐藤夫妇的心舟载不动那么多的情，涌溢的泪水洒湿了桃花岛一片沙土。

在中国的每一刻，日本作家西田耕三先生都被一些事情感动着，思想感情犹如潮水般奔流；他对菅原雅先生说，要把这次访问的所见所闻写出来，告诉气仙沼和日本人民，让这段跨世纪跨国界的友情在日本世代流传。

菅原雅先生点点头：“我们的祖先已为我们架起了一座友谊的桥梁，要世世代代走下去!”

无论是汪洋大海的阻隔，还是千百年风雨的洗涤，刻骨铭心之真情总是闪耀着那么动人的光芒。

回梦忆斯人

清明前夕，普陀的书法家倪竹青，挥毫作联，隔岸祭奠三毛，以慰藉她的在天之灵：

举世奔走天涯，情怀侠义，声誉永留人世；

一生驰骋艺台，彩笔珠玑，文名长驻寰宇。

三毛与倪竹青情逾骨肉，三毛生前曾称倪竹青是“大陆最亲爱的人”。1991年1月2日，三毛因子宫内膜增厚，住进台北荣民总医院，医生即为她动小手术，判断病症，结果属一般疾病，告知三毛无大碍，并决定5日出院。孰料三毛竟于4日凌晨自缢，一切发生得太意外，让人茫然。海内外舆论界普遍认为她走得决绝，未留下片言只语，然而，事实上，三毛在台北荣民总医院给倪竹青写了绝笔信。此信发于1月2日23时。信中透露着三毛生活中的辛酸，她想撒手离去，又感到依依不舍，“无法再工作了，真想哭出来”。末了又写:“寿衣想来很好看,我倒是也想去做几件放着……我没有信来,表示在休息。”讯息透露得十分清楚。

当倪竹青在沈家门收到此信,三毛已撒手西去,留给倪先生的是无限悲哀。翻检三毛写来的厚厚一叠信件:“在大陆,我最想念的人是您。”“故乡的亲人就算倪叔叔您了!”“现在对青叔有两种感情,一是家族关系……另一是书画知己……两种感情交织在一起,相思之味十分复杂……”这些三毛写下的句子,现在正好用来形容倪老先生思念三毛的心境。

有人会有疑问,三毛姓陈,与倪竹青一家无任何血缘关系,为啥三毛口口声声地称倪竹青是自己的叔父呢?

四十多年前,三毛父亲陈嗣庆在祖籍舟山定海小沙买了倪家的一套房子,陈家与倪家因此结下了不解之缘。后来,三毛的父亲和伯父在南京开了一家律师事务所,生意兴隆,便邀请刚从舟山中学毕业的倪竹青去做助手。就在那一年,三毛认识了倪竹青。当时,三毛叫“陈懋平”,“懋平”与“毛病”谐音,太难听,三毛便把“懋”字去掉,改为“陈平”。

在南京,倪竹青与三毛家朝夕相处,成了一家人。

历史的风雨把三毛一家刮到了海峡的那边。三毛很想故乡,想那碧波簇拥的中国最大群岛上的故乡。一次,她看到一本《中国地理》杂志,里面有介绍舟山群岛的章节,便立即收存。乡思犹如一条解不开、割不断的缆绳,始终牢牢地系着三毛的心灵之舟。

生活中有不少偶然，三毛与倪竹青联系的桥梁也是一个意外的机遇搭起来的。

1984年，在舟山的三毛堂姐陈坚随手翻阅一本《中国妇女》杂志时，竟无意间看到一篇小说《亲不亲，故乡人》。不读不知道，一读猛一跳。作者三毛，那不是自己的堂妹吗?

倪竹青闻讯更是惊喜交加，不禁喊道："哦，他们还在，还在台湾……"

从此，倪竹青一直寻觅着与三毛一家的沟通之路。

赤诚所至，金石为开。1988年春，倪竹青遇见来大陆探亲的一位台胞，托他捎去一封信及一张全家近照。这是来自大陆亲人的第一封信啊!三毛的一家都激动得热泪涟涟。三毛感叹：人生可以如此长久地维持友情是最可贵的事情，何况在分别了四十年之后，彼此居然还有如此深厚的感情，更是动人!

尔后，书信往来填补着海峡之沟，情谊也与日俱增。"昨日喜接青叔来信真是喜极，当时我下楼开信箱是为了去买一张报纸，结果将叔叔信带到街上边走边看，又得躲汽车，看了第一遍来信后，忘了上街是为了什么，又回家中来了……心中的喜悦，真有'家书抵万金'之感。"

乡思难耐!三毛产生了到故乡"寻根"的念头。

1989年4月20日，三毛一踏上故土舟山鸭蛋山码头，便被欢迎的人群围住了。这里，除了三毛的亲友，更多的是三毛迷们。三毛急了："倪竹青叔叔在哪里呢?"众人恍然大悟，把被挤在后头的倪竹青拥了上去。三毛一头扑进他的怀里哭起来:“啊,终于回到了故乡,实现了‘寻根’的夙愿。悲喜交集,似在梦中,好像这不是真的!”

三毛来到沈家门的倪家。她看到书房壁上挂满了字画,一见钟情。倪竹青见侄女这般钟爱他的书画,喜不自胜,慷慨地悉数馈赠。

倪竹青虽年逾古稀,书法依然雄健,且精于山水画,是舟山颇有名气的书法家。三毛对他的书法评价很高:“清雅端正,不失潇洒……古人之书法,可称‘前无古人’,但不见得‘后无来者’,叔叔就是来者。”

三毛到了台北,还一个人在灯下细细地看青叔的书画:“看在眼里,想在心里,狂喜的激越仍似大浪,竹青叔叔,这是一股大浪,拍撒在高崖上,卷起千堆雪啊!”

三毛还把倪竹青的一幅墨竹图发表在台湾的《明道文艺》上。

三毛对青叔书画的青睐,与她独特的审美观分不开。倪竹青书画隽永清丽,无半点矫揉造作。三毛追求的就是艺术的真诚,鄙视虚假的做作,她批评某些名流“没了那份‘真性情’,怀着待价而沽的心态去作画……”

三毛回台湾时,还带去了倪家一只古色古香的箱子。她视若珍宝,放在自己的寝室里,还拍了一张照片寄给倪竹青,背面写着:“青叔老箱,伴我日常生活。”

来也匆匆,去也匆匆,三毛与倪竹青依依惜别后,仍在日日夜夜地想念故乡。她感到与青叔交谈太少了。四十年阔别，一次相聚，一朝一夕，岂能吐尽万般情思？

1990年10月1日，三毛再次返大陆，一进上海锦江宾馆，便给青叔发信："我于10月11日抵达杭州。10月14日必须返台，我很想请求叔婶住同一旅舍……"她又托张乐平的儿子给倪竹青拍了电报，渴望再见青叔。倪竹青见到信和电报，随即与老伴赶至杭州花家山宾馆。一年分别，好似又是一个四十年：三毛推掉一切应酬，与叔婶同住在一个房间诉说心底的思念，又同游西湖，合影留念。整整三天，他们同吃同住同游，留下了无尽的回忆。10月14日早晨，三毛不忍心吵醒叔婶，去笕桥机场前不声不响地留条："匆匆相聚，又是别离，这次能够再见，已属人生极大幸福……辛苦了叔婶舟车劳顿，心里实在不忍。"

她在信中约定：

"明年一定再来，与好友同来与叔婶同游。"

谁能想到，不出三个月——1991年1月4日，她竟悄悄地走了，而且永远不回来了。

初闻噩耗，倪竹青木然了，听到中央人民广播电台重播：台湾著名女作家三毛，昨天在台北荣民总医院自杀身亡……他与老伴情不自禁地抱头痛哭起来。

"回梦忆斯人，惜君早逝，情谊至今犹在怀。"年年忌日，倪竹青望着茫茫的海天，隔岸凭吊，思绪万千。失去了这么好的一位侄女，他怎能不痛心呢？

三毛重情重义，临终时还惦记着倪竹青托她办的事,那封绝笔信背面右角写着:“叔嘱我去查的出版社会去查,这一阵太忙,没有去弄。”

倪竹青看着三毛的绝笔信,泪如泉涌:三毛啊,不管你在何处寻找“梦中的橄榄树”,你的音容笑貌永远在青叔梦中啊……

渔船旧梦

我的心底烙印着沈家门港多少逝去的风景，时光的波涛冲不淡，抹不掉。

沈家门港一向是渔船的家乡，从20世纪50年代至今，摆脱了千百年徘徊，木帆船装上了风火轮，披上铁甲，卸却帆篷，进入渔轮时代。

凝望着岸畔作为渔港秀的“绿眉毛”等几条木帆船，昔日，港中如梦如幻的木帆船与机帆船混合赶汛的景象，又清晰地浮现在我的脑海里。

那时，港门口的莲花洋、桃花港及洋鞍海面都是黄鱼、墨鱼、带鱼等旺发点，烟海云涛万网张，捕捞作业的赭帆赛过满山落叶枫。

港边，小舢板层层叠叠地排列着，犹如群蚁麇集。记得一天傍晚，我搭上港边一条舢板，去亲戚渔船上做客。老大拉开嗓门：“坐稳了！”便握住橹把，缓缓地摇进水城。

五彩缤纷的灯火扑眼而来，小舢板犹如一辆轻灵的小吉普，驶行在繁华的街市。一片片光亮在水城的街心闪烁、晃动，一圈圈涟漪似一条条飘舞的彩带。抬头望去，一座座翘起的船台，俨如街屋的阳台，晾挂着一串串彩蝶似的鱼鲞……

门对着门，窗望着窗，笑脸向着笑脸。满身海味的打鱼汉，东一伙、西一簇地坐在船头，一边喝酒、一边聊海。伙舱里一把把紫铜酒壶的翘嘴里喷发着浓烈的酒香。在亲戚的船上，我这个平日滴酒不沾唇的人，也禁不住喝了一大碗酒，吃了两只梭子蟹……

别看歇港的木帆渔船那么平和、愉悦，层叠的帆篷那么美丽迷人。其实，木帆船时代渔民出海之艰辛是人们难以想象的。

木帆船航行靠风吹、靠潮推、靠摇橹。船小板薄，渔民最怕风暴，但又怕无风逆潮。真是“风暴吓煞，无风摇煞”。木帆船老大要熟练地掌控帆篷，借风航行。“升撑一张篷，巧兜八面风。”船老大和伙计最开心的是顺风顺水，“顺风加镶边，船行快似箭；老大吸潮烟，伙计讲聊天”。若遇无风逆潮，老大翻来覆去扯篷，手筋痛煞；伙计拼命摇橹，浑身淌黄汗，累断了腰……

木帆船无遮盖，装置极差。伙舱里一台泥灶二只锅，一只烧饭，一只煮鱼。没炊室炊桌，蹲在舱板上吃饭。真是“吃雨淋饭，困湿舱板”。渔民困统铺，大捕船壁壳下铺几块木板，八个人睡，每个床位宽约二尺；小捕船统铺挂在壁壳上，就像“燕子窝”。

冬汛，渔民常常连续五六天泡在海水里，隔半小时左右撒网拉网，夜以继日，不能睡觉，打个盹，算不错了。起网时，海水泼船成冰，咬得十趾钻心的疼。单衫单裤，外面围一块破网纱和油布防水，撒网拉网，浑身被海水泼湿，用麻袋皮擦一擦，衣角冰花簌簌响。脚上穿一双破蒲鞋，露出脚趾头……

捕鱼时，网船与煨船结对，下网时，网船把渔网一端的纲绳掷给煨船，系在把柱上。撒网后两船并力兜潮拉网。那时，没起网机，渔船舱上立一"挨车"，车架上插五根车棍，起网时渔民紧紧抓住车棍像驴子挨磨似的挨着车架转，把渔网的纲绳一点一点绞上来，等网出水，煨船上渔民将纲绳掷回网船，网船上渔民便奋力拉网。那真是一场豪迈的决斗：杯口粗的纲绳，扯裂渔民的虎口，船舷歪进水中，人趴在舱板上横溜。北风朝渔民吹冷气，渔民朝北风吹热气，拼着，拼着，直拼得大海发热汗直流……

苦和累，渔民都熬得住，最怕的还是风暴。"三寸板里是娘房，三寸板外见阎王。"木帆船唯一御风暴的招数——落拱：收紧帆篷，用麻绳一道一道扎住，捆成一束；用绳子绑住一串石柱，从船头抛下海，头重尾轻，船成"1"形，没日没夜，任凭山岳般风浪抛掷，听天由命……

大风大浪的砥砺，铸就了渔民不屈不挠的坚毅性格。风暴过后，渔民照样雄赳赳地出海。船被风暴打坏了，就自己动手修造。那时，渔村稍大一点的平地，几乎都躺着新的旧的舢板、小对、大捕船……渔民凑齐资金，买来木材，请一个大木师傅，自己做帮手，便

"叮叮咚咚"地修船、造船。新船打好了,渔民给船头披红悬彩,请菩萨求平安,放鞭炮传喜讯,大碗喝酒,粗犷放歌:"造起新船赛花轿,顺风顺水满海跑。云底千帆追红日,潮头百舟传捷报……"然后,渔民似一窝蚂蚁将船扛到海滩,拖入大海,扬起赭帆……

每一条船都有帆。小白底、红头对、花头对等小船挂一片帆;"绿眉毛"三道赤篷;大捕船二道篷;江苏的"沙飞船"前中后桅杆四道篷……做帆篷的大多是厚实的斜纹白布,裁帆的高手一匹布到手,精打细算,剪成方形、菱形、三角形,一寸也不浪费。从布至篷要经过多道工序:先是选一处较宽阔平坦的地面,将剪裁好的帆摊平,然后七八位渔妇凑着帆飞针走线,滚边缝筋——在帆边缘和中央每隔一米之处扎上手指般大小的麻绳,让帆篷挺骨结实。接着,几个男子汉扛起缝好的帆,投入栲道锅,煮染成赭黄或紫绛色,最后,涂上一层厚厚的桐油防腐。与打新船一样,渔家制帆的心情十分欢畅,说说笑笑,挺热闹!

木帆渔船作业方式产生了船上一项项竞技活动。木帆船航行途中主桅或帆篷发生了故障,必须立即爬上桅顶去解除,否则寸步难行;平时,也需渔民爬上桅杆望哨或观鱼。爬桅,是当时渔民必备的技能。渔船拢洋,必须将缆绳的套准确地扣住对船或岸上桩头,带缆、抛缆技巧也是逼着渔民去掌握的。此外,拔篷、摇橹也要学会。长期船头砥砺,涌现了一批身手敏捷的能人。爬桅、拔篷、摇橹、抛缆、带缆、攀缆、车锚和织网等项比赛成了沈家门港流传千百年的船头竞技活动。后来,各岛开洋、谢洋、庙会也搞这些娱乐性游戏,以缓解渔民海上劳作带来的疲惫。如今,舟山市普陀区已把这些传统船上竞技项目列入了中国沈家门港国际民间民俗大会的活动。

帆影远逝,仿制的形式各异、色彩不一的木帆渔船已成了沈家门博物馆的陈列品。停泊在港中的是清一色威武雄壮的钢质渔轮。渔场也从东海延伸到世界各大洋,渔民也西装革履,非常时尚。可我总是傻乎乎地想:如果海上依然千帆奋飞,如果港门口的桃花港、乌沙门、洋鞍海域依旧大黄鱼、小黄鱼、墨鱼、带鱼等四大鱼汛旺发,会怎么样呢?因之,那斜插翅膀的船儿哟,总是不时悠悠然驶进我的梦中来……

东极渔家

南极北极太遥远，何不东极转一圈。

世界上有南极、北极，在我们中国版图上有个东极。相传很久很久以前，舟山群岛几个渔民驾着舢板在茫茫的大海上向着东方划去。突然，碧波万顷之中，现出几个荒无人烟的小岛。渔民登上小岛，望着这水天一色浩渺无际的大海，以为已经到了东方的天边。于是，他们就把脚下的土地称为“东极”。

东福山、庙子湖、青浜等岛屿组成的东极镇，不仅是舟山市最东面的住人岛屿，也是中国在海上住人岛屿的东方之极，那里居住着1万多勤劳的渔民。

一个风和日丽的夏日，我来到了东极。东极镇青浜岛前海湾里一排排船帮在碧波里轻轻地摇荡着，桅杆上彩旗与蓝天云霞交相辉映。

东极渔家的住房建筑别具一格，都是就地取材，用坚硬的花岗岩块石筑成，石的墙，石的柱，石条挑梁而出粗犷写意。屋顶的瓦片也用石块压住。这里的石屋多为两层，也有三层，都是一式背山面海，楼前有阳台，摆着花草盆景，四壁对流窗户，环境幽雅舒适。一座座精致的石楼房，傍山顺势，一排排、一层层，从山脚叠到顶端，看上去像一座数十层高的大楼房，壮丽而雄伟地矗立在东海万顷碧波之上。

我问青浜岛的林老大："这里造房子为啥不用砖木，而用石块呢？"

"石头房子牢固，能抗风呀！"

"房子的造价要多少？"

"一座小楼房起码七八万元呀！"林老大感慨地告诉我，打鱼汉一口风、一口浪，一年四季风浪里颠簸，渴望陆上有个坚固的"安乐窝"，因此，他们舍得花血汗钱造房子。

从青浜坐小机船向东驶去，片刻，只见海上耸立着一座形状肖似一只振翅欲飞的蝙蝠般的海岛，这便是东极镇的东福山。

从喇叭形海湾上船，岩壁凿有100余级石阶，直通盘山公路。全山均由岩石组成，千百年来，巉岩受到海水侵袭，风雨剥蚀，千姿百态，象物赋形，惟妙惟肖，或如鹰鹫栖息，或如狮象蹲伏，有的势欲凌空奋飞，有的好似听潮声，令人百看不厌。

岛是秀丽的，海是富饶的，勤劳的东极渔家靠海吃海，与海结下了不可分割的情缘。

淡菜、海蜒、虾米是东极的海上特产。渔汛季节，淡菜与海蜒、虾米晒满了礁岩、屋顶以及岛路两旁，仿佛铺展着美丽的地毯。东极每年有上万吨水产品销往全国各地,乃至东南亚、美国等地。

潜水采捕是东极渔民独有的悠久传统生产方式,他们畅游海底世界,喜看鱼跃虾蹦,螺爬贝扭,以此引为自豪。

东福山数十艘潜水作业船排列成雁行般队伍,驶向浪岗洋面进行紧张的潜水采捕劳作,我怀着好奇心跳上了采捕船。

在众多铲淡菜、捡海螺潜水采捕能手中,声名显赫的要数郭大定了。他从小练就了一身水下好功夫,在海底来去自如。瞧,他从海面冒了出来,水淋淋地跳上船,将胸前满兜的淡菜、海螺倒入舱里。

我问老郭:“海下采捕作业一般要潜几米深?”

“那要看采捕啥?铲淡菜8—9米,采黄螺十多米,捡梭螺要下二十多米深哩!”

“海底采捕作业收入好吗?今年上半年分了多少钱?”

“嗨,收入蛮高的,上半年已分了2万元。”

“海底作业危险吗?”

“水下作业动作要快,稍为慢一点气就透不过来,20多米深处会憋得人头昏脑涨。现在有了潜水服好多了,过去光脊梁下海那才显真功夫哩!”

游泳是东极人求生必备的技能,特殊的地理环境与生产方式造就了东极渔家男女老少都像水鸭子一样擅长游海弄潮。

瞧,一群群渔娃子嘻嘻哈哈地奔到海边,“扑通扑通”地跳下水,碧粼粼的海面上浮满了圆滚滚的小脑袋,手划足打,追逐嬉闹,激溅起满海浪花。

世界上有个奥运会,亚洲有个亚运会,中国有个全运会,而东极也有个海运会——海上运动会,让东极渔家男女老少比试海上功夫。

海运会的比赛项目颇具东极特色。

“海上拔河”是比一比渔民们在海上奋力收网时谁力气大。两条小船各占一方,每船有6位渔民,双方都抓着网纲的一端,纲中间悬一红绸扎成的彩球,裁判员一声哨子响,两边便尽全力拉。谁能把对方拉过来便获胜。

“海中抢先”,是岛上男女老少比试游泳速度的好机会。瞧,灿烂的阳光下,一声发令枪响,一排矫健的姑娘像一群飞鱼那样漂亮地划入水面,浪花飞溅,你追我赶,好不潇洒。

“抢占山头”最为有趣,身强力壮的渔民们一个个捧着大酒埕,勇猛而不失平稳地向着海中礁岩飞速游去。先捧着酒埕登上“山头”的人并非一定就是赢家,还要看你封口的泥是否被打湿!比赛结束,粗豪的打鱼汉向得胜者表示祝贺,一边大声呼喊着,一边凫入海涛倒过酒埕豪饮。

东极无风三尺浪,台风过境时,巨浪涌起达四五十米高,浪沫子飞过岛的顶峰,飘出数公里远。

东极一代代渔民都是在与风暴搏斗中长大的。“菩萨穿笼裤”的传说是对东极渔家生活与精神风貌最具概括性的诠释。

东极镇庙子湖岛的山顶上有个海神庙,庙里供奉的海神是穿着笼裤的老渔民形象，一群年老的渔民正恭恭敬敬地朝拜着。

相传100多年前，福建惠安县有个叫陈财伯的老渔民，懂天时，识潮流，驾独木小舟捕鱼糊口。一次夜里，他出海捕鱼归来，遇上风暴，漂呀，漂呀，四周都是漆黑一片，浪峰连天，船去何方？

“要有点火亮多好啊！”老人心里焦急地想着。这时一个巨浪打来，船翻了，他凭一身好水性，死里逃生，攀上庙子湖岛，刀耕火种，以岩洞为屋，以荒岛为家。从此，每逢风暴夜，他便在山上燃起烈火，指引一条条渔船绝处逢生。

东海上，“神火”的传说便流传到一条条船头。

老人的生命之油终于渐渐熬干了，当人们发现时，他已长眠在烧剩的柴梗边，大家含着感动的泪水，依着他的样子，塑像立庙纪念他，这是真正的渔民菩萨。

庙子湖“菩萨穿笼裤”的传说至今在舟山家喻户晓。人们特别喜欢这个故事，是因为它显示了东极人比海水还澄洁，比朝霞更美丽的心灵。

海涛与风暴磨砺出东极人坚强的意志与毅力，他们一代接一代生活在天涯海角，繁衍生息……

沈家门的五彩潮

这是一个天气晴朗的秋日——如此晴朗，使你几乎不能相信自己的眼睛。四顾沈家门港，满目苍翠，花气氤氲，几乎没有一片落叶，几乎没有些微赭黄告诉你秋天的来临。天湛蓝湛蓝，太阳明亮而温和，进出港口的渔船历历可数，洁白的云朵映衬着桅杆上猎猎飘动的风信旗，真是异样鲜明。一派醉人的九九艳阳天港景，烘托着五彩缤纷的“渔港风情”文艺大巡游，令人似觉此景只应天上有，人间能得几回看！

有人往远处一指，高喊：“来了！来了！”顺着他指的方向看去，只见周围各个小岛通向沈家门的一条条航道上，翻卷着五彩缤纷的浪花——六横、虾峙、桃花、展茅等地的民间演员，举着自己编扎的鱼灯，载歌载舞而来；渔童们换上了桃红的衣衫，骑着马灯、船灯，兴高采烈而来；渔姑们打着渔鼓、腰鼓，蹦蹦跳跳而来；年逾古稀的老渔翁精神爽逸，衔着短笛唢呐，吹着渔鼓小调而来……

各岛涌来的红男绿女，在沈家门港汇成了欢乐的海洋。突然，礼炮轰鸣，汽笛长啸，众人端然，全场肃穆。主持人宣布大游行开始，人人都睁大了眼睛，盯着前方。一个个方队接踵而来，最热闹的是花船彩车方队，鼓乐喧天，彩旗飞展，上千的演员如醉如痴地腾跳狂舞，造型各异的花船彩车鱼贯穿行于人群中，仿佛在彩色的波浪上滑翔。最有气势的是舞龙方队，清一色后生家，身穿青色短袖对襟布衫，领口和袖口镶着金边，头戴金冠，个个腰圆膀粗，脸庞晒得紫铜一样，一看就知道他们是翻江倒海的弄潮儿。他们雄赳赳、气昂昂盘舞着几条巨龙，龙头一摆，龙尾一翘，流辉溢彩。一颗颗龙珠逗引着一条条巨龙上下左右、前后内外不停地腾旋飞跃，活灵活现，令人眼花缭乱，仿佛活龙真的游到了岸上。最累的是高跷表演方队，踩高跷的农民，个个大汗淋漓，却总是不肯停下脚步，那个扮黄忠的胡子花白的老农，累得大刀也举不起来了，可脸上还挂着憨厚的笑，可亲可爱。小青年与姑娘家甭说了，不管是扮手摇纸扇的乐官，还是扮潇洒英俊的儒生，个个精神抖擞地走在半空中。最滑稽的是济公逗火神的跳灶舞，调笑撩拨，妙趣横生的表演洒下一路笑声。最有特色的是船上竞技方队，一声螺号，数十名年轻力壮的渔民，奔向港边的船队，展开一场爬桅登高、拔篷扬帆、摇橹划船、抛缆入桩、拉网车锚等热火朝天的竞赛。一阵阵掌声和呼喊声震荡着海港，得胜的欣喜若狂，一蹦三尺高；失败的也不垂头丧气，擦一把汗水，眯眯笑着向观众挥手致意。观众里有很多是表演者的亲属和朋友,胜与不胜无所谓,只要大家快乐就好了。这些木帆船世代传承的海上作业方式,演化为大众喜闻乐见的民间民俗娱乐项目,真是一方水土养一方人呀。

“十里红妆”是姑娘家最爱看的方队,浩浩荡荡的队伍,每两人抬着一份嫁妆,有箱子、柜子、提桶、脚盆、吊篮,米箩里装着酒坛,还有铜火囱、锡瓶、茶壶和一大叠缎子被面:红缎、金缎、粉缎、翠缎,五光十色,熠熠生辉。不由想起渔歌《看嫁妆》:“铮亮火囱白铜环,火囱盖头绣花眼。黄铜面盆镴茶盘,六只茶杯两只罐。青纱帐子白铜钩,绣花缎被盖郎口。鸳鸯枕头分左右,几条毛毯软悠悠……”路边的渔嫂用指头戳着一旁傻傻地看着的小姑的腰:“眼馋了吧!”小姑忸怩地白了嫂子一眼,脸刷的红了。

忽地,有几个披红戴花的喜娘过来撒喜糖了,这便是迎亲的队伍到了。先是看新娘,司仪高唱:“一步行来踏金桥,相烦阿嫂扶出来。”娇滴滴的新娘子由喜娘搀扶着羞答答地从花轿里走出来。“新娘眉毛三千三百零三条,倘若多一条,相烦阿嫂拢拢掉。倘若少一条,相烦阿嫂补一条。”喜娘拿起眉笔,比画一下,瞧了瞧新娘,唱道:“非是阿嫂手段高,实是新娘自家长得俏,画眉眼睛赛仙女,新郎快来瞧一瞧!”新郎笑眯眯走过来,调皮地左看右看,然后向喜娘一鞠躬,唱道:“新娘鼻头是短还是长,还请阿嫂量一量。”一路打趣前行,做足做够颠轿、拜堂等婚礼的每一个环节,“十里红妆”,一路欢笑。

国内外民俗方队有台湾土风舞、温岭大鼓、建德虾灯舞、天津“飞镲”、秘鲁剪刀舞等，最惹人喜爱的是夏威夷草裙舞。数十位黑皮肤白皮肤的妙龄少女，头戴花冠，胸缀花朵，腰缠一条条粉色丝绒的流苏，犹如围着草裙，小小的内裤若隐若现，不要说小伙子看了想入非非，谁见了都会心旌摇曳，迷蒙神往。她们裸露出来的肚脐、腰、肩胛，还有她们闪闪的眼睛、洁白的牙齿、飘拂的长发……没有一样不迷人呀！

“渔港风情”文艺大巡游的五彩潮落下了帷幕，晚上，沈家门的街市又涌起了灯海的五彩潮！

东河水产街的道路两旁，吊满了千百双巧手精制的“龙王观景”“龙女献珠”“黄鱼嬉浪”“鲤鱼跳龙门”等大大小小的鱼灯。镂空的灯中央，鱼在眨眼睛；透明的鱼肚里，灯在闪光芒。此刻，孩提时代听过的童话世界所描绘的景物，实实在在地展现在人们眼前。

人在灯下游，灯映人面笑。每个人的眼睛里都闪耀着赤橙黄绿青蓝紫，仿佛剪来一片片彩虹，嵌在一颗颗喜悦的瞳仁里。

热烈的锣鼓激荡着海港，唢呐琴弦撒泼着欢乐，港中千船的螺号与汽笛一齐鸣响。在沈家门港的台湾渔民也兴致勃勃地上岸来观看街景，二十多个小伙子拉起一幅长长的标语：“台湾渔民与你们共欢乐。”“得发”三号台轮青年捕捞手严孝正，表演了他拿手的吉他弹唱《晚霞满渔船》。一曲深情的台湾民歌，博得一阵阵热烈的掌声。他兴奋地说：“我是台湾长滨人，17岁下海捕鱼，长年漂泊在茫茫大海上，这样热闹的‘渔港风情’文艺大巡游，还是第一次见到，我感到非常荣幸，非常愉快!”

此时，岸边升起一道道银弧，划过渔港墨绿色的夜，一颗颗红光透亮的照明弹在霄汉“啪——啪——啪”地爆燃。照亮了整个沈家门，照亮了人们仰望的笑眼，人们激动的心都融进在那如霞如火的红光里……

“哗哗哗”，人们突然异口同声地惊呼起来，啊，高空中一幅大标语徐徐舒开：“祝贺‘渔港风情’文艺大巡游获得成功”。焰火在天上开绽出一个艳丽无比的大花圃！一簇簇、一丛丛、一串串，有的似迎春花，有的如秋菊，有的赛牡丹，有的像玫瑰，每一粒小晶点都是一朵鲜花，仿佛敦煌壁画上的飞天都一齐驾着彩云来到沈家门的上空撒着天花。

紧接着，在“嘶、嘶、嘶”的响声中，一根根藤蔓垂下无数串水灵灵的葡萄……“哇!”孔雀也来参加“渔港风情”的晚会，在空中徐徐张开百鸟所羡慕的彩屏，又博得一阵雷鸣般的掌声。

万紫千红的烟花密密地在苍穹盛开，缤纷的花雨从百米高空洒向四面八方，落在人们的心田上。不管是白发苍苍的老人，还是天真活泼的孩子，都在欢呼着、雀跃着，人山人海涌动着，涌动着，五彩的潮流漫涌着，将文艺大游行的欢乐之潮推向高峰。

普陀人以大海般的激情掀起了充满民间风情的自娱自乐浪潮，时过子夜，那令人沉醉的欢乐还久久不肯从人们心头散去。也许是永久不会散去了。因为人们的喜怒哀乐总是与时代和生命的命运融为一体的，灿烂的明天在向人们招手呢。

海滩趣事

那年暑假，我去浪花岛消夏。远眺浪花岛，晴天像波涛里的一叶赭帆；雨天像海面上的一团水草。可岛子边那个牛角形海湾，实在迷人。潮水涨时，海湾闪动湛蓝湛蓝的眸子，波涛舒卷柔美的长发。白鸥鸟上下飞舞，绮丽的云霞在扇动的翅膀上闪光，一会儿钻进云层，一会儿又绕着渔船的桅杆，互相追逐、戏闹，多么欢快呀！潮水退去，海湾里露出兽脊似的紫褐色礁岩和金黄的沙子，还有一片灰黑的泥涂。这时，表侄小涛与外甥囡小花便与岛上的小伙伴们邀着我去赶海，我们赤着脚板，背着小竹篓，呼喊着、欢跃着、忘情地奔向滩头捉海鲜。我走不惯泥涂，落在后头，一扭一摆，好似跳迪斯科，小花一边小心地携着我，一边欢乐地唱着：

赤脚妞妞，
背篓丫丫，

海滩唱歌咿咿呀呀，
赶大海，咿呀！
赶大海，咿呀！
海菜花，缝缝里长，
蟛蜞蟹，洞洞里爬，
贝壳躺在脚边上，
珊瑚睡在浪底下。
海蛎子，礁石上趴，
肥蛏子，泥涂里爬，
妞妞丫丫本领大，
篓儿兜儿装不下……

“嘘——”走在前边的小涛哥突然把食指压在唇边，轻声说：“别吵嚷啦，快来看一个精彩的节目！”

会捉飞鸟的章鱼

小伙伴们循着小涛的指点望去，只见前面有一只乌鸦，绕着海滩上的一个粉红色肉团盘旋。大家都静下来。悄悄躲在岩礁边看着。小涛低声对我说：“这只乌鸦要送命了！”

“咋啦！”我诧异地问，“这肉团里有毒药吧？”

小涛听了神秘地一笑，凑在我耳边说：“这哪里是肉团，它是捉乌鸦的能手哩！”

“什么？”我不敢相信自己的耳朵，就凭着这么一块软塌塌的肉疙瘩，能抓住在天上飞的乌鸦？太奇怪了!

小涛看着我惊愕的神色,笑着说:“你等着瞧吧!”

好奇心驱使我目不转睛地盯着前边的动静,只见那乌鸦在肉疙瘩旁边转了两圈,见四周没有什么猛禽来争食,便兴高采烈地叫着:“好哇,好哇!”伸出脚爪,一个俯冲,直扑下去。谁知乌鸦的双脚刚踩到那肉团,想要用嘴去啄的一刹那,肉团子忽地蠕动起来,乌鸦吃了一惊,正欲跳开,那肉团已经闪电般伸出八条长足,把乌鸦紧紧缚住了。这下,乌鸦吓慌了,拍动翅膀在泥涂上乱滚乱颠,可是肉团子死死缠住不放,八条长足像八条绳索越勒越紧。不一会儿,乌鸦浑身发抖,伸着脖子叫着:“苦哇,苦哇!”

那乌鸦渐渐挣扎不动了,双眼翻白,脖子一伸一缩,凄惨地叫了一声:“死啦!”翅膀就瘪塌塌地耷拉下来,一动不动了。

“嗨,老章鱼捉住乌鸦,我要去捉章鱼啰!”小涛乐得直蹦跳,飞快地跑过去。

“哦,这肉团叫章鱼!”我恍然大悟地说。

“是啊!”小花点了点头说:“老章鱼常常摊开八足,躺在滩头装死,馋嘴的乌鸦见了就来吃它,结果反被它吃了!”

不一会儿,小涛就提着章鱼和乌鸦来了,乐滋滋地说:“章鱼和乌鸦相争,我小涛得利,哈哈!”

我一看章鱼像乌贼,只是八条足要比身子长好几倍。小涛抓在它的背上,任凭长足绕来绕去也碰不到他的手。我想去摸一摸,那长足忽地向我缠来,我赶紧跳开,忽觉脚下触到了一个硬邦邦的东西。低头一看,一只碗大的青蟹正在睡大觉。我正要动手去捉,小花说:"当心挨咬!"

顺着干沙寻蟹路

小花的话音未落,受惊的青蟹已竖起一对大螯,我连忙缩回手,小花跳过来,一手按住青蟹的背部,一手捏青蟹肚脐,"嚓——"扔进了小竹篓。

小花说:"今天运气真好,青蟹平素很难碰到!"

小涛指着到处乱爬乱钻、一只红色大脚钳比身子还大的小蟹说:"这东西滩涂上很多,但不知道捉的方法就抓不到它。"

我有点不服气,它就在眼皮底下,有什么难捉,便瞅准了近处一只小蟹,猛地扑过去。可是,除了两手泥浆,一张花脸,连蟹脚也没沾边。我见小蟹鬼钻进了洞,就气呼呼地向下狠挖起来,泥沙挖出了一大堆,蟹毛也没见到。我从涂上捡起一根漂搁的竹棒,对准蟹洞捅进去,谁知捅了半尺多深,再也捅不进去了。小花看了笑着说:"大蟹还是没有小蟹刁,小蟹打洞会弯道嘛!"她教我到滩边去捧些干沙来,灌进洞去再挖。哈,这办法果然灵光,尽管蟹洞曲曲弯弯像祝家庄的迷魂路,但有沙子的踪迹指点,很快就挖到了洞底,抓到了蛰伏的蟹鬼。

小涛告诉我:"这种蟹在潮涨时还会竖起大脚,做出招手似的动作,好像特地在向海潮挥手致意,所以人们叫它‘招潮蟹’，它还会随着潮水的涨落而变换颜色哩！”

小花把辫子一甩，头一歪说：“谁说它是向潮水招手？奶奶讲，这蟹是龙王的外孙，有次，它得罪了龙王，被赶到沙滩上，它一边哭着用手挖洞造房，一边不停地召唤它的姐姐长脚虾，所以挖洞的那只手就越来越粗大了！”

“哈，哈！召唤了这么多年，它的姐姐也不来看看它，真是太狠心了！”小伙伴们都高声地大笑起来。

笑完了，大伙就用这“灌沙法”，挖到好多好多的招潮蟹。

竹筒捕弹涂鱼

滩涂上真热闹，小鱼小虾甩着尾巴在水洼里颠扑，泥螺像蜗牛缓缓地拖动着身子，沙蛋展开七枝八杈的手像一朵美丽的玫瑰花，海蟑螂调皮地东奔西窜。小伙伴们的竹篓都装满了，除章鱼、青蟹、招潮蟹外，还有蛏子、花蛤、黄蛤、马蹄螺、香螺、大虾、沙鳗等海鲜。他们见我的竹篓里，只有几只小蟹丁，便一声招呼，拣出最好的海鲜往我的篓子里塞，一下子便满了。“我不要！我不要！”这海鲜在沈家门一斤要卖好多钱，怎么能白拿呢？我着急地叫嚷起来。

“你不要，我们就不和你好了！”伙伴们一本正经地说。

我见他们诚心诚意，就不退让了。其实还也没法还，谁能认清这佛手是他送的，那甜螺是你送的呢？可伙伴们都乐呵呵地望着我说："浪花岛有个规矩，凡是一起赶小海的，就要篓篓满嘛！"

说话间，忽见小浪背着一大捆小竹筒，拿着根竹竿从岛上奔下滩涂来，边走边将一节节竹筒插在泥涂里，我问小涛："小浪在搞啥玩意儿？"

"嗨，他在捉弹涂鱼。"小涛抬眼望了一下说。

"竹筒会捉鱼？"我又觉得奇怪。

"百闻不如一见，我们过去看看吧！"小涛便领着我走过去。

小浪手上挥动着长竹竿，嘴里咿里哇啦地大声咋呼着，吓得在滩涂上蹦跶的弹涂鱼狂奔乱窜，慌不择路，不管是竹筒还是泥洞，见洞就钻。小浪就把竹筒取出来向篓子里倒，一下子就捉了七八条。我见了连声说："这办法真妙！"

"这叫自投竹筒嘛！"小涛向小浪要了一条弹涂鱼，指着说："它的胸鳍变成了圆形盘子，好似雪橇，能在泥涂上滑行和栖息，尾巴富有弹性，能把身体弹起来，跳跃着前进。因为是在滩涂上，用网不行，用手也抓不到。但它胆子小，一有风吹草动，便吓掉了魂，到处乱钻，所以岛上的小伙伴就想到用竹筒来捕捉它。"

"嗨，灌沙捉蟹，竹筒捉弹涂鱼，浪花岛的伙伴们真聪明啊！"我不由赞叹起来，忽然又想到："'鱼儿离不开水'，那弹涂鱼怎么能离开水生活呢？"

小花听了我的疑问，眨了眨眼说："我听老师在生物课讲过，弹涂鱼的鳃里能保留一部分水，鳃旁的腔室中分布着无数的微血管,氧气可以透过微血管壁进入血液,得到呼吸,还说浙南深山里的娃娃鱼的生理特征与它一样,还会爬到树上吃小虫子哩!"

会吃鱼的海葵花

小浪已捉了许多弹涂鱼,潮水涨上来了,大家都要上岸了。

岸边,我见到一块大礁石凹下的水洼里绽开着一朵朵绚烂的海花,就用手去摘,不料一触到它,手指就麻得火辣辣的,我吓了一跳,缩回手,那朵海花也立即裹成一团,成了一个"仙人球"。

"这叫什么花?"我边抚摸着手指边问小涛。

"这花厉害吗?"小涛瞧我这副样子笑嘻嘻地说:"它叫海葵,能吃鱼呢!"

"花还会吃鱼?"我心里想,浪花岛的稀奇事真太多。

"我们坐在岸边瞧一下吧!"小涛见我满脸疑惑的神色,便要我亲眼看看。

潮水漫上了礁石,海葵绽爆出五彩缤纷的花瓣,一些爱热闹的小鱼虾们渐渐靠近了它,一条小海蜒碰着了它,倏地,花瓣从四面收缩成球状,小海蜒糊里糊涂地被裹了进去,再也出不来了。

"你看到了吧!"小涛见我惊奇得傻了眼,耐心地解释说:"你知道吗?那海葵美丽的花瓣是触手,有许多刺细胞,碰到海水中小鱼虾游过来,它就先给小鱼虾打麻药针,乘它们昏迷之际,便送入自己口中。刚才你手发麻,也是它给你打麻药针哩!”

过了一会儿,那海葵又慢慢地张开触手,就像电影里的特技镜头一般,水中又出现了一簇鲜艳夺目的花朵。

“家里要是也有像海葵那样常开常闭的花,那多好啊!”我情不自禁地说。

小涛见我被海葵迷住了,就说:“明天带个瓶子来,铲几个给你带回家去养?”

“养得活吗?”

“比养金鱼方便,只要常换水,喂点面包屑、饭粒等东西就可以了。”

能带着吃鱼的花回城里,朋友们一定会惊奇得目瞪口呆,我心里不用说有多高兴!

夜潮捕海蜒

晚饭后,小涛说:“六月半夜潮是捕海蜒的好时节,今晚准备出船,你去吗?”

“去!去!”我只知道在汤碗里用羹匙舀海蜒,还没见过在大海里怎么捕海蜒哩。

天边亮起了几颗星星,小伙伴们约齐了向海湾走去。岸边,泊着一条两头尖尖的舢板,大家跳上船,小涛拔前篙,小花拔后篙,小浪抓起一支长橹,他们叫我坐在舱中。小涛将篙一点,船就离了岸,小花用力一撑,船像箭一样射向海面,小浪便咿咿呀呀摇起橹来,摇一阵,换一个人,说笑声,吵嚷声,夹着船头潺潺的水声。小船在粼光斑斑点点闪烁的海面上飞驰着。

在离岸二三里处，舢板停了下来，小涛默默地解开了衣衫的纽扣，小浪一见不由分说，“扑通”一声和衣跳进波涛，吓得我的心“怦怦”直跳，小涛看着小浪像一条大白鱼似的在浪花里蹿，不禁大声喝彩：“好，好一个‘浪里白条’！”

小浪是岛上有名的游泳能手，小花告诉我，有次小伙伴到海上捞海蜇，舢板被风刮到了一个荒岛，船漏了水。天黑下来了，咋办？难道在这荒无人烟的小岛过夜吗？大伙望着茫茫的海面都有点发愁，小浪一拍胸脯说：“我回浪花岛去叫船！”他硬是游过了三四里海面，叫叔叔驾着小机船把小伙伴们接了回去。从此，小伙伴们都叫他拜江猪(海豚)。

今夜，小浪跳下海，是要把网绳的头缚到岩崖上，这个角色叫“跳百脚”。

大概过了一小时左右，岸上响起了呜呜的螺号声，小涛说：“‘跳百脚’已把网绳系好了，我们摇船敲板吧！”

小涛摇着橹，小花双脚在舱板上“嘣噔——嘣噔——”猛跺，听说，船上一脚跺，水下一声雷。不久，水中便迸发出千万点银星。这就是海蜓群受惊乱跳，小涛便弯腰撒网，他的姿势美极了，好似奥林匹克的掷铁饼者。网撒开后，一头由“跳百脚”在岸上用绳拉，一头舢板拖，近岸了，“跳百脚”又拖着绳子跳进大海回到船上，然后起网，小涛、小浪、小花“哎嗬哎嗬”地拉着网，唱开了拉网调：

拉网唷，
拉网唷，
拉得老天斜，
拉得大海摇，
拉起金银堆满舱，
压得东海又涨潮!

我也禁不住上去拉了几把，网儿拉上船，小涛、小浪猛地拎起银光闪闪的网袋，向舱里一倒，顿时珠迸玉溅，令人眼花缭乱，小浪乐得高声地叫起来:“好哇，足足有二三十斤!”

捕了海蜓归来，小花轻轻哼着摇篮曲:

小船像摇篮，
月下轻轻摇，
海上风浪大，
从小学弄潮，
长大去把大海闹……

那年暑假不知不觉地结束了，小伙伴们恋恋不舍地将我送上回家的航船，再三嘱咐:“下次放假再来!”

我点点头说:“一定来!”

是啊，我不会忘记给我不少知识的浪花岛海湾，更不会忘记浪花岛勇敢机智的小伙伴们。一直到现在，我还没看见过比浪花岛海湾更美的地方，还没碰到过比浪花岛海娃娃更热情的小朋友!

沈家门港冬汛之夜

半规落日，衔着桅杆。港面，被霞光染成了红色，而且比天空的景色更耀眼。那挨挤在港湾里的紫赭万状的千余条渔船，也都镀上了一层逼眼的红亮。

沈家门港冬天的傍晚，像春天一般温情可爱地微笑着。

初涨的胭脂潮轻轻地抚拍着天南海北的来船。广东的钓鱼船依偎着江苏、辽宁、山东的铁甲渔轮，舟山的机帆船热情地高举臂膀，欢迎四面八方的来客……一艘连着一艘，一排接着一排，有条不紊地排列在起伏的波涛里，联结成一条条纵横交叉的船街桅市。

城，飘飘然浮在水上；水，悠悠然流在街心。一条条渔船的尾舱悄悄地纺出一缕缕淡蓝的炊烟，袅袅地飘上宽旷的海空，与一丝丝绚丽的霞光交融，编织成一幅桃红色的面纱，温柔地遮掩着水城，给水城平和愉悦的傍晚增添了几分朦胧的诗意美。

晚霞，渐渐淡了，淡成绯红，桃红色。水城桅林终于慢慢地融化在暮色里，苍穹显得更加深邃莫测。最早出现的长庚星，闪烁在天幕的深蓝，那么大，那么亮，整个广漠的空中只有它在那里放射着令人瞩目的光辉，活像一盏悬挂在水城头顶的水银灯。

夜色越来越浓，苍穹中的“明灯”也越来越密。此时，渔港中的灯火次第发亮，赤橙绿白青黄紫，每一色都闪耀着旺汛的欢愉和激奋。一盏盏灯努力地把自己的光辉洒向四方，抒发着光与美的情思。

是桃李绽开了鲜亮的花瓣，还是彩叶草铺缀在幽绿的原野？是节日的礼花迸溅着东海的波涛，还是千万颗夜明珠浴波戏浪？是银河的星斗泻落港中，还是童话国打开了宝库的大门，向人们炫耀富丽？

“好一座神奇迷离的水城！”我情不自禁地惊叹着。

沈家门地处舟山渔场中心，是一个天然的良港，也是全国最大的群众渔业基地，四时渔船不断，尤其冬汛最多，南北渔船云集！

“二船配对呀！”

“三帆升桅呀！”

“船船满载风风红呀！”

……

港中粗犷、激昂的划拳行令声打断了我的思绪，海风悠悠然捎来几缕浓烈的酒香，我的目光又被吸引到港中熙熙攘攘的船街桅市。

我想去水城里逛一逛，便搭了港边一条舢板，老大说了声：“坐稳了！”便握住橹把，缓缓地摇进水城。

门对着门，窗望着窗，笑脸向着笑脸。街心中舢板穿梭来往，载着一颗颗欢乐的心去走亲串邻赴约会。水城里，老友重逢，格外亲热，边打手势，边诉说着天南海北的思念。

满身海味的打鱼汉，东一伙、西一簇地坐在船头，一边喝酒、一边聊海，喜气洋洋地品尝着赶潮的收获，彩色的波浪在船边铺开斑斓的地毯，这样宽敞豪华的酒楼，真是天下第一家，只有弄潮儿才有资格享受。

伙舱里一把把紫铜酒壶翘着嘴，咕噜咕噜地叫个不停，炖得整个水城的冬夜暖烘烘、香喷喷。舢板悠悠地穿行在水城的街心，我心中一切烦恼和忧虑都融化在兴奋和喜悦里，我真有点怀疑自身的存在了！

“嘟——嘟——”突然港中响起了洪亮的汽笛声、螺号声，渔船要出海赶夜潮了。只见船老大们挟起酒瓶，走进舵房，舱板上海阔天空纵情谈笑的伙计们也都纷纷各就各位。桅在晃荡，船在颤动，这船起锚，那船解缆，海上“街巷”在灯影里飘散。高亢的号子声，急促的机器声，沸腾的水声，交织成一支雄浑的交响乐，整个水城动荡起来了。此刻，我仿佛感到海上的灯，天上的星都着魔似的化作了千万只漂亮的孔雀，展开了斑斓的羽翎，飞舞在一个空灵的墨绿色的大水晶球里。我不敢相信眼前的景象是真的，总以为是梦中的幻觉。此时，偶尔爆出几点思想的火花，也是断续不连，一闪即逝。我只能聚精会神地看着，不思不动，喃喃自语：“多么奇丽的水城冬夜啊！”

夜海上划出了一道道彩色的航线，撒满了笑的漩涡，刻下了闲光的印辙。霎时，一座偌大的水城就漂移到远方。远方，千万条臂膀撒下一张张大网，那悬挂在夜的那端——一轮鲜红而磅礴的旭日将从渔网中捞起，挂上黎明如火的水城之廓。

啊，彩色的水城冬夜，孕育着无比辉煌的明晨！

1986年12月20日于沈家门

渔岛灯会

虾峙岛的元宵灯会呵，你那千灯缀珠、东海流光的奇特景象，给我留下难忘的记忆，时时伴我进入彩色的梦境，使我笑醒。

记得那年新春，我怀着喜悦的心情，特地从沈家门搭客轮去虾峙岛观赏元宵花灯。船上，一位老渔民告诉我，灯会是虾峙岛世代相传的风俗情趣，旧时称为庙会。渔民在风浪里摔打滚爬，一年到头难得在岛上聚会取乐一番。正月十五，庙宇内外，挂灯结彩，渔伢们擎着花灯在街头、村口、海滩、船埠，尽情地嬉戏，还有舞龙耍船的呢！可是，由于种种原因，有好多年没见这种欢乐的场面了。今年的灯会，灯式俏、色彩鲜、花样多，是最热闹的一次，值得一看。他还说："老篁匠李师傅编扎的鱼龙灯活灵活现，是岛上有名的灯彩大王哩！"

我被他的话逗得兴趣勃勃，伏在舷窗眺望，急切地盼望早点到虾峙岛。船过桃花港，海面上出现了一座长长的、弯弯的岛子,活像一只金色的大虾,游弋在万顷碧波之中。港里竖着密密麻麻的桅杆,岛的皱褶中嵌着一排排白墙青瓦的渔舍。这就是舟山渔区著名的虾峙岛。

"嘟——嘟——"在嘹亮的汽笛声中,我上了岛。

踩着被风浪雕刻出奇异花纹的石级,步入渔村,一股浓浓的鱼腥味扑鼻而来。家家的屋檐头悬挂着一串串、一排排铜锣般的鲳鱼,银条似的带鱼,又圆又长的黑鳗;户户的阳台上晾晒着一笠笠、一摊摊珍珠般的虾米、七星鱼干,菊花似的墨鱼鲞。深深的小巷里新楼对峙,银色的墙院,米黄的门窗,在绿树里隐现,显得文静而高雅。

在嘻嘻哈哈的欢笑声里,我看到了不少渔民都在忙着编扎、浆糊着各式各样的彩灯,准备去灯会上比赛一下,看谁家的灯彩花样最新颖,色调最美丽。

到了渔民俱乐部,我问文化干部老唐:"灯彩大王可还健在?"

"哈,老寿星正在灯彩技艺班当教授哩!"老唐领着我走进一间大厅,只见老人正手把手地教青年们劈篾丝,扎一条大龙灯。他看到自己的灯彩技艺后继有人,兴高采烈,笑语连连。当他知道我是专程来虾峙岛观赏灯会的,就眉舒眼欢地说:"你的运气真好,我扎了五六十年灯彩,今年的灯会是顶热闹了!"

在欢笑声里,我握别了老人。这时,夕阳已收起了最后一束红霞,苍穹跳出几颗颤抖不定的星星。大街小巷,家家户户都挂出了花灯,海浪簇拥的虾峙岛转瞬间变成了一座通体透明的水晶宫。

在通向海滩的大街口，我被一盏巨大的鲤鱼灯迷住了。它造型优美，工艺精巧，随着婉转而悠扬的乐曲声，慢慢地兜着圈儿，怡然自乐地游在夜空。一身鳞甲闪着金光，两只眼睛一眨一眨地向四方巡视，尾巴轻巧地摆动着，大嘴一张一翕，俨然迎着波涛向前方翔游。望着它，不禁使人想起“鲤鱼跃龙门”的传说。我想，岛上渔家刻意制作鲤鱼灯，也含着深意，他们也要像鲤鱼一样，不怕风险，逆水奋进，勇跃“龙门”呵！

宽广的海滩是灯会最热闹的场所，这里会聚着千百盏鱼龙花灯，竞放异彩。人山人海，熙熙攘攘，浓妆艳服，喜气洋洋。有发型时髦、彩衣花裙的渔姑；有浑身散发着海气、刚从渔场赶潮归来的打鱼郎；甚至，白发苍苍的老渔翁、老渔婆，也亲热地携着手，赶来游赏花灯，脸上的皱纹笑成了花朵。

人群中，那些十一二岁的渔娃，像小鳗鱼一样钻来钻去，想找个站脚的好地方。有的干脆爬上船头或攀上桅杆，用双脚盘住，居高临下地看个一清二楚；有的小孩挤在人群里看不见，就骑在大人肩膀上，伸长脖子，眼睛一眨也不眨地看着，不时爆发出银铃般的笑声。

人在灯海游，灯向游人笑。那抖着长须的虾灯，婆娑起舞的蚌灯，耀武扬威地舞着两只大螯的蟹灯，谁见了都会感到新奇，渔翁渔婆们乐得像个孩子，指手画脚，说笑不停。还有上下翻腾的鲳鱼灯，橙黄铮亮的金鱼灯，追波逐浪的鳓鱼灯，银花灿灿的带鱼灯，紫褐色的圆鼓鼓的拜江猪灯，还有许多叫不出名堂的稀奇古怪的鱼灯。在人们手里提着，肩上扛着，头上飞着，脚边跑着……千姿百态，五颜六色，一行行，一片片，把碧海和天空都映得亮堂堂。

灯彩大王领着青年们扎成的那条大龙灯出场了，岛上爆发出热烈的掌声和欢呼声。那龙灯长15米，九节相连，披着一身金甲，高昂着威武狰狞的头颅，长须勃展，两只拳头大的眼珠，炯炯闪光。它由一队小伙子擎着，腾舞在海滨，滚、翻、盘旋吸引千百双目光。忽地，长龙张开大口，发出一声长啸，顿时，所有的“鱼”“虾”“蟹”“鳖”“蚌”等都跳呀、蹦呀、转呀、飞呀，跟着它欢舞起来。红的、黄的、绿的、赭的、白的……各色倒影在碧波中摇曳，龙灯俨然成了一条活灵活现的大金龙，率领着五彩焕然的庞大水族队伍，在碧海里浩浩荡荡地遨游。

忽地，人群闪开一条路。哦，美丽的彩船灯来了，八个身穿红袄绿裤的小姑娘，撑着八条船灯，摇橹划桨，飘飘荡荡，好似穿过一层层风浪，载歌载舞，翩翩而来。后面紧跟着的是马灯，姑娘们扮成传说中的花木兰、穆桂英等巾帼英雄，威风凛凛，舞动着刀枪，骑着白马跑过来。最滑稽的要数跳灶舞，民间传说里幽默而机智的化身——济公和尚，拿着一把破蕉扇，追着火神爷嬉耍取乐，常常逗得人们笑痛肚皮。闹呵闹呵，一直闹到月亮西沉。

灯会上，船老大们在互相祝愿：新春出海，旗开得胜，鲜鱼满舱。此时，优美的民间丝竹——《梅花三弄》的乐曲声在海湾缭绕，一串串鞭炮带着灯会的欢乐飞上高空，在云头爆响开花。岛上的梅苞也悄悄地展开笑脸，送来一阵阵清香。渔民的心潮随着春潮漫向远海。许多渔家少年跑过湿漉漉的海滩，飞身上船，一边欢唱着："元宵夜，爆竹响，渔村游动千盏灯。什么灯？鲤鱼灯，千条万条跳龙门……"边唱边将一盏盏鱼灯挂在渔船的桅杆上，欢送父兄出海。渔船解开了缆绳，升起帆篷，"鱼灯鱼灯直点头，祝愿渔业大丰收"，带着孩子们美好的愿望驶向广阔的海面。那红的、绿的、黄的、白的鱼灯，燃烧着渔家的激情，宛如一簇簇洒在浪尖的五彩礼花。

此刻，我感到多少诗、多少歌在灯光里流淌，那绚丽的色彩，映照出海洋的宽广和富饶，显示了渔民的勤劳和智慧，激起了船头的千万叠波浪，染亮了海面一圈圈笑涡。渔家心灵之光与灯流之光和融着初升的旭光，描绘着渔岛的新貌，描绘着时代的风韵。

渔岛灯会的回顾给我无限快慰，有好几年没去虾峙了，什么时候能重睹灯会的风采呵！

1990年2月15日于沈家门

渡 船

一

它天天把沉在海底的道路捞起，让人们踩着它的脊背走向岛外。

清晨，披着朝霞，它用螺号与小岛道别。

傍晚，小岛用热情的炊烟，呼唤它从风浪里归来……

一篙风，一篙雨，编织着岁月！

船头星，船尾月，映照着信念！

二

告别城镇，到悬水小岛教书。他给家里的第一封信是这样写的：“妈妈，你在海岸望着我，这里晴天是一抹烟霞，雨天是一团水草，但每一块岩礁都连着故乡的山山水水。我觉得这里的一切与故乡一样美……”

岛上的年轻人们不知他是哪年来的,只从父辈的口中听到:“李老师来岛上,村口那株槐树与屋檐一般齐,如今已高耸云霄,开过三十多度花了。”

是的,有的家祖孙三代都是他的学生。

三

当年的小伙子已成了眼花背驼的老人。

年满花甲,该退休了,但他依然教着他小学一至六年级的三十名学生。他不是不渴望与老母、妻儿团聚,享受天伦之乐。可到悬水岛接班教书的年轻人还没来呀,总不能眼看孩子们成为“睁眼瞎”。

他把一切都给了小岛,他没有向谁诉过一声苦。他的脸上总是露着朝霞般的微笑……

四

小岛的孩子考上了大岛的中学。

小岛的孩子考上了远方的大学。

孩子们在渡船一声连一声喊:“李老师——再见——”

李老师在岸上不停地招手,泪水模糊了孩子们的视线,渐渐地,他们觉得李老师的手臂像一支摇动的船橹,迢迢而来,负重而来,为岛上的人们摆渡……

李老师是一条渡船。

五

一篙风,一篙雨,编织着岁月!

船头星,船尾月,映照着信念!

载着小岛的孩子,渡过暗礁丛生的海峡,渡过浪花翻滚的险滩,走向人生的海岸。

在未来的路上,孩子们采撷最美丽的、最圣洁的花朵,献给人生的渡船!

1998年9月13日于沈家门

脊　梁

一脚踏进舟山鸦片战争古战场遗址——竹山公园，便感觉这里处处闪耀着壮烈美。

一堵铁灰色的城垣绵延在起伏的山坡上。

公园入口处四根石柱静静地矗立着，中间一根直冲云霄，气势凛然；围绕它的三根断柱长短不一，残缺不齐，斑驳的柱面，像是累累的伤痕；上面断续的文字，像是历经沧桑的老人在哭泣，在诉说……

凝望断柱，读着上面铭刻的定海保卫战大略，心中的潮水不断涌涨，我情不自禁地呼喊："啊，断柱!"

中流砥柱，历来用以歌颂我们民族的脊梁，中间那根主柱就是象征中华民族与日月同辉的浩然正气。周围那三根断柱，就是葛云飞、郑国鸿、王锡朋三总兵与五千余将士宁折不弯的象征。面对强敌，头可断，血可流，脊梁骨永不屈服。

断柱，就是那中英鸦片战争定海之役六昼夜血战的历史写照。

走私鸦片与禁烟的最激烈碰撞发生在珠江口外的销烟池，缘何鸦片战争正式爆发不是在南中国海，而是发生在远离南中国海的舟山呢?

舟山岛地处长江口，是海上通向中国内陆的理想之地。清康熙三十九年(1700年)后，英国几次派船至舟山，试图开设商馆未遂，后又借祝贺乾隆帝寿辰的名义，派特使要求请政府允许英商在舟山岛居住，并收存货物，遭到断然拒绝。

一直在寻找侵占舟山机会的英国，终于在虎门销烟池找到了入侵的借口。1840年7月6日凌晨，英军攻占定海，知县姚怀祥等与城同亡，震动清廷。道光帝急调父丧守孝未满的定海镇总兵葛云飞、安徽寿春镇总兵王锡朋、浙江处州镇总兵郑国鸿会集海疆，协力抗英。

就这样，刚刚启幕的中国近代史大舞台上，三总兵义不容辞地登场了。

三总兵在镇海砌炮台，埋木桩，筑战墙，操练士兵，重振士气。

此时，占领定海半年之久的英军在舟山人民的抗争下，陷入食无粮、饮无水的境地，加上疫病流行，渐渐萌生了退意。1841年2月23日，三总兵统率五千余将士在镇海庄严宣誓，乘船渡海，翌日到达定海港。2月25日，英军以割据香港为条件撤出定海城。

然而，蓄谋已久的英政府怎能甘心放弃舟山?1841年9月26日，英军卷土重来，29艘舰船围困定海城。

双方连日鏖战，熊熊烈焰烧红了天，烧红了海，烧红了一双双圆瞪的眼睛。

战争一开始，英军便切断了海上运输线，加上淫雨连绵，平地积水，驻守前线的清军将士连生火煮饭的地方也很难找到。士兵们开始每天还能分到半斤干粮，后来只有三碗稀饭，很多士兵饿着肚子坚持战斗。定海保卫战到了最危急时刻，三总兵分头到各营抚慰，激励士气。冒雨前来送饭的父老怕累坏了主将，特意给葛云飞送来一碗参汤。葛云飞挥泪坚辞："我是守土的将官，不能驱逐夷寇，还有什么面目见我父老，如今将士们忍饥杀贼，我又怎么能独饮参汤？"周围百姓和士兵们执意请求葛云飞喝下参汤，葛云飞始终不肯，他泪流满面地将参汤倾入小河，大声对将士们说："请共饮此水，同甘共苦，奋力杀敌，保卫父老乡亲吧！"

10月1日凌晨，英军趁大雾夹击定海城，在猛烈的炮火掩护下，英军突破了竹山门，王锡朋率部与敌血战，被炸断一条腿而亡。年逾花甲的郑国鸿奋勇拼杀，搏斗中一颗子弹洞穿他的胸膛，壮烈牺牲。

葛云飞将印信交给随从，决意赴死。他率领两百清兵，持刀与英军短兵相接。搏杀中，大刀折断，便拔出所佩"昭勇""成忠"两把腰刀，一路冲杀，血花飞溅，斩敌数十，自己也遍体鳞伤。战至竹山门石崖边，他突然被一发枪弹击中右眼，又被英兵劈去半边脸，鲜血淋漓，他依然不肯弃刀。最后被一发炮弹从背后洞穿前胸，倚立崖石而死，手中依然擎着腰刀，目光炯炯，圆睁的眼睛里含着多少有心杀敌、无力回天的悲怆……

三总兵与五千余将士坚贞不屈，拼死战斗，可歌可泣。尽管当时英军有洋炮洋枪武器优势，伤亡也极为惨重。定海东岳山下，有一座侵略者的坟墓，墓碑上记着："英皇家军第55团伍长及鼓手13名，士兵403名死于舟山……"纵观这次战斗，时间之长，战斗之烈，中英双方伤亡人数之多，堪称鸦片战争之最。

"那六天洒流五千人英雄血，这一仗打痛每一颗中国心。"五千余将士倒下了，留给后人深深思索。我们这个最早发明火药制造术的国家，士兵们怎么挥舞着老祖宗传下来的刀矛弓箭与英军洋枪洋炮对抗，兵器比人家整整落后了一个时代?一个民族只有真正站起来的时候，才能正视和反思她曾经屈辱的历史。在竹山的"鸦片战争纪念馆"，展示着一个半世纪前西方的坚船利炮轰击中国东方门户定海的情景。这让我们重温历史，激发强国之志。在竹山金碧辉煌的百将题词碑林中，我们听到一声声振聋发聩的呼喊："毋忘国耻，奋发图强""雪百年国耻，振民族雄风……"

沿着山间的石级向山巅攀登，耳闻海风吹过松林的涛声，依稀似当年抗英将士的呐喊声。竹山的一草一木都经受过炮火的洗礼，每一寸土地都浸润过英雄的鲜血啊！来到山巅"三总兵纪念广场"，我们久久凝望着三总兵的雕像和三柄直刺云天的石剑，似觉一股贯穿长虹的英雄气回荡于天地之间。正是"三总兵"与士卒们谱写了定海抗英保卫战这一页悲壮历史，才使舟山平添了几分刚毅与英武，成为当之无愧的历史名城,群岛儿女的脊梁也因之多了若干钙质。

竹山,不是普通的山,她是屹立在历史莽原上的一座英雄山!那高耸的山峰与直逼苍穹的断柱,是我们民族的脊梁……

1998年12月作

龙头跳小记

桐花芳馥时节，我来到六横岛龙头跳。龙头跳，其名怪诞，其景诡奇。

传说有条青蛇，在六横岛修炼千年，功德圆满，从这里昂然起跳，飞身入海，腾跃成龙，故名“龙头跳”。

龙头跳的防浪大堤上有近百棵参天的古木，遮天蔽地。小桥下流水潺潺，碧池中游鱼倏忽，亭台楼阁，星罗棋布，绿草如茵，游人如织。那些大树更是喜盈盈地撑起一顶顶巨大的绿伞，给人们一片清新阴凉。枝头垂挂一条条彩绳，吊起一张张天蓝色的网床，游人或卧或坐，荡来荡去，悠哉悠哉，云在头上飘，海在脚下摇，这使我想起孩提时代在奉化老家“荡竹窝”望云空的情景。

仰望那一片老树林，油然产生了几分眷恋爱慕的感情。

瞧，脸上满是瘢痕皱纹的树们，一丛丛，一溜溜，手挽着手，根盘着根，悄悄地筑起了一道翠莹莹的长堤。

听老百姓说，每一棵大树都是护堤的尖兵、防洪的勇士，风雨刮不倒，雷霆轰不垮。瞧，台风狂啸、浊浪拍天，仿佛欲将龙头跳一吞入口的危险关头。大树枝若钢条，根似铁锚，铜墙般地护住堤基，寸步不退后。枝叶损伤了，根须裸露了，仍搏击着，坚守着，直至浊浪精疲力竭，溃败而走……当头上的长虹舞起彩练，身后的稻菽放开歌喉，一棵棵大树才直直腰，整整衣，抖擞抖擞精神，悄悄地再为长堤护守……

百年如一日，守护着一方安宁，多么伟岸的树格，多么坚贞的气节啊！仰望着一棵棵古木，一首《咏龙头跳老树》的小诗在我心底闪耀：

古树成林御狂风，
寒暑易节坚不动。
六横岛上花千树，
独迷龙头郁葱葱。

龙头跳树奇，沙滩也奇。沙粒细如金粉，海风吹拂，沙粒无声无息地飘浮起来，如轻烟，如薄雾，如蒸气，渐浓渐淡，一缕缕在海滩上缓缓地飘移，无声无息地散发，变幻莫测，令人浮想联翩。

沙滩的两端的礁岩，也突兀怪异。浪声如雷，轰起千堆雪，惊涛去而复回，不停地拍打礁岩。而瘦漏的礁岩披着斑驳的青苔，任凭你百般磨击，兀立不动。

刚毅坚挺的礁岩，虬枝盘曲的古树，平坦如镜的沙滩……六横龙头跳，这片休闲的乐土，天然禀赋英灵气，以它的奇丽散发着诱人的魅力。

三上蚂蚁岛

这是蚂蚁岛吗？

2008年8月30日上午，我从快艇踏上码头，漫步在平坦宽阔的环岛水泥马路上，真不敢相信自己的眼睛：一丛丛夹竹桃绽放着火红的花朵，一棵棵棕榈树在海风中欢快地摇着扇子，错落有致、高低不一的杜鹃、桂花树、扇尾葵、铁树等在路边渔家休闲的公园捧给人们一蓬蓬赏心悦目的绿色。水池、花坛、石凳、小亭的温馨色彩与草木和谐地掩映，仿佛一幅绚丽的图画，铺展在海滨，让人融入诗意之美。路边新楼摩肩而立，林林总总的宾馆、餐厅、茶室、医药铺、川菜馆、美容美发院、足浴房、商店闪耀着五光十色。这怎么会是方圆仅2.8平方公里的小岛的马路呢？这分明是一条宽阔的现代化的大道啊！

这是我梦中的幻觉吗？

不，在灿烂的阳光下，我摸着道旁一块实实在在的石碑，上面清清楚楚地刻着："国家AAA级风景旅游区、灯围之乡……”

揉揉眼细细地端详着眼前的景致，思绪不由飘向20世纪50年代的中期。

1955年夏天，我应在这里教书的一位同学相约，第一次来蚂蚁岛。

记得是在沈家门滨港路的唐家道头下船，那时没码头，只有一块宽五六寸、长七八米的跳板，一头搁岸上，一头搁船头。人踩上去颤颤悠悠好似要杂技，半空走钢丝，瞅着脚下滔滔的海水，不禁两腿发抖，心“扑通、扑通”直跳……好在船老大蛮热情，伸过一根篙子，让我扶着慢慢地走上航船。

海洋是长年震荡着的土地，在海上交通工具低级的时期，每走一步都要经受大自然的折磨，海途中的情景是如今年轻人做梦也想象不到的。虽然乘客不会像当时东海洋上的打鱼汉“三寸板里是娘房，三寸板外见阎王”那么艰险，但也吃够了风浪苦，吐尽了黄胆水。那是一条小木帆船，舱里只能挤十多人，在海面漂泊真的小得像一只鸭蛋壳，老大徐阿行抹着汗水，使劲扳着木橹，将船摇出了沈家门港，无奈风向不正，潮水不顺，徐老大只能不断变换帆的角度兜风，小船来来回回地盘来又盘去，在海面画着一个个圆圈。我躺在船板上，身子随着船体翻来覆去倾斜，像皮球似的滚来又滚去，半小时后，我的头晕了，老大给我一只木桶，我便翻肠倒肚地呕吐起来，吃下的饭菜一股脑儿吐完后，又吐黄乎乎的胆浆。熬过了三个多小时，小帆船总算挨近了蚂蚁岛。可爬出船舱一望，我又犯傻了，怎么上岛呢？落潮了，航船靠不上岛，船岸之间，隔着一片黑乎乎的泥涂，咋办？只见家在蚂蚁岛习惯了的男乘客，早已默默地脱去了鞋子，不声不响地跳到泥涂里，一脚深一脚浅地走向岛子，然后，像猴子似的沿着岛脚爬上了岸。女乘客呢？获得了一份特殊待遇，老大一个接一个将她们背上岛。我总不能将自己当女人，尽管我走泥涂非常艰难，但我还是看样学样摇摇摆摆地前行。当来接我的同学将我拉上岸时，我浑身上下已溅满了泥点，我的同学嬉笑着说："哈，有大花脸从远方来，不亦乐乎！"

听徐阿行老大说，那条打洋船还是生产社特地拨出来作航船的，已行驶三年多了。这是新中国成立后蚂蚁岛的第一艘交通船，岛民出岛进岛全靠它。

走在海滩边的羊肠似的小道上，扑眼而来的是一间间低矮的简陋的石头或砖头墙的木板房，还不时见到黑蓬蓬的小得像鸡笼般的茅屋。进入长沙塘，踩着赭褐色石板前行，那些石板有的碎了，有的松了，滑腻腻的。一不小心踩到了松动的石板，"哧溜"一下，冒出一股泥浆来，沾满了裤子。

说实话，那时的蚂蚁岛名头响亮(1952年中国赴朝慰问团就有蚂蚁岛渔民代表刘岳明)，但还不富裕。1950年，全岛两千多个渔民祖祖辈辈辛辛苦苦劳动了两百多年，积累起来的房屋、家具、船网和衣物等全部家计，总共不到13万元。1953年，蚂蚁岛演绎了流芳百年的"草绳船"和"火囱船"的创业故事。妇女们为了筹措买大捕船的钱，血花凝在草绳上，硬是搓出12万斤草绳，又凑集取暖的铜火囱、耳环、项链、银项圈，换钱19100元，置办了两对大捕船。此时，人们的精力、财力都集中在艰苦奋斗创业上，根本想不到改善岛上的交通设施。

“等大捕船出远洋发了财，造起了埠头，买了大一点的航船，再来蚂蚁岛吧！”当我踩着晃悠悠的跳板上了船，送别的同学在岸上挥着手大声说。

那次上蚂蚁岛给我的印象是穷而不坠青云之志，岛虽小而心气高，蚂蚁人创业的精神可歌可泣，眼前日子虽然拮据，但辉煌的未来等待着这个卓尔不群的小岛。

一晃三载，1958年秋天我又来到了蚂蚁岛。蚂蚁岛，我跟你真是有割不断的情缘啊！

这次来不是待一天两天，而是在这个小岛上成了家。

我挑着一小卷铺盖，来到久违的沈家门滨港路中段的唐家道头。蚂蚁岛的小航船动了，马达的轰鸣声立刻激起了我的兴奋，呀，木帆航船换成机帆航船了！

撑机动航船的邱开来老大笑呵呵地说：“公社财百万，社员有靠山。今年春天，公社把木帆航船换成了机帆航船，大家来蚂蚁岛就方便啰！”

这是一条15马力的小机帆船，千万别小看它，这是盘古开天辟地以来，蚂蚁岛交通史上的第一条机动船。

沈家门与蚂蚁岛之间虽近在咫尺，然而每天木帆船来往大多要三个多小时。用机帆航船，不论顺风逆风，潮直潮横，一个小时准到目的地。

航船驶入蚂蚁岛海湾，我抬眼一望，只见一个石砌的码头，仿佛从岛上伸一条手臂热忱地迎接航船载来的四面八方的客人。

码头的石头还未长上青苔和砺壳，人们在码头上上下下，显得挺热闹。这是蚂蚁岛第一个码头，取名“渔民码头”。

踏上渔民码头，沿海滨石板路走去，迎面而来的是长沙塘刚落成的供销大楼，开设着百货门市部、五金部、理发部……顾客盈门，村道也进行了一番修整，碎石板不见了，松动的也重铺了。

祸兮福所依，沦谪中的我庆幸自己能成为这座神奇美丽的小岛一员，亲眼目睹岛民们改天换地的伟大壮举。当时他们爆发出不可思议的干劲，男人没日没夜地在海上辛勤地捕捞，女人不仅包下全岛738亩土地的种植，还承担起渔货加工、纺线、补网、烤网等后勤任务，支援前方（出海）生产。蚂蚁岛处处热火朝天，充满欢笑。至1958年，全岛财产比1950年增加了二十多倍，公社每年收入超过100万元，荣获国务院总理周恩来亲笔签发的全国农业社会主义先进集体奖状。尔后，江南大大小小村庄的里里弄弄墙上都写满“学大寨，赶蚂蚁，建设社会主义新农村”的大幅标语。国家水产部、浙江省省委在各类会议上号召各地学蚂蚁岛。浙江省省委副书记林乎加多次来蚂蚁岛指导工作，被蚂蚁岛人民艰苦奋斗、改天换地的精神感动，叫梳着个大箍头的亲妹妹林建华到蚂蚁岛水产中学教书,体验生活。

1958年的蚂蚁岛已愈合了遍地疮痍,生机勃勃地走向小康。中国第一个人民公社——河南遂平嵖岈山卫星人民公社,是1958年春合并农业社建立的。而蚂蚁岛1954年3月已将全岛4个渔业社合并,实现了一岛一乡一社,呈现人民公社雏形。只是由于海岛声息相对于大陆滞后,未上升到人民公社的政治高度。

有钱了,便想改善交通。此时,意想不到的两件事,更是刺痛了蚂蚁岛人的心,激发他们修建新的码头、添置大型交通船的豪情壮志。

1958年秋末,全国海洋渔业生产现场会议在蚂蚁岛召开,舟水5号船将福建、浙江、江苏、山东、辽宁、上海、天津等沿海省市参加会议的代表送到蚂蚁岛海湾,可码头边海水太浅,大船无法靠拢,咋办?只得用小舢板驳客,一船又一船,不仅麻烦,而且上下船很不安全。这件事情真的使"海上大红旗"蚂蚁岛逊色不少。

更大的刺激还在后面呢。

1959年冬,共和国主席刘少奇怀着满腔关爱,不远千里而来。然而,因蚂蚁岛的交通设施不够完善而未遂上岛之愿,蚂蚁岛的人民也因之失掉了一睹白发如雪的共和国元首丰采的机会,这是蚂蚁岛历史上无法弥补的一大憾事。

保卫人员为了实施国家领导人的安全保卫措施,先来蚂蚁岛为刘少奇上岛秘密探程。他们见码头边潮水一落,露出沙石,吃水太浅,刘主席乘坐的"南昌号"军舰无论如何也停泊不上码头,用小船驳实在太险。再看岛上的道路，凹凸不平，碎石灰沙不少，万一有个闪失，也担待不起。我的好友——当时的蚂蚁岛公社副书记卓松鹤感叹，这样，刘主席就不上岛了，改为在定海海军招待所接见蚂蚁岛公社党委书记陈阿毛、社长陆渭川。"南昌号"离开时，沿着蚂蚁岛海域缓缓地环行一周，刘少奇依依不舍地擎着望远镜，深情地注视着这座充满魅力的神秘之岛……

这两件事，怎能不使蚂蚁岛人认识到改善交通的重要性呢？尔后，六次改造码头，花大力气一节又一节向海水深处延伸。岛上的道路也一次又一次整修，把一段又一段晴天一路灰、雨天一地浆的软绵绵的泥路硬化为水泥路。

同时，去沈家门的航船，也由15马力改为40马力，舱位也增加到六十多座。

可是，与桃花、登步的往来，仍是小木帆航船。

说起蚂蚁岛与桃花岛的交通船，我脑海里有一个永生难忘的故事。

1962年2月19日对我来说是个有特殊意义的日子。那天，我要当新郎了！

感谢蚂蚁岛给我成了家，我的新娘是与我同在蚂蚁岛小学教书的一位女教师，她的老家在虾峙。结婚前，她回家把这个喜讯告知父母。回来时，过桃花岛来蚂蚁岛赶婚期。"春天孩儿脸，一天十八变"，她从虾峙动身时还阳光灿然，谁知过了半天，天空布满阴霾，当她在那天12点钟赶到桃花岛船埠头来搭蚂蚁岛小航船时，谁料小木帆航船因风提早回蚂蚁岛了，她拼命摇着手大声呼喊着离岸数百米的小航船，可是不见回音。她以为下班航船会再来，就傻乎乎地待在埠头等船，可是，小木帆船因抵御不了五六级风，至蚂蚁岛后便停航了。

她在那边等，我在这边望，两边都心急火燎。我至今难以忘怀唐万里、邬烈华、李根元，是他们与蚂蚁水产中学的另外两位青年学生大汗淋漓地摇着木橹过桃花港，用小木船载来了我的新娘。

几级风就吹断了小木帆航船的航路，那时，岛际因风延误婚期是常有的事，也是今日小青年无法想象的事，这天，我能如期成婚实在是我的万幸！

斗转星移，转眼在蚂蚁岛已是四年，因甄别平反，我恢复了校长职务和团籍，离开了蚂蚁岛。

逝者如斯夫，俱往矣！

回忆不是留恋，是为了走得更远。不忘昨天，是为了珍惜今天，创造明天。

五十春秋潮与汐，一岛豪气谁复论？

历史的长河流淌到2008年，新中国改革开放的第三十年，在蚂蚁岛党委、政府纪念蚂蚁岛人民公社建立五十周年、缅怀当初艰苦创业的辉煌时刻，我再次来到蚂蚁岛。此际，蚂蚁岛的交通在我眼前展现瑰丽的新篇章。2005年建成的混凝土石码头与浮码头衔接的500吨级客货两用码头，长达70余米，已伸到了七八米的深海处，巨龙般卧在波涛里。与码头配套的载客250人的客轮，航速8节，八级风也可开航。船舱宽敞明亮，旅客舒服地坐在裹着洁白的布、衬着蓝背垫的靠椅上，悠悠地欣赏着精彩纷呈的电视节目，从蚂蚁岛出发40分钟就靠上了沈家门码头。老朋友相遇，还没聊几句话就到了目的地。

去登步岛、桃花岛，也有了三四十个客位的机动航船。

蚂蚁岛不但海路更宽广更平坦了，岛上条条陆路也更美了，不单海滨路人见人爱，那一条条村道也令人赞叹不已。瞧，长沙塘那条用花岗岩铺砌的村路，花纹美观，合缝紧密，路面洁净如镜，仿佛银河落大地。从大岙绕过穿山岙至长沙塘的水泥路好似一条玉带盘着岛子，一线线白色、蓝色、青色划入阳光映照的绚烂之中，那是十多辆机动的三轮车迎送着天南海北的来宾。

蚂蚁岛的路，是蚂蚁岛人民艰苦奋斗铺出来的。她的海路与陆路都记录了蚂蚁岛人民的泪水与欢笑，信念与梦想，它是时代的缩影，见证了历史的步伐。

再见了蚂蚁岛，当我登上客轮，回眸蚂蚁岛，只见东海岸脚手架林立，打桩机“隆隆”轰鸣，天南海北的打工仔云集，一个巨大的船舶基地即将在那里崛起，临港工业将在蚂蚁岛焕发出耀眼的光彩。蚂蚁岛又将换上更大更新的航船，铺更阔更美的路了。

三上蚂蚁岛，一次次越走越宽越美的蚂蚁岛的路，每一程都给我心灵以深深的震撼。昨天和今天的蚂蚁岛总是那样朝气蓬勃、满怀壮志地走向明天。

怀念村校

村校，与古时的私塾、书院一样，曾启蒙舟山群岛一代，如今已消失在我们的视野里。

前几天，我妻子在村校教书时的一位学生，要送他女儿去国外一所重点大学学习，这引起了我对那所村校的回忆。

20世纪60年代初，我和妻子调到虾峙岛教书，我担任栅棚公社中心小学教导主任，妻子在枫树岙村校执教。那时村校的教师有的只上过高小，普通话基础差，“人民”会念成“轮民”，“蓝天”会读作“蓝台”。枫校只有初小，没有高小，五年级要到几里外的栅棚公社中心小学读书。我的妻子是舟山师范毕业，是村校里也是整个村子学历最高的人了。村校最早设在严家祖堂里，七八十平方米，这是村里最高大最宽敞的房子，但因年长日久，四壁黑乎乎一片，还开裂一条条缝子。我妻子的那个教室，没有窗户，只有一扇门，二年级、三年级、四年级78个学生挤在不到30平方米的房子里。记得有次作为公社中心教导的我去她的学校听课，她把一节课的时间分作三份，轮流着给三个年级学生上课，满身粉笔灰，累得口干舌燥。现在的学生，识汉字前必定先学汉语拼音，而那时是从学《毛主席语录》开始识字的。

村校没有操场，好在穿过祖堂前的小天井，拐一个弯，外面便是一片宽阔的海滩，任凭孩子们翻筋斗、叠罗汉，一个个玩得像小灰鼠。

红卫兵“造反”了，小渔村骚动了，学校也越来越没秩序了。破了旧，未立新，新华书店没课本供应了。语文书是《毛主席语录》与《毛主席诗词》，算术学些简单的加减乘除。红卫兵的呼喊声使村校里的孩子们也燥热起来，他们也学着红卫兵的样子，做起高帽子，揪斗“地、富、反、坏、右”，也学会骂老师“臭老九”。那位年轻的女教师，根本无法笼络那群野孩子，有一些顽皮的男孩便抓来黄鳝、蚯蚓、蚱蜢、青蛙之类的小动物放在讲桌边，骤然一见，吓得她大呼小叫，孩子们则乐得在地上打滚。有时，外面响起一声“卖糖糕啰！”“呼”的一下，男孩子们一下子全都蹦出了教室，散伙啦！

至70年代中期，村校才开始复课，泥鳅样的学生野惯了，一时收不拢心，要做“孩子王”就得靠哄。我妻子挖空心思，想了个办法，每节课给他们讲一个故事，但有个约定：课本内容要认真听，听好了，故事讲得长；反之，故事短。这一招挺灵，故事勾住了学生们的心，他们为了多听故事，上课纪律好了，成绩也上来了，渐渐地师生融洽成一片了。

当村校老师，自有温暖之处。教师与群众距离近，七邻八舍的家长把老师当作自家人，渔船回港，送来新鲜鱼虾，清明节送糯米青饼，立夏节送茶叶鸡蛋，端午节送粽子，毛豆可摘了送毛豆荚，玉米饱绽了送玉米棒子，一片至纯深情。星期日，我总去妻子那里打“牙尖”。

来沈家门工作后，我总忘不了曾经掷下过我二十个春秋的虾峙岛，那是我最珍贵的青春岁月啊！

出差去虾峙岛，我必定要去看一看我和妻子教过书的学校。栅棚中心小学的那所古庙，已作为居民住房，半山腰新建了三层楼校舍。枫树岙那所村校真是一见一变样，先是有了新课桌，后来还新建了七百多平方米房子，又开辟了新操场，竖起了篮球架，添置了一批体育器材。80年代中期，枫树岙不少村民搬家来沈家门了，村校的学生一天天少了。那时，岛上交通方便了，小孩乘车上学免去途中日晒雨淋之苦，村校被撤掉，并入乡校。至21世纪，虾峙撤乡建镇，所有乡校的学生也都一下集中到虾峙镇中心小学了。

小村也像学校一样一天天变新，村民茅屋翻成白壁青瓦的平屋，平屋又翻成彩墙明窗的楼房。可这几年小村又在一天天衰落，年富力强的村民都出外闯荡天下了，稍有出息的，都在沈家门、定海安家了。守在村里的，差不多全是老弱病残了。枫树岙紧靠深水的桃花港，有供大轮船畅通无阻的海门出大洋，这得天独厚的地理环境被一家大型船舶企业慧眼相中了。

就在小村像村校一样即将消失的时候，那家造船企业以不菲的价格购买了村里所有老房子和校舍，并择地建了新的居民点。枫树岙村将演变为现代化的造船厂，村校的那块地基也将建起一个集高度智能设备于一体的船舶设计室。

本文开头说到的那个送女儿上重点大学的学生，就是当年抓黄鳝逗女老师的顽皮生。他高中毕业后搞海上运输业发了，现在是著名的企业家，家产以千万计，跟他说起当年村校的事，他不禁哑然失笑。他女儿则愣在一旁，她怎么也想不到枫树岙曾有村校那桩事。

不是她一个，也许，浙江各地像她那样年龄的人儿乎都不知道村校了。

朱家尖的海岸

风，揉得阳光哗哗响，把朱家尖岛的清晨漂洗得透亮，透亮。绿树下，光鲜的房舍洞开层层叠叠的门窗，撒出鸽群、海鸥的名片，到高空向太阳致意。

阳光抚摸着少女般温存的海。当你沿着南沙的滩头漫步，放眼海面，眼前是一方文静的波光粼粼的秀水，使你简直分不清置身在湖边还是海边。她是那么优雅、从容、大方，袒呈怀中的宝贝，慷慨地将蠕动于礁缝、蛰伏于沙窝的泛着一圈一圈光晕的大黄螺，织着一道一道斑纹的角螺，锁着圆圆月洞门的关门螺，玉白色的散发着芳馨的香螺，小巧秀气的小娘螺，胖鼓鼓的马蹄螺，扁扁的畚斗螺，折扇似蛤蜊，小喇叭似的长柄螺，青椒似的辣辣螺，葡萄似的甜甜螺，以及比云霞更加绚丽的虎斑贝、夜光贝、文蛤、彩虹贝……一一馈赠给拾滩的人们，痴痴地诉说着纯净的情话。

滩美，浪更美。那片平展展的海滩，仿佛是特意给海浪准备的大舞台。瞧，浪们排着长长的队伍，戴着雪白的头巾，高高地扬起臂膀，歌唱着、舞蹈着，笑盈盈地涌上海滩，“哗”地甩开一串串洁白晶莹的花朵，又“沙沙沙”地退回大海，留一片水沫悄然散发轻烟。水沫刚刚消失，海面又立起一排白浪。乐趣就在浪起浪落之间，浪落时，游人提裙拽裤，蹑手蹑脚逐浪而去；忽见远处浪又涌来，急忙转身，浪已爆响，拔腿欲跑，浪花已咬住脚跟，“哎呀”之声未落，海水已湿了衣裤。待浪花掠过膝盖退去，情不自禁地一声欢呼。此时，一些体魄强健的泳者，勇敢地投身于白浪起处，瞬间无影无踪，旋即被浪头擎出海面，阳光下俨然一块块黝黑的礁石。

浪美，沙更美。夏日，当你脱掉鞋子和袜子，光着脚板走上那片饱含阳光的干沙，一脚踩下，脚底便呼地涌来一股暖流，好亲热!没走几步，脚底更热了，不由自主地跳起了迪斯科。那痒酥酥、热烘烘的味道，像按摩，像热敷，让你不想停下来，好惬意! 沙滩上，留下了许多大脚窝。往下走，到了近水的沙滩，滩更平，沙更细，踩上去显得结实，只留下浅浅的脚印。浪沫水气，驱赶了沙子的燥热，脚底清凉沁心，又换了一种感觉。再往前走，来到那片时淹时露的沙滩，软绵绵，湿漉漉，仿佛踩在海绵上，一步一个小脚窝，海水轻轻地舔着脚趾，真温柔! 白浪扑来，不禁骤然一惊，在海浪涌动的瞬间，猛觉脚底沙子被调皮的海浪掏空，人簌簌地往下陷。“哈!”白浪退去，脚底依然平沙一片，刚才沙子的崩陷，似乎从未发生过……

沙美，还美在沙演绎的童话。一届届朱家尖的沙雕艺术节蜚声寰宇，国际上沙雕高手大师纷至沓来。于是，沙粒的意识形态融入了艺术家们的创造，构筑了沙的另一种意象，显示了一种内聚的力量和风度，让我们有了重新审视沙子的机会。那质朴细小的沙粒获得了新的生命，充满了神奇的魅力，呈现出千变万化的景致、惟妙惟肖的人物风景鸟兽图案。瞧，南沙青松林下一万多平方米的沙滩化作了如梦如幻的童话世界，丝绸之路、西游记、希腊神话、奥运史诗、非洲之旅、迪士尼乐园等故事人物栩栩如生地展示在人们的眼前。

夜晚，徜徉在朱家尖的海岸是十分惬意的，很静很静，无风的时候，没有松涛的喧响，只有草间虫儿的低鸣。洁净的礁岩上，溶溶的月光分外皎洁。海，像刚刚睡醒的鱼美人，那似有若无的月光，淡淡地飘洒在海面上，仿佛是她金丝般的长长的秀发。夜阑人寂，海的脉搏掀起了细小的浪群，轻轻地拍打着礁岩，发出“沙沙”的声响。凝神细听那声音是有规律的，浪群退去的静寂，令人有点担心，怕不再有那声响回来。直至又一阵涛声响起，那悬着的心又复归于平静。在朱家尖岛听潮，真的心潮与海潮合而为一，人与自然浑然一体。

朱家尖岛的海，其实也并不完全是女性化的。夏天，南沙时髦的海水浴场，袒露壮美的男性风姿，伸开臂膀迎接天南海北的客人，遮阳伞似雨后丛林中的蘑菇，游泳衣似万花筒般变幻亮色。这是一个气氛多么热烈，色彩多么丰富，生活多么欢畅的世界啊！灼热的阳光泼洒在辽阔的海面，一张张愉快的笑脸绽放在雪白的浪花中，一朵朵三角帆在湛蓝的天宇雄鹰般翱翔，一条条游艇在宽阔的海面流星般滑行，整个大海沸腾了，搏动、奋进，每一滴海水都充满了欢乐，充满了青春活力！

朱家尖岛海岸的建筑群异常瑰丽，那方顶的、圆顶的、尖顶的姿态各异、色彩不一的一座座优美的别墅，那绿树繁花掩映的疗养院与渔家花园，异常幽静，静得连行人的脚步声都清晰可闻。所以，当大海涨潮的时候，涛声便显得格外壮阔。白花花的奔涛如千军万马一阵阵涌来，在海岸发出轰然巨响。海涛汹涌，雄浑的响声如雷霆震怒，把翠枝红楼中的人间仙境反衬得格外清幽。当然，这种清幽也将涛声的喧哗推进到一个显赫的高峰，因而更突出了它不凡的英雄气概。

朱家尖岛是幸运的，造物主把那么多的美凝聚在她身上。海岸亮丽的风景线已伸得很长很长，大青山也不再陶醉于古朴的颂扬，沿海公路串联原始丛林与古村落，也串联一幢幢楼台高耸的华丽的建筑，往日的荒滩闪烁着一座座耀眼的硅晶玻璃体大厦……旅游开发，把朱家尖岛的海岸装扮得多么绚丽！山的严峻和海的宽容默契呼应，自然风光和现代化建筑交相辉映，构筑了朱家尖岛崭新的海岸胜景……

在蚂蚁岛的日子
——追忆陈山

我的书柜里珍藏着诗人陈山赠我的三本诗集——《开国集》《报国集》和复印的《擂鼓集》。当年，我在蚂蚁岛教书，因酷爱诗歌创作而与诗人陈山结成忘年之交的那段深深情缘，至今犹念念在心，铭诸肺腑。

陈山，原名杨时俊，曾化名陈力平，新昌人，出生于1917年，1936年参加抗日救亡运动，历任上虞县委代理书记，华东文化部党组成员等。1949年7月出席首届中华全国文学艺术工作者代表大会，为中国作家协会基本会员，是建国后第一代乡土诗人。出版《渡江战》与《星际时代的开始》等诗集10部，在20世纪五六十年代，他与当时享誉文坛的李季及公刘、贺敬之、郭小川、闻捷、严辰等诗界名宿交相辉映，名满江南。

陈山于1958年春来蚂蚁岛，是浙江省乃至全国第一个深入舟山渔乡，体验渔民生活、歌唱海洋的全国著名诗人。我与他交往在1958年冬天。那时，陈山在蚂蚁岛借住长沙塘陈政备家，陈家是一个砖木结构的大院子，靠西南的一间厢房是他的下榻处。由于慕名和爱好，我在一天下午唐突地造访了他。虽然素不相识，由于志趣相投，他听了我的自我介绍后，便热情地接待了我这个爱好文学的小青年，谈了对“诗言志”及“文为时而作”的感想。他竭力提倡诗歌平民化、民歌化，让广大工农兵都能看得懂。说着说着，他拿出了《蚂蚁岛勤俭办社》一束诗稿给我欣赏：“两条船，并排舱。通天棍，十丈长，搞得海底当当响，真正吓煞老龙王。海龙王，快投降，今朝我们把权掌，打进竹桩张渔网，分你的家产分你的粮。”（《要龙王献宝》）这类的诗句几乎冲口顺出，并未经过太多的思量，很像一种极为随意的吟唱，设喻信手拈来，直录生活的日常感受，放弃藻饰，倚重直觉。这样的吟咏不离渔民汗水味，不离海洋气息，保留了生活的本味，痛快淋漓。那组诗六首后来发表在当年12月号《诗刊》。

新诗难以背诵，可时隔半个世纪，如今蚂蚁岛中老年人还能够大段大段地背诵陈山的作品。举个例子，流传于蚂蚁岛民间收录在普陀非遗文化遗产歌谣卷中的《蚂蚁沉在苦海中》的原创者就是陈山：“蚂蚁沉在苦海中，捕鱼人家世代穷。破衣破裤破毡帽，破船破网破帆篷。泥墩灶，空饭桶，蜘蛛结网爬烟囱。渔行大门黑窟窿，活像一个大喉咙，渔民血汗吞肚中。渔舍像个破鸡笼，卖儿鬻女喝西风。”原公社党委副书记卓松鹤与妇联主任刘亚珠等每次说到陈山，都像说到自己非常爱戴的一个亲人：“他耳朵有点聋，听别人讲话时总是侧着头，专心致志地听，唯恐听错一个字”，“他桌子上总摆着茶杯啦、帽子啦什么的，讲到动情处，就把这些东西摆来摆去”，“他老穿着一件蓝布衫，和和气气，朴朴实实，像个渔老汉，看不出是个诗人。一点也不摆作家架子”，“他与阿拉一起出海，一起拔网，力气蛮大，拔完了网就坐在船头舱板墩柱上叽里咕噜吟诗……”

海上捕鱼是难以想象的苦活儿，那蓝色的动荡的土地没有一刻、没有一寸是固定不动的。当年，去海上体验渔民生活的舟山海洋学院的娃子，有的因受不住风吹浪打，五脏六腑颠覆而吐胆汁、呕血浆，真的想跳海，被渔民强绑在桅杆上护送回家。不是从小就惯于风浪的渔民，到了外海，甭说干活，在舱板上站也站不住。要想与渔民一起赶潮，要经受多么艰苦的磨炼呀。像陈山这样整整四年深入船头，写了数百首长短诗作，逼真地展现蚂蚁岛渔民改天换地的气概，逼真地反映舟山渔民在惊涛骇浪中拼搏的精神的，在中国诗人中，不知谁能说出第二个。

那是1960年冬汛的一个中午，我和陈山在中街山列岛的一家小酒店相遇。双方刚从没日没夜连续捕捞了一周的渔船上归来，衣衫上还沾着点点盐花与鳞片，浑身散发着咸腥的海水味。陈山是扎根在蚂蚁公社船队带头老大李根纪船上，我落脚在穿山岙李明和老大船上。当时陈山下海纯粹是体验生活，而我下海，带着几分受惩罚的意味。因我在教书中爱上了文学，星期天关起教室的门搞诗歌创作被人发现了。这下惹恼了学校领导，批判我不把全部精力放到工作上，还有闲工夫去赋诗求乐，那就让你下渔船，去苦水里泡一泡吧！

海上捕捞充满风险，记得有次撒网时，我左手大拇指被网眼套住了。说时迟、那时快，渔网被潮水迅猛地拉去，紧缩的网眼将我拖向大海，我摇摇晃晃地死死撑在船边，眼看就要掉进海浪，千钧一发之际，一位渔民兄弟拉住了我，紧绷的网线只是刀子般剜去了拇指的皮肉，虽然露出了骨头，钻心般疼，但小命总算保住了。

生活总是充满辩证，坏事会变成好事，下船赶汛成了我生命中的一笔宝贵的财富。至今我还隐隐自喜，浙江省作协诗歌组的成员除了陈山之外，我也是动真格的曾经与渔民长期在舱板上跌打滚爬的一个。

在陈山眼中，我当时不仅不是“漏网右派”，而且是有志于文学的有作为的青年。他在小饭店见到了我，非常高兴地走过来，亲切地拍着我的肩膀说：“受鹏，这下你的写作题材丰富了吧，多出点作品呀！”他客气地坚持给我付了汤面钱和酒钱。的确，陈山的鼓励，给了我精神上极大的支持、写作上极大的动力。要知道那时我是二等公民，而陈山是公社党委副书记呀！“文人相亲相惜”，他的话似三月春风温暖着我的心扉。

在陈山那里，我不仅得到精神上鼓励，还得到创作上的指导。

陈山的作品洋溢着时代气息，而遣词却古色古香。看,《扬旗赋》描写大军渡江大战的场面:“洗马长江。大军喝了誓师酒,为人民请命,为天下分忧,甘心用血写《春秋》。夜半三更,一片红旗天上走,万点白帆开绣球。潮迎人面起,喝彩看飞舟,刺刀如水向东流……”好一个“刺刀如水向东流”!当我眼球猛地接触这神来之句,心灵便骤地一惊,斩截痛快,它将百万雄师过大江的磅礴气势逼真地展示出来。陈山告诉我,《扬旗赋》曾是1949年4月21日深夜大军渡江时在船头口占,而后追记,它与《擂鼓赋》一起发表在1960年1月号《上海文学》。

陈山非常关注同代著名诗人作品,作家之间思路往往互相电光石火般触发。记得1960年10月号《人民文学》发表了袁鹰《上井冈山》长诗,陈山向我借阅所订的刊物后,激发了灵感,以五言古风体写了长达二百六十余行的《送友上四明山》:“海边送朋友,船头紧握手。长风追大浪,解甲归陇亩。四明山色好,岚光绿可舀。任重而道远,伐穷如伐纣。卧薪尝胆者,舍我属谁谋?”陈山在青年时代是新四军战士,在四明山打游击,曾任三北游击司令部南山总办事处副主任,熟知那里的风土人情。读着《送友上四明山》诗稿,仿佛令人身临“青山云半收”之境。该诗音律铿锵,朗朗上口,言近旨远。后发表于《上海文学》1961年1月号。

陈山的诗吸取民歌营养,语句流畅、活泼、明快。又注意学习古典诗词,锻字炼意,寄情遣志。真的,我那时幸运极了,不仅与他一起赶潮,还能一次次最先看到他的新作。一次，我和他从海上赶潮归来，他翻开随身携带的笔记本递过来，《蝶恋花·渔老大》便映入我的眼帘：“屹立船梢抡大斧，倒捋胡须，气势赛盘古。大海平摊书一部，天文地理如家谱，进退舒徐能用武。唱令返航，打点功劳簿。风暴欲来心有数，晚霞俨若胭脂虎！”把一个海上捕捞指挥者在风暴来临之前从容不迫的姿态描绘得活灵活现。

陈山在蚂蚁岛的诗歌是物质饥馑时代的一种精神激励：“北风夹雪来势凶，吹破白帆吹破篷。只有红旗坚不动，轰轰烈烈闹天宫，……北风夹雪水结冻，冻硬毛竹冻僵松。只有梅花坚不动，花心一点透春红……”在最困难的“三年经济困难”时期，《坚不动歌》表现了诗人敢于战胜一切的气概。记得陈山在蚂蚁岛这个小院子写好这首诗给我阅读时豪情万丈地说：“诗人要有志气！”后来，那首诗发表在1961年1月的《浙江日报》副刊，被评为红旗稿。

在一种很难冲决的“政治”吟诗的氛围中，陈山的抒情仍保持着冷静，不忘在平凡的劳动场面、质朴的书写中和融诗意。“北风朝我们吹冷气，我们朝北风吹热气。拼着，拼着，看看到底是谁能持久？直斗得大海发热汗直流，北风泄气不再吼；这才从容起网，把一座雪亮的银山扛起走！……”(《豪迈的决斗》)让我们看到了渔家斗海的英雄气概，淋漓尽致地抒发了打鱼汉的豪情。陈山的诗兼顾着各层读者，政治家看到的是政策带来的感奋和民生的状态，一般读者领略的是或熟稔或陌生的本色民谣，而世代沐雨栉风生活在东海的渔民听到的是自己的心跳。

陈山的民歌、旧体诗与新诗熔铸成的“三结合体”影响了我的诗歌创作。那时，我写了诗，向报刊投稿之前总要设法让他先看一看，作些点拨，他总是不厌其烦，逐字逐句斟酌。

记得在1960年冬汛，我被渔民拼搏潮头拉起一网网活蹦乱跳的带鱼的景象所感动，写了《风雨里起网》等诗作20多首，求教于陈山，他对每首诗都吟咏好几遍，并谦逊地说：“‘风打桅贴水，浪撕舵板叫’，这句改成‘风压桅撞海，浪嘶舵板叫’，比较好。”同时，他还指点我新诗创作怎样使用赋比句，怎样化用旧体诗词、戏剧唱词等，使诗作既充满口语活力，又不乏古典书面语瑰丽光泽等问题。在他的点拨下，我在20世纪60年代初，诗歌创作迈上了一个新台阶。自1961年5月在《上海文学》发表了《风雨里起网》（外一首）后，至1962年，在《文汇报》《解放日报》《新民晚报》《小朋友》以及《东海》《浙江日报》等报刊先后发表了《海蜇歌》《渔灯》《渔家孩子的歌》等反映渔民赶潮生活的诗和渔家儿歌七十余首。不仅引起了省内作家唐向青、郑秉谦、薛家柱、钱炳麟、张往等人的注意，也吸引了上海少年儿童出版社的目光。至今，我难以忘怀苏茹和赵基知两位编辑，特地千里迢迢地从上海来到蚂蚁岛，像大姐姐、大哥哥似的了解我的创作情况，鼓励我多出作品，并计划给我出一本儿童诗集。

在蚂蚁岛与陈山相处的日子，是我诗歌亮起来的日子。对我来说，这是一段千金不换的岁月，这是一段影响我一辈子的岁月。因此，我对陈山这位浙江诗坛先辈充满敬意，终生难忘。

陈山揭开了舟山海洋文化灿烂的一页，他写了歌唱舟山群岛的大量诗作，在蚂蚁岛实现了一次创作飞跃，完成了民歌、旧体诗与新诗熔铸的“三结合体”。1962年上海文艺出版社出版的《擂鼓集》是他歌唱舟山千岛的专集，他特地给我寄来了新书，那吸收古典诗词和民歌谚谣营养的艺术风格，与奔放中有含蓄、奇崛中见平易的文笔，令我爱不释手。当时，姚文元在《上海文学》发表《评擂鼓集》一文，高度赞扬了陈山的诗歌创作艺术成就。

“万条白帆展翅膀，歌声更比潮声响，……心比海水更澄洁，映着朝霞更美丽。”(《蓝色的土地》)歌唱渔民赶汛，美化渔民劳作，歌唱渔民的胸怀，升华渔民的人格。“哪怕寒潮来势重，自在从容。舵柄徐操纵，雁队斜飞帆队送，天衣也教开条缝！”(《嵊泗》)这样的表达让我们听到了大海的涛声，看到了记忆深处的海景与渔民与天奋斗、与海奋斗的精神。举目检视中国当代诗坛，在写渔村渔民的诗人当中，陈山要排第一，全国无有出其右者。陈山以超迈的诗性禀赋，关心百姓痛痒，触及现实生活，坚持为民风作歌的精神，实在令人感动，值得当今写新诗者借鉴。

陈山回杭州后，我和他虽有书信往来，但由于种种原因一直未能再见面。1990年我出版了散文集《五彩潮》，给他寄去了一本，请他指点。他高兴地给我回信，并给予“清新如山泉，多彩似海霞”的许多鼓励话。至1994年4月,我又接到陈山来信,他已在浙二医院治病,信中表达了怀念之情,并请求我帮忙做一件事:他家里的最后一本《播鼓集》,被当时蚂蚁岛乡党委书记刘健民拿来放到蚂蚁岛创业展览室作展品。他想要回这本书。我便向刘健民同志联系,将创业展览室里那本《播鼓集》寄给陈山,将陈山赠我的那本《播鼓集》复印留底后,放到展览室。陈山收到书后,又给我写了致谢信。可惜,我那本《播鼓集》,因展品几经周折,至今不见了,留下的只是复印件。此外,刘健民同志搜集的在创业展览室与《播鼓集》一起展出的由我写作的反映蚂蚁岛艰苦奋斗的《搓绳曲》一诗也不见了。

不久,杭州传来了令人心痛的噩耗,陈山走了!

老战友、浙江省委原第一书记谭启龙等送来花圈,并到场祭奠送行。

陈山在生命最后时刻,还想着自己的书,可见爱诗犹如爱生命! 20世纪90年代末期,我在《浙江作家报》见到省文联举办陈山作品研讨会的报道,省里著名评论家、诗人龙彼德、骆寒超以及众多的作家对陈山在蚂蚁岛的民歌、旧体诗与新诗熔铸一体的诗作予以高度肯定,令人欣慰。

舟山赋

泱泱中华，城镇千万，群岛立市，唯我舟山。拥飘香溢彩之岛屿千座，孕勤劳智勇之儿女百万。北承登莱，南亘瓯闽。西通吴会而抱长江，东襟朝韩而控日本。壮哉昌国捍疆之雄关要塞，雄哉汇川纳海之东方大港，美哉多姿多彩之渔都海市，奇哉如诗如画之旅游胜境。

舟山之史，源远流长。远古先民，隔海眺望，山山似舟，笼烟载云；山山似荷，飘逸连穹。海上蓬莱，天外方舟，目随烟涛兮茫茫，心逐流水兮悠悠。缘木为舟，编竹成筚，先民渡海，族聚于斯。薪火相传，渔耕相继，始自殷商，世代蕃衍。春秋战国，外越甬东[①]，舟飞桨舞，人欢鱼腾。舟山渔场，衣食之仓；舟山渔民，江海之龙。栉风沐雨，采集金鳞银翅；追星赶月，营造船街桅市。虎踞龙蟠，舟山风云激荡；金戈铁马，千岛刀兵纷争。周穆伐偃王而毁徐城[②]，唐皇镇袁晁而撤翁山[③]，明祖废昌国而迁岛民[④]，清廷扫南明而布海禁[5]。几度撤废迁徙，几番颓倾起兴。海闭兮则国衰，海开兮则国振。至康熙，解海禁，迁民返，渔市盛。荻芦渔村沈家门，几经嬗变终化“蝶”。海市煌煌兮华夏头角，渔港恢恢兮世界三强[6]。定海道头，市肆繁华，旌旗十里，楼阁万家。贩客如潮，日夜喧哗；番船若鹜，越冬度夏[7]。

呜呼!清廷以华夷掺杂有伤风化而闭关[8]，英夷以倾销鸦片寻衅滋事而掠地。鸦片战争炮声响，定海城头起烽烟。鏖战六昼夜，豪气冲霄汉。天地兮为之变色，鬼神兮为之哭泣。五千壮士洒碧血，痛入每颗中国心；三位总兵献身躯，鼎峙千秋汗青名[9]。抗英烈火，锻铸历史名城；杀敌浩气，凝聚舟山毅魂。海山英雄土地增几度亮色，岛城儿女脊梁强若干钙质。清廷屈膝，割香港而保舟山[10]；“毋忘国耻”，百将题碑文而警后世。[11]澄清玉宇，搏长空万里兮扫阴霾；擎起朝阳，蹈东海千涛兮扬红旗。人民子弟兵于1950年5月17日解放舟山，千岛新生。

今中华复兴，舟山崛起。“以港兴市，全面跨越。”临港工业，异彩竞放，万吨巨轮披霞帔，五洲远航铸辉煌。海上贸运，突破亿吨，深水良港展风采，铁臂吊车举春光。渔业捕养，全国扛鼎，碧波浩渺千舟奋，紫气光华万象新。远洋船队，跨出国门，太平洋上抛钓钩，大西洋上撒大网。

舟山之姿，风情万种。千岛飞花点翠，港城吐绣织锦。海滨平台，休闲观光佳处；路边圃苑，花草景观靓容。东海未见日出，朝霞初染青山。港畔铺开一幅群体晨练图，滩头谱出一支生活和谐曲。华灯初上，人约黄昏。凤凰还巢，飞鸟归林。红男绿女，涌至海滨。飘紫撒红，东风绽放千树花蕾；争奇斗艳，灯彩结成百条项链。海鲜排档，顾客盈门。桌罗朱甲，柜列锦鳞。八方来宾，皆作酒星，挚友相会，高歌抚琴。玉液揭盖闻气醉，佳肴上桌透心香。贾岛酩酊非假倒，刘伶倾杯不留零。不觉乾坤之大小，顿忘世事之短长。

舟山人文，铄古耀今。海魂毓秀，山魄钟灵。英才辈出，四海蜚声。群星炯炯，高悬天庭。明代张信，殿试头名，秉公执事，铁骨铮铮。张公苍水，反清复明，孤臣拥汉，大义凛凛。黄式三、黄以周，父子并辉，海天双星，采集礼制。自唐至清，设帐讲学，以礼淑性，江南高才，多出其门。朱葆三、刘鸿生，领军浙商，雄踞申城，经营有方，华夏扬名。清朝画家厉志，草书丹青海内知；当代作家三毛，小说随笔天下闻。巾帼英豪，突击队长金维映，奋战瑞金闹革命；海上巨子，世界著名船王董浩云，纵横七海逞雄风；子承父志，香港首任特首董建华，自治港城展才能。俱炎黄之俊杰，中华之精英。自秦而始，名贤毕至。风云际会，千岛添胜。安期生醉墨桃花，岛以桃花为号；梅子真炼丹梅岑，庵以梅岑为名。方士徐福，高僧鉴真，泊碇嵊泗，东渡日本。论道讲经，文化恩神，馆宇庙堂，昭其遗踪[12]。历代魁星，舟山相奏，华章灿烂，焜耀九州。苏轼、柳永、王安石、陆游，触景皆留题咏；吴莱、文徵明、徐如翰、胡宗宪，感时各抒其情。康有为、郭沫若，行吟“人间净土”;苏步青、钱伟长,赋诗“慈航观音”。文人学士,各显其长,诗词歌赋,情致盎盎。画坛巨匠叶浅予、程十发,描佛国禅趣、渔港风情,妙笔生花,百年流馨。更有一代伟人,中山先生,耳吻潮音,心涵海印,佛国际遇,蜃楼奇景,“宝幡舞风,仙葩织锦”,逸兴遄飞,俯畅遥吟。韫玉山秀,怀珠川媚,人文闪光,海山增辉,滋养千岛心灵,提升舟山品位。

海洋文化名城,又添古舟新韵。日本“春日丸”赴桃花岛续先世恩情[13];瑞典“哥德堡”访沈家门圆前生缘分[14]。“里斯本丸”,揭开封尘,《东极拯救》,闪光银屏[15]。仿明古帆“绿眉毛”,远航韩国挹古今。重燃海上丝路之光,再扬世界名港之风。

人文灼灼,名山粲粲。海天佛国普陀山,心灵朝拜之天堂。楼阁高低几百寺,鱼龙轰卷万千浪。鸟声作笔墨兮,描茂林生趣、古刹幽深;奇石为手臂兮,揽虹霓洒彩、白云恬静。香客礼佛禅路,回荡超凡之长歌兮;磨心高处云庵,飘旋脱俗之钟声兮。观音菩萨,广宇悲心,慧炬宝筏,普度众生。佛缘智慧兮一处点化,天地精华兮一地汇融。国家级景点,数以百计,列岛型风貌,嵊泗独一。金沙盘山萦回,奇礁迎潮兀立。晴光耀银羽,百鸥掠海旋苍穹;涛音和渔号,千舟赶潮御长风。潮涌雪山朱家尖,弘扬沙雕艺术,“希腊神话”“奥运史诗”,展示回肠荡气传奇;浪浮盆景桃花岛,闪亮武侠文化,“射雕英雄”“神雕侠侣”,演绎惊心动魄故事[16]。舟车如流兮,载九腔八调之刚柔语音兮;游客如潮兮,织五光十色之流动图案兮!

盛世展宏图，千岛驾彩虹。舟山市委、市政府挥展恢弘手笔，横书海阔天空。斥资百亿有余，实施连岛工程。跨海大桥，指日可通⑰。舟山宁波连一片，千颗珍珠串一线。势压万顷波涛，震撼东海龙宫。变茫茫天堑为夷途兮，遏浩浩阔水为中川兮。横空五十公里，长度为世界之最；荟萃当代鲁班，工程为全国之重。数字化控制全球领先，现代化管理世界一流。熔科技于建筑之中，融美学于工艺之内。俯瞰兮巨龙卧波，仰望兮长虹贯海。彩霞与紫雾斗艳，海光共云影齐辉。经典设计，巧夺天工，无限妙景，尽蕴其中。增光添彩，展舟山之精神兮；扬眉吐气，圆万代之梦想兮。

噫吁兮！大桥经济，日新月异，融入长三角，接轨大上海。中商外企，抢滩占位，人流物流，纷至沓来。泽两翼城乡于兴隆，促千岛经济于腾飞。

伟哉舟山，情怀自在，静中之美，毋庸雕琢而自著风采；伟哉舟山，步伐豪迈，动中之美，不必粉饰而四射光辉！

咫尺之目，容不下千岛闾井；方寸之胸，赋不尽一城沧桑。撰文兮表爱岛之心，讴歌兮抒赞乡之忱。愿我舟山，繁荣顺昌，改革开放，东风浩荡。科技发展，百业兴旺；社会和谐，岛富民康。前程兮昭焕似锦，经纶七襄；伟业兮喷薄如日，光芒万丈！

2008年1月

注释：

①春秋战国时期，越国的绍兴为“大越”，舟山群岛为“东海外越，称甬东”。

②《定海厅志》载：公元前9世纪，徐国有个诸侯，僭称徐偃王，遭周穆王征伐，逃到舟山，筑起一座土城称为“徐城”，后徐偃王死于战场，“徐城”亦毁。

③737年，唐玄宗在舟山首次设立县治。因他信奉道教，相传炼丹家葛仙翁在舟山黄梁尖得道，便把县名定为“翁山”。“安史之乱”大耗唐帝国元气，闾井荒芜，徭役加重，处在水深火热的百姓揭竿而起。公元771年，一个在浙东途中押送“壮丁”的小吏袁晁登高一呼，啸聚20余万，攻下远峙海中的翁山县，竖起反唐大旗，朝廷命大将李光弼镇压袁晁，并撤翁山县。

④1386年，明太祖为舟山“悬居海岛，易生盗寇”而废北宋建立的昌国县，将舟山46岛居民驱迁至内地。

⑤1653年，南明政权总帅张名振，以舟山为据点抗清。1657年，清军攻占舟山，大肆杀戮，并将舟山万余户岛民悉数驱赶至内陆，海岛禁止居住。

⑥1684年，康熙下诏开放舟山海禁，建县“定海”，迁至大陆的人民纷纷返回舟山，沈家门港迅速繁荣起来，成为中国最大渔业基地，与挪威卑尔根港，秘鲁卡亚俄港，并列为世界三大渔港。

⑦1698年(康熙三十七年)，定海建“红毛馆区”供外商水手食宿、贮存货物及办公，比广东涉外区十三行街早36年。

⑧1757年(乾隆二十二年)，清廷以“洋船至宁波

者甚多。将来番舶云集，留住日久，将又成一粤省之澳门矣。于海疆重地、民风土俗均有关系”为由，关闭定海港。于是外贸冷落，“红毛馆”尘封。

⑨1840年7月6日，中英鸦片战争定海之役爆发。英军占领舟山后，遭到群岛人民全力反抗，加上疫病流行，于1841年1月23日撤出舟山，并于同月26日强占香港。1841年9月26日，英军第二次攻打定海，葛云飞、郑国鸿、王锡朋三总兵率领五千清军保卫定海，血战六昼夜，无一乞降，均壮烈殉国。

⑩1842年8月29日，中国近代史上第一个丧权辱国的不平等条约——中英《南京条约》在英军旗舰“皋华丽”号上签订。清廷将香港割让给英国，待付清赔款和上海、宁波等五口通商后，英军撤出舟山。

⑪舟山鸦片战争遗址公园内有肃穆庄严的“百将题碑”。玄色大理石碑林镌刻着张震、迟浩田、洪学智、李德生、廖汉生等将军手书的“雪百年国耻，振民族雄风”“民族英雄，光照千秋”“毋忘国耻，奋发图强”，振聋发聩。

⑫舟山嵊泗有纪念徐偃王和徐福的徐公山，山上有徐公庙。大悲山有鉴真雕像及东渡史迹陈列馆。

⑬1752年，日本气仙沼市大型商船“春日丸”，遇风暴漂至桃花岛洋面，13位船员得到当地渔民奋勇救助而获生。1993年冬，“春日丸”船长传兵卫第八代后裔佐藤亮辅，携带日本巧匠复制的古船“春日丸”，赴桃花岛谢恩赠舟。2007年春，韩国纪录片制作公司拍“春日丸”专题片，于是，春日丸的故事传遍日、韩、东

南亚地区。

⑭260多年前,瑞典商船“哥德堡”号满载商品,沿中瑞海上丝绸之路至舟山,因清政府闭关锁国而未能入港。2006年11月,瑞典仿古商船“哥德堡”号访问沈家门港,圆了与舟山结缘之梦。

⑮1942年9月底,日本改装过的货船“里斯本丸”号,载1816名被俘英兵,从香港驶往日本,船上无任何有关战俘标记,被美国潜艇发射的鱼雷击中,沉海,840余英兵被日军封舱闷死,其余英兵跳海逃生。东极居民奋力将384名英兵拯救上岛。2007年夏,电影《东极拯救》在上海首映。

⑯金庸的武侠小说《射雕英雄传》和《神雕侠侣》描写了桃花岛的秀丽风光。由张纪中执导,根据小说改编的同名电视剧也先后在桃花岛拍摄。

⑰舟山连岛工程有五座大桥,至今已建成桃夭门等三桥,西堠门与金塘二座大桥正在施工中,登上金塘岛放眼一望,双桥卧波的雄伟轮廓已基本成型。2009年,舟山连岛工程竣工通车。

舟山跨海大桥赋

1999年9月，舟山市委、市政府挥展如椽大笔，横书海阔天空，启动中国规模最大之舟、甬岛陆联络工程。历时十载，起于舟山本岛，途经里钓、富翅、册子、金塘四岛之岑港、响礁门、桃夭门、西堠门、金塘等五座跨海大桥及接线公路告竣，天衣无缝，煊赫壮丽。万众欢腾，能不讴谣？千岛懿彩，岂敢缄默？故为之赋。

赋曰：

淼淼东海，波翻浪涌；巍巍大桥，气恢势弘。夫舟山新区，扼甬江之咽喉，控东海之要道，绾千岛之绿地，浩浩荡荡，孕东方大港于襟怀也。

远古陆上先民，隔海远眺舟山：隐约海上蓬莱，依稀天外仙船。缳木为槎，编竹为筚。历尽千辛万苦，先民族聚舟山。渔耕相继，薪火相传。荻芦渔村，嬗变化“蝶”。楼阁万家，长街十里。渔贸鼎盛，商贾摩肩。呜呼，舟山孤悬海外，开门烟波浩渺。千载浮舟，商旅煎熬风涛；百代梦想，天外飞来金桥。今中华复兴，神州崛起，政通人和，国强财雄。杭州一湾，刚惊宏图；舟山千岛，又艳彩虹。

千根铁骨，万条钢筋；八千壮士，十年艰辛。五龙煌煌，飞越海空；一线沉沉，串联舟、甬。变茫茫天堑为夷途，遏浩浩阔水为中川。横空五十公里，长度为天下之最；投资百亿有余，工程为赤县之重。数字化控制世界领先，现代化管理全球一流。钢梁跨度立五洲鳌头，高塔拉索开列国先河。排沙拣金，熔科技于建筑；镂月裁云，委美学于装饰。高眺若玉带蜿蜒，远瞩如长虹通天。晨曦曙光，赤霞与紫雾斗彩；夕照暮霭，云影共海光齐辉。闭星羞月，夜夜火树琪花；追风掣电，朝朝车水马龙。钢栏七色花，彩旗杆上斜。海中平台，休闲观光佳处；引桥圃苑，花草景观靓容。鲁班运斤，艺臻化功①，无限妙景，尽在其中。光前裕后，显舟山之精神兮；扬眉吐气，长千岛之壮志兮！

夫中华桥史，悠久辉煌。民间巧匠李春，银练一匹美赵州，百世流芳；桥梁专家茅公，铁尺千丈量钱塘，万流景仰。更有卢沟晓月映碧波，大渡铁索压浊浪。二十四桥明月夜，玉人吹箫春梦香。一处桥梁一胜景，一泓绿水一世界。有桥梦圆，无桥恨长。九霄绛河搭鹊桥，七夕织女会牛郎。呜呼，天下多少兴亡事，悠悠飘逝江海中。君不闻魏武帝大江遭困，挫大业赤壁遗憾；秦苻坚肥水兵溃，失魂魄风声鹤唳；伊里布望洋兴叹，丧斗志媚夷乞和②。往事匆匆，岁月峥嵘。过客遇堵，空留旧梦；港城创业③，敢换新天。大鹏垂天，振翅高翃；巨龙跨海，奋爪御风。促双翼经济于腾飞，泽两岸城乡于兴隆。

噫吁兮！弃水登陆，开创大桥时代；冲决“瓶颈”，缔造魅力舟山。融入长三角，接轨大上海。以港兴业，良港兮彩焕明发④；以港立城，港城兮霞举虹飞；以港带岛，岛群兮风兴云蒸；以港领桥，桥网兮龙舞凤翔。群贤智慧铸乾坤，蛟龙不负千岛心。港城寸寸黄金地，海山处处捷报频。

夫舟山连岛大桥，乃海天灵气之凝聚，时代崛起之诠释，历史祁愿之雕塑，东海神话之造型也！

噫吁兮！纹织碧海，感动中国，凌空长龙，舟山之魂；锦铺蓝天，焜耀龙宫，贯日彩虹，华夏之情！

2009年10月1日于沈家门

注释：

①化功：非人力可为，功到即至。西汉贾谊《鵩鸟赋》：“天地为炉，造化为功。”

②丧斗志媚夷乞和：道光二十一年秋，钦差大臣伊里布抱着剿灭鸦片战争中侵占定海英夷之雄心壮志，从云贵高原至镇海任两江总督。他面对甬江口外灰鳖洋茫茫阔水，眺望奔驰海面执行封锁任务之英军火轮船，顿时动摇主剿信心，退缩为委曲求全之“乞和派”。

③港城创业：2009年9月19日，首届“中国创业之城”评选结果在北京发布，大力发展海洋经济，鼓励创新创业之舟山与深圳、杭州、昆明、温州等200个城市

当选为首批“中国创业之城”。

④良港兮彩焕明发:2008年宁波—舟山港以年吞吐量1093.3万标准箱之优异成绩跻身世界前十强,超越荷兰鹿特丹港等世界知名港口。排名从2007年第11位上升至第8位。宁波—舟山港2008年货物吞吐量达5.2亿吨,舟山港域吞吐量达1.58亿吨。

沈家门港赋

龙虎两山[1]，雄峙海门；东西双桥[2]，矫纬龙宫；港中千舟，驾御长风。夫沈家门港，雄襟万里。北接登莱，南亘瓯闽，西抱吴会，东濒大洋。揽山海之灵秀芬香，兼人文之源远流长。

海域浩瀚，激越百代豪情；渔乡温馨，弥漫千秋沧桑。今朝尘埃拭净，山水华彩弥彰；旧貌风韵犹存，新容更袭丽妆。

海水悠悠，港史煌煌。先民居斯，始于晋唐。海上丝路[3]，千古流芳。鉴真过境[4]，六渡东瀛；郑和出港，七下西洋。呜呼，倭寇犯境，明廷海禁[5]。戚将受命[6]，秣马厉兵，艨艟秉钺，铁火争雄。靖戍海疆三千里，荡涤妖氛八万顷。

康熙"解禁"[7]，渔港回春。二十四番节令，吐纳渔汛；三十六度周天，律动海韵。门迎旭日，扬千帆于熙春潮头；臂揽云水，张万网于烟霞沧溟。锦鳞铺展船街，几树斜阳晴晒网；银鲳点缀桅市，一弯平沙夜吹箫。伟哉,渔家儿女！无畏开拓者,潮头显肝胆。脉里溢智,骨里含刚,矫若神龙叱咤风云,胜似天马潇洒行空。

岁月嬗递,风云际会。世界名港,引无数贤才志士,击箸慷慨;教几多风流人物,翰墨遄飞。名宦缪燧[8],筚路蓝缕,铺砌东西横塘,奏鸣兴港之律韵;俊彦拙子[9],警世维新,著作精辟《拙言》,敲响民主之钟磬。更有忻阿来,陈良银众多渔老大[10],海天揽月,大洋捉鳖。嗟乎,伟绩丰功,非才疏学浅者能穷撰;群贤俊杰,与卿云虹霓者共争辉。

昔者已往,来者可追。且看今日之港城,与沪、杭甬而飞跃,居长三角而奔腾！政府领头,民众同心。“富裕渔港、人文渔港、法治渔港、生态渔港”,现蓝图为宏图,变远景为近景。沧海鸣笛,活力诱四方聚焦;古肆复兴,魅力引八面来风。煌煌乎水产城广招中外客商,盈盈乎渔市街博弈寰宇蜚声。桅樯似云,大业如日中天;街衢通达,百货似锦焕灿。科学发展,遵循有章。治污浊复澄澈,葆其美丽;放鱼苗旺水族[11],补其元气。净化清肺氧吧[12],减排节能;构筑和谐天地,养怡育欣。东港新城,晶莹玉洁,犹如银河落大地;镇区老街,溢彩流光,宛如琪花放千树。邻陀山上树长绿,青条森森;滨港路畔花常开,芳蕤馥馥。花噙画意,鸟语诗情。美哉沈家门港,悦目者,满目琳琅;赏心者,神怡心旷。古镇颂德,新街怀馨。

噫吁兮,自古兴衰凭时势。而今祖国如天龙翱翔,渔都如神骏载骎[13]。倚而长者,其沈家门港之时势乎！携山海而齐步，谋发展而创新；挽日月而同行，续辉煌而鼎盛！

赞曰：泱泱古港，中华宝玢。涤故鼎新，永驻青春。高挂云帆，远济沧瀛！

注释：

①龙虎两山：沈家门港畔耸立青龙山、白虎山。

②东西双桥：沈家门港东西两边有横跨海面的朱家尖大桥和鲁家峙大桥。

③海上丝路：沈家门港是古代开放港口——海上丝路的中转港，是明州港（宁波）通往高丽、日本等国必经航道。这条航道形成于唐代中期，日本学者安藤更生考证，唐显庆四年（659年），日本第四次遣唐使船2艘，泊于须岸山，即今沈家门港东南隅朱家尖。鉴真东渡、郑和南下也经过此地。《宣和奉使高丽图经》载：北宋宣和年间，徐兢出使朝鲜，途经沈家门。《允澎入唐记》载：明景泰四年（1453年），日本以允澎为正使遣明使船9艘、1000余人，来沈家门港。

④鉴真：688—763年，唐朝僧人，律宗南山宗传人，日本佛教律宗开山祖师，著名医学家。从沈家门港东隅朱家尖等地东渡扶桑，五次失败，历尽坎坷，终于在第六次成功。

⑤明廷海禁：明洪武十九年（1386年），朝廷为防倭寇，实施海禁，将舟山岛民悉数迁入鄞县，封锁海门。

⑥戚将：即戚继光（1528—1588年），字元敬，号南

塘，晚号孟诸，卒谥武毅。汉族，安徽定远人，生于山东微山。明朝杰出的军事家、书法家、诗人、民族英雄。于嘉靖年间，戚继光领命来沈家门水寨，率水师将士与倭寇鏖战，保障海疆安宁。

⑦康熙解禁：清康熙二十三年（1684年），海疆安定，康熙下达"开禁"谕旨，迁入大陆之舟山岛民后裔又重新返家，开放海门，沈家门港又繁荣起来。

⑧缪燧：1650—1716年，字雯曜，号蓉浦，江苏省江阴县申港镇人。清康熙年间定海县知县。他这个知县当得不易，因为他面对的是百废待兴的舟山，经过他22年的悉心治理，舟山才逐步恢复元气，居民才得安生。他与民众同筑沈家门港东横塘与西横塘两条防浪堤，传为佳话。

⑨拙子：李拙子（1871—1944年），原名哲诚，字寄桐。沈家门港西隅黄雉村人。青年时代留学日本，结识了孙中山先生，是早期同盟会会员之一，著有《拙言》一书，倡导民主建国。

⑩忻阿来、陈良银：忻阿来（1920—2013年），沈家门港墩头村人，系全国劳模；陈良银（1920—2012年），居沈家门港南隅黄石村，为第四届、第五届全国人大代表。他俩是新中国成立后舟山名头最响亮的开拓渔场老大。

⑪放鱼苗旺水族：当地水产部门每年放流鱼苗、虾苗等数百万尾，以恢复东海元气。

⑫氧吧：沈家门港空气好，有"天然氧吧"之称。

⑬神骏载骎：骏马跑得很快，比喻事业前进迅速。

普陀佛茶赋

伟哉乾元，万物大晟。茫茫寰中，慧生本根。神农肇基，发祥人文。精华藏之南海，奇茗馨于普陀。凤羽缀玉，启天地之玄心;麟角含珠，蕴佛国之气韵。蕊浆甘美，贵宾陶醉品饮;茶冠东南，骚人倾心歌吟。美哉佛茶，山光水影;人间极品，寰宇闻名。青山巍巍，碧海淼淼。佛山白华，远离尘嚣。始自晋代，高僧结茅。植茶供佛，借茶道以悟禅;以茶待客，启智慧而结缘。

美哉佛茶，玉洁冰清。涵佛内秀，孕茶精魂。观音菩萨，翠枝净瓶，天花法雨，普济苍生。清热解渴，化毒祛困。扬禅风于茶道，寓哲理于杯中。简朴中见清廉，和美中见洁净，宁静中见真善，谦恭中见淡定。

昔日，空谷清音，水流花馨。三杯两盏，满腹仙风。陆羽之后，诗人茶虫。屠隆烹茶，“佳气氤氲”;士慎品茗，“舌起凉芬”。卢仝《七碗》，笔墨情真;皎然《三饮》，别具禅韵。今者，海晏河清，万卉争春。红焙浅瓯，超迈前圣。佛茶润心，缔造琉璃世界；梵我一如，品味沉浮人生。

美哉佛茶，自然相生，觉后大千，列身国饮。凝聚华夏民族情结，描绘炎黄文化符号。一杯清茶，坐悟道德，净化灵魂；一杯清茶，摒除杂念，回归本真。沉苦里不失飞扬之志，富贵中犹有至善之心。万事可忘，难忘寸心千古；千般易淡，不淡茶韵悠长。君不见今日佛茶人人爱，喜迎嘉宾八方来，观音之善达天下，佛茶之风泽乾坤。美哉，秉承佛教之理念；壮哉，构筑世界之和谐!

诗曰：缀玉含珠嘉木荣，佛叶化汁韵味长。君请啜杯普陀茶，走遍天下齿颊香!

东港武岭湿地公园赋

2015年6月9日，沿绿道至东港武岭湿地公园，只见粼粼碧波里炫动着青山的倒影，浓密的绿荫洒下的一缕缕阳光化作了一丝丝青雾，清风吹来，青雾缭绕，令人心旷神怡，飘然欲飞，不禁踏歌飞韵。

赋曰：

银杏翩翩兮，展一路之娇美；香樟欣欣兮，显四季之妩媚。香蒲摇曳，醉梦于湿地；蒹葭苍茫，融情于碧水。鸟语花香，沁吾心胸；湖光山色，亮吾眼瞳。水廊曼回兮，潜身入幽处；栈桥斜欹兮，偷步访梦境。

美哉！东港湿地，四面生辉，八方迎宾。千树朝波邀客赏，山水含笑漾春风；百花斗艳织锦绣，风光如画醉人心。观鸟天堂，十里翡翠林，筑百鸟之歌厅；醉美湿地，一条青罗带，系千花之芳庭。野鸭浮羽，撩起千缕水波；黑眉苇莺，啼啭万般欢乐。红嘴山雀，尽兴吟唱；黄翎画眉，纵情流韵。最为夺目者，鹭也。白鹭掠影，湿地动容；苍鹭翔空，山林惊心。

噫吁兮，普陀无限风光，既缘天公造化，又归人力之功。建湿地公园，五光霓异彩；全生态系统，十色灿宏文。步入东港湿地，目赏花卉争艳，亲近自然美景，呼吸清新空气，感受湿地蓝天，体验休闲生活，何等快哉！

赞云：普陀绿肺随波净，东港林木带梦菁。群芳斗艳齐翩跹，众鸟纵情共争鸣。

第三辑 风物散鉴

伞

伞呵，人们生活中的亲密伙伴。收拢，一柄护身的剑；撑开，一片温馨的天。

伞的历史悠久，是谁发明，众说纷纭。一说四千年前，一个偶然的发现启迪中国人发明了伞。在倾盆大雨中，有个孩子顶着一张荷叶挡雨。可是，凹面向上的荷叶积了不少雨水，渐渐顶不住了。孩子灵机一动，把荷叶翻过来扣在头上。一顶凸面朝上的伞形帽出现了。人们发现，伞形的东西有挡雨的作用，于是伞便应运而生。

另说，《诗人玉屑》记述：两千多年前的春秋末年，我国出现了被后世尊为“工匠始祖”的鲁班，他的妻子云氏也非凡俗之辈。她看到丈夫长年在外劳作，受日晒雨淋之苦，便暗自琢磨：能不能发明一种“活动的亭子”，让丈夫带着外出，遇到太阳暴晒或阴雨来临，可以让丈夫躲起来遮阳避雨？经过长时间的思索，云氏终于有了主意：她把竹子劈成一根根细条，中间用一根竹棍当柄，将那些细条聚合起来，再在细条上蒙上兽皮，使之收拢如棍，张开如盖。一个可以随身携带的活动的袖珍“亭子”——伞，就这样诞生了。

后来，人们在“云氏伞”的基础上又不断加以改进，把兽皮换成丝绸；到宋代又用油纸代替丝绸，制成了纸伞。起初，用伞的人并不多，老百姓们认为，老天爷降雨，就是为了让人们接受雨的洗礼，打伞是对老天爷的不敬。但是由于伞确实给人们的生活带来了很大方便，便渐渐流行开来。

大约1747年，一个到中国旅行的英国人看中了伞，回国时便带了一把中国人制造的油纸伞，然后找人模仿它的构造，造出了一把形状似香菇的丝布伞。从此，中国伞走向了世界，流传于欧洲民间。

1820年前后，英国和德国制出了铁骨伞。现在使用的“U”字形骨带糟的伞，发明者是英国的佛克斯。19世纪是伞的黄金时代，随着社会进步，人们以不同的新材料造出了各种各样的伞，既轻便又实用。伞不仅作为人们遮阳挡雨的工具，还成了时髦妇女手中的装饰品。有不锈钢骨伞，还有伞骨可以在中间反折，只有普通伞一半大小的折叠伞。另外，只要掀动柄上的按钮，就可以自己打开的弹簧伞也问世了。

伞的出现，不仅是遮阳挡雨的实惠，更带给人间五彩缤纷的美丽。瞧，海滨浴场一簇簇彩伞，晴空里飘下的一顶顶降落伞，江南雨巷里飘游的花伞。甚至，公园的小筑，园丁手下昀松柏树，也多半设计成伞状。“心有灵犀一点通”，甚至草木也善解伞美。韭、藏报春、天竺葵等将花梗集生于花轴顶端，将花儿呈放射状散开，编成圆顶或平顶的伞。梨、山楂、绣线菊、百合花都是把自己的花序排列成一顶顶漂亮的伞。胡萝卜、茴香等更是别出心裁，还在花轴顶端集生分枝，每枝又张开一顶花伞，形成重叠的复伞，还有蒲公英在秋天精心地构思着飘飘逸逸的伞的童话。我似乎觉得山野上每一朵花都像一把伞。

伞不仅是工具，有时也是人们手中表情达意的道具。比如伞舞，那是遍及世界各地的传统民间舞蹈。在我国云南、广西以及坦桑尼亚桑给巴尔岛，每当收获季节，妇女们集体手持彩伞，载歌载舞，抑制不住的喜悦从伞面散往四面八方……

君不见公园花池边，山麓小径旁，乃至街头林荫里，一顶顶美丽的花伞遮掩着一对对相偎相依的恋人，天地仿佛都浓缩在那小小的伞盖下。啊，小花伞，演绎了人间多少缠缠绵绵的故事！君不见那些来也匆匆、去也匆匆的路人，猝不及防迎面走来一位自己见面尴尬的人，情急中以伞遮颜而过。那时，伞就是一袭温柔的面纱。是的，双方不声不响躲开，总比吹胡子瞪眼睛地摩擦好得多啊!逼一步，路窄地短；让一步，海阔天空。

伞不仅使人们免去骄阳炙烤、躲过暴雨瓢泼、抑制风沙袭击，伞还可给人们作防身武器。有一种伞，柄上可以喷洒胡椒粉，用来制止恶狗追咬；有一种伞，若遇到歹徒，一按伞柄即可喷出催泪瓦斯，把歹徒驱跑。

有关伞的谚语、谜语太多太多，延伸出许多人生的智慧与哲理。如“晴带雨伞，饱带饥粮”“荷叶当伞难遮天”“借伞无须谢，只需晾过夜”等。伞给人最大的联想是庇护与安全。

在人生道路上，父母是保护伞。他们时时刻刻牵挂着儿女。童年时父亲送自己上学的情景历历在目，那是怕儿子稚嫩受欺凌呀！父母总是千方百计让儿女免受人生风雨的侵袭，儿女走得再远，即使远至天涯海角也走不出父母的心。步入社会后，“在家靠父母，出门靠朋友”。朋友也是保护伞，体贴爱护犹如同胞手足。困难时朋友的一片温情会使你冷却的心热起来。可是天有不测风云，那种猛烈的暴风雨降临时使朋友那顶伞也不管用了，他们无可奈何地眼睁睁地瞅着你受苦。凄风苦雨中，我曾日夜翘首盼望有一顶保护伞，给我一份温暖。

有一支歌，开头第一句是“好大一棵树”，我听起来总觉得是“好大一顶伞”。这是一把德被苍生的巨伞，消弭了神州人斗人纷争的风雨，澄清了万里尘埃，呵护芸芸众生免受风刀霜剑煎熬，让你感受到人世间温和的春风和柔美的阳光。

海鸥悲歌

半月前，邻居一位渔民从海上带来了一只海鸥，听说那只鸥鸟因啄食晾在桅杆上的渔网中残留的小鱼虾，不慎误落人们设置的圈套，被网丝缠住了脚爪而遭擒。

瞧着海鸥无精打采的样子，我的脑海里不禁浮现出它翱翔在天宇的情景：伸展着两扇银色的又尖又长的强壮羽翼，倾侧着、回旋着，并作短促的、清脆的、悠远的歌唱，如同一个壮汉在旷野里吹出的嘹亮的口哨！

我还见过白鸥似一缕轻烟隽逸而从容地飘落在浩莽的海面上，银色的双翼似浮圈似的支持着体重，红色的趾蹼轻轻地划着海水，随着波涛上下漂浮，多么松闲、多么舒适啊！

如今，它被擒了，洁白的羽毛沾上了斑斑点点的污泥，见到逗着它玩的人，眼中便流露出极其惊恐的神态，躲躲闪闪。

那位渔民不想杀掉海鸥，只想让它成为10岁儿子取乐的活玩具。他为了防止海鸥逃脱，便把海鸥双翅的翎毛剪掉了，还在它脚上系上了一条柔韧的塑料绳子，使它只能蹦着走，不能展翅飞，因而海鸥的活动天地便囿于小小的院子里。它每天就这样供小孩放学归来逗玩，久而久之便心灰意懒，不爱吃人们喂它的小鱼虾，一天天消瘦下去，体力渐渐不支，有时会耷拉着翅膀，扑棱地歪一下身子。

终于有一天，海鸥摆脱了孩子的嬉戏，倒在小院子的墙角下不再起来了。

海鸥的死使我情不自禁地哀思起来。

我望着沈家门港上空闪电般划出一道道漂亮弧线的白海鸥，深深地惋叹那只海鸥的悲惨命运。

海鸥本是自由鸟，如果人们无害它之心，让它来去自如，亦能相亲相依。传说古代退隐者，喜与鸥鸟订盟同住在水云乡里。朱熹《过盖竹作二首》有句“浩荡鸥盟久未寒，征骖聊此驻江干”，辛弃疾也曾咏“富贵非吾事，归与白鸥盟”。那是一种与鸥鸟为友的真挚的忘机之情。陆龟蒙诗：“除却伴谈秋水外，野鸥何处更忘机。”陈与义《蒙示涉汝次韵》：“知公已忘机，鸥鹭宛停峙。”宋末作曲家刘志方的琴曲《忘机》，曲意隽永，细腻地抒发了那高尚的情操。《列子·黄帝》谓无机心者则异类亦与之相亲。一旦人对鸟有算机，则人鸟便疏远了。传说古时有位爱鸥鸟的人，每日在海上与鸥鸟游，数百只鸥鸟与他相聚同乐。他的父亲说：“听说海上鸥鸟都跟着你游乐，你能否拿几只给我玩赏。”

翌日，他到海上，鸥鸟只在空中盘舞，再也不下来。

当今也不乏人鸟相亲的事例，英国伦敦、我国昆明等地不是也能见到人与鸟忘机同乐吗？那年冬至时节，西伯利亚红嘴鸥飞到昆明越冬，给春城添了一道亮丽的风景线。昆明各界人士纷纷提出举办海鸥文化节以增添人们保护野生动物和生态环境的意识。这无疑是明智之举。

那里是鸟儿的天堂，但愿天下所有的鸟儿都有那样的生活环境。

然而，那只海鸥的命运悲惨，它不仅被人剪去羽翎，两脚还被系上绳子。这样，它就永远飞不起来，完全失去了自由，只能在狭窄的空间活动，怎能不在孤寂和忧郁中死去？海鸥是勇敢的鸟，它敢于搏击狂风暴雨，将闪电雷鸣作磨翅石，磨硬担负自己命运之荣辱的翅膀，再大的风浪，再大的苦难，它都能挺过去。然而，它难以承受剪除羽翎、系住双脚、限制自由的羞辱。与其成为人们股掌上的玩物，它宁肯舍弃生命。

是呀，以失去自由而苟生，不如壮烈地牺牲以延长生命的音响和光华。绝壮的音乐，多是悲凉的韵调；高尚的生命，常在壮烈的牺牲中。

飞禽尚且如此，人更不必说了！男儿膝下有黄金，只跪苍天和母亲！

可叹邻居虽无杀鸥之心，但不择手段扼杀海鸥的天性禀赋，一心想将其驯为服帖的玩物，以遂一己之私愿的行为，不仅愚昧，而且残酷。

掌握别人命运或能改变别人命运的人，我们希望他们能有爱心和公心。倘若像那位邻居那样不择方法，强制地按自己的意志行事，往往会事与愿违地戕害自己所爱的人和物！

从另一角度讲，命运要由自己驾驭，并靠自身拼搏去改变。这点，海鸥做不到，而人应当做到。

拾石记

早就听说“海上雁荡”朱家尖岛山奇洞奇，石头更奇。这么好的去处，又近在咫尺，为什么不去饱一饱眼福，拾取几块美石呢？

秋日的一个下午，我与几个同事横渡莲花洋，来到夏绿犹存的朱家尖。一脚踏进白山头，心情便感到分外愉快。白山处处显示宁静而幽婉之美。抬眼望去，但见苍翠的山坡上，野花亮开无数只柔美的秀眼，好似懂得你心事般地对你亲切地微笑；枫叶带着几分羞怯，脸颊上微微泛出红晕；而峭壁则显得热情好客，凌空伸出一块颤悠悠的“跳板”，仿佛在向满山的游客打招呼：“来吧，来吧，欢迎你们来白山做客、游玩，到这里下船！”

人说白山的云雾好看，这次一见，果然不凡。穿过一条绿荫覆盖的山径，眼前飘起了丝丝缕缕的雾，雾本来会使景物化成一片混沌，但由于它此时不浓不淡，恰到好处，雾的朦胧却使眼前的几层山峦变得浓淡有致。进入白山石林,雾忽聚忽散,似天鹅群舞,在蓝天织出奇妙的图案。有时候雾又呈一束束白色的飘带,它似乎在用尽一切轻盈婀娜的姿态来衬托四周耸起的高低不一的斑驳的岩石之坚挺。

白山雾妙,但我惦记着拾取美石。抬头见一巨鹰兀然而立,欲张的双翅挂着薄雾,将啄的利喙含着露珠,斥之不动,挥之不走,静静地瞅着,警惕地思索着我们这群不速之客的来意。白山头,风吹草低,牛羊安步,熊罴出没,蝙蝠倒悬,海狮顶球,水牛卧塘,随处是永葆的生命,触目是时间的凝固。瞧,那"八戒望海""仙女梳妆"等一尊尊人物造像神采奕奕;那"青蛙过溪""金鸡啼晓"等一只只鸟兽虫鱼活灵活现……简直不敢相信那都是一块块没有生命的冥石顽岩。蓦地,见一额闪智光的老僧,面朝普陀山,双手在胸前合掌;这边还有一个腰围绿叶、头披青发的原始美女。令人情不自禁一步一惊叹,一转一欢呼。再一细瞧,双股战栗,瑟瑟发抖,右侧一只毛发毵毵的饿狮,正张开巨口,振鬣扑来,而老僧却仍然虔诚地膜拜,目不旁顾,那美女也抬头远眺,泰然自若,可憩在半山腰的三四只乌龟、站在对谷的几头牛羊、蹲在坡上的猴子都惊呆了。生命凝固在这惊心动魄的一瞬。

突然,一位同伴喊了起来:"这里一只狼怎么不见了?"我笑道:"它听见了牧童喊第一声'狼来了',便一溜烟逃掉了!"同伴固执地穿石林攀岩角,终于欢呼:"它逃到这里来了。"我笑道:"用你这种执着的精神去寻觅,白山头还可找到鳄鱼、长鲸、北极熊,甚至恐龙!”

大伙始则愕然,继则哄然大笑!

我也笑,但内心是认真的。我深信,不论它们生长在哪个大洋、哪座森林,不论它们生长在一亿或两亿年前的远古,但却可在这座莽莽的石林中找到它们。因为白山石林的意象是主、客观融为一体的形象,是大自然的活动和现代人的想象合作而生的产物,任凭你的想象之马纵缰驰骋。

大自然是个伟大的耐心的雕塑家,不知若干亿年之前,古海洋的波涛,在这片钾长花岗岩古海床上轰然滚过去,又轰然滚过来。年深日久,花岗岩上出现了球状风化和垂直裂隙。几千万年之前,这里发生了新的造山运动,天海之间是一片轰轰隆隆的声音,到处是奔突冲天的狂涛与地火。随着地壳隆起,海水退去。千万年又过去了,花岗岩的裂痕越来越深,终于形成了一片石林。尔后,大自然又以水、以风、以阳光为雕刀,日复一日,年复一年地雕塑着白山头,而人们又用自己的想象弥补着它大手笔所未及,于是便产生了众多的千奇百怪的永不凋谢的生命。

这是一个方生方死、半生半死、永生永死、非生非死的世界,不必用什么“惟妙惟肖”“栩栩如生”之类去形容它们,它们之所以有生命,就在于似与不似之间;正如齐白石画论所谓既不欺世、又不媚俗。它也像黄山、张家界、千岛湖的轻雾一样,以其朦胧取胜。它给予游人形象与意境的视觉享受就足够了。

白山石头美,但可惜太大,有的一座石峰就是混沌一块,要想置在案头作景,除非有东海为盆的魔力,我只得用眼光爱抚一番就走了。

同事们说,想拾玲珑美观的石头要去乌石塘。于是,我们便兴冲冲地下山,约莫走了半小时,耳畔隐隐听到樟州海湾传来的涛声,情不自禁地加快了脚步。

那时的乌石塘,还"藏在深闺人未识",没有一点装饰来焕发她的风韵,增添她的颜值,呈现在人们眼前的是天然丽质。

"哇——"我们几乎同时惊呼起来,好一片奇异的景致:这是一个罕见的卵石世界。在一条月牙似的长五百余米、宽五十多米、高约五米的海堤上,叠满了清一色的黑卵石,每一块都经过浪涛千万次打磨,圆的、扁的,全无半点棱角。大的似拳,似碗;小的似豆,似珠……

当地人说,这一片乌石子是乌龙所化。卧于波涛的长龙,龙头、龙尾、龙嘴、龙须,一一毕露。相传许多年前,南海龙王有个三太子,浑身乌黑,然而心地善良。它见人间久旱不雨,禾苗焦枯,便心生恻隐,私自布洒甘霖。这事惹怒了老龙王,命兵将去捉拿,欲施行极刑。幸亏龙母及早闻讯,乌龙偷偷地从龙宫后院逃出,越过万顷波涛,来到普陀山避难。观音见小乌龙是替人做好事的正直的龙,便收留门下,派去守护管理普陀山道场的产业——香莲岙内的一大片土地。小乌龙感恩戴德,风风雨雨中尽力地护理着海塘。它精通吕律,清风明月夜常常轻抚瑶琴,美妙的乐音便飘荡在寥廓的海天。一天,狂风暴雨袭来,海塘摇摇欲坍。危急关头，小乌龙一抖身子，鳞片纷纷洒落，化成了无数乌石子，俨然筑起一条长堤，任凭狂潮冲击，岿然不后退半分，“免教此地变沧桑”。

朱家尖人说，乌石塘还有龙的灵气。它会唱歌弹琴，还会预报气象。谓予不信，请来乌石塘亲身体验一下。

风和日丽，波浪轻轻地拍打着乌石塘，你躺在晶莹斑斓的乌石砾滩上，聚精会神地谛听，天地间便有一支奇妙的音乐，幽然叩动你的耳膜：似龙宫檐上的风铃动，似龙女裙裾的佩环响叮咚，似海神浪里调丝桐……

风暴将至，乌石塘则“呜呜”拉起警报，如敲羯鼓，如鸣长号；或在海面掀起层层白浪，翻腾着，咆哮着，使出浑身解数，呼唤海中的渔民赶快收网归航。

乌石塘缘何这般奇妙，一位懂得地质的同事告诉我其中的奥秘。樟州湾两侧是黛黑的安山岩，岩质坚硬，但遇水较易风化，在海浪巨大的力量冲击下，不断碎裂，落入海湾，潮汐和波涛长期冲刷，石块互相摩擦成大小各异、光滑乌亮的卵石。微风细浪，拍打岩穴，则仿佛短笛轻吹，发出悠扬悦耳之声；狂风怒涛，冲击石罅，则声如巨雷，隆隆然滚动于滩头。

嗬，乌石塘，你真不愧是大自然鬼斧神工的杰作哟！

这下好了，这么灵异的石塘一定有奇石，好好挑拣一二块作纪念吧。

大家笑着跑进塘里，翻来覆去地寻觅着美石。因为我写诗，也写点散文，他们以为我懂得艺术美，每拾到一块别致的石头，便顾不上擦汗，匆匆地跑过来给我瞧："这块怎么样?"而我总觉得他们选的不合格，不是颜色太单调，便是形态太笨拙，没有一块中意。

我不知拣了多少块，也不知扔了多少块，渐渐心烦意乱了。没遇到一块石头显示"清辉淡水木""松际露微月"那样的幽境，更没见到"三山半落青天外""雨中春树万人家"那样富有诗情画意的美石。连三二草茎、几点小花那样简单图纹的石头也没找到。朱家尖呵，你徒有隽美的山峦、奇异的巨岩，为什么不将自己的灵秀钟毓于乌石塘的卵石呢?难道让我乘兴而来，败兴而归吗?

我耐着性子，又拣起一块，一看，又摇了摇头，这东西太呆了，黑不溜秋，毫无诱人之处。正想扔掉，忽然海面传来渔船返航的号声，抬眼一望，夕阳已衔着紫褐色的岛尖。岂能白跑一趟，就留着这块顽石权作纪念吧!

回到家，我把它放置案角。一次，写作倦怠，文思枯竭，随手拿起它，像见到一件陌生的东西似的细细地玩赏着，玩赏着，鬼使神差，凝滞而疲惫的大脑竟豁然开朗，发现它显示着艺术的美感。那石头上分明有几条青白相间的纹络和一片片红晕，恍若绵亘起伏的群山亮出映山红。再一细瞧，那山坡上仿佛还长着庄稼，在微风中一高一低地起伏着，里面还站着一个戴凉帽的姑娘哩……

我感到一种梦境似的冲动，狂欢的心剧烈地颤动着。激奋过后，头脑里忽地跳出一个疑问：为什么平日百般寻觅而不见的美，会在毫不经意的刹那间发现呢?

我想：大千世界，千变万化，不钻到别人设置的框子里，也不被自造的枷锁去铐住思维，而用心灵的默契去探求，也许，你的视野会展现一片片崭新的美，那些奇妙的想象和诗思，会电光石火般地触发……

桂 花 赋

秋景总有点萧森，而桂花却给秋添了活泼泼和喜滋滋的气氛，把天高云淡的秋日染得香喷喷。

我千百次做过窗前那株桂花树的梦。在那香海醉梦中，一条条枝丫撑开一顶绿伞，一片片翡翠般的叶子在阳光里闪耀着蓬勃的生机，一簇簇星星似的小花散发出醉人的芳香……

桂花树又名“木樨”，是常绿灌木或小乔木。常见的桂花有金桂、银桂、四季桂……金桂又叫丹桂，花为橙黄或橘红色，银桂，花为黄白色。四季桂又称月桂，月月花开，为桂花中的珍品。桂花那硬朗的、厚实的椭圆形的边缘带小锯齿的叶片，不管是刚长出的淡淡的嫩绿，还是原来的老练的墨绿，映入眼帘都令人惬意。叶片对生在银灰色的强韧的枝条上，错落有致，潇洒自如，无论你从哪个角度观赏都感到舒适。

桂花原产于我国，一般在农历八月开花，所以我们的先人又称八月为桂月。由于桂花醇香，受到人人喜爱，因而被移栽到全球各地。“桂子月中落，天香云外飘。”秋天，是桂花树生命最灿烂的季节。一树一树的桂花送出去几里的香味。走近了，那化不开的浓香，直扑你的鼻子，直沁你的心扉，仿佛硬拉着你，叫你舍不得离开。

桂花勾魂摄魄的魅力孕育了美丽的传说。相传月亮中有桂花树，因而月亮别称“桂宫”“桂魄”。沈约《登台望秋月》诗：“桂宫袅袅落桂枝，露寒凄凄凝白露。”苏轼《念奴娇》词：“桂魄飞来光射处，冷浸一天秋碧。”古代骚人墨客都喜欢沾上一点桂香。屈原《楚辞·九歌·东皇太一》：“奠桂酒兮椒浆。”五代严子休将撰写的艺文故事笔记取名为《桂苑丛谈》。科举时代称及第为“折桂”。此风不仅靡及中国，海外也这样，英国王室将领取宫廷津贴，写应景诗点缀王室喜庆事件或官方盛典的诗人，称为“桂冠诗人”。

桂花的风韵如此迷人，可那么旺盛、那么清纯、那么芬芳的生命竟没有“籽”，难道真应了“好花不结果，好事难圆满”的俗话？

“天地造化这般不公平！”我为桂花树大声疾呼。

然而，当我再度凝视庭院中的桂花树时，心头释然了。她扎扎实实生根，热热烈烈开花，向人世捧出了最美好的果实，桂花树是抗污防尘的能手，一片绿叶是一只“集尘袋”，千千万万只“集尘袋”吸附着空气中尘埃、炭粉及铝等金属微粒，净化空气，那保护环境不就是桂花树的硕果吗？而且桂花树四季都为人们辛勤劳作：春天，她在柔和的微风里发出“沙沙沙”的清韵，排除人们心灵上的倦怠；夏天，她用茂密的绿叶，替人们遮住烈日的灼烤，使世界变得清幽而宜人；秋天，她将浑黄的风滤得纯净而凉爽，徐徐地送入人们的窗户；冬天，她是一张绿色的窗帘，不让冷风抢走人们室内的温馨。她活着“使人们活得更快乐!”这份果实能不令人敬佩吗?

“好花不结果”，那只是世俗的眼光。

一次，我去花园里看春天里的桂花树，忽然心底涌起一阵惊喜，我意外地发现桂花树浓密的绿叶间竟长着一粒粒紫黑色的核果，像微小的紫葡萄，像黑珍珠。满丛的绿色里垂着一星星桂花果，给桂花树增添了别样的珠光宝气。见有果，我情不自禁想采一颗尝一尝，手指间感有弹性，知孕着充足的水分，捏破了，袭来一股香甜气味，一舔，却苦。看地上，已经落了许多，有的还裸露了纺锤形的果核。带着满心的好奇，我请教园丁。园丁说，开花结果，是树木的本性。园丁还说，结果的桂花树，繁殖能力特别强；籽生的桂花树，可以嫁接出许多名贵但不结果实的桂花树。是呀，对于桂花树，人们过于重视了她的花，而忽视了她的果，要知道正是这些不显眼的果，才繁荣了桂花，光彩了桂花。

哦，人世间好花也结果。原来桂花树是有籽的，只不过人们不留心难以见到罢了!

有也不恃，失也不虑，桂花树始终默默无声地工作着，没有一丝陶醉，也没有一声怨艾，只是尽力地筛去空气中的漠漠尘雾，一心为人们创造洁净而芳馨的生活，这是多么高尚的情操啊！怪不得古代希腊人用桂叶编成冠冕赠予崇拜的英雄。

桂花树，我一看到她便肃然起敬！

我愿沉浸在她那香海醉梦中，奢望桂花树把她芳馨的气质和芳馨的情韵漫润我的灵魂……

水 赋

水是平凡的，也是伟大的。

水的性格是坚韧不拔的，无骨而浑身骨气。在漫长的跋涉中，艰难岁月也无法消磨它的意志。水从幽深的大山之腹起步，仿佛一根闪光的琴弦，弹奏着优美的乐曲，带着大地的温馨，欣欣然向山下流去。一路上遇沟填壑，逢山开道。一座座高大的峭壁，犹如一副副重枷，锁住水的去路。此时，水不回头，也不气馁，用自己“柔中带刚”的身躯日夜冲刷，像一把锋利的钢锯，在峭壁间锯开一道深深的口子，夺路而出。

“无限风光在险峰。”马斯德说：“生命在最危险的环境中，方是真正的生命。”一道断崖横亘在水前进的途中，崖前是黑沉沉的深渊，是停住脚步苟且偷生，还是勇往直前舍生忘死？水毫不犹豫地选择了后者，撼天动地地呐喊着，从千仞高的悬崖上纵身跳下，那洁白的身躯撞在崖壁上，立时碎成齑粉，化作无数晶莹透明的珠子和缕缕白雾，在阳光的折射下，架起一道绚丽夺目的彩虹。

哦，经过悬崖洗礼的水燃烧出生命的壮美，壮美的生命在宇宙中永生不灭。

在深不见底的绿潭中，水又重新汇合了，歇歇脚，养养神，重新积聚力量，再形成溪流，欢笑着向山外奔去。

水的胸襟是开阔的，它与漫山的红叶、苍绿的松柏、飞舞的山雀、悠然的白云、金色的野菊互相辉映，浑然一体，谁也不欺侮谁。在这至善至美的大自然中，水欢畅地流着，滋润着万物。水懂得团结的力量，在前进的路上喜欢结伴而行。几乎每过一道山梁都有新的伙伴加入，它们虽然来自不同的方向，却怀着共同的理想。它们欢笑着、应和着，手拉手、臂挽臂，奔跳着朝着共同的目标前进。一缕缕细流汇成了一条浩浩荡荡的大江，一路高歌，一路奔流。

水的灵魂是纯洁的，它将透明返还人间，洗去了大地上多少污垢！一片片蒙尘的森林和乡村、城市都在雨后显得洁净明丽起来。人们衣裳上的污渍、肌体上的新陈代谢物，都在水中消失了。

一条条山溪汇成了江河，一条条江河汇成了大海，汹涌澎湃地荡涤着世界。大海能容得下千山万壑，却容不下一点点枯枝败叶，它咆哮着，怒吼着，高举巨手把一束束烂草和一片片腐叶无情地甩到沙滩上……

水是大地母亲胸怀里流出来的乳汁，哺育着万物。水与人，养育与被养育，水深深地烙印于每个人的心中，远在异国他乡的游子最忆故乡水——魂牵梦萦老家门前花木掩映的古井、村口凫游过的明丽的小溪。水在自己哺育的儿女身上留下了自身的特征。因此，几乎每个人的风貌都有一方水土的印记。山村汉子喝的是高山岩骨水，他们是那么粗犷爽朗；水乡女儿饮的是翠莹莹的小河水，她们是那么水灵灵的柔媚；大江少年在惊涛骇浪中成长，他们是如此豪迈；海边渔老大"直挂云帆济沧海"，他们是多么坦荡……从少年到白头，每个人的心中都流淌着故乡的那一方水。

水涵养人的英气，升华人的品格。山间的飞瀑，山下的急湍，是养育大山的支支血脉。据说古代铸剑，先是把剑放在火中煅烧，然后再放到水中浸泡，几经反复，才铸成一把好剑。这种浸泡过剑的水，千百年来也造就了多少慷慨悲歌之士！卧薪尝胆的勾践，精忠报国的岳飞，兼具文韬武略的陆游、辛弃疾、文天祥……至今读着他们用生命和鲜血谱写的壮烈诗篇，仍能领略那些仁人志士当年的侠骨雄风。以笔为匕首的鲁迅，将文人的凌厉剑气发挥到了极致。就连明末秦淮八艳和清末秋瑾那样娟秀的女子，也尽显铮铮侠骨。

水孕育人，也孕育灿烂的文明。爱琴海闪耀着希腊文明；亚马逊河、密西西比河流淌着美洲诸国的文化；黄河、长江满载着炎黄子孙的民族精神。赞美水，就是赞美民族智慧；歌颂水，就是歌颂民族精神。水的声音，也是民族的声音，《黄河大合唱》就是一个民族的大合唱,是一个民族在危难中的吼声。水的交融也代表人们心灵的交融,人们难以忘怀那年中央电视台春节晚会上震撼心灵的一幕:来自祖国长江、黄河的水与日月潭的水在亿万中华儿女眼前交融,并将被重新注入母亲河。这一幕于无言中道出了海峡两岸炎黄子孙梦寐以求的心愿。

水从远古的山脉流到文明的今天,开拓着一个又一个时代,给予人类说不尽的恩惠!

舟山的雪

一夜无声无息的柳絮飘雪，给舟山群岛悄悄地梳了个美丽的银妆。清晨，推窗一望，又惊又喜，原本紫绿中带赭的岛屿，此刻，玉雕粉砌，俨然北国风光。晶莹透剔的雪花覆盖着山坡上暗香浮动的茶梅，清逸灿然。

头天傍晚，我正双手插裤袋，在院子里悠悠地踱着，忽然觉得脖子里、头发间钻进一丝凉意，痒酥酥的。用手一摸，什么也没有。我奇怪地抬头凝望天空，只见一丝一丝似有若无的轻烟薄雾般的东西，从空中缓缓地无声无息地飘下来，用手捏住，只有一点湿润，一丝阴凉，再无别的痕迹。惊讶之际，一丝一丝的东西变成一缕一缕、一片一片的了，仔细地端详落到身上的几片，那洁净玲珑的六角形图案立刻印在我的心上，此时，我才如梦初醒，心底涌起一阵惊喜：哦，下雪了！

“下雪了！下雪了！”舟山难得下雪，孩子们欣喜若狂，他们尖叫着，恨不能跃身云霄，有用手掌和帽子去接的，有追赶着去捉的，也有呆呆地站着张开嘴巴，伸出舌头想尝尝雪花滋味的。鹅毛般的雪花飘飘荡荡落下来，天地之间顿时挂起了一张白茫茫的雪帘。

雪下了一夜，第二天清晨揉开睡眼，还未开灯，房间里便一片明亮。抬头一望，到处是雪花温柔缱绻的身影：盖在高低不一的山坡上，每一棵树都穿上了洁白的衣衫，树的枝丫仿佛美丽的鹿角；铺在狭长幽深的巷子里，人们真舍不得踏上那纯洁的鸭绒地毯；罩在海港每一条渔船上，一支支樯桅娇若临风的玉树。一阵风吹来，房檐上、树枝上，雪花雪球簌簌地飘下来，如面粉，似玉屑。

天公剪水，宇宙飘花。古今多少骚人如醉如痴，或小酌于亭台，或吟哦于园林。“有梅无雪不精神，有雪无诗俗了人。日暮诗成天又雪，与梅并作十分春。”这般景况，何羡峨嵋千尺！

舟山的雪，是最柔美最可爱的雪，它虽是乘朔风而来，但没有寒气和霸气。舟山的雪地是儿童最快活的游乐场。瞧，孩子们呵着冻红的笋芽似的手指，五六个一齐来塑雪罗汉。大人们也来掺和，罗汉塑得比孩子们高，浑身闪闪生光。孩子们用黑纽子给他做了眼珠，又拿来胡萝卜当鼻子，用姐姐的口红涂在嘴唇上。一个大罗汉像模像样地、目光炯炯地坐在雪地里。隔天还有孩子来探访他；摸摸他的背，亲亲他的脸。堆了雪罗汉，孩子们还不过瘾，凑了几个小伙伴，就打起了雪仗，雪球在空中飞来飞去，砸到人身上溅开一簇簇银花、一声声欢笑。哈，舟山的每一片雪花都不白白地化掉，都给孩子们带来了快乐。

然而，风霜雨雪，适度是美，过度是灾。即便气候温和的舟山，也会严寒逼人，风雪弥漫，道路冰封，滑翻车辆，甚至断电。此时，我脆弱的心灵被深深地震撼了——美丽的雪竟会伤人，可见世界上再美好的东西，也会有瑕疵。造物主就是这样把对立的东西安排给同一事物。

一次，我对一位朋友说："舟山的雪那么温婉绰约，为啥也会给人带来灾害呢？"他听了笑着说："事物总有两面性，我们不能因雪的灾害而否定雪对人类的贡献。它不仅荡涤空中浮扬的污浊的尘埃，还冻死毒害人们的细菌和吃庄稼的害虫。一场雪下来，空气更清新了，大地更滋润了，人的精神也更爽了，不知拯救了多少人的生命啊！""今冬麦盖三层被，明年枕着馒头睡。"朋友还告诉我瑞雪兆丰年的道理：盖在庄稼上的松软的雪藏了许多不流动的空气，空气是不传热的，这样就仿佛盖了一条棉被，外面再冷，里面温度也不会降低。寒潮一过，天暖雪融，又给庄稼生产发育的水分。雪还含丰富的氮化合物，据测量，1升雨水含1.5毫克氮化合物，而1升雪所含的氮化合物高达7.5毫克。雪化后，这些氮化物融入土壤，成了庄稼最好的肥料。

是呀，雪有瑕，但仍不失明丽；有弊，却不妨创辉煌。

瑕和瑜的和谐，正和反的统一，就是雪之美。也许人世间所有美的东西都蕴含这一哲理。

筷 子

从小生长在深山，
结对成双到人间，
世上冷热它先知，
甜酸苦辣都尝遍。

儿时，父亲给我猜的“筷子”谜语，至今记忆犹新。

筷子的身子虽短，历史却很漫长，《礼记》已记载它的大名了。因而筷子在人们生活中出现至少可上溯到3500年前的殷商时代。那时，人们已学会用火，滚烫的饭菜再也难以用手抓了，于是，不得不求助于竹枝草茎。至今，街巷里弄还流传着一个古老的传说。一天，两个船夫熬好了一锅火热的粥，各自舀了一大碗，比一下谁喝得快。一个用口吹几下喝一口；一个折了小竹枝，起劲搅拌着，一下一下扒到口里。结果借用竹枝相助的船夫喝粥的速度比另一名船夫快了许多，因而那两条小竹枝便叫“快儿”。后来因为

"快儿"大多用竹制成,于是人们便在"快"字上添了个"竹"字头,谐音为"筷"。

筷子,是中国人的一大发明。从原始人用手抓东西吃,到用筷子吃饭,自然是中国文明的一大进步。英国学者罗伯茨在其所著的《西方人眼中的中国饮食文化》一书中,援引雷蒙德·道森的话:"区分文明人与野蛮人有一个明确的界限,就是看餐具的变迁,从原始社会用手抓取食物,到文明社会开始使用筷子,直至后来出现刀、叉。"看来,短短的筷子,划出了文明社会与漫长的野蛮社会的界限。

筷子,是中国的国粹,它在中国人手中,灵巧无比,巧妙地应用了物理学上的杠杆原理。一双筷子把人的五指分成三部分——拇指、食指在上,无名指、小指在下,中指居中。使用时,用食指和中指灵活地操纵筷子,其实就是将人类手指延长了二倍多,灵活自如……

中国人在生活中不知不觉地练就了用筷子的"绝活"。在外国人看来,那捏筷子动作犹如高难的体操。

筷子的运动在于协调与平衡。两根筷子相依为命,缺一不可。夹物时,一根主动,一根从动;一根在上,一根在下:全凭手指的拿捏与把握、收放与调节。据医学家说用筷子时,能牵动人体的80多个关节和50条肌肉的运动。这种协调与平衡的本事,让西方人惊羡不已。当年美国总统尼克松访华前,曾经苦苦地习练中国筷子。没想到,这双美国权力最大的手,竟抓不稳中国短短的一双筷子。

记得一年春节，有位美国青年来沈家门探亲，主人请他吃汤圆，这可难住了他，总不能将汤圆用刀子切成两半，再用叉插起来吃吧，他学着中国人模样，生硬地一把抓起筷子，却怎么也夹不起那又圆又滑的家伙，只得像握刀叉一样一手握一根筷子，可是由于两手配合不好，勉强夹到嘴边，又骨碌碌掉进碗里。后来，主人给他一只羹匙，总算解决了难题……中国人七八岁就不会出那种“洋相”了吧!

古往今来，中国人生活千变万化，唯独筷子，逾千年而不变。比如衣服，从长衫、马褂到中山装、西装、休闲服；比如烧饭，从柴烧、煤烧、气烧到电烧；比如行路，从骑马、坐轿，到脚踏车、汽车、火车、飞机。筷子，在中国人手中，从农业文明支撑到工业文明，从竹篱茅舍支撑到摩天大厦。

中国人对筷子感情深厚，钟爱非凡。在汉字中，“筷”和“箸”，几乎不与其他汉字组词搭配，凸显它的专用属性。就餐后，筷子总是洗得干干净净，放置在特制的筷笼里。使用时也有讲究，不能用筷子指点他人，不能用筷子敲打碗、碟、桌面，用完筷子要轻放，不能随手一扔，如此等等，显出使用筷子的各种礼数。亲人亡故，节日吃团圆饭放一双筷子作纪念。穷人一无所有，乞讨为生，一副筷子作伴侣。富人家财万贯，见阎王也带一双筷子。马王堆汉墓、四川大邑东汉墓出土的文物中，都发现制作精美的竹箸和铜箸。

筷子还演绎过精彩的故事。《三国演义》曹操与刘备两大枭雄煮酒论英雄。操以手指玄德，后自指，曰：

“今天下英雄,惟使君与操耳!”刘备闻言大惊失态,手中所执筷子抖落于地。时值大雨将至,雷声大作,刘备乃从容俯首拾筷,随机应变曰:“一震之威,乃至于此。”将说破英雄惊煞人的慌张巧借闻雷掩饰过去。筷子成了这幕戏的巧妙道具,活灵活现,将刘备心理状态惟妙惟肖地刻画出来。

筷子,古名为箸。有钱人家有金筷、银筷、铜筷、象牙筷等。筷子能夹、能戳、能撮、能挑、能扒、能掰、能剥、能插,凡是手指能做的动作,筷子都能,忠心耿耿地替使用者承担起一切使命。筷子中担负最凶险使命的是银筷。一双银筷,顶端大多有一条精致的链子相连,平日不常用,以显示尊贵。银筷遇毒呈黑色,因而为主人走上鉴毒的第一线。古代宫廷,是阴谋与权争的中心。祸起萧墙,杀机四伏,步步惊心。九五之尊的皇帝也提心吊胆,银筷与刀剑都是帝王护身的战器。

随着社会前进,筷子的材质越来越趋向一致。如今,餐桌上使用的大多是竹筷和木筷,也有光闪闪的塑料筷,但滑溜溜的,总不及竹木筷夹物方便。作为取食的工具,竹筷和木筷虽然出身于青竹秀木的高雅门第,然而,它不摆架子,乐意为一切人服务。无论是身价亿万的巨富,还是打工谋生的平民;无论吃的是山珍海味,还是粗菜淡饭,筷子都勤勤恳恳地来去忙碌,忍冷忍热,将食物送到人们嘴里,而自己点滴不贪。明代诗人程良规曾为筷子画像:“殷勤问竹箸,甘苦乐先尝,滋味他人好,乐空来去忙。”社会上诸多不平之事太多,唯有筷子待人始终是平等的。

筷子在民间还有特殊的象征,如谚语"一根筷子胡搅拌,两根筷子样样会",感悟兄弟朋友之间合作才有作为。父辈教诲子孙和睦抵御外侮常以筷子作启迪:一根筷子,一折就断;一把筷子,百折不断。人心齐,抱成团,任何外力都无可奈何。

窗

清晨，打开窗户，明媚的阳光便温情脉脉地爬进来，伸出柔软的舌尖，像猫一样轻轻地柔柔地舔着我的肌肤，新鲜的空气流进来，仿佛清亮的山泉洗涤我的胸腔，多么舒畅呀！

窗，蕴藏丰富的文化内涵，是衡量人类文明度的一把尺子。

不要说穴居时代没窗子，就是从房子出现那天起，人们也不是立即悟到要开窗子。

山顶洞人走出深山，不知过了多少年，才懂得搭个窝儿。可那时候他们还不晓得窗子是啥东西，只会模仿岩洞，掘地数尺弄个坑儿，上面再架个严严实实的遮风挡雨的顶篷。

不知过了多久，人们才在房墙上开窗户，随着窗子开凿、扩大和式样千变万化，人类文明的彩霞也越来越绚丽。

儿时，我老家与左邻右舍的家镶嵌的是幽微的暗红的木格窗。李渔《闲情偶寄》将木格窗分为“纵横格”和“欹斜格”,我家的是“纵横格”。他在书中写道:“是格也,根数不多,而眼亦未尝不密,是所谓头头有笋,眼眼着撒者,雅莫雅于此,坚亦莫坚于此矣。”也就是说,这种木格窗既坚实又雅致。坚实,侧重于实用,窗户一年到头都要开开关关的。雅致,侧重于美观。一扇窗户,一座房屋之眼睛,点睛之笔,关乎人的感受呀!木格窗糊上了薄薄的半透明的宣纸,外面看不到里面,而坐在窗下却隐约能见到外面。蜜蜂、蝴蝶的影子在纸面上淡淡地滑翔。邻家的小妹和大哥在窗外亲昵地拉着手说着悄悄话走过。时间长了,窗纸变成了淡黄色,雨雾的水渍还会布下斑驳的“云彩”,撩动情思。月夜,月光被窗格切成一块块散发着香味的薯饼,摆在床头、桌面,温馨的和煦氤氲着山乡朴实的农家。李渔《闲情偶记》还记载他对木格窗的装饰:“如盆兰吐花,移之窗外,即是一幅便面幽兰;盎菊舒英,内之牖中,即是一幅扇头佳菊。或数日一更,或一日一更;即一日数更,亦未尝不可。但须遮蔽下段,勿露盆盎之形。而遮蔽之物,则莫妙于零星碎石。”用盆花装饰窗户,使之相映增辉,窗面成为画面,即便像我老家那样的穷山村,也不乏有这般闲情逸趣的人们。

岁月长河流到21世纪,房屋的造型越来越新奇,而窗户的模样更是令人眼花缭乱,有方的、圆的、月牙形的、菱形的……形态各异,色彩纷呈。窗的功能也越来越多样化,有自动调节光线的,有随着明暗不断变换颜色的,还有窗框上装着循环水会送来芳香和水分的……

自从有了窗户，人们对它钟爱非凡。每天把它拭得纤尘不染，用布、绸子、呢绒等制成绚烂的帘儿遮掩窗子。窗花，是我国民间一项传统的美术工艺。逢年过节，在我国城乡随处可见雕刻月亮、裁剪云彩的精巧窗花手艺，一幅幅精妙的图案把一扇扇窗户装扮得熠熠生辉。记得儿时每到除夕，母亲都会卸下木格窗在溪水中洗净，重新装上并糊好洁白的窗纸，然后就用红纸剪裁窗花。鸡年到了，剪一只雄赳赳的大公鸡；虎年到了，剪一只虎虎生威的老虎；马年到了，剪一匹绝尘奔腾的骏马……接着，剪出吉祥的花卉或“福”字。母亲站在地上慢慢剪，我爬上桌凳慢慢贴，把大年三十的家渲染得光鲜灿烂。

人们怎能不喜爱窗户呢？打开窗户，你也许看到园中的牵牛花已爬上围墙，那紫色花朵的小嘴衔着晶莹的露珠歌吟；你也许看到电线上一群叽叽喳喳的小麻雀跳上跳下，似一串轻灵俏皮的音符；你也许看到一株桂花树，金色的花雨纷纷扬扬，随风洒来的花香沁入你的心脾；你也许看到远处的青山对你笑意盈盈，白云悠悠地飘过来，思念的亲人从前方走过来，情人眸子里的秋波送过来……

窗呀，不仅带来了风的舒畅、光的明丽，它更是生活中的一首诗、一幅画、一段遐想。

雾天，窗子的玻璃上一道道水珠划过的印痕，仿佛从山中淌出一条条小溪；雨天，窗外垂挂珠串般晶莹的檐溜，斜斜的雨丝滋润着草木，叶片更绿了，花儿更艳了;晴日,窗口送来胸廓的清新,洒来心地的明亮……

每一面窗都有它不同的画面。不同的天气,不同的时刻,会有不一样的风貌呀!

去远方旅行,更要感谢车船的窗,它使你在陌生的长途中不仅不感到寂寞,还给你快乐的享受。欣赏着窗子奉献给你的一路不断变换的景物,就像欣赏一幅幅精彩的风情画,旅程的疲劳与孤单都抛到了九霄云外。

窗,还会使你联想到人的眼睛也是窗,那两扇心灵之窗里有正气,有邪恶,有和善,有暴戾……那从纯洁的心灵之窗发出来的真诚友善的微笑,犹如秀丽的景色亮出来,和煦的春风吹过来……

喜爱窗,也会喜欢带窗形图案的东西,书橱、桌子、手帕、床单……看到它们便会联想到窗格子流进来的清风和日光、月影。在早晨,它们象征着裕昶与昂扬;在夜晚,它们渲染着和美与安详。

现在,我在小窗下的书桌上写这篇钟情于窗的小品文。窗外,是一片蓝莹莹的天空,没一丝纤云,没一点遮挡。窗口吹来了爽人的清风,我的心随风飘出了窗外,缓缓地上升、上升,飞向遥远的地方……

镜　子

由于我的孤陋寡闻，至今还没有见到记载第一面青铜镜是由谁打磨出来的书籍。在1800多年前，我国就发明了青铜镜，到了唐代，街头巷尾，时时响起“磨镜呀，磨镜呀”的磨镜工叫喊声，就像如今“磨剪子，戗菜刀”一样。青铜镜背面有花草及人类活动等各种纹饰，宋代的蹴鞠纹圆形铜镜，镜背以浮雕技法，表现蹴鞠的场面：一对青年男女对面踢球，女子高鬟笄发，作踢球状；男子戴幞头，着长服半踢膝，作接球姿态，小球介于起落之间，形态逼真。当时青铜镜不仅在我国普遍使用，还销往日本、朝鲜等国家。

世界上第一面玻璃镜诞生在“玻璃王国”威尼斯。威尼斯人在玻璃背面贴一张锡箔，然后倒上水银，锡箔被水银溶解后，紧紧地粘在玻璃上。当时威尼斯镜子轰动欧洲，但造一面镜子，要化一个多月工夫，水银有毒，镜面又不明亮。于是，100多年前，科学家又发明了镀银的玻璃镜。目前，人们又在试制更便宜、更耐用、更明亮的镀铝的镜子。

从人们呕心沥血制造镜子，就可知道镜子对于人们生活多么重要啊!在青铜镜、玻璃镜之前人们为了认识自己的面貌，用瓦片盛清水，以水照人，那是最早的镜子叫“瓦蓝”。想来那时村姑晨起，对着瓦蓝或山泉、小溪梳妆，一阵微风拂过便模糊了形象，多麻烦啊！

世上有了镜子，人就变得靓丽起来。

那些爱照镜子的女人，搽着花粉照，描着眉毛照，左照右照，转着圈儿照，总想将自己照成一朵花。

男人也喜欢照镜子，刮着胡须照，系着领带照，总想将自己照得玉树临风。东晋王仲祖仪形甚佳，每揽镜自照，曰：“王文开哪生得如馨儿？”明朝蔡羽，自号易洞先生，置大镜南面，遇著书得意，辄正衣冠，北面向镜拜其影曰：“易洞先生，尔言何妙！吾今拜先生矣！”何等怡然自得！

而对另一些人而言，面对镜子的诚实则有几分恐惧，甚至可恨。“近来不敢窥明镜，恐照头颅白发新”，过了不惑之年，鬓角偶尔会冒出几茎白发，眼角会露出几丝皱纹，心里就隐隐约约地怕照镜子了。即使像巴金这般坦荡人，也在《大镜子》中感叹：“面对镜子我并不感到愉快，因为在镜面上反映出来的‘尊容’叫人担心：憔悴、衰老、皱纹多、嘴唇干瘪……它随时提醒我：你是在走向死亡。”“镜子对我讲的是实话，所以我不得不认真地考虑现实。”巴金老人面对现实勇敢地扛起说真话旗帜。他的《随想录》就是一面镜子，照得那些说惯空话、套话以及昧着良心说谎话的人无地自容。据说，秦朝的咸阳宫里有一面神奇的镜子，可以清楚照出谁有坏心歹意。此事未必属实，但由此引出的成语“秦镜高悬”，却颇耐人寻味。

脸上有疤痕或黑痣的人忌讳照镜子，记得自己不久前脸上长了几颗黑斑，难看死了，就懒得照镜子。恶彰不将灯为伍，怒形常与镜为仇。怪不得魏国将军夏侯惇，伤左目破相，照镜子时恚怒不已，摔镜子于地。

照镜子有各种各样的自我感觉，每个人都有各自的体验。

我觉得眼前所有的人都是镜子。

瞧着孩子在金灿灿的菜花丛中乐颠颠地扑斑斓的花蝶，我见到了自己幼年天真无邪的影子；看着步履蹒跚的老人佝偻着身子攀登石级，我知道了自己明朝会是什么模样；甚至那些躺在黄土馒头堆下的故人，也会使我想起自己逝别人间后的情景……

走在街上，会见到一些人碰到芝麻点儿不顺心的小事，便急吼吼、气冲冲。这使我看到了自己由于心胸狭窄，平时只要与别人稍有冲突，便脸红脖子粗的情景；有时斤斤计较，为了一句话，竟与熟悉的朋友几天不说话，真是小肚鸡肠，想一想，多么羞愧啊！

哪一脚踩得正，哪一脚踩得歪，参照人生的轨迹便会明白占人一步、地缩路短，让人一步、海阔天高的道理。

亲朋好友是我们的明镜。

从少年到白头，亲朋好友总是时时关注着你。不管是语重心长的规劝，还是唇枪舌剑的争执，都是从各个角度使你认识自己，就像用镜子照你的身心。

陌生人是我们的镜子。

与陌生人聊天无拘无束，在船上，在店堂，甚至在那些意想不到的角落，常常能觅得敞开心扉的友谊。一次，我出差外地，旅途要坐七八个小时的火车，在车上除了看书，便是眺望车窗外的景色，或打个瞌睡，或木愣地呆坐着。也许都感到旅途的寂寞，没多久，就与对面一位先生聊上了，聊天的感觉显然比呆坐着好得多，时间也感到过得快。尤其是聊自己感兴趣又不太清楚的事。我们从日常柴米油盐聊到国家经济体制改革，从天南地北的景物聊到家乡的风土人情，从车厢卫生聊到地球的生态环境，从各人的婚姻变异聊到自身的私生活，无话不谈，不必担心对方会“泄密”谈话的内容，到下车分手时，我们似乎已成了知心朋友了。

与陌生人说话，会情不自禁地吐出一些平时难以向亲友启齿的心里话，那畅快就像小溪流过峡谷爆绽出一朵朵雪莲似水花，就像鸟儿翱翔天空划出一条条漂亮的弧线。

跟陌生人说话，使人看到自己人生本真，陌生人是认识自我的镜子。

人生处处有明镜，生命才如此灿烂。这是一个热爱生活的人的感觉。

“目失镜则无以正须眉，身失道则无以知迷惑。”一个喜欢照镜子的人，眉目和行为总能干净一点。生活告诉我们要多照镜子，不照镜子的人，不会受到生活的青睐。

柱 子

路过建筑工地，只见一根根粗大的钢筋混凝土柱子，支撑着一幢幢高楼大厦拔地而起。凝眸这一根根坚实的柱子，不禁胸中涣然若有所释。

柱子者，建筑物中承受轴向压力之构件。通常用钢筋混凝土、钢材、砖石、木材等物制成。有包铜鎏金的、描花的、油漆彩绘的，还有或悬挂或镌刻奇思妙句之楹联……小巧的亭榭柱子仅一握，雄伟的殿堂柱子两人还抱不下。

房子，离不开柱子，有些厅堂，比如大城市的候机厅、豪华宾馆的大堂，看似无柱，其实，有的隐藏壁中，有的变了形支撑穹顶。造房子，先要立柱子；人也像房宇一样，需要支撑心灵空间、精神舞台的柱子，而且需要有形的、无形的两类柱子来承受压力。“脊柱”是支撑肉体的有形的柱子；意志、信仰、情感乃至梦想，是支撑心宇的无形的柱子。

少年时，师长激励我们“志存高远”，要有理想和追求。其实,这就是在铸造我们一根根心灵的支柱。及至长大,人生观、价值观、世界观形成,自然、社会、自我三者关系明确,便有了“柱子”。在融入大社会、奋斗大自然之际,人,必须有几根精神柱子支撑。

一个民族,也有精神柱子。北京圆明园残留的几根白玉柱、舟山鸦片战争遗址公园的花岗岩断柱,是一个民族不屈外侮的精神标志,它们顽强的信念犹如巨大的根系深深地扎在每个中国人的心地里。一个民族古往今来的千千万万英雄豪杰的浩然正气,都是支撑这个民族的柱子。

柱子也能发挥激励、抒怀、立志、标志乃至为行路人留言的作用。《玄庵联话》:“浙省某山有动石夫人庙,相传金兵犯宋,兵出山下,夫人显灵,挥石如雨以退之。”秋瑾在庙柱上题联云:“巍巍肝胆儿女,有志复仇能动石;衮衮须眉男子,无人倡义敢排金。”天安门广场金水桥两旁有一对汉白玉华表。这柱子是中华民族传统建筑物,有着悠久的历史。相传华表既有道路标志作用,又有替过路人留言的作用,在原始社会的尧舜时代就出现了。据史书载:尧时的“诽谤木”以横木交于柱头,指示大路方向,天安门前的华表仍然保持了尧时“诽谤木”的特征。那时,人们在交通要道立柱,作为路标,后来邮亭、驿舍也以此作标志。它的名字叫作“桓木”或“表木”。后来统称为“桓木”,“桓”与“华”音近,所以慢慢成了“华表”。

对于这种木柱,行人可以在上面刻写意见,因此叫它“谤木”或“诽谤木”。“诽谤”一词在古代是议论是非的意思，类似于现代的提意见，所以它又具有古代“意见箱”的作用。立柱撑起广开言路之天下，壮哉！

世界上一切事物都在变化不辍，柱子也一样。水气侵蚀，蚁虫蛀食，种种无情的摧残，使一些本来质地较差的建筑物柱子日渐腐化，承受不了压力，导致整座房子倾塌倒地，化作一摊泥土。尔后，长出一蓬蓬莠草，甚至妖艳得触目惊心的毒蘑菇。人也一样，如果禁不住外界各种不良的诱惑，就会变质腐败。因此，我们要不断地护理支撑自己心宇的柱子。静心凝神读好书，以启智明志；借人为镜，以端正品行，让精神柱子永远坚挺。

我呀，已活到老年，笙歌散尽，无计留春，但要活在人世，依然需要精神柱子。我有几根最关情的心灵支柱——吃得香睡得好、读几本好书、孩子们出息、与老伴琴瑟谐奏、交几位有道的知己好友，还有机遇偶触、乘兴走笔的几篇性灵文字。这几根柱子无须盘龙雕凤的柱饰，但求坚挺持久的实惠。

第四辑 钟声悠悠

钟声悠悠

有幸出差姑苏，匆匆走向寒山寺，一记现实与历史回音壁相碰的钟声，猛然撞击我的心扉。此刻，霞光辉映丛林，恍惚间我似乎沉进了江枫映水、渔火撩人、钟声萦梦的姑苏夜半。

“南朝四百八十寺，多少楼台烟雨中。”江南青山绿水之间，有多少金碧辉煌的寺庙，恐怕谁也难以算清。寒山寺缘何蜚声海内外呢?大半是因为张继的《枫桥夜泊》:“月落乌啼霜满天，江枫渔火对愁眠。姑苏城外寒山寺，夜半钟声到客船。”这首叙旅舟夜泊情景的诗，寥寥二十八个字创造的氛围、意境，竟然如此浓烈、深邃。少年时读这首诗，脑子里浮现出水乡秋夜幽静清寂的画面——孤寂的夜半的钟声飘过萧索的田野，飘过秋虫鸣叫的村庄，遥遥地、悠悠地飘进倦泊在河埠的客船。那时还浮想联翩:这寒山，定然是一座林木参天、风景饶秀的名山。好些年后才晓得，世上本无寒山，只因唐代高僧寒山与拾得于此修禅，寺院因人而得名。现在亲临实地，始知寒山寺就在运河边上，寺门外抬眼就能望见那座架在运河上的枫桥——那座听惯千年涛声的、看惯千年月落的、凝聚千年风霜的石桥。

寒山寺的钟声远传到客船并触动诗人的灵感有特定的地理、物理和心理因素。小桥、流水、人家的苏州城素有东方“威尼斯”之誉，每到夜晚，气温下降，空气中的水汽开始凝结，空气的湿度也随之增大，而湿度大的空气传播声音的本领就大了。此外，唐代铸钟已经讲究金属成分的配比。铸钟时铜占六分之五，锡占六分之一。寒山寺的古钟就是按这个配比铸造出来的，它振动频率小、响度大、声波长、音调稳，所以音响雄浑、低沉、衰减速度缓慢，穿透性强，余音在夜半静寂中久久萦绕旷野。而独在异乡客船中的张继胸中蕴积着旅愁，自然对寒山寺一下又一下的钟声分外敏感。他伫立船头，沐冷霜，伴红枫，远离尘俗喧嚣，钟声颤动他的心声，便流出千古绝唱的音韵。

寒山寺已有1400多年历史了，曾五次遭焚毁，现存的建筑是清光绪、宣统年间重建的。佛像、金刚、罗汉、藏经楼、大雄宝殿等与别的寺庙大同小异，而寒山寺的规模与苏州城内的戒幢律寺相比，不知小了多少，而寒山寺的名气却比前者大，这是因为殿内有独领风骚的寒山和拾得的塑像。他俩相顾而视，笑容可掬，手舞足蹈，自得其乐。从寒山留下的诗作推断，他老家在关中，远离故乡来到浙江天台山隐居，与天台山国清寺的火僧拾得相善，所以佛教史上，将这两位僧人并提。两位高僧摆脱世态炎凉，超然物外，在冠豸山灵芝庵里有一段极为精彩的对话——

寒山问拾得：“世间有谤我，欺我，辱我，笑我，轻我，贱我，骗我，如何处治乎？”

拾得曰：“只要忍他，让他，避他，由他，耐他，敬他，不要理论，再过几年，你且看他。”

这段话虽然宣扬一种忍让处世、因果报应的教义，然而也道出了一些颇耐人寻味的人生哲理：做人不可气量太狭窄，心胸要宽广，要想得开，忍得住；与人纠葛，不可步步紧逼，剑拔弩张，退一步天高地广。高僧的这段哲语也有与寒山寺钟声有相似的神韵，因而记传在许多人的心中。

寒山寺最引人注目的当然是碑廊中张继诗的碑刻。此碑原由文徵明所书，后经俞樾补书重刻，手迹秀逸，让人感到霜花满天、渔火摇曳的静谧之美，诗书相映成辉。游人一个接一个与碑刻合影留念，足见《枫桥夜泊》融入人心和人们对张继的景仰。

夜半传声的钟楼，在大殿右侧月门内依山势构筑，亭台高阁，小巧玲珑，四周绿树环抱，境界清幽。张继所咏之钟早已杳如黄鹤，明代所铸寒山寺钟也客居日本，目前钟楼里这口大钟高及一人，三四人联手才能抱拢，系清代重铸。凝望着巨钟，我久久地思索着，那寒山寺传到客船的钟声，缘何这般打动人心，历千年而不衰？

诗人张继给我们的世界展示了一道绝妙的人文风景，故国江南是婉约而温馨的，然而碧罗带似的流水中也含着一滴滴忧伤的泪。夜泊的客船、月、霜、枫、渔火，加上凄凉的“乌啼”与悠扬的“钟声”两重奏，组成了一个深邃的生动的有机的整体，牵动了千千万万人的愁绪，奇妙的美感便在千千万万人的心底油然而生。

人的最初的本性大多是善良的，向往宁静、纯洁、恬淡的桃花源般的生活境界。而人生的旅程总会遇到种种坎坷，因而总有沉积在心底的忧愁。琴声、笛声、钟声都演奏着人的生命之韵。此刻，我低声地吟诵着张继的诗，似觉寒山寺的钟声幽然在我最初的生命意识中响起，一缕缕从心底散发出来，一圈圈荡开，被尘嚣喧闹得浮躁的灵魂不禁在孤寂中豁然醒悟，呀，没想到，真正的生命已离我这般遥远!

此刻，我恍若感到寒山寺不是一座寺庙，而是一座带着料峭秋寒的深山。

美呀，寒山寺的钟声!美呀，诗人的灵魂!

寒山寺在日本知名度很高，每年除夕成百上千的日本客人专程来寺中参拜，聆听送旧迎新的夜半钟声。思慕中国古典文化的海外客，也心驰神往寒山寺钟声的神韵啊!

“当——当——”没有这悠悠的钟声，寒山寺也就淹没于江南千千万万古刹之中了;没有张继的《枫桥夜泊》，寒山寺的钟声又怎能远扬五湖四海?诗由寺来，寺由诗传，人由诗名，文字之伟力、魅力，谁能量之?

一首诗铸就千古风景!

徜徉寒山寺归来,悠悠的钟声犹在心底回荡。我想:凡是世上真、善、美的东西,总能超越时间与空间,打动大家的心灵。

山海关怀想

秋风萧瑟，黄花遍地，我随中国作家协会北戴河“创作之家”休假的作家小分队，驱车去孩提时代便向往的山海关。

“正月里来正月正，家家户户挂红灯。别人夫妻团圆时，孟姜女寻夫到长城。”儿时一听到那凄楚的小曲，便会落下伤心的泪水。故里的长辈们，不乏能言善述的口头文学家，经他们渲染神化的山海关、孟姜女庙、老龙头，幼时每每听来，心灵深处都会激起一阵久久的震颤。什么时候能目睹耸立八荒的雄关风采，魂染“天下第一关”的神韵呢？

我正是怀着这种久久等候的渴望来到山海关的。嗬，“天下第一关”，果真雄风非凡！车刚驶过秦皇岛，绿荫里隆凸的铁灰色关墙即依稀可见。一股庄重、肃穆的情绪逐渐弥漫胸廓，心脏也仿佛敲鼓似的一下一下颤动起来。抬头四望，扑入眼帘的山海关：北倚燕山，南临渤海，五里一墩，十里一堡，台、墩、亭、堠连成一气，逶迤绵亘数百里，山、海、关浑然天成，犹如虎踞龙蟠，逼视着每一位擅入者的灵魂。真是“两京镇钥无双地，万里长城第一关”。

车抵雄关东门，便见雄伟的城台之上矗立着一座年迈的峻傲的双层箭楼，无声而尊严地俯视着大地。歇山重檐，山花箭窗，上悬一镏金巨匾：“天下第一关。”五字若蹲猊，雄健而恢宏，显然出自大手笔，以夺人的气势凌于城楼之上。此匾系明洪武十四年大将军徐达创建山海关关城后，由明代32名大书法家之一、当地进士肖显所书；此人生性高洁，一向视胜境留名为俗士之举，故并未在匾额上留下姓名和题字岁月。我不禁对五百年前那位文人肃然起敬了。转瞬间，想及山海关的使命从矗立的第一天起就十分明确——战争。它既是众多英雄豪杰斗智斗勇、纵横捭阖的场所；又是不同民族、不同文明激烈冲突的生死关口。又想及五百年甚至上千年前，曾在这里守关戍边的众多无名的、有名的将士，心头的敬意又变成了寻觅关山之魂炽热的神往……

久久地仰望着匾额，仿佛要从“天下第一关”五个大字的铁画银钩中寻觅几丝当年关内关外战旗纷飞、刁斗衔月、胡笳震天、寒光铁衣的遗迹……

游人云集，摩肩接踵，嘈杂与拥挤已浸渗了雄关的骨髓。我用力挨过密密的人缝，登上城台。嗨，一尊浑身长满斑斑红绣的大铁炮，静静地卧在中央，它失去了当年森猛威严的气势，可碗大的炮口里还塞着一根填装火药用的铁棒，仿佛还在默默地追思那场雄关喋血的鏖战……我还看到了倚墙翘立的丈余长的青龙偃月刀和铁枪，血迹裹刃，锈斑如麻，隐约里透出一股幽黑的光。这老古董，是古代名将后裔的祖传宝物，还是抗倭英雄戚继光帐前的御敌利刃？——铁炮、刀枪，让我们看到了华夏所经历的一个漫长而又悠远的时代。

悄悄地站在城台一隅，避开游人的鼎沸喧声，我静静地轻轻地抚摸着风雨剥蚀的城垛，展开比“弧形全景大银幕”还要宽三分之二的辽阔视野，细细地俯视四周的旷野，倾听历史的足音与回响。看着那曾给我们民族留下过富庶、昌盛，也印记过饥馑、羞辱的古战场，我感慨万千。“疆场百战地，烟火几家残。塞草连天碧，行人不忍看。”山海关，你心中郁结着多少苦乐哀愁啊！

顺着残损的垛口，我努力去寻找昔日那些戎装士兵的踪影。夜冷风寒，他们瑟缩而立，面前是一个个剽悍的游牧部落，身后是倚他们为生存保障的父老乡亲。“饮马渡秋水，水寒风似刀。”大战前的肃杀、森严扑面而来。关外，一座座毡毛大帐篷里此刻正炉火熊熊，一代雄主们正密谋着一次新的战争。生存或死亡的古老命题在这里轮回演示，历史就这样在关里关外一页一页沉重地揭示着。山海关，一路踩着战火与哭号相伴的民族与人生的惨痛走来。一部民族史，几乎就是一部边境战争史。风化的砖石显出山海关的古旧衰迈，高高矗立的烽火台又证明了它曾经的威风。这鲜明的对照，如暮年的烈士让人不忍深触其遍布创伤的心灵。山海关,你是不废的血脉,激荡着无声的壮阔的河流;山海关,你是亘古的长歌,吟唱着无尽的悲喜的沧桑!

先人背负砖石在沉重的攀爬中用血肉垒起一个民族的图腾。与长城相形之下,渺小得如蚂蚁的千万人们朝着一个方向,日积月累地添砖叠石,其所能够创造的业绩,其所能够达到的伟大程度,是多么令人不可思议啊!

我们驱车来到孟姜女恸声哭夫之处。

“冬季里来雪茫茫,孟姜女送衣觅夫郎。”那感天动地,哭倒长城的传说,早已妇孺皆知。春秋人物移植至秦,纯属杜撰,但这似乎并不影响它的存在,望夫山照样游人如云!随着人流,我攀登了一百零八级石阶,见庙内振衣亭前有两块乾隆亲笔御题的“望夫石”。庙内供有戴青挂素的孟姜女和男女二侍童塑像,两侧有联一副:

秦皇安在哉,万里长城筑怨;
姜女未亡也,千秋片石铭贞。

相传此联为文天祥所题,稍稍一思索,便知这是牵强附会。文氏系南宋人物,彼时山海关已属辽、金,他何以题联,只不过是好事者有意借他的正气来激扬孟姜女的怨气罢了。

孟姜女的故事千年盛传不衰,令人深思。秦始皇筑万里长城确是前无古人之壮举,然而也酿成“后无来者”之民怨。产生了多少分离的家庭，制造了多少民间的冤夫怨妇？谁能说客死他乡的役夫丁男中，没有一个范杞梁式的冤夫？谁又能说无数失去亲人的役夫妻子中间，没有一个孟姜女式的怨妇呢？因此，出自《左传》的杞梁妻的事件牵扯于秦始皇绝非偶然。千百年来，反映秦皇时代民间怨愤之情的诗文何其多！汉代陈琳的《饮马长城窟》诗云：“生男慎莫举，生女哺用脯。君独不见长城下，死人骸骨相撑拄。”……唐代贯休，他是最早将《左传》的杞梁妻孟姜女穿凿于秦始皇万里长城的一位僧人。他的《杞梁妻》诗云：“……筑人筑土一万里，杞梁贞妇啼呜呜……一号城崩塞色苦，再号杞梁骨出土。”反映了难抑的民愤，不可违的民意呀！从这点想开去，孟姜女悲剧命运令人同情，姜女庙游人不绝，也在情理之中。

1954年4月20日，毛泽东视察山海关时，也向当时山海关区区长柴洪山讲过孟姜女哭倒长城的故事。从某个角度来说，孟姜女故事震撼人心的力量超过任何一部鸿篇巨著。中国哪个村巷里弄没说过孟姜女的故事呢？人们同情孟姜女的泪水，汇成了一条隐形的江河，流淌在华夏人文精神的原野上。“片石铭贞”，清代宣扬孟姜女着眼于“贞烈”。我以为孟姜女传说的重点不在于启人“贞烈”，它非凡的意义在于警示执政者：即使像秦始皇那样创建中华第一封建帝国功勋旷世的君主，如果不关注民生，弄到怨声载道的地步，也会受到老百姓口诛。白纸黑字可禁可焚，几个儒生可坑可杀，但千千万万群众能杀光，只剩下你寡人吗?

从孟姜女的故事中,那些弄笔杆子的会感悟:不要只抬头看天,更要低头看地。同情弱小,悲天悯人的情怀是多么可贵啊!

离开孟姜女庙,去老龙头,这是此行的最后一站。老龙头地处山海关南五公里处突出入海的兀山,是山海关整个防御工程体系的重要环节。濒海筑城堡,名曰"宁海城",其上有澄海楼。有志载说:"长城之梢,石为垒,高可三丈,长且数倍,曰老龙头,此则明将戚继光所筑。"这里的长城之梢,即有末端之意;其实不然,不论秦长城,还是明长城,东端的起点都在鸭绿江。不过,巨龙般长城从遥远的西部戈壁中一路腾飞而来,至此,伸入滔滔渤海之中,搅海翻浪,戏水浴日,取名老龙头也名副其实。

老龙头是明代长城唯一与海交汇地段,有着万里长城任何地段也不能替代的军事功能。自然侵蚀、清朝腐败没落和八国联军侵略破坏,曾使这个海防要隘成为一片废墟。

翘望着重建的悬挂着"雄襟万里"巨匾的高插云空的澄海楼,我不禁想起清末秦皇岛诗人刘文临的《哀澄海楼》:"宁海城边衰草秋,残垒夕阳相向愁。国旗拔去张欧帜,夷歌互答声啾啾……炮台险固扼港口,一夫怒临能固守。哀哉庚子联军来,守将仓皇弃台走……驱吾民众削台平,摧折危楼如拉朽。我入夷垒探遗迹,残阶废址苔凝碧……"多么凄凉啊!

桑田清浅,麻姑三见。当历史脚步迈入20世纪

80年代，一个“爱我中华，修我长城”的爱国主义活动在神州大地蓬勃展开，而修复长城巨龙之首老龙头又成了“爱我中华，修我长城”协奏曲中最强的音符。于是，老龙头又重铸辉煌，向着海天高昂，发出豪迈的龙吟。

至宁海城下的海滩，久久地仰望着重修的巍巍滨海长城，我深深地感受到使我们民族站起来的可贵的自尊心和自信心，是多少志士仁人抛头颅，洒热血换来的啊！

此刻，我心头訇然升起令人血脉偾张的歌声“把我们的血肉，筑成我们新的长城！”是的，一个民族在她繁衍生息的漫漫长河里，永远少不了人的牺牲精神。当巨大灾难临头，民族生死存亡危急之际，无数无名的有名的舍生忘死的勇士，投入一场场轰轰烈烈的保卫战，正是这种“捐躯赴国难，视死忽如归”的精神，编织出一个民族或国家最为光华四射的辉煌的历史！

20世纪30年代抗战爆发，救亡的歌声响彻关内关外。

> 起来，不愿做奴隶的人们，
> 把我们的血肉，
> 筑成我们新的长城！

当年，抗日的勇士们就是唱着这支表达我们民族亘古不灭的志气之歌，前仆后继，奔向战场，为国壮烈献身。

《义勇军进行曲》使我对长城产生新的庄严认识。长城，唐朝以后，游牧民族已进占河朔、幽、燕，战略上已无屏障可言，更不必说现代战争了。但长城是一个民族固化的性格。它是古老的，又是现代的；它是壮丽的，又是坚强的、威严的、凛然不可侵犯的。当祖国遭受欺凌时，它，巍然屹立，召唤人们以血肉之躯，结成钢铁壁垒，捍卫祖国的尊严和家园的宁静。从此，我对穿行于戈壁、祁连山巅、鸭绿江畔的巨龙般的长城有一种难以言喻的神圣的感情。

把我们的血肉，
筑成我们新的长城！

半个多世纪以来，中华儿女谁不曾从这支歌里汲取力量，淬炼自己的脊梁和灵魂呢？我不由得想起这血性歌词的作者田汉，1968年冬，他瘐死狱中。又听说，在他亡后，尸骨无存，骨灰盒里只安放着他的几件遗物。歌者虽逝，歌声永续，那“前进、前进、前进进！”掷地铿锵有声，如雷如鼓，响遏行云的歌声，将永远在天地之间回荡。

此刻，我站在山海关老龙头的海滩上，默默无语，静听渤海的潮水拍打宁海城，“山围故国周遭在，潮打空城寂寞回”。心底不禁升起了一份莫名的寂寥，冷冽而又酸楚。庆幸的是，如今田汉的名字与《义勇军进行曲》已重放光华。

“哗啦啦，哗啦啦……”浪与风把我思绪拉回来，只见浪借风势，扯起雪白的长鬃，倾力猛击“长城之梢”——老龙头。老龙头岿然雄峙，默默地承受风刀霜剑的劈打、雷火雨鞭的袭击与咸腥而苦涩的海潮浸渍，无半句怨言，不后退半步。哦，老龙头，你不愧为无限忠诚的山海卫士！我从你身上见到了绵绵延续数百年而今未息的“天下第一关”的神韵与魂灵！山海关——“万里长城第一关”，你那充塞乾坤的浩然正气，正是我们的精神需求。我们能不景仰你、讴歌你吗？

在北戴河的日子

2010年8月18日至27日，我受中国作家协会之约和老伴去北戴河中国作协“创作之家”休假。

八月下旬的北戴河，十分舒适与闲逸。最高气温25℃，我在手机里发短信问在舟山的女儿：“北国已知秋，舟山可别夏？”女儿回信：“还很闷热呀！”

北戴河的中国作协“创作之家”坐落在渤海之滨的绿树丛中，远离市区，十分安静。看得出全国作家深爱这个“家”，用自己的诗、书、画作精心装点。从三楼贺敬之的“长安一片月，万户捣衣声”，至一楼玛拉沁夫的“要问何处最陶然，北戴河畔我家楼”，楼道与走廊的壁上挂满了王蒙、光未然、张贤亮等题字作品，还有黄胄等画家的画。院内布局精致，即使一道短短的矮墙，也挂满常青藤、爬山虎，每一个角落都绿树成荫。

黎明，一缕阳光透过窗帘，我和老伴醒过来，相互拉着手，无忧无虑地相视而笑。

北戴河的海水是淡淡的灰蓝，无边无垠地接天，沙子是浅黄色的，像一匹宽大的柔软的绸子铺在海滩。

我俩把每一处美景记录在日记本上、照相机里。记着那辉煌的落日，如何一下子染醉灰蓝的渤海、染醉密密的树林，又从树林后透过来，照射到一幢幢绿顶黄墙的别墅窗子上的一格格方方的玻璃上，使那窗格倏然像是点起了一盏盏橙红色的灯。然后，那橙红色又随着夕落而渐渐淡却了，此时，凉丝丝的海风把空间吹成了一片浅灰，低吟着的渤海，涌起层层洪波，就显得格外浩瀚而深邃。我仿佛听到古代一位政治家、诗人手执长鞭，豪情洋溢地歌吟："日月之行，若出其中；星汉灿烂，若出其里。"

渤海敞开宽阔的胸怀，拥抱着我们这一群来自天南地北弄笔杆子的人。丢却了烦琐的杂务，相聚"创作之家"，真的轻松如同归家，那短暂的时光承载着许多温馨亲切而又平凡的故事。

河北省承德市作协主席田林是个孝子，他住在我对面的房间里。外出游览时我与他常常在一起，他孝敬父亲的举止实在令人感动。去北戴河休假，可带家属一名，可他不带妻子也不带女儿，偏偏带着父亲，他说平时没工夫陪老人家，就利用这个休假来尽自己的一点孝心吧！出游时他总是拉着老人的手，就像童年时父亲拉他的手一样。他回忆当年父亲拉着他走时，走一段路，就要捏一下手，再走一段路，又要捏一下，怕丢了孩子，大人的手不用力，也会把小孩弄疼，他常常叫起来。而此时,田林拉着父亲的手也是怕丢了父亲,也是走一段,捏一把呀!北戴河不比自己的家,人那么挤,路那么宽,车那么多呀!

老父亲到景点喜欢拍照,田林总是不厌其烦地陪伴他,任凭他拖延时间,远离队伍。一次,去秦皇岛野生动物园参观,吸引我目光的是不受笼子束缚的狮子和老虎奔跑在山林中的雄风霸气,以及笨拙的熊、精灵的猴,而田林父亲却偏偏专注于那些乖巧的小松鼠、蜻蜓及小羊羔、黑鸡、白鸡等,拍摄那些小东西有趣的镜头得花工夫,盯住一只蜜蜂和蜻蜓就是大半晌,人家已玩遍了整个园子,可田林还陪着父亲泡在百鸟园和鸡圈里呢!

老人就像小孩,玩心特别重,有一次,天麻麻亮,老父亲就想到鸽子窝去拍百鸟翔集。田林没二话,陪老人去那儿。

天南海北相聚,就像一家人,田林的孝心大家赞扬,田林的父亲受人尊重。

内蒙古作家薛彦田说,"创作之家"仿佛老人之家。这期休假的作家,60岁以上的占一半,年逾古稀的我,年龄最大了,他们叫我"大哥",叫我老伴"大嫂"。上车、下车让大哥、大嫂先走。在鸽子窝海滩、浅水湾、南戴河,我们一起踩着细沙默默地看渤海。这边的海荡漾微波,偶尔绽出一两朵雪白的花;那边的海涌起一排排白亮的浪头,呼啸着奔过来,又消失在海滩上,然而又涌起许多排,扑腾过来。还有那呆滞地卧在海滩的老虎石,任海风戏耍,浪花嘲笑,猛然间它跃出水面，张牙舞爪地向大伙扑来，陡然一阵惊呼，只一瞬间又沉入喧嚣的海浪。哦，那是我们潮涨汐落的一时错觉。

在秦皇岛我们一起看打鱼船知向谁边；在碣石山观水何澹澹；在山海关冥想悠久的岁月，透析遥远的烽烟；在老龙头看长城如巨龙饮海……

“创作之家”时时处处充满家的温馨。

从景点归来后，我们便团团坐在院子左侧那片凉爽湛绿的树荫下说天道地。那里有一张圆桌和几把铁质的涂着白漆的有背的椅子，那是给休假的作家们聊天和弈棋的。那一棵棵翠绿的虬枝盘旋的青松，使我想到故乡奉化老家门前山上的树林，仿佛自己又回到童年，与小伙伴们在树下坐成一圈听故事。山西女作家李建华和她的先生，便忙着用照相机把那亲情洋溢的场景摄下来。内蒙古作家薛彦田带着深深的乡情，描述科尔沁草原的风光；天津作家陈子茹、扈其震纵谈天津洋场及杨柳青年画；山西作家彭图介绍五台山的形胜；我也带着自豪的口气，讲跨海大桥，讲普陀山佛寺，讲沈家门渔船……每个人说完了，都要补充一句：请到我们那里去玩吧！“创作之家”已把大家的地址与电话都打印好，每人都有一份，按图索骥，不愁找不到。

就餐时大家亲亲热热地坐在一个圆桌上，参加休假的20位全国会员连同家属分成三桌。渤海的石头蛄蟹远不及东海的梭子蟹美，沙蛤、泥螺也没有朱家尖海边捕的鲜。留给我们印象最深的是风味绝佳的金黄色小米粥和面包，一上桌便香气四溢，令人口角生津。

十天休假期满，大家都恋恋相依，舍不得别离。为感谢中国作协给我们相聚的机会，天津小说家龙一(《潜伏》作者)在就餐时提议，向“创作之家”送一面锦旗，受到大伙热烈鼓掌赞成。锦旗中央四个大字“心清气正”是天津作协主席蒋子龙给“创作之家”的题词，右侧几行小字是参加休假的全国会员名录。

相聚短暂，友谊绵长。除河北省影视家协会副主席汪帆有急事匆匆离去外，大家齐刷刷地站在院子里拍了留念的集体照。

“相见时难别也难”，分别前夕，大家又忙着赠书、题字、送纪念品、名片……

挥挥手微笑着离开了北戴河，各人的心舟都承载着那份抹不去的沉甸甸的友情。或乘长风万里的火车，经过莽莽原野；或搭云天千叠的飞机，穿过茫茫苍穹……走向自己的归宿地。

相聚有期，思念无期，至中秋节，手机里又传来了一起在“创作之家”休假的一个个文友祝愿佳节快乐的短信。

我和老伴在中国作协北戴河“创作之家”做大哥大嫂的十天快乐，深深地烙印在心坎里，终生抹不去。

雨 花 魂

金秋，南京城流逸着淡淡的幽香。

清晨，出了中华门，过了长干桥，我怀着一颗炽热诚挚的心来到雨花台。

墓道上柏树青青，桂花树叶绿得逼眼，一簇簇花朵灿若繁星，芳馨沁人心脾。在巍巍耸立的石雕群像前，我看见一块人们用雨花石镶成的巨匾：“烈士万岁!”眼瞳不禁一亮，多么俊美的石子啊!一颗颗温润晶澈，鹅黄、胆紫、海蓝……它们似一盏盏灯火，映照着我的心田。

此刻，梅园新村三十号的那碗雨花石宛然在目，那清水滋养的石上一抹抹云霞仿佛是流溢的血浆，一见便令人心醉。我不由想念曾经与那碗雨花石朝夕相伴，无声祭奠先烈的主人，好像正偕邓大姐走在雨花台的林子里。他别着左手，像捧着忧国忧民之心，寻觅着雨花石，寻觅着回荡在林中的壮烈呼号，寻觅着一滴滴殷红的鲜血……

雨花石为什么有奇异的七彩,据科学分析是由于在它形成的过程中,透明的结晶体二氧化硅中注入了铜、钙等微量元素,就像墨水落进水碗,漾化为七彩的图案。但这不同于人们的感物之情,人们都说那七彩的雨花石是烈士的鲜血凝成的。这是典型环境中的心态吧!不是吗?那展现在眼前的雄伟挺拔的雕塑群像,不就是烈士的化身吗?先烈前仆后继,用生命换来新中国的诞生。雨花台,这片殉难者的圣地,渗入过多少烈士的血浆。

捧起这里的泥土,向天空一扬,就会化成七彩缤纷的雨花石,纷纷坠落,烈士的忠魂不死,精神永在啊!

我向雕塑群像恭敬地三鞠躬,与伙伴们一起走进林子,像孩子第一次到海滩拾贝一样,东一颗、西一颗地捡着雨花石。虽然碰不到"水田飞白鹭""夏木啭黄鹂"那样诗境幽然的珍品,但每一颗石子都有烧灼人心的光彩,都给人一股奋发向上的力量。兴致浓,情更迫,一下子大大小小的石子便塞满了旅行包。有的洁白如乳,有的翠绿欲滴,有的灿然如金;纹理也各不相同,有的似同心圆,有的似年轮,有的似指纹,有的似彩带……

啊,谁到了雨花台,会不去寻觅那七彩的雨花石呢?那是寻觅历史,寻觅革命者的足印,寻觅心灵之美呵!此时,我心底涌起了一支歌:

雨花台雨过天晴,

墓道上柏树青青；
冲洗历史的鲜血，
滴在石上就渗透到中心；
一滴血珠泛出一圈红晕，
一片丹忱凝为一道坚致的冰纹……

凤阳山的翠色

"你一定得到大森林里去跑跑,那种奇妙的感受是难于用笔墨描绘的!"这是到过东北大兴安岭林区的朋友跟我说的话。对于原始森林的风味,我向往很久了。我虽没有机会在玉树琼枝的东北森林里尽情嬉耍,但却曾经饱览了浙南的原始森林——浙江省第一高峰凤阳山的翠色。

凤阳山自然保护区在龙泉境内,是浙江省著名林区。这一带山峰与武夷山毗连,大山有好几百个,最高的山峰海拔近2000米,是八百里瓯江的源头,满是奥秘的山水之间弥漫着勾魂摄魄的绿。

这里是龙泉市的骄傲与光荣,不仅林木蓄积量居全省之冠,而且还是全省面积最大的国家级自然保护区。暮春时节,汽车一驶入凤阳山区,就看到一派生机旺盛的翠色,那墨绿般的颜色,绿得耀眼,绿得人心头醉意朦胧。愈往山里走,那漫山遍野的绿便越来越奇异,我只感到自身融入了无边无际的绿,仿佛鱼儿游进了海洋。山峦逶迤，那绿色的波涛翻滚着，漫卷着，以致天地间似乎除了绿以外，所有的色彩都消失了。

一道溪流从山间流出，给山的倒影一衬，显示一线碧沉沉的翠绿，溪底的鹅卵石和游鱼历历可数。溪水真清，清得像少女那纯净的眼波。山民挥动碧绿的竹篙，撑着一张张碧绿的竹筏满载着碧绿的雾和昨夜碧绿的梦悠悠然驶向碧绿的远方……

瞅着那碧莹莹的山儿，旅途上的劳顿早已洗刷殆尽，生活的烦恼和心灵上的尘埃都被荡涤干净。

绿是原始的色彩，动人心弦的处女的色彩，然而它荒莽而不衰颓，秀美而不纤弱，丰盈而不平凡。

凤阳山以单一的绿色，孕育了博大的植物种属。

这里拥有闯过第四纪冰川期浩劫的银杏、铁杉、鹅掌楸、木莲、香榧、钟萼木等，它们张开一条条绿色的臂膀，高高地摩挲着苍穹，活得多么舒畅啊!凤阳山上，还能一睹寒冷的北国和炎热的南疆树木的风采，红松、鱼鳞松、樟子松、落叶松、水杉、木荷、梓树、水曲柳、柞树等各式各样的树都在这里扎根。在凤阳山我看到的杜鹃花就有一百多种。古老年龄的活化石和崭新的种属都充满着青春的活力，你偎着我，我挨着你，亲亲热热，蓬蓬勃勃地生长!

凤阳山的万绿丛中还隐藏着斑斓多彩的生命。

清晨，林中处处响起啁啾的鸟鸣，墨黑的、银白的、翠绿的、金黄的、灰中带红的雀鸟舞蹈于枝头，翻飞于树梢。据说，这里是候鸟南飞北迁的驿站，长尾如扇的白鹇，羽毛丰美的鸳鸯，形似猫头鹰的草鸮，凶猛迅捷的小隼，乃至高贵的天鹅等珍禽都在这儿栖息。听，那鸟声悠扬又短促、甜美又清脆、高昂又婉转，与山谷流泉一起回旋、荡漾，编成一组充满活力的生命交响曲，诉说着奇异繁衍和茁壮。

在这个绿色海洋里，还游弋着灵长类、爬行类动物和数十个目纲的昆虫哩！名贵的水獭、会爬树的娃娃鱼、毛色艳丽的黄喉貂，都是珍稀动物。这里更是蛇的乐园，剧毒的银环蛇、眼镜蛇、蝮蛇、怪异的烙铁头蛇，歪尾斜鳞蛇等都潜藏于树叶洞穴间。

凤阳山用令人心痒的绿色和欢快的节奏，谱写着生命扩张的谜一般的乐章。

上车离别凤阳山的时候，我情不自禁地深深地眺望着绿涛，心中不由得充满了眷恋和爱慕。

从凤阳山回来之后，我心里一直荡漾着那片醉人的绿，血管里流淌着一脉清纯得无法言喻的水……

千岛湖之谜

那年初秋，有幸参加省作协的“千岛湖笔会”，我一下车，就被那辽阔绵邈的湖水和湖中碧玉簪似的小岛迷住了。

在这里，大自然仿佛向人们提出了一个个令人费解的谜。

在这儿，我似乎听到了各种音符组成的，恬适美妙的天籁，把人们融入了忘我的境界里。这里到底凝聚着多少迷人的乐章？

在这儿，平展展的湖水仿佛铺开一块偌大的玻璃，一直远伸到淡青色的山脚下。瞅着那浩渺深沉的湖，我多想融进这玻璃般的水里，成为空明澄清中的一滴。忽地，湖边传来一串溅珠滚玉般的笑声，哦，几位姑娘一边洗衣，一边泼水相嬉哩！一位年逾花甲的当地老汉告诉我：“那湖水冬暖夏凉，眼前你把脚伸进水，凉气会钻进你的心里，到了冬天，你把手摆到水里，浑身就暖乎起来。”这里的水究竟蕴含着什么力量,缘何那么神呢?

这里的云雾也是谜一般的。

千岛湖犹如一位蛰居深山的闺女,轻柔的面纱笼罩着靓丽的容颜。清晨,雾气随着朝阳一同升起,最初轻纱般飘浮于湖面,接着,轻盈地、袅袅地,围住了湖中的小岛。然后,便舒展开来,亲吻湖水。渐渐地,旭日愈升愈高,光芒四射,此刻千岛湖幻化成一座金碧辉煌的大舞厅,云雾拥着一道道碧波翩翩起舞,片刻,云雾偃旗息鼓,湖水和小岛也仿佛疲累似的静静地憩息了。到了黄昏,湖面上又升起丝丝白雾,水中岛屿变成了虚无缥缈的淡影,渡轮像是白练上穿织的梭子,雾气愈聚愈多,愈飘愈浓,一团团,一簇簇,是无数的白鹅游凫吗?雾气又悠然飘升,映着晚霞,是一群穿彩裙的舞女,在绿色的地毯上舞蹈吗?千岛湖的云雾令人依稀坠入了一个迷惘、混沌的渊薮里。此时一缕缕水雾带着凉气向我拥来,我真的飘然欲仙,仿佛就要乘风而飞了。

千岛湖的山更是扑朔迷离。

沉浸在水中的山变成了一个个小岛,岛上棵棵青松,丛丛野花,都对着这面人工的大圆镜梳妆,一叶一枝都映照得清晰与分明。游船驶过,碧波荡漾,山影、树影、花影都扭动腰肢跳起来,仿佛大自然在举行盛大的舞会。游船蜿蜒曲折地航行岛间,前方似乎已是绝境,可稍一转折便又是一片碧波,船到尽头总有路,水不转山转,山不转水转,形成了一处处别具一格的“水上迷宫”。那些岛屿有的像大厅里耸立的屏风,有的像碧玉盘中的珍珠，有的像众星捧月，有的像蜂蝶嬉园，有的像天女撒下的花朵。想什么像什么，千变万化，各有情趣，把人融入梦一般的境界中。

眼前那幅奇丽的水彩画够迷人了，可一座座岛上还隐藏着谜一样的生命哩！

踏上界牌岛，便见色彩缤纷的花孔雀、白孔雀、蓝孔雀、绿孔雀展开彩屏，翩翩起舞。中心湖区小岛上鸵鸟驮着人健步如飞，人也可以稳稳当当地站在鸵鸟蛋上，那蛋壳还是工艺价值颇高的雕刻绘画载体，蛋上的画比平面画更有立体感。湖中还有一座形状像鸟的岛，那里聚集着50余种3000多只鸟类：羽毛艳丽的鹦鹉、嘴红胸黄双目传情的相思鸟、体态优美的娇凤鸟，还有金丝雀、芙蓉鸟、十姐妹鸟、保姆鸟、画眉、猫头鹰……温带、亚热带、热带的鸟儿都欢聚在一起，婉转动听的鸣叫声组成了一支美妙的乐章。离岛时跟鸟儿道别，乖巧的鹩哥欣欣然说："再见，欢迎再次光临！"

蛇岛上游着各种花纹的蛇，鹿岛上跳跃着梅花鹿，猴岛上四川短尾猴、红面猴与恒河猴亲密地生活在一起，并欢迎你与它们合影。

千岛湖山水的变迁之谜，启迪着人们的深思和遐想，这幅至纯至清的水彩画是怎么描绘出来的呢？

在赤壁青松的紫金滩，我见到了巍巍的大坝，它仿佛一支巨大的琴，奏着时代辉煌的乐章！新安江水电站建成，大坝拦住178亿立方米的碧水，高峡出平湖，湖水簇拥着1078个翠岛。千岛湖有三千个西湖大，水位最深处有120米，并终年保持14—17℃的恒温，所以湖中的水就变得冬暖夏凉，并随着天气不同，常有雾气出现。旧时的新安江虽然也清，但是浅而且在山洪暴发时还会出现“沧浪有时浊”的情景。自从建成大坝后，千沟万壑的流水在这里汇集、净化，水库蕴藉容大，水色便终年澄碧，气象万千。

人工湖使蓝天醉了，青山醉了，游人醉了，一切都醉得蓝莹莹的。

我从水电站隆隆的机声里，从千岛湖旅游开发者的大手笔下，明白了千岛湖山水迷人的魅力从哪里来。千岛湖山水的生命跃动和时代脉搏是同步的。从昔日踩着石头就能过的浅浅的新安江变成广博深沉的大湖，从昔日无人问津的深山冷岙变成风物诱人的水上乐园，其间不是可以探索到时代精神的奥秘吗？

谒黄陵

观光陕北,有幸瞻仰了黄陵。

黄陵,是轩辕黄帝陵墓的简称,在今天陕西省黄陵县境内的桥山之上。驱车出延安城,向南飞驰,只见春之神已欣欣然地把黄土高原点缀得郁郁葱葱。

兽脊般耸动的山峦一座连一座涌来,俨然是青龙盘旋翻滚。我伏在车窗沉思,脑海间不由出现缀叶为衣,搭巢为家的祖先。这里是龙的民族的发源地,孕育了多少代龙的传人啊!

"桥山到了!"导游延安文联老李的一声喊叫,打断了我的遐思。我们顺着他的指点望去,只见前方一座大山,古柏参天,一片春翠。

桥山在黄陵县城北面一华里之处,这里山峦起伏,谷幽林深。一脚踏进祖先的安息之地,心情顿时庄重起来。

我们徒步片刻,忽见一座古朴的庙堂拔地而起,正门上苍劲浑厚的"轩辕庙"三个大字赫然在目。对着正门立有“轩辕黄帝之位”。时近清明，拜谒黄陵的海内外同胞络绎不绝，轩辕庙内摆满了花圈。在庙外，我与一位祖籍西安白发如霜的旅美老华侨邂逅，随意地聊起来。他说：“离娘越远越想娘，黄帝子孙纵然浪迹天涯，也不会忘记先祖，也不会忘记生我养我的热土啊！”

说话间，老人转身指着前面两个正在植柏的年轻人说：“他俩是我的孙子，在纽约上大学，与我一同回国探亲，特地来这里种两棵柏树！”

是啊，桥山有六万余棵古柏，哪一棵不是后人怀着崇敬的心情种植的呢？我的内心不禁涌上一股热流：行星绕着太阳，海外赤子魂系梦萦着祖国，谒黄陵不就是在中华民族漫长的发展历史中寻根忆祖吗？

与老人分手，迈进庙门只见殿宇已整修一新，给人开朗而洁净的感觉。左侧有十余株古柏，高耸入云，苍翠挺拔。其最大者高达59米，胸围十米，七八个人还抱不过来，真是有生罕见，比北京太庙那棵古柏还粗，这棵柏树相传为“黄帝手植柏”。黄帝，复姓公孙，名轩辕，号有熊，出生于山东寿丘，逝在河南荆山，安葬在陕西桥山。五千年前他领导夏部落人民，在长期艰苦卓绝的农业劳动中，创造了辉煌的业绩，奠定了中国“文明古国”之基础。想到此，我对那棵古柏的敬意油然而生，抬眼一望，斗转星移，历经风雨洗礼的铜躯铁干，竟显得生机盎然，在春阳下勃发新枝。

我不知轩辕庙始建于何朝，但至迟汉朝应该有了吧。在“黄帝手植柏”的右首，有棵异常奇特的“挂甲柏”,主干上瘢痕累累,黏液涔涔渗出,凝成一颗颗琥珀色的球,晶莹闪光。此柏传说是汉武帝巡朔方归来挂甲之树。低头沉思,这也是很遥远的事了。历史的长河流了几许?轩辕庙早已几经翻修了!大殿上有一横匾,写着“人文初祖”四个大字,据说为著名的爱国将领程潜先生的手迹。殿中供有“轩辕黄帝之位”牌,肃穆庄严。我凝视着牌位,万缕思情归结成一句话:华夏后裔绝不负始祖造就伟大民族之心血,团结奋斗,振兴中华!

从轩辕庙出来,在草丛中忽见一块长方石条,清晰地烙着一只硕大无朋的脚印,足有70余厘米,听说是始祖留下的。沿桥山东麓蜿蜒而上,一路古柏峥嵘。约莫走了20分钟光景,便至桥山之巅的黄陵。陵高三米半,周长48米,为衣冠冢。墓前有“桥山龙驭”的碑刻,系明嘉靖年间所立。碑前有祭亭,亭内竖一石碑,上刻“黄帝陵”三字,为郭沫若手书。我环行黄帝墓一周,以表追思瞻仰之情。祭亭前有一土丘,高十数米,百草争荣,柏树盘踞,谓“汉武仙台”。据史载:汉武帝巡朔方到此,筑此台以祭黄帝。攀草附枝,登临仙台,整个桥山尽收眼底:古柏如茵,葱绿似海,山下沮水抱山,桥山高峻如桥,气象万千,真不愧为中华儿女始祖安息之宝地。

此时,夕阳的金辉斜照黄陵,我默默地站在墓前,遥想始祖当年开天辟地之艰辛,展望今日中华的腾飞,一股渴望开拓和拼搏的激情,像黄河的浪花迸溅在胸廓里……

“阅读”武夷山水

武夷山水是一篇天工造化的美文。

清代诗人袁枚在《游武夷山记》中说：“以文论山：武夷无直笔，故曲；无平笔，故峭；无复笔，故新；无散笔，故遒紧。”初夏的一天下午，我有幸“阅读”了武夷山水，深感袁老夫子寥寥数语就点出了武夷山美之所在，也指明了人们写文章的要旨。武夷山水那篇“文章”，布局精当，以九曲溪为中心，环带三十六峰，婉转跌宕，绚丽多姿，不落窠臼，新意迭出。

九曲溪荟萃着闽北武夷山水之精华。全溪分九道曲，每一曲都有不同的姿容神韵。

你乘过世上最古老的行舟吗?那武夷山中九曲溪上苇叶儿似的竹筏啊!

从星村渡起，斗折蛇行，环绕十五里，九曲流水，一曲数峰，一峰数景，变幻莫测，山水的奇美，真的勾魂摄魄。一片竹筏三四人，坐竹椅上。仰头是天，天浅绿；俯首是水，水深绿；夹岸青山，一派墨绿；连空气都渗着朦胧的绿……我觉得仿佛自己也变成了一只翠鸟,一头青蛙,一片茶叶……

小小竹筏悠悠穿行于绿的山川,承载着颤动的绿的心境。

竹筏转过山角顺流而下,忽见一个深潭。“翠峰返照影萦回”,壁上青苔挂珠,几只鸟儿仿佛亦解人意,前来相近相亲,在潭顶“叽叽喳喳”地对着我们欢叫。哦,好一首绝妙的小诗!

竹筏过了灵峰,便是八曲,晶莹碧水中菖蒲摇曳着翡翠般的剑叶,大大小小的龟石“爬行”在参差错落的岩石区间,争奇斗巧,活灵活现。哦,多么生动的佳句,大自然的杰作真是不同凡响!

七曲的三仰峰是武夷山第一高峰,峻拔冲霄,映衬着白云,与隔岸的三层峰对峙,仿佛两只巨鹰的翅膀把蓝天挤成了一条缝。竹筏撑进峡谷,我们都被眼前的景致惊呆了。

溪流如千匹雄狮奋蹄扬爪,吼声如雷,震颤群山。那鹰扬狮跃的山水景观真是绮丽迷人!

四曲的大藏峰和三曲的小藏峰令人耳目一新,大长见识。只见万仞的巨岩排空而立,半腰斜插而出,严严实实地遮去了半边苍穹。从竹筏上望去,但见虹桥和木船半插绝壁岩隙,高悬碧空,在云彩映衬下隐隐约约似乘风鼓棹的仙舟,令人神摇魂荡。在这千寻绝壁之上,要放船棺,实在令人难以想象。船棺及虹桥是武夷山最悠久的古迹。我们的祖先用原始的工具在悬崖间隙架虹桥、搁船棺,真是一项不可思议的工程。据说船棺的年龄已有三千余岁了,那么该是夏代晚期奴隶们的伟绩!

竹筏蜿蜒山水途中,放筏姑娘拿着竹篙指山点水,娓娓动听地说"古"。

为什么山号"武夷",那是彭武、彭夷两兄弟为当地治洪抗灾,人民纪念他们,才把这奇山异水命名"武夷"哪!

哦,玉女峰到了,那袅袅婷婷的三片巨石就是姐妹仨呀!

那两座相偎相依,一高一低的山峰,刚柔相济,是朝夕相伴的夫妻峰呀!

灵秀的山川古老的传说,尽被船娘说得含情脉脉了!中华儿女用自己的才华,给美好的山水附丽了生命华章,与万古江山永存!

从星村的九曲到大王峰下的一曲,那真是一篇出自神笔的奇异瑰丽的宏文,融趣味性、知识性、思想性于一体。岩壁溪流、良木佳卉、珍禽异兽、船棺寺庙……地理、历史、考古、宗教、民俗,加上有艺术魅力的文化风骨、物华天宝,显示了中华山河无与伦比的美,它可以陶冶人们的情操,美化人们的心灵。

这样的美文怎能不令"读者"如潮?

漓江情思

从桂林归来,一片蓝莹莹的水时常流入我的梦境,水波折射着五彩缤纷的光,仿佛一条柔软的、透明的绸带,牵动我的情思。

“江作青罗带,山如碧玉簪。”韩愈把桂林山水拟人化,比喻为一个素朴而秀美的女子,确是有独到的观察。虽然这种形象,在我们时代生活里已经看不见了,但透过对古代生活的理解,人们还是可以想象出桂林山水的面貌和性格特点。漓江的水是出奇的清,恐怕没有一条河流的水有那么清。清到不管多么深,都可以见到河中的鹅卵石和沙粒,以及小虫爬过江底的爪痕与一丛丛水草。它从西北方向峻秀的群山中款款而来,向东一转,穿桂林市,绕伏波山、象鼻山,向东南流去,酷似一条青丝罗带。而那江边的一座座尖尖的山峰,在阳光和雾霭的映照下,绿的碧绿,蓝的翠蓝,多像美人头上的装饰。

风光旖旎的漓江两岸,奇峰列队,给我印象最深的是画山九马图。“纵横量去成千尺”的石壁上，一条条石纹青绿黄白，浓淡相间，斑驳有致，勾画出一匹匹骏马，或立或卧，或仰或俯，或奔腾跳跃，或临江漫饮，生动极了。世上只有人画山，这里却是山作画，真是神奇。由于石纹纵横交错，马的姿态凭你想象，桂林人把看马作为衡量智商的一把尺子。因此历代流传这样的歌谣：“看马郎，看马郎，问你神马几多双，看出七匹中榜眼，能见九匹状元郎。”当地传说周恩来游漓江，陈毅问他看出几匹马，他说十八匹。陈毅点头会意，九匹在山岩，九匹映江水。

游船行驰在漓江上，左右是陡立的绿色的山，那从谷间升腾喷吐的云雾，那潮水般从山峰边流扑过来，凝滞弥漫在附近山腰间与大地缱绻眷恋的云雾，全都嫩汪汪闪耀着一层绿的光波，就像美玉罩了层绿纱，水晶染了层明绿。正是这绿云、绿雾，用沉静的墨绿，平和的浅绿，亮丽的翠绿、粉绿，直至淡淡的一层水似的微绿，勾画出一幅山水美景。“奇峰镇外看奇峰，万点山尖锁碧空。”缥缥缈缈，引人心驰神往。浅蓝的漓江透明如水晶，水底闪烁着彩色的卵石，以及两岸悬崖峭壁上倒映在水中的累累垂垂的莲花般的、海棠叶儿般的、葡萄般的石乳，为这青绿色的世界，铺就一条五彩缤纷的大道。游船过处，映在水里的山随着水流动起来，晴岚翠色，散作万千的金圈和银丝，一道道，一缕缕，颤动在蓝天里。青烟、苍苔、碧树，全抹上一片晶莹的水光，令人心醉的明亮的清辉。

美，确实太美了。在漓江总觉得除了美以外，还有点什么?哦,静,还有使你思绪悠远的静啊!

两岸一丛丛纤细柔韧的凤尾竹在风中萧萧瑟瑟,扭着腰肢曼舞;江边小村的鸡雏在竹林里啄食;一叶叶小舟漂荡江上;一条条鱼儿潜游在明净的水底;小鸭子在江边自由自在地嬉水,溅起层层细细的浪花,水花下跳跃着斑斓的光环。“山静竹生韵,池清兰自香。”水清心纯净,我的身心几乎全融化在江水里了。

正当我神游之际,忽地对面驰来一条游船,船头有一张熟悉的脸,啊,真是有缘千里来相会,巧极了,做梦也想不到与北京好友林道远在这里不约而逢。游船上摄影师招揽我们照相。好,她为我们选择了最佳的背景、最好的姿势、最甜的笑脸,“咔嚓咔嚓”,给我们留下了一幅幅难以忘怀、生动美丽的画面。

啊,漓江,你不仅给我青山、绿水的美景,也给我恬静、幽雅的享受,心灵的慰藉。我常常用甜美的记忆和美好的憧憬来充实自己的生活,以获得快乐。漓江,以它的幽雅、恬静与温馨、纯洁增强了我的这种追求。

蓝莹莹的、光闪闪的、恬静静的漓江,会永远流淌在我的梦境里。

登 雪 山

我能不能登上海拔5596米的玉龙雪山?

去云南之前,在沈家门一家子就讨论这个问题。二女儿英群担心我年纪大,高原反应吃不消,关心地说:“爸爸,你和妈不要上雪山了,人家去了你俩就在丽江逛一天吧!”大女儿英华说:“电视里看一看雪山景色吧!”

我从未亲历过登攀雪域冰峰的艰辛,只看到过一位台湾女孩子写的一篇登上玉龙雪山的文章,其中有一段文字是这样的:“那一刻,四周是静止的,唯我仰头凝视天空洁白的雪花缓缓无声无息地落下……然后,身体发生了不可思议的变化,感觉呼吸急促,胸口难过,虽然随身携带了一袋氧气,可是氧气似乎舒解不了身体所产生的反应,不知如何形容那种感觉,眼前望着满山遍野的积雪,多么想狂奔来宣泄内心的激动,但是我却跑不了,只能如老人般轻缓地移动双脚……除了呼吸的不顺之外,又引发出头痛欲裂的症状出来……下了雪山后，挖肝挖肺地大吐特吐……原来所谓的高原症便是这样一份感觉……”多么可怕的症状呀，我失去了登雪山的勇气，听了女儿的话，我更不敢去冒这份风险了，就点点头说：“算了，不上雪山了！”

到了昆明，听人说玉龙雪山由南向北排列着玉龙十三峰，气势磅礴，荡漾众壑，是天下一绝，游云南不游雪山是人生的遗憾。于是，我的心又有点动了，我与老伴商量：“去闯闯好吗？”老伴说：“走着瞧，不上雪山，也要到雪山脚下的露天剧场去看一看张艺谋导演的《印象·丽江》啊！”

走着瞧，可是不幸的事又发生了，早不犯迟不犯，偏偏到了丽江在上雪山的前一天，我犯了痛风，大脚趾肿成了“红萝卜”，脚踩在地上钻心地疼。旅游全靠脚力，登雪山成泡影了。不过，总不能让自己在这离家千里之外的云南一动不动地躺在宾馆睡大觉啊！我向导游一打听，知道所住宾馆附近有家医院，痛风是我的老毛病，久病成良医，我知道青霉素或头孢加激素地塞米松打点滴，消肿止痛效果很好。晚饭后，老伴扶着我找到了那家医院，挂了两瓶盐水，到宾馆，一觉睡到天亮，嗨，真奇怪，摸一摸脚趾，竟不大疼了。

“去游玉龙雪山啰！”在旅游团的小青年们的笑语声中，我和老伴也上了车。不过，此时，我和老伴还不打算登雪山，只想在雪山脚下逛一逛，远远地望一望。

途中，我问导游小张：“我上雪山行吗？”他说，不会有大问题，他接待过一位八十多岁的台湾老人上雪山，你与他相比还是小弟弟呢！他的话在我心中燃起了一缕微弱的登雪山的火苗。

不管你是从什么方向或者是以什么方式进入丽江，只要不是阴霾密布，那么首先映入你眼帘的必然是白皑皑的玉龙雪山。

玉龙雪山不仅是丽江古城的背景，在景观上提升了古城的品位，而且在气候上影响了纳西族聚居的丽江地区，因此被尊为纳西族的保护神"三朵"。

玉龙雪山下的丽江四季如春，可上车前导游再三叮嘱要我们带上所有的棉毛衫、大衣等御寒物。车出丽江向美丽的皎洁的白雪堆积处驶去，沿着盘山公路渐渐升高觉得气温越来越低，仿佛霎时穿越了四季。山下是阳光灿然的春日，而山上已是飘起了雪花的冬季。这时导游向来客收取上雪山的索道费。我问导游如果不登雪山，看张艺谋的《印象·丽江》要等多少时间，他说，要等到上雪山的人回来，起码三个小时。这个犯难了，这么长时间待着多没趣呀！同行的一位青年朋友说，鼓起勇气上吧，那是连梦都做不到的地方啊！

我这个人情绪化，人家一鼓动我的脑子就会热起来。上就上吧，人生难得几回搏，反正雪山上有救护站，老命总不会丢吧！当汽车在去冰塔林的大索道的山坪上停下，打开车门时，一股寒风迎面扑来。这里的天气真奇特，分明是个大晴天，晶莹的玉蝴蝶似的雪花却在金色阳光里漫空飞舞。山上，一棵棵松树似神采奕奕的士兵，戴着一顶顶白色的头盔。

导游说，坪上已是海拔3365米高度。穿上了大衣，任凭雪花落满肩头，我和老伴便急忙奔到登雪山的服务点买了两罐救命的氧气，租了两套防冻的羽绒衣，便挨个挤入了上缆车的长龙般的队伍。

老伴又在藏民烧烤棚，买了两串烤羊肉和一罐牦牛奶，给我添加登雪山的能量，味道还真不错。

上缆车了，一驶出站台，便给你一个深度震撼：一条高度居全国之冠的全长2911米的索道，仿佛从天穹悬挂下来。

坐在缆车上，身在半空中真有如梦如幻的感觉，那景致美丽得叫我忍不住热泪盈眶，白雪覆盖着脚下一片苍茫的原始森林，朦朦胧胧，线条是不实在的，像用毛笔蘸了水轻描在宣纸上渗化。抬眼向远处望去，只见冰峰峥嵘，“云表玉龙长露角，雪边银凤乍飞翰”，一叠叠积玉堆琼，晶亮闪烁，这是我从未见过的奇景，我庆幸自己来对了！

缆车到达4506米的冰塔林，在一块标着海拔高度的巨大石碑前，我和老伴合影留念。服务点还想了不少生意经，发证书、卖金牌，难得来到这种本是人迹罕至之处，老伴舍得花钱，一一收入囊中。

从冰塔林遥望山顶，只见气势磅礴的主峰扇子陡呈扇面展开，像一尊身着银盔玉甲、容貌英武的刚强的天神昂首云天。导游说，清晨，第一缕阳光照耀在晶莹的扇子陡，整个雪山会泛出五彩的光辉，这就是著名的奇景“日照金顶”。傍晚，夕阳余晖映在雪峰之上，高高的扇子陡显得更加巍峨神圣。

玉龙雪山美丽皎洁却不寒冷，玲珑秀丽而又挺拔，主峰扇子陡迄今为止仍然是无人登顶的处女峰，早在20世纪初，英国派出一支登山探险队首次向扇子陡冲刺，以失败告终。尔后，日本、中日联合等数支登山队，接连向“三朵”神山主峰攀登，无一成功。20世纪90年代，一支中日登山队又向扇子陡发起冲击。纳西人因保护神“三朵”被侮而椎心泣血痛哭，结果数名登山健儿遇难，震惊天下。千百年来，玉龙雪山犹如倚天而立的勇士，刚强中透出冷峻，日日夜夜坚实地捍卫着苍天赐予魂魄的每一个生命体。

我真庆幸自己冒险上了雪山，欣赏到不见会后悔一辈子的景色。不过，我尽量抑制着自己的情绪，不敢喊叫，不敢蹦跳，甚至告诉女儿自己登上雪山也不打电话，只发短信。我怕的是缺氧，那罐救命氧气已快吸完了。而同行的小青年却按捺不住激奋，他们爬上一二百米雪地，从高处乘雪橇滑下来，铃铛般的欢笑声撒满了雪坡。

我和老伴从雪山下来，感到一切顺利，心情分外舒畅。没有什么像那位台湾女孩子描述的可怕的高原症。女儿也回短信：祝贺爸爸、妈妈登上雄伟壮丽的玉龙雪山！舟山有句俗话，“打煞少、吓煞多”，真的天下有许多事，不能想得太难太险，而失去敢作敢为的勇气，错过了成功的良机。登雪山的不经意间增加了我生活的信心和力量，想不到玉龙雪山不仅让我领略直插云天的长江南岸第一高峰的丰姿，还回馈我一份这么丰硕的心理收获。

雪山下的震撼

在玉龙雪山脚下我看了张艺谋导演的《印象·丽江》,心灵经受了深度的震撼,却又说不清是什么使自己泪流满面,心情久久难以平静……

是以无人登顶的玉龙雪山作背景,汲日月之精华,聚天地之灵气,在海拔3100米的世界上最高的演出场地与风云共舞、与自然同声的原生态大型实景演出吗?

是来自10个少数民族500多名皮肤黝黑的豪壮汉子,以质朴的歌声,粗犷的舞蹈,滚烫的汗水,将曾经被人遗忘的纳西古王国的风采,淋漓尽致地展现在我的眼前吗?

朋友来了,喝酒!……朋友走了,喝酒!……是纳西族热血汉子举坛豪饮吗?

是撼天动地的鼓声中,老东巴虔诚的诵经声吗?

是一队队云南矮脚马在连折12层红顶上奔驰,仿佛从天上来的马帮吗?

是的，100匹矮脚马的嘶腾，16个乡村农民的呐喊，八层红泥舞台的音响，都给我的视觉和听觉以强烈的冲击，然而，我依旧吝啬，我还舍不得让自己的眼眶流出泪珠子。

就像空中的云团到了一定的温度和湿度才凝成雨滴一样，人的泪腺只有到了内心一定程度的喜怒哀乐才会分泌泪水。

那么，究竟是什么激动我的内心，使我泪泻如雨呢？

说起来真有点玄，我这次云南之旅的导游是一位名叫张弛的白族青年，他毕业于昆明大学，是昆明市“十佳导游”之一，见多识广。沿途滔滔不绝地讲天文地理、聊风土人情，我印象最深的是“茶马古道”。古时，丽江即为成都至大理、保山，通往缅甸、印度的西南丝绸之路的途经地，也是从思茅到大理、拉萨转至尼泊尔、印度的茶马古道的重要中转站。纳西族善于与汉族和藏族交往，纳西人在这条传奇的古道上书写着传奇的故事。

传说明代时，明军屡败于来去如风的北方铁骑。朝廷想建立一支强大的骑兵对抗，可马都在敌方的草原上，咋办？有人提出向青海、西藏的头人买马，皇帝派使者去接洽，青海、西藏的头人不要金子银子，长年吃牛肉羊肉的牧民渴望的是茶叶。于是，丽江就扩大茶叶栽种地，开辟通往青海、西藏的茶马之道。

因语言、气候、地理、风俗习惯等，汉族人不愿也难以进藏，于是纳西人便挑起了运送茶叶的重担。

那时进青海、西藏有两条路，一条从丽江经维西或香格里拉到迪庆，再到西藏拉萨；另一条从丽江到宁蒗，经木里到康定，再转理塘、昌都到拉萨，这都是靠马帮完成的。每年春夏水草丰茂时进藏，约三个月到达，冬季返回。行走在茶马古道上的艰辛是难以想象的呀！

在丽江一个茶叶铺，一座雕塑震撼着我的心——一位雄壮的纳西族汉子，在前头拉着马缰，旁边两人弯腰弓背扶着马背上沉重的茶叶包，在陡峭的山道上行进。

从丽江运向青海和西藏的绿茶，在途中承受数月日晒雨淋，茶叶湿了又干，干了又湿，一件意想不到的奇事在艰苦的行程中发生了，茶叶几经发酵，其中对人体有益的茶多酚、咖啡因等物质充分氧化，因此颜色由绿变红黄，香气馥郁。青海和西藏的头人饮了用这种茶叶泡出来的醇厚甘甜、口角生香、回味无穷的茶汁后，大喜过望，便高兴地将一批批马匹交付一队队马帮带回。

这几经发酵的特殊工艺，后来成为闻名天下的普洱茶制作方法。

此刻，我看着演出场地上一队队马帮驮着茶包缓缓地盘旋在红泥路上，渐渐远去。排成长长队列的纳西妇女，背上压着硕大的箩筐，匍匐着身子一步一步艰难地行进在小路上。在马匹驮着茶包无力攀越的险峻山径，是任劳任怨的纳西妇女背着装满茶叶的箩筐翻过山的呀！

伟大哟，纳西族妇女。眼前的情景，撩动我心底“茶马古道”故事的积淀，我再也忍不住了，泪水流呀流，无声无息地淌满了我的脸颊。

纳西族妇女以吃苦为荣，操作家务，劳作田间，身处边陲荒野，而胸襟开阔。当国家有难时，她们毅然挺身而出，走千山，越万水，无论什么都塞不断她们脚下的路。多么伟大的母性情怀啊！多么坚贞的爱国赤心啊！

雪山脚下，我的灵魂经受了一次泪水的荡涤。

崇拜万物的岛

人说巴厘岛神秘得像童话，纷纭得似梦境，一定要去开一开眼界。

暮春的一个下午，我们从宁波登机，至巴厘岛已是深夜。从机场搭车，梦幻般穿过椰林的绿廊，来到登巴沙的“ASTON”四星级酒店，已是凌晨二点。导游说第二天九点叫床，十点去海神庙。

面包车载着我们驶向印度洋。沿途几乎家家门口竖着一杆十余米的长竹，三四米之处缚着一束茅草，有的还是青色，大多已变黄。草上有饼干、香草、花朵等供品。轻风摇晃着竹竿尖端挂着的一串彩纸扎成的菱形的、圆形的图案，还有一领长长的白色纸幡。

导游说，这是信奉印度教的家庭习俗。

巴厘岛因历史上受印度文化宗教的影响，居民百分之九十以上信奉印度教，其余还有信仰天主教、耶稣教的。

这里的印度教同印度本土的印度教不大相同，是印度教的教义和巴厘岛风俗习惯的结合的产物，称为巴厘印度教。与正统的印度教相比，巴厘的印度教显得平易近人许多。

巴厘人心诚敬万物，正神邪魔同受牲礼，绝不偏颇。

居民主要供奉三大天神——梵天、毗湿奴、湿婆神。还祭拜太阳神、水神、火神、风神以及佛教的释迦牟尼等。

教徒家里都有家庙。巴厘岛看一户人家有没有钱，不看衣衫不看车，而是看你家庙的装点成什么模样，有的家庙尖顶门窗精雕细刻，镶金嵌银，五彩斑斓。

家有家庙，村有村庙，家族组成的社区也有神庙。全岛有庙宇12.5万余座。因此，巴厘岛又叫“千寺之岛”。

神庙中最为著名的属拥有千年历史的百沙基陵庙，陵庙建在称为“世界的肚脐”的阿贡火山山坡上，以专祀这座间歇喷发的火山之神。

巴厘岛民风民俗给我印象最深的是“拜神”。拜天拜地拜日月，拜河拜海拜草木……居民一天三次拜神，是不可少的功课。沿途时见有人在巨岩顶上、大树枝头上扎一块黄色的或黑白相间的方格布，供上饭菜、花草，虔诚地拜(每户居民用于祭拜的费用每天约十元左右人民币)。

奇异的巴厘印度教在岛上绽放无与伦比的色彩，

它的茁壮，根植于巴厘人无尽的包容力，以接纳天地万物之胸襟迎进印度教。

巴厘岛居民每年举行的宗教节日近200个，每逢节日，居民聚集村庙，歌舞杂陈。

在巴厘岛，你不用愁见不到祭祀庆典，巴厘岛的庙会终年不断。从车窗向外望去，不时能见到头上包着白布帕，驾着摩托车，匆匆赶往庙会的岛民。如果你不在意庙会规模的大小，那你大可游到哪就看到哪。

至海神庙正逢涨潮，从对岸小亭望去。四周蓝色的大洋掀起的惊涛狂野地拍击岩岸，海浪一波又一波地积蓄力量，毫不吝惜地撞向褐色的礁石，激起一簇簇雪白的浪花，让下到礁石想亲近海水的游客发出一声声尖叫。寺庙与陆地完全隔离，仿佛海市蜃楼，孤零零地立于湛蓝的海水中。

海神庙盖在海边的一块巨岩上，它是巴厘岛最著名的寺庙之一，但庙宇不大，仅一座楼台而已。

海神庙建于16世纪，祭祀海神。相传建庙之前，有位高僧来到这里看见了巨石里的洞，到了洞里发现里面的海水不是咸的而是淡的，原来经过岩石过滤后海水就变淡了，从此就建造了海神庙来保护里面"圣水"。巨岩下方的一个洞穴，藏着几条有毒的堪称保护神的海蛇，愈发显得肃穆庄严和神力无比。传说此庙建成时忽逢巨浪，庙宇岌岌可危，于是和尚解下身上腰带抛入海中，化为两条蛇，镇住了风浪。从此海蛇也成为寺庙的守护神。

深信万物有灵的巴厘人，把天上飞的、地上爬的走的，以及自然界草木与人的自身一切都作为神明崇拜。其实，把一切都当作神，也就是无神。因此巴厘岛的神坛空无一物，这道尽了巴厘人敬神的心意。对巴厘人来说，心诚敬奉万物是唯一的、必须的。

贝尼朗海岬的奇葩

说起澳大利亚，说起悉尼，人们都会不约而同地说到悉尼歌剧院。那雪白的“帆篷”、那晶莹的“贝壳”，如梦如幻地闪烁着她的神奇与美丽。以前，我在照片里看到那座新颖、独特、高贵华美的歌剧院，已经被她的丰姿迷住了，而当我站在悉尼港大桥上、从高空亲眼目睹这位浑身散发珠光宝气的丽人，真的如醉如痴了。

从山坡延伸而来的贝尼朗海岬，凌乱地散布着刻满坚韧与永恒纹络的岩石，接受阳光的炙烤和海浪的拍打。20世纪50年代初，聪明的悉尼人左看右看，觉得这个处于整个海港城市中心的海岬位置不错，不过，显得过于空旷，似乎缺少了什么。有人提议应该利用这个海岬，在上面建筑一个最具代表性的文化符号，一个歌剧院什么的，这个主意立刻得到了许多人赞同。但这个文化符号应该是怎么样的，谁心里也没底。在那么一个寸地千金的位置建造一座大厦是一件大事,应该慎之又慎。歌剧院代表一种文化、一种素质、一个国家的发展水准,当然应该是世界一流的,不能因陷入流俗而湮没于平庸。从20世纪50年代中期始,悉尼人就在全世界征集设计作品,于是无数个有志于创新建筑的大脑细胞便高度活跃起来。一年以后,组委会收到了来自世界32个国家的233件参选作品,它们大都是知名建筑师的精心之作。可评审官员们的眼光既犀利又苛刻,标准定得非常高。他们对一张张图纸进行仔细评阅,最终没有一件作品称心如意,咋办?这可叫主审官为难了。

“山重水复疑无路,柳暗花明又一村。”正当大家焦虑万分、心灰意冷之际,一位评审官对主审官说,他看到了一件作品,觉得设计新颖,只是作品还是一幅草图,没有把握,所以没有提到评审会上来。主审官说,不妨拿出来看看嘛。那位评审官从准备淘汰的一大摞作品中翻出了这件作品。人们逐页展开,认真审读。草图在人们视线里渐渐放大,抽象的线条变成了一座华美绝伦的歌剧院。绝对的新颖,绝对的独特;新颖独特到人们视觉里、听觉里从未接触过。主审官瞪大了眼睛,张大了嘴巴,半晌才兴奋地呼喊:“OK,这就是我要寻找的作品!”

世界上有不少珍贵的东西,往往在人们不经意间与其失之交臂。试想,如果当初评审官们在评选中有一张认可的作品,那么,悉尼歌剧院可能就不是今天那个样子了!

尽管那只是草图,但构思奇妙,当属神来之笔。

作者是丹麦的建筑师约恩·乌松。灵感是诞生一切伟大作品之母,远在万里之外的乌松从未到过澳大利亚,当然也没有到过悉尼。他只是在地图上知道悉尼。当时他也没名气,只不过是个30岁的青年。这些并不妨碍他完成一件震撼人们心灵的伟大作品,就像我国宋代的文学家范仲淹一样,他没到过洞庭湖和岳阳楼,却写出了千古名篇《岳阳楼记》。就像现代诗人艾青一样,没有与吹号手一起生活过,却写出了号声中飞着血丝的名诗《吹号者》。一切伟大的作品出于灵感,出于想象,出于才华。

这位出生于童话大师安徒生故乡的乌松,从事建筑的行业,却具有诗人的浪漫气质,匪夷所思、异想天开这些词语用在他身上都合适。丹麦也有海,也有港湾,他知道一座建筑如何与港湾交相辉映。他的设计,充盈着北欧人的冒险精神,也给当时的建筑材料、结构力学和审美观念带来了挑战和冲击。

无疑,这是一座超现代的艺术殿堂。要把那些闪耀在心灵深处的线条演化为生动的壳顶,演化为美轮美奂的歌剧厅,需要花多么巨大的智力进行探索,需要化解多少建筑学上的新的难题呀!

历经十六度寒暑易节,越过无数道坎坷,悉尼歌剧院终于竣工了。

悉尼人永远不会忘记1973年10月20日这个日子,人们徐徐拆除所有的脚手架,小心翼翼地揭开所有遮挡的帆布篷,“哇!”顿时,人们眼睛一亮,歌剧院那美丽独特的姿容惊艳了世界。云鬓香影,盖冠云集，连英国女王伊丽莎白二世也亲临现场剪彩。有关悉尼歌剧院的消息和照片迅速传遍全世界，人们将她誉为20世纪世界七大奇迹之一。创造这个杰作的设计师约恩·乌松也于2003年4月获得普利策建筑学奖殊荣。悉尼歌剧院被视为世界的经典建筑载入史册。

在游览悉尼时，我几乎每到一个地方，都能瞧见悉尼歌剧院迷人的风采。

乘游艇畅游悉尼港，从艇舷眺望，只见碧蓝深处，水影波光里，歌剧院像一组圣洁的荷花亭亭玉立，素苞雪蕊，我仿佛闻到了她馥郁的芳香。

在皇家植物园流连，透过浓绿的橡皮树枝丫，我看见歌剧院像一簇露出海面迎着云霞竖立着的巨蚌，张开蚌壳，吐纳着海天之气息。

我在海德公园漫步，听着海涛声轻轻地拍打岸石的声音，远远望去，歌剧院仿佛像一位风情万种的世界小姐，轻撩裙裾，翩翩起舞。

悉尼歌剧院的各个角度，以不同姿势吸引着人们的眼球，迷醉着人们的灵魂。

这是一首奇丽隽永的诗，字字知音，四海长吟不倦；这是一支勾魂摄魄的歌，声声沁心，五洲赞美无期。

悉尼歌剧院是美的归宿、美的焦点。每年3000场的各种演出，使它成了思想与艺术飞翔的地方。

我有幸与悉尼歌剧院作零距离观察，惊疑那每块重达15.3吨的2194块的弯曲的混凝土预制件，它们是怎样在巨型钢缆的作用下，紧紧地拼接在一起?!

那105万块白色的和奶油色的瓷砖是怎样覆盖在预制件上，演化为别致新颖的大壳顶的?！创造的伟力真是难以想象啊!

四个巍峨白色的壳顶，耸立在海岬坚实的花岗岩基座上，依次排列，前三个一个盖着一个，面向海湾，像两组打开壳盖倒放着的蚌。听说设计者最初是从剥开的橘子中得到灵感的。那些橘瓣不断地分割组合，如梦如幻般演化为歌剧院繁复如迷宫的厅堂、舞台、展览馆和酒吧间。我与老伴在悉尼歌剧院的周遭徜徉，在台阶上合影留念时，觉得冥冥中好像有神的安排，那浑然天成亦贝亦帆亦花的歌剧院本来就该属于悉尼的，那碧蓝的海、那空旷的海岬本来就该绽放那朵奇葩。

亲近印度洋

库塔海滩是巴厘岛最美丽的地方。滩面平坦，沙粒洁白，细腻如粉，踩在脚底下，犹如柔软的绸缎。滩外，陌生的浩瀚的印度洋波澜衍漾。目光愈是伸向远处，它的苍凉和浩渺愈是动人的心魄。蓝天白云之下，灿烂阳光之中，印度洋分明是一幅巨大的油画。

这是谁的气魄？如此磅礴阔远、放荡不羁？粗狂荡笔，率性挥洒，每一道起伏有致的波浪，每一座突兀而亘的岛礁都是不经意的，寻不见一点点心机和矫揉。广袤宽厚的蔚蓝的大色块庄严地铺陈，涂染出一副直面天地的奇丽无俦的雄伟本色。昊天洪波，浩浩荡荡，长风如歌，在时空中慷慨拂过。

愈是陌生的东西往往愈具诱人的魅力，凝眸初逢印度洋大块的蔚蓝，我不禁深深地陶醉了，痴痴地想着：那里面究竟蕴藏着什么？

精明的巴厘岛旅游部门似乎猜透了游人的心思。他们带领我们乘一艘潜艇深入水下数十米，去窥探印度洋肺腑深处的奥秘。

穿好了救生衣，依次进入潜艇密封舱。不知不觉间，潜艇已渐渐下沉。舷窗外，穿着潜水服的蛙人不停地游来游去，驱赶着一群又一群五彩斑斓的热带鱼涌向舷窗。“哇噻!”我的妻子一边欢呼，一边打开照相机，摄下这难得一见的景色。

印度洋是那么清澈，潜艇仿佛飘移在无尘的空中。它坦诚地把胸中的一切裸露在你的眼前。

潜艇至水下三十多米深处，我注视着一条五彩斑驳的刺鳐在海底静静地啄食，妻子指着另一边喊：“快来看！”回过头，只见两条海鳗优雅地舞蹈着，旁边还有一些不知名的鱼儿伴舞。

“哇。珊瑚！”这边没看够。那边女儿又叫起来。

一大片扎堆的银白、粉红、灰黄、赭褐色的珊瑚丛，长长短短密密匝匝的枝枝杈杈伸展着婀娜，生动了这南天的大洋，妩媚了水底深处的空旷。枝杈间游动着黑白相间斑纹的小鱼儿，爬行着摇摆长须舞弄长钳的龙虾。岩石上那橘色的、紫色的、白色的、粉色的石乳，犹如长在草地上的一簇簇蘑菇。忽地见到了一艘沉船，不禁令人浮想联翩，那是“二战”日艇的残骸吗？抑或是颠覆于风暴的渔舟?情形就像童话里所说的那样，那缀满贝壳的一格格的舱室，如今已成了海底生物的宫殿，一群灰白色的小鱼儿和淡青色的虾儿喜气洋洋地簇拥着两条相偎相依的花彩衣的鱼儿，那对彩鱼儿是公主和她的王子吗？这是一场海底特殊的婚礼吗?

这情景令人叹为观止,怎能不痴了过去,魂魄游离躯壳?

凝神注视着大洋的底,我恍惚觉得它张开了沉默千年的口,轻轻地阐释着启示,心中不由倏地灵犀一闪:大自然中每一座山,每一片水,是否都寄含着特殊的寓意?这份不与人言的奥秘是否一直在切切地等待着相知?

那么,你是一直在等待我吗?雄浑深沉的印度洋哟!

我张大眼睛拼命地看,要把大洋深处殊丽的美景看到心里去,不折不扣地原模原样地带走。

我因年老,手脚无劲道,已有十余年没下海游泳了,但我今天无法辜负印度洋等我一千年的痴情。光看,实在难以满足心意,我必须与印度洋肌肤相亲、体温相融,在它的怀抱里爽一爽我的心灵呀!

从潜艇上岸后,我换上了泳裤,一步步沿沙滩走向印度洋怀抱。

二月早春,东海的神色还是那么冷森,而印度洋迎客的笑脸却是那么温馨!

我的身心融入了柔和的蔚蓝,印度洋一道一道的波浪轻轻地抚摸着我的躯体,我想试一试手脚,情不自禁地在水中翻滚起来。那颗心还是孩子的心,可身体已衰老了,不敢在陌生的海域里远游,只是爬行于大洋的一个小角。然而我已感到无比畅快,仿佛身上的每一个细胞、每一条血脉都被大洋的蔚蓝渗透了,似乎尝到了鱼儿浴浪的那种欢乐……

辽阔的大洋仿佛将所有的灵气和壮美，所有的爱和慈善，都交付了我，由我的心来细细地吸纳转化。

初来乍到，我不清楚印度洋骨骼的元素，也不清楚它温和脾性的另一面和它究竟深思些什么，只知道它一见面便与我那么亲近，难道人与自然竟也有前生今世的情缘吗？

躺在神秘的浩渺的印度洋，接受它伟大神性的抚摸，感到自己的生命是多么美丽呀！

后 记

少小离开奉化，负笈舟山教书，至今已白发苍苍，儿孙满堂。业余喜欢写点宣泄情感的东西，苦恋文学之心始终未泯。

奉化是我少年故乡，舟山是我成年故乡。两地与我血脉相连、情缘相融，都是我一生魂萦梦牵的地方。我总是怀着一腔挚情，用自己的一支秃笔去描绘两个故乡的韵致，去反映亲人的至情与淳朴的民风乡俗。山乡海乡不仅生我养我，也是我文学创作的“根据地”，《山海情絮》裸裎了我感恩两个故乡之灵魂。

1982年10月3日在《浙江日报》副刊发表散文《彩色的街市》，至今已是三十余年，出了《五彩潮》《千岛拾翠》《霜叶集》《钟声悠悠》《沧海云烟》等五本散文集。通读一遍，感慨良多，多少个日日夜夜凝结其中，每一篇文章都能引发甜美或痛楚的回忆。

我写过诗、报告文学、小说和散文等，最多的是散文,而故乡又是我散文中最主要的题材。

敝帚自珍,这本《山海情絮》是从我一生创作的散文中挑选出来的。写了那么多年,就这么一点东西自认为还像点样子,作为一份薄礼献给两个故乡。

我不后悔收获不丰,选择爱好文学没错。回望自己的人生,是文学一路伴我走过坎坷曲折,慰藉我的心灵。文学之灯,虽不明亮但却温暖哟!雷蒙德·卡佛说:"一个尽自己最大能力写出来的作品,以及因写它而得到的满足感,是我们唯一能带进棺材里的东西。"文学照亮我的生活,以写作抒发爱乡之情,因之而舒心、静心和乐心,生命状态如此单纯而安好,夫复何求?

感谢所有关心支持我文学创作的人,包括熟悉的和不熟悉的编辑老师、我的亲人们、我的师友们,感谢红孩、乔叶老师的抬爱,拨冗为拙著作序,我会一一铭记心头,并以之激励我今后的创作。

2017年12月1日